COLLECTION FOLIO

Kate O'Riordan

Un autre amour

Traduit de l'anglais (Irlande)
par Florence Lévy-Paoloni

Gallimard

Cet ouvrage a été précédemment publié
aux Éditions Joëlle Losfeld.
Ouvrage traduit avec le concours du Centre national du livre.

Titre original :

LOVING HIM

Kate O'Riordan est irlandaise, elle vit actuellement à Londres. Romancière, elle a notamment publié *Intimes convictions*, *Une mystérieuse fiancée*, *Le garçon dans la lune* et *Pierres de mémoire*, tous parus aux Éditions Joëlle Losfeld ; elle écrit également pour le théâtre et le cinéma.

J'aimerais remercier les personnes suivantes pour leur aide et leurs conseils : Ian Pearson, Liz Mair, Dr Paul Starrs, Paschale McCarthy, Phyl McCarthy. Mon éditrice minutieuse, Melissa Weatherill, et mon agent et amie Maggie Phillips.

Pour Donal

1

Connie traversa le hall des arrivées d'Heathrow en tirant sa petite valise à roulettes. Elle se dirigea droit vers la sortie taxis. Elle aurait pu téléphoner à son amie Mary et celle-ci serait venue la chercher ; la perspective de faire la queue, le taxi en soi étaient décourageants, compte tenu de ce qui était arrivé. Mais il lui faudrait alors en parler et les mots ne lui venaient pas encore. Il lui fallait aussi penser à ses fils. Qu'allait-elle leur dire ? Devait-elle en rajouter ou minimiser ? Il n'y avait vraiment pas moyen de décider quelle serait la meilleure approche. Après tout, elle ne savait pas bien elle-même où placer les événements de la veille au soir et du matin sur l'échelle de Richter.

Dehors, il faisait exceptionnellement humide pour un mois de juin. Le peu de ciel qu'elle voyait au-dessus du parking à étages était d'une tristesse lamentable. L'air semblait épais et poudreux comme une soupe aux champignons en sachet. Un retour dans une photographie en noir et blanc après le ciel bleu-jaune et les ocres crayeux de Rome. La fumée de la cigarette sur laquelle tirait une femme parvint à ses narines. Elle rejoignit la longue file qui attendait un taxi.

Deux enfants apathiques qui s'ennuyaient ferme se bousculaient devant elle. L'un d'eux lui donna involontairement un coup de pied dans le tibia et leur père en sueur s'excusa et les fit s'écarter. Connie agita la main pour montrer que ce n'était rien, mais il s'était déjà détourné. Le visage échauffé et luisant comme une brioche de Pâques, les enfants se retournèrent et lui jetèrent un regard noir.

La fumée lui picota de nouveau les narines ; elle avait très envie d'une cigarette, bien qu'elle ait arrêté depuis quinze ans. Elle allait peut-être se remettre à fumer en rentrant. Sa gorge se serra en pensant à sa maison. Dans un aéroport, on n'est nulle part. On peut être n'importe qui, vivre la vie de quelqu'un d'autre. Un court moment on peut même réussir à oublier la sienne. Mais naturellement elle vous attend – à la maison.

Son portable se mit à sonner au fond de son sac. L'aîné, Fred, certainement, pour vérifier que leur avion avait atterri à l'heure. Il avait ce côté méthodique. Elle s'éclaircit la gorge afin de se débarrasser de tout tremblement révélateur, mais le téléphone s'était tu le temps qu'elle l'extirpe du fond de son sac. T'es là ? Il avait laissé un message. Oui, se dit-elle, oui oui. Elle sourit à l'une des brioches de Pâques, s'exerçant à se composer un visage gai, celui qu'elle tenterait bientôt d'adopter devant ses fils avant de leur apprendre la nouvelle. Le garçon se détourna avec dédain.

À l'instant où elle posa les yeux sur son chauffeur de taxi grassouillet et souriant, elle sut que c'était un bavard invétéré. Normalement, elle aurait été très contente de passer ainsi la demi-heure jusqu'à Twickenham. La plupart du temps, les taxis se montraient bougons et répondaient par monosyllabes quand elle leur donnait l'adresse, trouvant la course trop courte pour le temps qu'ils avaient attendu. Son sourire ne s'effaça pas et il ferma la portière avec un grand geste du bras. Un sentiment de panique envahit

Connie. Une fois dans le taxi, elle se mit à tripoter ostensiblement la fermeture Éclair de sa valise mais cette diversion ne dura qu'un court instant. Il ouvrit la bouche. Connie plissa les yeux et regarda par la vitre arrière, plongée dans ses pensées. Elle ajouta un petit froncement de sourcils pour faire plus d'effet. Voici une femme, bientôt quarante ans, sans maquillage, cheveux bouclés et cuivrés pas coiffés, profondément préoccupée par ses pensées. Un gros soupir s'échappa de ses lèvres, elle battit rapidement des paupières. Cela devrait suffire – elle lui jeta un coup d'œil. Non, il allait se montrer méchamment ennuyeux.

« Un endroit intéressant ?

— Pardon ? Oh, oui, Rome.

— Ah, Rome ! Une belle ville. Une belle ville. J'y suis allé avec ma femme il y a cinq ans. Six peut-être ? Non, cinq je crois. Splendide. Toutes ces marches.

— Quoi ? Oui, beaucoup de marches.

— Elle a failli s'esquinter le genou en montant au Vatican. "Linda, que je lui ai dit, tu vas pas monter toutes ces marches, pas avec ton genou. Tu te rappelles ce qui est arrivé à la tour Eiffel ?" Au milieu de la montée, son genou a lâché, figurez-vous, elle avait déjà des problèmes à cause de ses kilos en trop à l'époque. On était là, bloqués au milieu de la Ville Lumière, ni en haut ni en bas, et alors je me suis dit que la seule manière de faire descendre cette dame c'était sur les fesses, si vous m'excusez. C'est comme ça qu'on a fait. Plonc plonc, on s'arrête pour souffler, plonc plonc, comme ça jusqu'en bas. Ça a pris des heures. Alors pas question qu'elle monte au Vatican, je vous le dis. Et vous croyez qu'elle m'a écouté ?

— Non ?

— Tout juste, ma petite dame. Et vas-y que je tourne et vas-y que je monte. Je lui fais, cette fois va falloir qu'ils viennent nous chercher en hélicoptère.

Impossible de monter une civière. Jamais vu une femme aussi décidée. À mi-chemin il y a moyen de changer d'avis et de redescendre. Vous y êtes allée ?

— Pardon ?

— En haut, au Vatican ? Non ? Vous devriez, la vue vaut le coup. On est montés jusqu'en haut. Il y avait de quoi remplir des seaux avec la sueur qui nous dégoulinait sur le visage. Son genou a tenu tout le week-end. Je veux dire, ça c'était le matin et l'après-midi on a monté l'escalier de la place d'Espagne. Encore des marches. Hein ? »

Connie haussa les sourcils et fit un petit signe de tête. Elle savait depuis longtemps que quelque chose dans son visage encourageait les confidences de la part des inconnus, surtout dans les boutiques. Elle parlait avec son visage, avait dit Matt un jour. Il trouvait amusante la façon dont les gens s'adressaient sans cesse à sa femme. Lui-même n'était pas très bavard.

Ce jour-là, cependant, Connie aurait donné n'importe quoi, un bras ou une jambe au moins, un rein sans aucun doute, pour qu'on la conduise chez elle en silence. Matt, pensa-t-elle, qu'est-ce que tu as fait ?

« Y a eu encore une agression au marteau près de Twickenham, dit-il, l'interrompant dans ses pensées.

— Une autre fille n'a pas été tuée, j'espère ?

— Gravement blessée. Gravement. Mais ils disent qu'elle s'en sortira. Quel monde, hein ? Qui peut imaginer qu'il habite à côté d'un cinglé avec un marteau ? Exactement comme les cinq autres, il a surgi par-derrière et lui a donné un grand coup. Laissée pour morte, la pauvre petite. En plein jour. Le même trajet que ma propre fille – pas question que je la laisse se promener seule tant qu'ils n'ont pas attrapé ce salaud, si vous m'excusez. »

Les filles étaient plutôt jeunes et blondes. Les agressions duraient depuis deux ans environ. Il n'y avait apparemment pas d'autre mobile qu'une pure folie meurtrière. Deux filles étaient mortes. Tellement imprévisible. Des parents qui avaient subi les maladies infantiles, les inquiétudes des voyages scolaires, les terreurs des agressions et des viols, les frayeurs du cancer. Toute la panoplie des appréhensions qui traversaient l'esprit de Connie chaque jour à propos de ses fils. Impossible pour eux d'imaginer l'éventualité que leur enfant chéri se trouve au mauvais endroit au mauvais moment à proximité d'une créature tenant une arme toute simple, prête à tuer. Elle était mal à l'aise de se sentir soulagée parce qu'elle n'avait que des fils. Mais rien ne garantissait que l'agresseur ne choisirait pas une autre cible. Elle voulait consacrer ses pensées aux parents de la dernière victime mais le chauffeur de taxi recommençait à parler de sa femme.

Il racontait à présent le Forum. Linda avait été extrêmement impressionnée. Il aimait visiter des endroits avec elle parce qu'elle avait une façon personnelle de voir les choses. Elle les faisait vivre, pour ainsi dire. Par exemple, pendant qu'ils étaient dans le verger du Forum ou quelque chose comme ça, Linda s'était mise à fixer le Colisée et il avait su à sa manière d'ouvrir la bouche qu'elle pensait à quelque chose. Qu'est-ce qu'il y a, fillette ? lui avait-il demandé. Imagine qu'on serait des jardiniers, lui avait-elle dit, imagine qu'il y aurait un grand raffut là-bas au Colisée. On s'appuierait sur nos pelles en se demandant qui fait le spectacle. Qui fait hurler la foule ? On connaîtrait tous les noms célèbres, exactement comme on connaît tous ceux de Chelsea aujourd'hui.

« Elle a tout fait revivre en une seconde, vrai de vrai. Il y a des gens qui ont le chic pour ça. Vous avez fait le Forum, hein ?

— Oui. Nous y sommes allés le premier jour. »

Elle voyait bien qu'il ruminait sur ce « nous », mais heureusement, tandis qu'ils se frayaient un passage dans Feltham, il se remit à parler de Linda à Rome. Cette fois dans un restaurant, rien d'extraordinaire, elle mangeait la meilleure pizza de sa vie. Pourquoi n'y avait-il pas moyen de trouver des pizzas comme celle-ci à Londres ? Pizza Hut, ce n'était vraiment pas pareil.

« C'est notre anniversaire de mariage aujourd'hui.

— Pardon ? Oh à vous et à Linda. Félicitations. Dommage que vous deviez travailler.

— Je travaille toujours le jour de notre anniversaire. »

Linda avait trouvé les objets en cuir plus chers à Rome qu'elle ne s'y attendait. En revanche on en avait pour son argent au café et au restaurant. Elle avait adoré les scooters mais pensait que ça ne marcherait pas en Angleterre. À cause du temps. En rentrant, elle avait fait de la cuisine italienne pendant des semaines, tout comme elle avait fait de la cuisine française pendant des semaines en rentrant de Paris, mais cette fois, elle coupait et préparait la nourriture assise devant la table de la cuisine, la jambe posée sur une autre chaise à cause de son mauvais genou. Elle réussissait n'importe quoi, sa Linda, quand il s'agissait de cuisine. Mais elle n'avait jamais su maîtriser parfaitement la pâtisserie. C'était un mystère, disait-elle.

Au moment où ils arrivaient au dernier grand rond-point, Connie était sur le point de l'étrangler. Il lui parlait directement à présent, insistait pour croiser son regard dans le rétroviseur. Elle le voyait hausser et froncer les sourcils. Il rejeta même la tête en arrière et beugla de rire en évoquant une des petites manies de Linda. Connie la trouvait plutôt ordinaire.

Un élan de jubilation malveillante colora un instant

les joues de Connie. Mais lorsqu'il ralentit délibérément en approchant du premier embranchement afin de pouvoir terminer le chapitre Linda à New York (le ciel ressemblait à de longs rubans étroits découpés par les grands immeubles et les bretzels étaient trop gros, même pour sa bouche), Connie se dit qu'il n'y avait rien à faire, il allait devoir mourir.

Elle réfléchissait à la méthode à employer quand le flot de paroles s'arrêta soudain. Ils roulèrent véritablement en silence durant une minute entière. Il semblait plongé dans ses pensées et Connie ferma les yeux avec soulagement.

« À gauche ! réussit-elle à crier juste avant qu'il ne dépasse la rue.

— Désolé, ma p'tite dame. J'étais à des années-lumière. » Il sourit pour lui-même. « J'étais perdu dans mes souvenirs... quand on conduit, vous savez, on se rappelle... » Il laissa sa phrase en suspens.

Connie chercha dans son sac des pièces de une livre. Elle tenait prêt un billet de vingt livres plié en équilibre sur son genou. Elle osait à peine regarder la maison, s'attendant presque à voir là aussi un changement colossal. Les rideaux étaient tirés devant les fenêtres du premier étage. Elle était la seule à se donner la peine de les ouvrir pour faire entrer la lumière du jour. Ses trois fils avaient l'air d'aimer les couloirs sombres, les lumières allumées dans leurs chambres au milieu de la journée. Cela la mettait mal à l'aise, lui rappelait l'époque où elle s'habillait pour l'école dans l'igloo sombre qu'était sa chambre. Le long chemin et les réverbères encore allumés, la poussière rouge de l'aciérie de Consett qui donnait au peu de lumière un éclat orange et sinistre. À peine un vague lavis dans le ciel au moment où elle sortait sa trousse et ses cahiers.

« Bon, je suis content que votre visite dans la Ville

Éternelle vous ait plu, dit le chauffeur de taxi, même si Connie n'avait donné aucune indication sur ce qu'elle avait pensé de Rome. Je n'y suis jamais retourné. Peut-être l'année prochaine, hein ?

— Vous empêcherez Linda de monter au Vatican, n'est-ce pas ? » Au moment de le quitter, Connie sentit qu'elle devait dire quelque chose pour le cas où il penserait qu'il l'avait ennuyée, ce qui était vrai, mais elle ne voulait pas qu'il le sache.

« Elle n'est plus, ma Linda. Ça fait trois ans. Vous avez raison, ce sont des choses qui arrivent. Elle était l'amour de ma vie. Ça fera vingt-deux livres, ma p'tite dame. »

Il démarra avant que Connie n'ait trouvé quoi répondre.

« Je suis vraiment désolée ! » cria-t-elle au taxi. Elle fit rouler sa petite valise jusqu'à la porte d'entrée sur l'allée étroite faite d'une mosaïque de carreaux. Sur la marche, elle redressa la valise et s'affala dessus, la tête dans les mains. « Vraiment désolée », répéta-t-elle ; les larmes lui montèrent aux yeux et soudain ses épaules furent secouées de sanglots.

La porte s'ouvrit et Fred apparut, les yeux écarquillés. Il regarda autour de lui puis posa une main sur la tête de sa mère agitée de tressaillements.

« Maman ?

— Fred, mon grand. Aide-moi à entrer. Je suis un peu perdue.

— Qu'est-ce qu'il se passe ? Où est Papa ? »

Connie déglutit et serra fortement les mains sur ses genoux.

« Il est resté à Rome.

— Il va bien ? Maman... est-ce qu'il y a eu un accident ? »

Elle secoua la tête, toujours concentrée sur ses mains, et elle serra aussi les jambes, n'importe quoi pour l'aider à se ressaisir. Elle avait l'impression d'être une paire de ciseaux grande ouverte et qu'on ne réussissait pas à refermer.

« Quand est-ce qu'il rentre ?

— Je ne sais pas.

— Qu'est-ce que tu...

— À vrai dire, je ne sais pas s'il va rentrer un jour. »

Non, non. Ça n'allait pas du tout. Beaucoup trop dramatique, son malheur la faisait parler à tort et à travers. Les pupilles noires des yeux de Fred s'élargirent, engloutissant presque tout l'iris marron. C'était injuste de lui porter un tel coup. Elle posa les doigts sur son front et frotta.

« Désolée, je suis seulement... Enfin, je ne sais pas ce que je suis seulement. Entrons. Ne dis rien à tes frères. Je te parlerai plus tard. »

Elle tenta un sourire rassurant, sentit sa lèvre trembler et changea d'avis. Une main sur l'épaule de son fils, c'était à peu près tout ce qu'elle pouvait faire pour l'instant. Il tressaillit et elle eut de nouveau envie de pleurer.

« Plus tard, d'accord ? » Elle hocha la tête, attendant qu'il lui réponde de la même façon ; il semblait abasourdi mais il inclina légèrement la tête. Tout son corps aspirait à entendre la porte se fermer derrière elle. Une fois à l'intérieur, la porte close, elle laissa échapper le soupir qu'elle retenait. Te voilà, chantait la maison, elle t'attend toujours, cette toile d'araignée compliquée en haut de l'escalier, si parfaite qu'elle ne pouvait se résoudre à l'enlever avec un balai. Elles t'attendent, les limaces mortes dans un piège à bière au milieu du premier parterre du jardin, elles t'attendent aussi les marques des semelles en caoutchouc sur le parquet de la cuisine et le petit triangle de papier peint décollé sur le palier du premier étage. Petites imperfections qu'elle acceptait afin de rendre la maison plus accueillante et dont elle avait conscience, de sorte que même ce qui n'était pas parfait était sous contrôle.

Des pas précipités et des bruits sourds se faisaient entendre à l'étage. Joe et Benny tentaient de ranger à la dernière minute. Si plus d'un jour s'écoulait sans qu'elle inspecte leur chambre, cela devenait une porcherie, quatre jours et trois nuits et c'était un cloaque. L'entrée était remplie de chaussures de foot boueuses, de sweat-shirts à capuche jetés n'importe où, de tennis d'où sortaient les semelles anti-odeur, de sacs de sport, de sacs de classe en tas, de papiers de chewing-gum. À l'odeur aigre de la sueur des jeunes mâles se superposait une sorte de relent douceâtre. Devant un tel amoncellement, elle aboyait en général des ordres frénétiques et pointait l'index : « Toi, toi et toi, ça, ça et ça, en haut, dans le panier à linge sale. Tou-out de suite. » Mais aujourd'hui elle trouvait un immense réconfort dans la pagaille de la vie domestique normale. Elle se fraya un chemin entre les tas et les pupilles de Fred s'agrandirent de nouveau. Elle aurait dû normalement faire preuve d'autorité.

Il ouvrit la porte du salon. Le tapis montrait les traces récentes du passage de l'aspirateur. Elle perçut une odeur de cire. Trois gerberas orange pendaient mollement dans un vase beaucoup trop grand. Ses fleurs préférées.

« Merci, Fred, dit-elle. Tu as bien travaillé. Et les fleurs... »

Il haussa les épaules et fit la moue. Mais elle voyait bien qu'il la dévorait des yeux.

« Les garçons ! cria-t-elle dans l'escalier. C'est trop tard. La pagaille attendra. »

Il y eut une dernière cavalcade effrénée, Joe dégringola l'escalier le premier, deux marches à la fois.

Il la poussa du coude en guise de salut et fila droit à la cuisine. Benny, neuf ans, le plus jeune, descendit lentement, presque timidement. Il était menu, avec des cheveux cuivrés comme les siens et des yeux verts qui ne se retrouvaient nulle part dans la famille. Il s'approcha d'elle en traînant les pieds jusqu'à ce que le bout de ses chaussettes touche le bout des chaussures de Connie. Si elle tendait la main trop brusquement vers lui, il aurait un mouvement de recul. Il avait fallu à Connie les neuf années depuis sa naissance pour comprendre comment se comporter avec lui mais elle s'améliorait.

« Bonjour, Bunny lapin. Tu as été sage ? » Elle l'embrassa sur le crâne, sentit ses cheveux mais prit garde de ne pas s'attarder.

« Parfaitement, dit Fred avec fierté.

— Et *lui* ? » demanda-t-elle avec un signe de tête vers la cuisine.

Fred répondit par un geste de la main qui signifiait comme ci comme ça.

« Pas trop mal. Mary l'a bien engueulé le deuxième soir et ensuite il s'est tenu tranquille. »

Connie sourit. C'était un sourire authentique qui persista un moment sur ses lèvres sans trace de tremblement. Une vague de soulagement la traversa. Les choses allaient s'arranger. Elle allait faire de la soupe, même si c'était ridicule par une journée aussi étouffante ; Joe pourrait prendre son skateboard et aller chercher du pain à côté. Pendant que la soupe mijoterait, elle s'attaquerait à l'entrée, puis à la cuisine, et laisserait le premier étage pour plus tard dans la soirée. Les différentes tâches seraient réparties équitablement, même si ses fils allaient râler et discuter de toute façon jusqu'à ce qu'elle élève la voix, pas énormément, juste assez pour les motiver. Elle était la seule femme dans une maison où habitaient quatre hommes, après tout, ce qui voulait dire qu'elle était rarement à moins de trois grands cris sonores de l'anarchie.

Elle espérait qu'à l'avenir trois épouses méritantes lui sauraient gré du rôle qu'elle avait joué dans l'apprivoisement de leurs maris. Mais c'était peu probable. Elles trouveraient sans aucun doute d'autres défauts à ses fils, des choses insignifiantes que Connie avait négligées en élaborant un projet plus grandiose. Il lui arrivait souvent de regarder par la fenêtre de la cuisine, d'inventer des discussions avec des belles-filles imaginaires où elle défendait leurs maris. Où elle défendait leur éducation. Elle ferait une belle-mère vraiment nulle. Le mieux qu'elle pouvait espérer, c'était qu'au moins une de ces femmes ait le sens de l'humour, ce que Connie considérait en soi comme la plus grande vertu chez une éventuelle belle-fille. Le sens de l'humour permettait de tout supporter.

Ces pensées lui traversaient l'esprit comme un bruit de fond. Une version lointaine et continuelle était toujours présente dès qu'elle franchissait la porte d'entrée. Elles étaient apaisantes, elle pouvait leur laisser libre cours ou les abandonner selon son humeur, tout comme le ronronnement constant de Radio 4 dans la cuisine. Elle était ordinaire comme Linda, la femme du chauffeur de taxi, vraiment – il fallait le point de vue d'une autre personne pour faire de vous quelqu'un d'extraordinaire. Elle regrettait de ne pas avoir été plus gentille, il avait perdu l'amour de sa vie, après tout.

Réconfortée par son sens de l'organisation retrouvé, elle planifia le reste de la soirée dans ses grandes lignes. Elle appellerait Mary après la soupe et la remercierait de s'être occupée des garçons pendant le week-end ; elle bâillerait de manière audible pour tenter de dissuader son amie de passer comme presque tous les soirs. Demain, quand elle aurait repris les choses en main, elle téléphonerait à sa mère. De toute façon, avec un peu de chance, Matt aurait appelé d'ici là pour dire qu'il rentrait à la maison par le premier vol, qu'il avait temporairement perdu la tête, l'avait retrouvée, et il proposerait de ne plus jamais parler de cet épisode, plus jamais, si elle voulait bien et si elle avait le cœur de lui pardonner et d'oublier. Elle aurait effectivement le cœur de lui pardonner et d'oublier, mais pas avant d'avoir extrait de ses os toute la moelle possible, ce qui d'après ses estimations prendrait, disons, un mois, peut-être un peu plus, en fonction de l'application et de la volonté qu'il mettrait à s'aplatir devant elle. Tout cela prêterait à rire dans les années à venir tandis qu'ils replongeraient au niveau stable et rassurant d'une légère absence de bonheur – ou bien était-ce cela le bonheur ? – sur lequel ils en étaient venus à se reposer. Oui. La soupe.

« Tout va s'arranger », dit-elle à Fred pour que ses pupilles reviennent à la normale. Elles s'exécutèrent magnifiquement car son aîné de quinze ans lui faisait confiance d'une façon qu'elle n'avait jamais l'impression de mériter.

« Joe ! hurla-t-elle. Il nous faut du pain et regarde s'il y a du lait au réfrigérateur.

— Où est Papa ? demanda Benny.

— Il rentrera plus tard, dit Connie en rangeant la valise de week-end contre la première marche de l'escalier.

— Il est allé directement au travail ?

— Quelque chose comme ça. Benny, est-ce que tu portes les mêmes chaussettes depuis que je suis partie ? »

Ce ne fut pas un mince exploit d'éviter le regard vigilant de Fred au cours de la soirée. Chaque fois que le téléphone sonnait, elle sursautait et se mettait à nettoyer quelque chose. Les appels étaient toujours pour Joe. Des filles aux voix cajoleuses et implorantes comme si elles pouvaient mentalement l'exhorter à glisser un mot en leur faveur rien qu'en prenant la communication. À cause de la musique assourdissante qui émanait de la chambre qu'il partageait avec Benny, quelqu'un devait chaque fois monter lui dire que Tasha, Sophie ou Emma voulait lui parler. Leurs noms semblaient toujours se terminer par une voyelle.

Il descendait en bondissant et ses pieds nus claquaient sur le carrelage de l'entrée. Une main passée négligemment dans ses cheveux blond-roux et épais tandis que l'autre saisissait le téléphone rappelait à Connie une attitude de Matt. Elle n'avait pas du tout l'intention d'écouter, mais il lui était difficile d'ignorer la série de grognements qui suivait. « Heu-heu. Heu. Pas *question*. T'es sérieuse ? Heu. Heu. Ouais salut. »

Le portable de Joe lui avait été confisqué quand elle s'était aperçue qu'il utilisait sa carte de crédit pour des numéros pornos. Puis, quand il s'était approprié un des téléphones sans fil de la maison pour son usage exclusif, elle avait réduit le nombre de téléphones à un seul, à fil, dans l'entrée. Il continuait cependant à utiliser le portable de Connie si elle oubliait de le sortir de son sac pour le cacher quelque part dans sa chambre. Il ne pouvait pas prendre celui de son père car Matt détestait tous les téléphones, surtout les portables, parce qu'ils l'obligeaient à parler. Il ne prenait celui de Fred que pour l'embêter. Parfois, son deuxième fils lui déplaisait tant que la tête lui tournait.

Elle se chamaillait sans cesse avec Joe d'une façon qu'elle aurait trouvée extrêmement pénible avec les deux autres. Quand il émettait des étincelles de charme avec l'aisance flamboyante de la lumière se reflétant sur un diamant, on ne pouvait douter une seconde qu'il avait quelque chose en tête. C'était le fils sur lequel elle sentait qu'elle avait le moins d'influence et celui pour lequel elle se faisait le moins de souci.

Fred décrocha avant elle au cinquième coup de téléphone. C'était le bon, elle en était certaine. Il était impossible d'entendre ce que Fred disait, mais rien n'indiquait une différence avec les marmonnements qu'il employait en général avec son père. Matt devait se demander ce que savait son fils, ce qu'elle lui avait raconté. Elle éprouva une pointe de contentement à l'idée d'avoir réussi à tenir bon. Elle se mit à fredonner en ramassant les miettes de pain dans sa main en coupe. Qu'allait-elle dire ? Quelle quantité de froid arctique pouvait-elle faire passer dans ses questions banales ? Demain, dis-tu ? Oui, je viendrai te chercher. Oui, les garçons vont bien, ils se demandent où tu es, c'est tout. Oui, bien sûr qu'ils ont *remarqué*. Pardon ? Je n'ai *rien* dit, que veux-tu que je dise ? Je pense que c'est à toi de trouver des explications, tu ne crois pas ? Je suis parfaitement calme, merci. Tu ne trouves pas ? À quoi t'attendais-tu, Matt ?

Quand Fred revint dans la cuisine, elle était déjà en pleine discussion, son visage adoptait en silence les expressions de son mari, puis les siennes. En fait, elle se sentait transportée. C'était bon d'avoir raison de façon aussi glorieuse et irréfutable. Elle haussa calmement les sourcils à l'intention de Fred.

« Mary, déclara-t-il d'une voix neutre. Elle arrive.

— Maintenant ?

— Je ne pensais pas qu'il y avait une raison de lui demander de ne pas venir.

— Euh, non.

— Alors, qu'est-ce que tu vas lui dire ?

— Chut, Fred. Benny risque d'entendre.

— Il est au salon. La porte est fermée.

— Même.

— Même quoi ? *Quoi ?* » Il commençait à s'énerver et elle ne pouvait pas lui en vouloir.

« Assieds-toi, mon grand. » Elle s'approcha de la bouilloire. « Tu veux une tasse ?

— Pas tout de suite.

— Non, moi non plus. » Elle prit une bouteille de vin ouverte dans le réfrigérateur et en versa le contenu dans un verre.

Fred, son visage boutonneux impassible, le menton posé sur ses mains croisées, suivait des yeux ses mouvements. Seuls ses yeux couleur tabac palpitaient et trahissaient un peu sa consternation. En même temps qu'elle s'exhortait à lui avouer la vérité, du moins tout ce qu'elle en savait, elle voyait le juge en lui.

« Je ne sais pas vraiment quoi te dire », commença-t-elle en tirant une chaise pour s'asseoir en face de lui. Sa voix lui semblait gazéifiée, passée au tamis, elle contenait trop d'oxygène ; ce dont elle avait besoin, c'était d'une bouffée empoisonnée de dioxyde de carbone. Elle s'éclaircit la gorge et s'appuya lourdement sur la table en bois. Elle dépendait du flegme de Fred, s'il paniquait elle était fichue.

« Bon. Nous sommes allés à Rome. Mary m'avait parlé de ce petit hôtel où elle descend, près de tout, avec une terrasse sur le toit d'où on voit...

— Oui, oui ?

— Nous étions bien. Pas de dispute, je te le jure. Le premier jour, nous avons simplement marché tout le temps. Nous avons passé des heures au Forum et Papa était dans son élément. Il disait qu'il n'avait besoin de voir rien d'autre, que cela lui suffisait. Tu sais comment il est quand il s'agit d'histoire et tout ça. Il se laissait guider par un livre qui donnait les noms de tous les édifices et expliquait ce qu'ils étaient et qui était qui. Très intéressant si on aime ce genre de choses. Ensuite nous avons passé le reste de la soirée au Colisée. Fascinant. Il faudrait que tu voies tous les passages souterrains où on mettait les bêtes sauvages et les gladiateurs. Moi, j'avais très envie d'une glace, mais j'ai laissé tomber parce que ton père donnait l'impression d'être mort et monté au ciel. »

Les yeux de Fred avaient cillé quand elle avait parlé de la glace ; elle savait exactement comment l'embarquer dans une histoire.

« Ce soir-là nous avons mangé dans une petite trattoria tenue par une famille. Délicieux, mais je ne vais pas entrer dans les détails maintenant. » Elle se servait de la nourriture pour raconter une histoire à Fred comme elle se servirait des vêtements, de la mode, pour raconter la même histoire à Joe plus tard, si nécessaire. « Nous ressemblions à deux cochons farcis en rentrant à l'hôtel, nous n'arrêtions pas de rire et de plaisanter. Le lendemain, nous n'arrivions pas à décider où aller ensuite. Papa voulait commencer par le Vatican et revenir par le fleuve et moi je voulais aller place d'Espagne parce que j'avais vu dans le guide qu'on pouvait faire de bonnes affaires tout autour et j'avais un peu peur de ne pas... Quoi qu'il en soit, nous avons fini par jouer à pile ou face. Très démocratique, tu ne trouves pas ? On a eu une petite dispute après cela, ton père est parti au Vatican et moi je suis allée faire les boutiques.

— Est-ce qu'il est revenu ? Une dispute petite comment ?

— Ne sois pas idiot, bien sûr qu'il est revenu. Nous avons passé une soirée merveilleuse à nous promener dans les jardins de la villa Borghèse et à regarder le soleil se coucher sur Rome. Tu n'as pas idée à quel point cette ville est belle.

— Si tout était tellement beau et merveilleux, où est Papa ? »

Connie étala ses mains sur la table et les étudia avec beaucoup d'attention. Elle voulait faire sentir que ce qui allait suivre lui était pénible. Notamment parce qu'elle allait devoir improviser à partir de maintenant et qu'elle devrait se rappeler mot pour mot ce qu'elle allait dire au cas peu probable où Matt ne rentrerait pas le lendemain. Elle poussa un grand soupir.

Benny entra sans se presser. Elle s'apprêtait à changer de sujet pour gagner un peu de temps, mais Fred ne voulait pas en entendre parler.

« Dehors, Benny. »

Sans un mot, Benny se retira comme une bobine de film qu'on passe à l'envers. La porte de la cuisine se referma.

« Continue. »

Elle revoyait Rome comme la ville lui était apparue ce soir-là. Les tons couleur chair accentués par la lumière dorée et granuleuse qui jouait entre les seins gonflés qu'évoquaient les dômes innombrables. Elle dut de nouveau s'éclaircir la gorge.

« Eh bien, c'est difficile à dire, mais je crois que ça a vraiment commencé pendant que nous regardions le coucher de soleil. Oui, oui, ça me revient maintenant. Nous nous trouvions à un point de vue et tout Rome s'étalait au-dessous de nous comme si le soleil venait de fondre sur la ville. J'étais très heureuse. J'ai tendu la main pour serrer celle de Matt, peut-être même l'embrasser, pour marquer l'instant. Mais il s'était un peu écarté et il avait détourné la tête. Et je crois qu'il pleurait.

— Il pleurait ? Papa ?

— Je crois.

— Pourquoi ?

— Je ne sais pas. Il n'a pas voulu le dire. Il a prétendu

que je me faisais des idées. Mais le reste de la soirée et toute la nuit il a été très, très silencieux et lointain. Je me suis réveillée plusieurs fois et il était debout devant la fenêtre de la chambre et se contentait de regarder au loin. Le matin, il a laissé un mot pour dire qu'il partait pour une longue promenade, que je devais prendre mon petit déjeuner comme d'habitude et qu'il me rejoindrait plus tard. J'ai attendu toute la journée près de l'hôtel et il n'est rentré qu'en début de soirée.

— Alors vous vous êtes engueulés dans le hall et il est parti ? »

Cela l'embêtait qu'il ait l'air à ce point soulagé. Oui, il lui était arrivé de temps en temps d'embarrasser son mari et ses fils en élevant la voix en public mais, vraiment, ce n'était pas *complètement* sa faute. Ils n'avaient pas l'air de comprendre que les femmes sont différentes. Elles ne pouvaient pas laisser en suspens une discussion comme le faisait Matt qui ressemblait alors à une poule jalouse couvant son œuf. Ses quatre hommes se cognaient les uns contre les autres dans leurs efforts pour se défiler. Ils abandonnaient les valises, les passeports, les cartes d'embarquement, s'effondraient les uns sur les autres comme des dominos dans les lieux publics juste pour que personne ne les remarque. Un coup de gueule bien placé de sa part était indispensable s'ils voulaient jamais arriver quelque part.

« Il se trouve qu'il n'y a pas eu de dispute. J'ai pensé qu'il avait l'air malade. Il a dit… Il a dit qu'il ne croyait pas pouvoir rentrer à la maison tout de suite. Il avait besoin de temps pour réfléchir.

— Réfléchir à *quoi* ?

— Je ne sais pas. Il n'a rien ajouté.

— Alors tu as dit simplement : "Bon d'accord, prends ton temps, on se voit quand tu rentres." Je n'y crois pas. »

Cela recommençait, cette tendance juridique au contre-interrogatoire. Il était bon, il réfléchissait plus vite qu'elle, tandis qu'elle devait élaborer ses réponses au fur et à mesure. D'une certaine manière, elle était plutôt rassurée de continuer à tracer ses habituels graphiques en barres concernant les carrières de ses fils. C'est ce que donnent les quatre murs de la maison, la solidité – voyager était peut-être une mauvaise idée. Sa voix retrouva son équilibre.

« Je suis restée très calme, Fred. Très, très calme. Tu peux imaginer à quel point j'étais paniquée. J'ai cru qu'il avait perdu la boule. J'ai dit : "Bon, réfléchissons à tout ça. Allons manger quelque chose calmement et parlons de ce que tu ressens. Je vais te donner de mon remède miracle à base de plantes, nous allons terminer cette soirée puis nous rentrerons à la maison demain matin et tu iras directement chez un psychiatre." »

Un sourire se dessina sur les lèvres de Fred.

« Tu n'as pas dit ça.

— Si. Enfin, quelque chose comme ça. Tu n'aurais pas fait pareil ?

— C'est dingue. Je veux dire *Papa*. Impossible. Qu'est-ce qu'il s'est passé d'autre ? Qu'est-ce que tu me caches ?

— Fred, je suis aussi sidérée que toi. Nous avons parlé toute la nuit. Enfin *j'ai* parlé. J'ai dit tout ce à quoi tu peux t'attendre de ma part. Que vont penser les garçons ? Qu'est-ce que c'est que ce comportement ? Tu es leur modèle, nom d'un chien ! Et le cabinet dentaire ? Qu'est-ce que je suis censée dire aux gens ?

— Qu'est-ce qu'il a répondu ?

— Il a juste eu l'air déconcerté. »

Les yeux de Fred cillèrent de nouveau tandis qu'il assimilait cette information. Il lui jeta un regard rapide puis détourna les yeux puisqu'elle ne disait plus rien. Il était important de ne pas ajouter de petites fioritures inutiles qu'elle risquait d'oublier plus tard. Il était également important de réussir à conserver son air absent, décontenancé, pour qu'il ne perçoive pas les élans de terreur auxquels elle avait failli succomber en décrivant le visage de Matt. Tout cet épisode ridicule serait terminé le lendemain soir à cette heure si elle réussissait à tenir fermement les rênes.

« Qu'est-ce que tu en penses ? finit par dire Fred.

— Aucune idée. Qu'est-ce que *tu* en penses ?

— Il t'a laissée partir à l'aéroport comme ça ? Où est-il allé ?

— Il est resté à l'hôtel, je pense. »

Fred repoussa sa chaise. Deux taches livides marquaient ses joues.

« Très bien. Appelons-le tout de suite pour lui dire de ramener ses fesses.

— Laisse tomber pour ce soir, mon grand.

— On ne peut pas le laisser se balader dans Rome s'il a perdu la boule. »

Personne dans tout l'univers n'était moins susceptible que Matt de se balader dans Rome en ayant perdu la boule. Cette idée fit glousser Connie. Elle crut d'abord que c'était le hoquet, mais un autre gloussement suivit très vite, puis un autre. Fred se gratta la tête.

« Quoi ? Alors, c'est tout ?

— J'ai bien peur que non. C'est juste l'idée de ton père...

— Est-ce que j'ai bien entendu ? Je veux dire, je veux dire... *Papa* ? »

Il se rassit. Elle éprouva un élan de pitié pour lui. Quinze ans et presque aussi vieux que s'il en avait quatre-vingt-trois. Pas de petite amie. Il était déçu non seulement par son père, mais par son meilleur ami, bon sang ! Une tache violette apparaissait par intermittence sur son menton.

« D'accord, on le laisse ce soir, mais on l'appelle demain s'il n'y a rien de nouveau.

— D'accord.

— Ça va s'arranger, Maman. Ce n'est qu'une crise de la quarantaine passagère ou une connerie de ce style. »

Ces mots les firent tous les deux sourire.

« Qu'est-ce qu'on va dire à tes frères ?

— On va leur dire que Papa a décidé de rester à... à un congrès ou quelque chose comme ça. Ouais, un grand congrès de dentistes. Tu ne sais pas combien de temps ça va durer.

— Quelle bonne idée ! J'aurais dû y penser. »

Il s'attaqua à la plus haute étagère d'un placard où se trouvait la cachette secrète du chocolat de Connie qui n'était évidemment pas si secrète.

« Tu savais que tu devrais me dire la vérité, hein ? »

Il était content qu'elle l'ait traité en adulte, ce qu'elle faisait tout le temps depuis que sa carrière de juriste avait été décidée quand il avait cinq ans, peut-être six au plus. On disait que les enfants naissaient avec des personnalités bien établies, que même si on les traitait tous de la même manière ils devenaient tous différents. Et puis il y avait les facteurs génétiques, la position dans la famille, l'état du mariage des parents durant la petite enfance et toute une palette de facteurs qu'on ne pouvait pas même regretter a posteriori, tous contribuant à former une future personnalité différente de celle qu'on avait souhaitée.

Elle soupçonnait toutefois secrètement et sournoisement qu'on mettait soi-même sa patte dans le bol du mixeur. Une fois Fred le juriste casé à la banque, ne s'était-elle pas montrée moins exigeante envers

Joe ? Juste pour voir ce qu'il ferait de cette liberté ? Devenir une star du rock ou faire du cinéma, il avait suffisamment d'allure. Quelque chose de créatif en tout cas, même s'il fallait encore attendre le premier signe. Il s'épanouirait après avoir franchi le stade éventuel de l'alcool et de la drogue. Et Benny… eh bien, elle se ferait toujours du souci pour Benny.

« Mary va arriver. » Fred avait l'air soucieux. « Qu'est-ce que tu vas lui dire ? »

Connie se rendit compte que Fred et elle étaient déjà de mèche pour sauver l'honneur de Matt. Elle se souvint d'une pièce qu'elle avait vue un jour, *Six personnages en quête d'auteur* ; combien de temps devrait-elle composer le personnage de Matt, donner de lui une version qui soit conforme aux vœux de chacun ? Elle pourrait se contenter de dire à Joe « Ton père avait besoin de vacances plus longues, sans moi », et Joe hausserait les épaules. Déclarer à Benny « Papa travaille encore » – haussement d'épaules. Un millier de figures différentes de Matt se promenaient peut-être ; s'il restait parti suffisamment longtemps, il lui faudrait sans doute les protéger toutes. Elle se dit que s'il franchissait la porte à l'instant, elle serait capable de le poignarder, ne serait-ce que pour diminuer le nombre de ses avatars. Un Matt, une version – mort.

« Je vais peut-être parler à Mary du congrès. » Elle réfléchit, Mary était si fine. « Ou je vais lui dire la vérité, comme à toi. »

Et, dans l'ensemble, elle avait dit la vérité. Elle était certaine que Matt pleurait en silence pendant qu'ils regardaient fondre le coucher de soleil. Il avait paru malade et bizarrement pâle quand il lui avait dit qu'il ne pouvait pas rentrer. Elle était demeurée d'un calme incroyable.

Elle avait juste omis de parler de Greta.

2

Mary aurait fait un cheval magnifique. De ces bêtes charpentées et fiables que les fermiers recherchaient autrefois pour leurs champs. Elle avait un long visage expressif et un menton plus en retrait que son front. De doux yeux noisette aux paupières enfoncées profondément dans leurs orbites et des pommettes hautes et rondes qui accentuaient l'effet chevalin. Pieds nus, elle mesurait presque un mètre quatre-vingts ; ses épaules larges et osseuses surmontaient des bras musclés et des mains comme des assiettes sillonnées de veines noueuses qui ressortaient tels de gros vers. Même si elle l'avait voulu, ce qui n'était pas le cas, elle n'aurait rien pu faire pour ses mains. De toute manière, des taches de peinture venaient en général souligner le réseau de ses veines.

Ce soir-là, une longue traînée de jaune maculait aussi les boucles grisonnantes qui lui tombaient sur les épaules. Quand elle passa ses deux mains dans ses cheveux, le jaune se brisa comme la lumière sur l'eau. La traînée persisterait jusqu'à ce qu'elle finisse par partir au lavage mais d'ici là elle aurait été remplacée plusieurs fois.

Pendant que Connie lui parlait de ses impressions sur Rome, Mary avait pris un air absent, se souvenant de sa première visite plus de vingt ans auparavant.

Elles étaient assises dans la pénombre de la cuisine en cette fin de soirée et sirotaient du vin rouge. De temps en temps, les craquements du parquet au-dessus de leurs têtes rappelaient la présence des garçons. Mary supposait peut-être que Matt était avec eux, car elle n'avait pas encore posé de questions et Connie faisait tout pour conjurer ce moment. Se charger de Fred était une chose (sans parler de ses deux autres fils à qui elle n'avait toujours rien dit), mais Mary mettait carrément les pieds dans le plat si elle soupçonnait qu'on lui jetait de la poudre aux yeux.

Tout en parlant à n'en plus finir du Forum, s'employant à traduire de manière adéquate l'extase de Matt, Connie se livrait mentalement à d'autres suppositions. Elle travaillait avec Mary quatre jours par semaine. Le lendemain, elles commençaient une nouvelle carte à l'atelier. Plus de cinq ans auparavant, elles avaient créé ensemble la Compagnie des cartes alternatives. Davantage comme une plaisanterie, mais à leur grande surprise cela avait marché. Mary passait chez Connie presque tous les soirs, même cinq minutes. Elle était là si souvent que les rares fois où on ne la voyait pas, un des garçons demandait négligemment : « Où est Mary ? » comme on le ferait pour le chien de la famille.

Connie faisait des calculs rapides ; si Matt ne se montrait pas d'ici trois, quatre jours *au maximum*, il lui faudrait parler à Mary de la rencontre avec Greta à Rome, mais à ce moment-là, de toute façon, cette crise aurait pris un tour complètement différent. À ce moment-là, il serait officiellement porté disparu. Pour l'instant, dans sa tête, son absence demeurait *cette* crise et pas encore *la* crise.

« Tu as dû engueuler Joe, il paraît. » Connie remplit de nouveau leurs verres.

« Il a adoré, j'ai adoré, dit Mary avec délectation. Si

seulement ce garçon était à moi. On peut l'engueuler sans arrêt et sans la moindre crainte d'endommager sa psyché. Son ego est inviolable. Je l'adore. »

Connie sourit. Elle avait souvent vu Joe et Mary se jeter à la gorge l'un de l'autre avec dans les yeux une lueur digne de chiens enragés. Ils commençaient généralement par des taquineries habituelles que personne d'autre ne semblait comprendre. Ils inventaient leurs propres règles, échangeaient des insultes un jour, des coups de poing aux bras le suivant. Personne dans la famille ne leur prêtait plus la moindre attention, mais Connie était certaine qu'un jour un passant jetterait un coup d'œil par la fenêtre du salon et appellerait la protection de l'enfance. Comment faire autrement ? Une femme chevaline d'un mètre quatre-vingts, maculée de peinture, écrasant de toute sa hauteur un adolescent mince, et beuglant d'un ton mordant et aristocratique : « Allons, mon garçon, tu appelles ça un coup de poing ? Je vais te montrer ce qu'est un coup de poing. »

Un soir, en sautant, Joe avait réussi à mettre Mary K-O d'un coup de tête et, quand elle avait repris connaissance, elle était presque muette d'admiration. Il était fantastique, il était absolu-vachement magnifique.

Cette amitié improbable durait depuis l'arrivée de Connie à Londres. Elle était secrétaire dans une agence de publicité et faisait de son mieux pour moduler son fort accent du nord de l'Angleterre. Elle se trouvait presque tout le temps maladroite, à cause de ses origines ouvrières, de sa façon de s'habiller, des expressions familières qu'elle employait encore, et même de ses tours de cou en or démodés ; apparemment, plus personne ne portait de bijoux en or. Les autres secrétaires ou assistantes, comme on les appelait maintenant, languissantes et émaciées, étaient toujours drapées dans une sorte de film noir. Penchées sur leur bureau, elles ressemblaient à une rangée de virgules.

Elle avait dix-huit ans, en était encore au stade des collerettes et des nœuds en satin style princesse Diana, dont elle imitait aussi de manière effroyable la coupe de cheveux célèbre dans le monde entier en torturant ses boucles cuivrées. Matt avait vingt et un ans, travaillait dans un pub quelques soirs par semaine, entretenait des jardins en banlieue le week-end pour compléter sa maigre bourse d'étude. Il ne commençait souvent à étudier qu'à minuit. Ils se rencontraient rarement dans leur minuscule chambre meublée près de Holloway Road. Au cours des années qui suivirent, Connie fit un bel effort pour essayer de réinventer cette époque spartiate dans l'habituel nid d'amour – « où nous étions pauvres mais heureux » – mais elle désarmait même son reportage optimiste. C'étaient des années déplaisantes, pénibles, à peine adoucies par leur appétit sexuel juvénile.

Londres après la guerre des Malouines était une ville avide et pleine de contradictions. Tandis que le personnel vêtu de noir au bas de l'échelle de l'agence était composé en majorité de filles avec des pedigrees Crufts [1], les mecs qui étaient propriétaires de l'agence (ils s'appelaient eux-mêmes les mecs) venaient de l'East End, étaient assez rudes et parlaient d'une voix glottale dépourvue de consonnes. « Acco ma'ame ? » En réponse, dans le bureau paysager de la plèbe, tout ce qu'elle entendait des virgules était : « D'accorr, d'accorr. » On aurait pu leur dire qu'on venait de perdre sa mère, elles auraient hoché la tête : « D'accorr. » Elles n'étaient pas toutes habillées en noir, certaines

1. Grand concours canin du nom de son fondateur Charles Cruft. *(N.d.T.)*

portaient des pulls marins et des chemisiers rayés dont le col relevé dépassait de l'encolure ronde de sorte que deux ailes leur balayaient constamment le menton. Cependant, elles ne partiraient sur aucun bateau plus tard dans la soirée. Elle ne comprenait absolument rien à tout cela.

Elle avait d'abord catalogué Mary avec la volière chic. Sa voix sonore du centre de l'Angleterre résonnait d'un mur du bureau paysager à l'autre. À l'époque, Connie croyait sincèrement qu'on ne pouvait pas être une personne normale et décente si on parlait avec un accent chic. Les deux étaient tout simplement incompatibles. Quelle que soit la normalité, Mary ne la représentait pourtant pas, et elle s'était révélée la personne la plus décente, la plus honorable qu'ait jamais rencontrée Connie à l'exception de Matt.

Mary était graphiste adjointe dans l'entreprise. Sauf qu'on avait oublié de lui dire qu'elle était adjointe. Il ne se passait pratiquement pas un jour sans qu'elle déclenche un véritable esclandre. Elle entrait en coup de vent dans la salle de conférences, carton à dessins sous le bras, croquant une pomme, traînant dans son sillage des volutes de parfum musqué.

Un jour elle arrivait à la séance de brainstorming hebdomadaire drapée dans un sari flamboyant, chaussée de sandales à lanières toutes simples en cuir marron contenant difficilement ses orteils qui semblaient partir dans tous les sens. Au-dessus des deux brides, chacune avec une boucle de côté, ses chevilles et ses mollets solides arboraient des poils si épais que Connie n'aurait jamais pensé qu'une femme puisse en avoir de tels et encore moins les exhiber. Un autre jour, Mary venait en jean déchiré barbouillé de peinture et en débardeur blanc qui contenait à peine ses longs seins plats. Hors de question de porter un soutien-gorge. Elle était si exotique aux yeux de Connie qu'elle ne pouvait qu'être lesbienne.

Il apparut qu'elle ne l'était pas, mais elle avait beaucoup de talent, ce qui incitait les mecs à supporter ses caprices et son perfectionnisme aussi longtemps que possible. Connie l'avait trouvée un jour dans les toilettes, pleurant toutes les larmes de son corps parce qu'elle avait une idée claire comme de l'eau de roche sur la manière de réaliser un projet et que les patrons l'obligeaient à faire des compromis. Elle était réellement peinée et sa sincérité naturelle avait touché une corde sensible chez Connie qui était à l'époque engagée dans un effort herculéen pour se façonner un personnage entièrement nouveau.

Elle s'était mise à traîner avec Mary dans les clubs et les bars à n'importe quelle heure. Elles allaient au théâtre, dans les expositions où Mary faisait méticuleusement découvrir à Connie tout un monde nouveau. Elle commença finalement à trouver ce que Londres avait d'intéressant. Matt était content qu'elle ne reste pas scotchée dans leur chambre sinistre tous les soirs sans rien d'autre à faire que de le regarder absorbé dans ses livres. S'il éprouva jamais une trace d'envie ou de jalousie, il n'en montra rien ; il disait qu'il était heureux qu'elle passe un bon moment. Quant à elle, elle considérait sa magnanimité avec une certaine ambivalence. Elle aurait aimé qu'il soit juste un peu jaloux.

Elle voulait qu'il aime Mary mais elle voulait aussi qu'il la voie comme une éventuelle menace pour leur couple installé. En tout cas, il avait accepté Mary de la même manière qu'elle l'avait acceptée. En dépit de leurs différences sociales, culturelles et dans presque tous les domaines, Matt avait l'air de se sentir aussi à l'aise qu'elle en compagnie de Mary. Dans une ville qui leur paraissait hostile, voire agressive face à leur absence d'aisance en société et leur terrible timidité, leur nouvelle amie était aussi fidèle et simple que les amis qu'ils avaient laissés derrière eux à Consett, dans le comté de Durham.

« Je n'arrive pas à croire que j'ai finalement réussi à vous envoyer tous les deux à Rome, dit Mary. Ne t'avais-je pas dit que Matt serait ébloui ?

— Hum.

— Alors où...

— Merci de t'être occupée des garçons. Tu te rends compte que j'ai à peine pensé à eux pendant ces quelques jours ? Nous devrions partir tous les deux plus souvent.

— Bien sûr ! » Mary fit une grimace. « La maison n'était pas trop en chantier, j'espère ? »

Seulement comme si une grenade avait explosé, à part le salon que Fred avait rangé. Mary ne voyait pas le désordre ou plutôt elle ne considérait pas l'accumulation naturelle des objets abandonnés ici et là comme autre chose que le cours normal des choses. C'était la façon d'être de la haute bourgeoisie, sans nul doute habituée à avoir de la place et des domestiques, jugeait Connie. Cela aussi l'avait surprise à son arrivée dans le Sud. Dans sa rue de Consett bordée de maisons mitoyennes, les femmes rivalisaient de zèle pour avoir la maison la plus propre ; elles brossaient le pas de leur porte et certaines lavaient même le trottoir devant chez elles.

Leurs fenêtres brillaient et sentaient le vinaigre. C'était la seule chose émergeant de la poudre perfide couleur rouille qui pleuvait sur la ville toutes les nuits, crachée par les cheminées de l'usine, lieu où régnaient la chaleur, le métal fondu, la vapeur et les fumées. La poussière rouge vomie par les cheminées recouvrait tout, les maisons, le linge qui séchait, les voitures, tout ce qui se trouvait à l'air libre. Au fil des années les couches de poussière et de saleté successives avaient formé une pellicule permanente de crasse rouge qui colorait toute la ville. Les femmes frottaient les briques de leur maison attaquées non seulement par la poussière corrosive mais aussi par les vapeurs d'acide et de soufre qui brûlaient en permanence dans l'atmosphère. À l'intérieur, toutefois, les petites pièces étaient rangées avec la précision d'une maison de poupée.

Dans le Sud, très souvent, plus la maison était grande, plus le désordre était important. Elle avait sérieusement tenté durant toutes ces années d'abandonner en partie l'obligation que tout soit impeccable. C'était ainsi, avec Mary ; simplement comme on l'avait laissé.

La petite maison en désordre de Mary près de Kingston était une illustration parfaite de son manque d'intérêt pour les choses matérielles. Pourquoi ne pas s'asseoir sur une caisse en bois retournée si c'était ce qui vous tombait sous la main ? Pourquoi s'embarrasser d'assiettes semblables ? C'était un tel soulagement de s'asseoir au milieu de la pagaille et de boire du thé dans un mug crasseux sans se soucier de tapoter les coussins ou de glisser quelque chose sous sa tasse avant de la poser sur le plateau rayé de la table… Un soulagement cependant que Connie était tout simplement incapable d'étendre à sa propre maison. Ce n'était tout bonnement pas dans sa nature.

« Tu sais comme je suis. » Connie esquissa un petit rire qui sonnait faux. « Même si tu avais fait venir des femmes de ménage, il aurait tout de même fallu que je repasse derrière elles. » Elle prononça ces mots au cas où Mary aurait remarqué l'entrée débarrassée et le sol de la cuisine nettoyé. Ce que, bien sûr, elle n'avait pas vu, mais regardait maintenant.

« Où est Matt ? demanda-t-elle négligemment.

— Il est encore à Rome. » Connie prononça ces mots de la voix la plus désinvolte possible ; elle but une grande gorgée de vin tout en caressant d'un doigt le pied de son verre, exactement comme s'il arrivait fréquemment à Matt d'être « encore à Rome ».

« Redis-moi ça ? »

Connie se leva et se mit à ranger la table. Elle dit par-dessus son épaule :

« Il y avait un congrès à l'hôtel. Tu sais, celui que tu nous as recommandé. Tu ne me croiras pas, un congrès de dentistes. Venant de tout le Royaume-Uni. Je n'ai pas eu le temps de dire ouf que déjà il parlait à des gens et cela avait l'air intéressant, alors, euh, il a décidé de rester un peu. Il n'a pas dit combien de temps exactement. J'ai oublié de m'en informer », ajouta-t-elle en hâte. Elle tournait le dos à Mary. Elle ferma les yeux très fort et attendit.

« C'est bizarre.

— Comment ça ? » À présent elle serrait aussi les fesses.

« Je ne me souviens pas d'une salle de conférences dans cet hôtel.

— Non ? Eh bien, il y en a une. Toute petite. Il faut la chercher pour la trouver. Nous avons été très surpris. »

Il y eut un silence pendant lequel Mary digéra cette information. Connie se mit à fredonner et à essuyer le plan de travail. Son visage était en feu et elle n'osait pas se retourner pour le moment.

« Il t'a prise pour une andouille ! Oh, le petit malin ! s'exclama Mary.

— Qu'est-ce que tu veux dire ? » Connie oublia son visage et se retourna.

« Il était au courant de ce congrès depuis le début. Je vous ai recommandé plusieurs hôtels, pas étonnant qu'il ait choisi celui-là. Des dentistes venant de tout le pays, dis-tu ? Tu t'es fait avoir. » Elle pouffa de rire.

En fait, c'était Connie qui avait choisi, mais pas question d'agir contre ses intérêts.

« J'ai cru que c'était une coïncidence.

— Un subterfuge. Je n'aurais jamais pensé qu'il en était capable. Ha ! »

Connie fut soulagée au point d'en être étourdie. Bien. Quelques jours de gagnés.

« Je ferais mieux d'y aller. » Mary se leva en riant toujours doucement. Si toutefois Connie avait manifesté de la colère, elle aussi se serait indignée. Chaque fois que Matt et Connie traversaient une période de brouille, Matt rentrait le soir dans la cuisine accueilli par une paire d'épaules qui lui battaient froid. Mary captait instinctivement l'humeur de Connie et l'imitait sans s'en rendre compte. Il arrivait ainsi à Matt de demander : « Quoi de neuf, Mary ? », simplement pour dire quelque chose, et de se voir gratifier pour sa peine d'un grognement évasif, accompagné de l'expression de quelqu'un qui se fait exploiter. Cet air amusait Connie en même temps qu'il l'irritait. Elle savait qu'elle observait le reflet de son propre visage. Et elle le trouvait vraiment stupide. Ce spectacle affectait le plaisir exquis qu'elle prenait à se sentir exploitée, de sorte qu'elle avait envie de cogner la tête de Mary contre celle de Matt pour lui avoir donné l'air puéril à ses propres yeux.

Joe fit irruption au moment où elle allait partir.

« Tu as cafté ? demanda-t-il tout de suite à Mary.

— Évidemment.

— Qu'est-ce qu'elle a dit ? demanda-t-il à sa mère. J'ai rien fait.

— Je n'ai rien fait. Qu'est-ce que c'est que ce rien que tu n'as pas fait ?

— Rien. » Il prit un air très renfrogné qui le rendit encore plus beau. Pas un seul défaut sur sa peau ferme et pâle, alors que Fred devait subir deux traitements antibactériens par mois, ce n'était pas juste.

Il ne savait plus à présent si Mary avait cafté ou non. Elle balança sur son épaule un sac en tapisserie tout en regardant devant elle d'un air à la fois neutre et ironique.

« Alors, t'as rien dit. » C'était une affirmation. Mary gardait son air terne.

« Joe, si y avait rien ou s'il n'y avait rien à cafter, pourquoi as-tu posé la question à Mary ?

— Parce qu'elle m'a rendu la vie infernale pendant que tu n'étais pas là.

— Joe. Ta mère a insisté pour que je le fasse. » Mary fit semblant d'être blessée.

« C'était juste une plaisanterie, protesta Joe, flairant un piège.

— Tes plaisanteries ne sont pas drôles pour les autres. » Connie avait inconsciemment adopté la même expression neutre que son amie. Elle n'avait pas la moindre idée de ce dont il parlait, mais elles étaient sur le point de le coincer avec l'efficacité de deux chiens de berger travaillant de concert.

« Ce n'était qu'un tout petit bout de bacon. » Sa voix avait adopté son intonation cajoleuse habituelle pour se justifier.

« Même un tout petit bout, répondit Connie, le visage impassible.

— Je voulais juste voir s'il s'en apercevrait. Il l'a remarqué. Et alors ? Je crois bien qu'il n'en avait jamais mangé avant de faire toute cette histoire. Pour quoi ? Je veux dire, on voyait même pas le petit bout que j'ai fourré dans son omelette. Je veux dire, je ne suis même pas sûr de l'avoir fait exprès. Il est juste tombé. De ma fourchette. Mince alors. Pourquoi est-ce que tout le monde s'en prend toujours à moi dans cette famille ? »

Mary fit la moue et leva les yeux au ciel.

« Je vois. » Connie rougit de colère. « Il fallait que tu essaies, c'est ça, Joe ? Tu ne pouvais tout simplement pas laisser Benny faire ses propres choix ? S'il a envie d'être végétarien, qu'est-ce que ça peut te faire ? Tu sais quoi, tu me rends dingue. Pauvre Benny.

— Oh, pauvre Benny. Il n'est pas normal. Tout le monde le pense. Tu devrais entendre comment on l'appelle dans la rue...

— Stop ! Pas un mot de plus », siffla Connie entre ses dents serrées. Elle lui lança un regard noir qu'il lui rendit, mais elle sentit que cette fois il allait battre en retraite. Sans doute parce qu'il voulait quelque chose et le meilleur moyen de ne pas l'obtenir était de réveiller l'imbroglio de peurs enfouies au fond des tripes de sa mère. Il jeta un coup d'œil à Mary, et Connie sut qu'elle avait gagné la partie. Un bref sursis car un jour il ne se gênerait plus et il dirait tout ce qu'elle ne voulait surtout pas entendre.

Mary lui donna un bon coup sur l'épaule. « Ça, c'est pour avoir cru que j'avais cafté. » Elle sortit en hennissant de plaisir devant son air revêche.

Une lassitude immense et soudaine s'empara de Connie. Le genre de lassitude instantanée et irrésistible qu'elle avait ressentie les premiers mois de ses trois grossesses. Elle s'effondra sur une chaise et se prit la tête dans les mains, les yeux prêts à se fermer. Elle se serait plus volontiers planté des électrodes sous les ongles plutôt que d'affronter Joe pour le moment.

Il se tenait debout, le regard noir, plongé dans un sentiment d'indignation exacerbé. Les insuffisances de ses enfants lui donnaient parfois envie de s'étouffer.

« Joe, tu ne dois plus jamais toucher à ce que mange Benny. Ce n'est pas juste, dit-elle calmement.

— Alors, je dois être juste, mais personne ne doit être juste avec moi. D'accord. Compris. Ensuite !

— Je ne suis pas d'humeur à me disputer avec toi.

— Où est Papa ? »

Cette question la désarçonna un peu. Elle releva la tête plus vite qu'elle n'en avait l'intention, ce qui l'étourdit de nouveau.

« Il est resté à Rome un ou deux jours de plus. Enfin, peut-être quelques jours. Et en même temps, il rentrera peut-être demain. C'est un congrès.

— Oh, d'accord. » Il haussa les épaules, choisit une pomme verte sur le plateau de fruits et sortit de la cuisine en lançant la pomme d'une main dans l'autre. La porte se referma derrière lui.

« D'accorr. » Elle tira la langue aussi loin qu'elle put.

La maison était silencieuse. Le déclic d'un interrupteur en haut indiqua que Fred allait se coucher. On était au milieu du trimestre et ils étaient tous en vacances ; personne ne bougerait avant midi sauf Benny qui se levait toujours tôt. Elle avait dû mettre Joe dans la chambre d'amis parce qu'il ne laissait pas dormir Benny. De toute façon, il voulait la chambre d'amis et il avait sans doute agi délibérément. Il était vraiment grand temps qu'il ait son coin à lui, mais elle aimait conserver une chambre libre dans la maison et la chambre d'amis avait été décorée dans des tons crème et beige qui ne convenaient pas du tout à un adolescent. Elle avait espéré aménager rapidement le grenier et y installer Fred afin que Joe puisse prendre sa chambre. Il y avait une pile de magazines sur la table basse avec des conseils de décoration.

Ils avaient vendu leur âme au diable dix ans plus tôt

pour acheter cette maison. Une vaste maison en brique du début du XXe siècle avec de grands bow-windows à guillotine et châssis blanc. Ils avaient commencé par la mettre à nu. Ils vivaient dans deux pièces avec une cuisine de fortune, puis elle s'était aperçue qu'elle était enceinte de Benny et ils avaient dû emprunter encore plus pour accélérer les travaux. Elle avait procédé pièce par pièce en s'aidant de magazines car elle ne pensait pas avoir un goût inné. Matt disait qu'elle avait fait un travail formidable, mais en même temps ce genre de choses l'intéressait encore moins que Mary. C'était elle qui recherchait toujours plus de sécurité et que pouvait-il y avoir de plus sûr qu'une grande maison en brique rouge à l'angle d'une rue recherchée avec des caractéristiques originales et un intérieur dernier cri ? Plus une cellule familiale ?

Alors là, ça roule pour toi, avait dit sa mère en voyant le résultat. Elle avait tout d'abord pensé qu'ils étaient dingues de s'attaquer à une telle ruine. Qu'ils fichaient l'argent par les fenêtres. Étonnant à quel point un bon feu de bois, un canapé confortable, un repose-pieds en daim pour soulager les cors douloureux et un tricot reposant douillettement sur les genoux pouvaient vous faire changer d'opinion.

Et à quoi cela servait-il ? Connie se sentait un peu étourdie par le vin bu plus tôt. Elle regardait son salon à la corniche ornée de moulures d'origine et la cheminée en marbre. Les rideaux rayés dans des tons subtils de miel et crème et leur drapé de soie extravagant, rien de moins. Deux lustres en verre identiques avec des pendeloques de cristal qui tintaient surplombaient le côté salle à manger (fermé pour l'instant par les portes à panneaux d'origine ayant retrouvé leur gloire d'autrefois) ; le canapé ivoire sur lequel elle était assise faisait pendant à celui placé juste en face, de l'autre côté de la table basse. Je suis un imposteur, se dit-elle tristement. Un parfait imposteur. Le luxe qu'elle avait tant voulu ne satisfaisait que les besoins qu'elle s'était elle-même créés.

Et le téléphone ne sonnait toujours pas.

Fred grogna bonsoir quand elle passa le voir. Il était enfoui dans le cocon de sa couette, d'où seules dépassaient quelques mèches de cheveux sombres enduites de gel. Elle alla ensuite voir Joe qui resplendissait au milieu du grand lit de la chambre d'amis.

« Bonne nuit, Joe.

— J'ai un stage de foot demain, tu te souviens ?

— Très bien, je te réveillerai.

— Ce n'est pas ça. Est-ce que tu peux me faire mon sandwich, s'il te plaî-aît ? Juste pour que je reste plus longtemps au lit. J'irai en vélo, tu n'as pas besoin de m'emmener. Et tu peux m'avancer un billet de dix seulement jusqu'à vendredi ? Il faut que j'achète un truc. Tu pourrais peut-être le laisser maintenant sur la table de la cuisine au cas où j'oublierais de te le rappeler.

— Joe, est-ce qu'il faut que tu me demandes quelque chose chaque fois que tu me vois ? Est-ce que c'est une forme d'affection détournée ? Tu ne pourrais pas pour une fois dire simplement, bonne nuit, Maman ?

— Bonne nuit, Maman. Mais c'est d'accord pour le billet de dix ?

— Si tu veux. »

Elle s'approcha et éteignit la lampe de chevet. Une fois la couette remontée sous son menton, elle se pencha pour l'embrasser sur le front.

« J'ai quatorze ans, dit-il, mais sans agressivité.

— Je sais.

— T'es cool, je t'aime bien, dit-il.

— C'est peut-être la chose la plus gentille que tu m'aies jamais dite. »

Elle sentit un picotement dans les yeux en fermant la porte. Même si elle était convaincue que le billet de dix n'y était pas pour rien. Tout de même.

Dans la salle de bains, elle rangea les tubes de gel pour les cheveux, les flacons de shampoing antipelliculaire et les sprays aux formes phalliques. La pièce était tous les soirs un testament d'espoirs et d'aspirations. Trois brosses à dents poilues à différents stades de désintégration étaient plantées bien droites dans un mug. Elles adoptaient toujours la personnalité de ses fils et semblaient engagées dans une conversation tripartite dont elle était exclue. Un filet de sueur lui coula dans la nuque. Elle quitta la pièce et continua à meubler la soirée avec des tâches ordinaires.

Benny avait rejeté les couvertures et était allongé en diagonale sur le lit du bas. Elle le remit droit et remonta à demi la couverture ; il faisait chaud et lourd et il souffrait de la chaleur. Il gémit dans son sommeil. Elle se pencha sur lui et sentit son odeur laiteuse. Ses joues étaient rouges et chaudes au toucher. Elle caressa un instant l'une d'elles du dos de la main. Ses longs cils battirent, mais il resta profondément endormi. Bunny lapin. Quels noms te donnent-ils, Benny ? Quels petits supplices endures-tu tous les jours en silence ? Il était différent, bien sûr qu'il l'était. Il avait ce voile d'incompréhension déconcertant dans ses yeux verts comme s'il voyait le monde avec un regard qui n'était pas tout à fait prêt à l'appréhender.

Proche de Dieu, celui-là, avait un jour dit sa mère. À l'époque, une vague aigre d'irritation avait submergé Connie. Cette réflexion partait d'un bon sentiment, mais sa mère insinuait que son détachement du monde le rendait un peu, disons, simplet. Le vrai problème était qu'il était beaucoup trop complexe. On aime autant tous ses enfants, se disait Connie, en caressant du dos de la main l'autre joue de Benny.

Mais il y en a un qu'on aime de telle manière qu'on en a le cœur serré.

Elle avait insisté pour acheter un lit en cuivre. Ils devaient faire l'amour en disant chut, chut. Je ne fais pas de bruit, c'est ce foutu lit. Sous l'oreiller, le boxer de Matt était roulé en boule et, d'une certaine manière, accusateur. Elle était assise dans le lit, les bras serrés contre la poitrine, son portable posé à côté d'elle. Il était tard, une heure de plus en Italie, il était peu probable qu'il appelle maintenant. Elle envisagea de téléphoner à l'hôtel, mais pensa : et s'il ne répondait pas ? Ou si on lui disait qu'il n'était pas là ? Se sentirait-elle mieux ou plus mal ? Plus que jamais, elle aurait souhaité qu'il ait un portable comme tous les gens normaux de la planète.

Il arriverait très probablement le lendemain, l'air penaud, avec un sac rempli de butin pour les garçons. Tout un tas de gadgets stupides pour lesquels il faudrait des piles qu'ils n'achèteraient jamais jusqu'au jour où, lors d'une de ses crises de rangement, elle jetterait le tout dans la poubelle la plus proche (qui n'était jamais très loin).

Pour l'instant, elle chassait Greta de son esprit parce que, s'il arrivait effectivement le lendemain, celle-ci resterait là, confiée au broyeur à ordures. Il y aurait des mots, évidemment, des mots pleins de colère au début, peut-être, mais le nom de Greta ne serait jamais prononcé. « Elle est ici. » C'était tout ce que Matt avait dit. Pas : « Regarde qui est là », ou même « Elle *est* là », montrant qu'il le savait à l'avance. Simplement : « Elle est ici », exactement comme s'il s'attendait à la voir apparaître à peu près n'importe où, n'importe quand. Comme pour chasser ses pensées, Connie agita la main avec impatience devant son visage.

« Nous partons à Rome pour travailler à notre mariage », avait-elle dit à Mary pour rire. Elle imaginait deux personnes enfermées dans une pièce et penchées sur un plan. Oui, bon, je crois qu'on aurait besoin de faire quelques travaux ici et peut-être là. Les fondations sont encore en assez bon état, mais l'édifice nécessite une révision et le toit semble un peu douteux. Il faut remettre en état le chauffage, il y a une fuite dans les toilettes du rez-de-chaussée et les gouttières sont complètement esquintées. Même si, dans l'ensemble, elle pensait que l'expertise avait été concluante parce que la valeur ajoutée au bout de tant d'années excédait largement le montant des petits travaux qu'il restait à effectuer.

À dire vrai, ce qu'ils avaient construit avait toujours bonne allure. Leurs vies étaient presque sereines. Les peurs et les inquiétudes qu'ils avaient entretenues quand les enfants étaient petits avaient presque disparu à présent. Sauf en ce qui concernait Benny, elle se faisait encore du souci pour lui tous les jours, mais elle avait l'impression que Matt était plus sensible à ces appréhensions et l'écoutait avec plus de bienveillance quand elle les exprimait de temps en temps.

Elle trouvait qu'ils se manifestaient davantage de tolérance, que ce qui les aurait mis en colère autrefois avait perdu de sa virulence. C'était peut-être dû à l'approche de l'âge mûr ou encore au fait que tant d'années ensemble les avaient usés, mais pas complètement, ils étaient simplement apaisés. Un long mariage nécessitait des complicités tacites afin de tenir debout. Elle devait tout de même traiter avec légèreté leur week-end à Rome pour Mary.

Pourquoi devait-elle tout tourner à la plaisanterie ? Pourquoi était-ce nécessaire ? Elle savait que Matt en était parfois agacé, et pourtant, quand les choses se gâtaient entre eux, cet homme généralement sérieux employait l'humour pour les remettre dans la bonne voie. Il savait exactement comment les ridiculiser tous les deux de façon qu'elle ne puisse plus qu'en rire. Il savait comment crever les nuages qui se formaient au-dessus de la tête de Connie pour que la pluie se mette à tomber. Et il se prenait souvent comme cible de la plaisanterie, ce qui, d'une certaine manière, était un cadeau qu'il lui faisait.

Elle se souvenait d'un matin quelques années plus tôt où elle ruminait une chose ou une autre, sans importance elle le savait bien, mais elle avait mal dormi et il se trouvait par hasard dans sa ligne de tir. Eh bien quoi ? Réagis. Elle portait aux nues ce qu'il appelait les bêtises des magazines, elle prenait presque plaisir à l'inutilité rebattue de tout cela. Il ne s'étonnait de rien, il manquait de sens de l'observation, pourquoi fallait-il toujours tout faire remarquer ? Pourquoi ne se comportait-il pas de façon plus volontaire au lieu de se contenter de réagir quand elle était forcée de l'engueuler ? Oui, *forcée*.

Ensuite, elle était submergée de remords. Il avait l'air si fatigué certains soirs après une dure journée de douze heures d'un travail qu'il faisait bien mais qui l'intéressait peu. Elle était à la fois irritée et pleine de compassion quand, malgré tous ses efforts pour rester éveillé et bavarder après dîner, il piquait inévitablement du nez et s'endormait en quelques secondes. Elle lui prenait parfois la main et embrassait ses longs doigts minces. Même endormi, il était si beau qu'il faisait bouillir le sang de Connie. Ses longs cils duveteux le transformaient de nouveau en jeune garçon.

Qu'est-ce qui avait pris à ce garçon aux cheveux blond-roux et tombants, qui retournait un champ dans la ferme où il avait grandi, de lui adresser un sourire timide ? Gêné par son propre plaisir devant la terre labourée et retournée, sous le manteau de ciel pollué et enfumé, il avançait avec son frère Stanley, deux ombres allongées dans la lumière du soir. Tout le monde à l'époque voulait un des garçons Wilson, ils étaient fantastiques et sans complications.

Certaines fois, quand ils se disputaient (on ne se bagarre *pas*, on a une *conversation*), elle était certaine qu'ils pourraient quitter tous deux la pièce, vaquer à quelque occupation en ayant simplement appuyé sur le bouton enregistrement. Une fois terminées les tâches qui les avaient interrompus, ils pouvaient rembobiner et reprendre n'importe où car il y avait rarement la moindre note de surprise. Tu as dit... excuse-moi, bien sûr que si, j'étais assis là sur le canapé et tu as dit tout à fait clairement...

Elle se souvenait du jour où il s'était gratté la tête devant le réfrigérateur et avait demandé : « Il y a de la bière à la maison ? » Ils avaient du monde mais elle n'avait tout bonnement pas pu résister, tout bonnement pas. Elle s'était levée avec un sourire bienveillant. « Pousse-toi et laisse-moi regarder, mon chou. »

Elle se souvenait du matin où il ne trouvait pas le dossier d'un patient. Il l'avait pourtant *laissé juste là* à côté de ses magazines pour aménager le grenier. Quelle poisse, elle jetait tout le temps des *trucs importants* et lui coûtait une fortune par-dessus le marché. Elle l'avait traité de sale égoïste comme leur deuxième fils (ce qui était à la fois faux et injuste et elle en avait été immédiatement désolée mais pas assez pour faire machine arrière). Sa remarque avait fait mouche et elle l'avait senti plus qu'entendu reprendre son souffle. Il s'était retiré dans la salle de bains pour se ressaisir. Elle s'était fait couler un bain et elle espérait qu'il n'allait pas y passer la journée.

Il était sorti en remontant sa braguette, un sourire aux lèvres. « J'ai pissé dans ton bain. Bonne journée. »

Elle en avait ri jusqu'au soir. Cela passait le temps, non ? C'étaient des choses de la vie normale, quotidienne, modérément malheureuse. Il y avait les bons jours et les mauvais jours – les bons jours ils croyaient que les mauvais jours ne reviendraient jamais et les mauvais jours ils étaient incapables de se rappeler les bonnes choses. Étaient-ils si différents des autres couples qu'ils connaissaient ? Les batailles tout autant que les réconciliations les faisaient vivre, tenaient leur intérêt en éveil.

Et certaines fois le secret de la réussite était lié à la perception du moment où il fallait céder. Comme le soir où, en revenant d'un barbecue chez Mary où il y avait beaucoup de monde, Matt avait arrêté la voiture le long du trottoir et s'était tourné vers elle. Elle connaissait cette expression et avait fait la grimace d'avance ; il avait les lèvres pincées et se passait les doigts dans les cheveux tandis qu'il choisissait soigneusement ses mots. Matt choisissait toujours soigneusement ses mots, elle lui enviait cette retenue. Il avait dit : « Je ne veux plus être une de tes histoires drôles, Connie. Tu ne crois pas qu'on pourrait changer un peu de registre ? » Sa voix mesurée l'avait troublée, elle détestait sentir sa désapprobation et lui était tombé dessus dans une frénésie de baisers et d'excuses. Elle avait été récompensée par un sourire qui lui avait fendu les joues, mais accompagné par le reflet de perplexité timide qui passait dans ses yeux marron quand elle se montrait trop sentimentale.

Quand ils étaient sortis la fois suivante, elle s'était retenue toute la soirée de raconter la moindre histoire drôle ayant pour sujet les dents ou ses patients, elle s'était mordu les lèvres quand deux femmes avaient abordé le registre de la fausse solidarité féminine

– vous savez comment sont les hommes – à propos de leurs maris. Elle y avait adhéré parce que cela semblait la chose à faire, le ton ironique et léger du Sud. La conversation s'était déroulée avec l'onctuosité du chocolat, les sujets s'enchaînaient avec une aisance accomplie et Connie, sans une histoire drôle derrière laquelle se cacher, s'était aperçue que ses mains tremblaient, tant elle se sentait déplacée. Elle avait regardé Matt de l'autre côté de la table, la façon dont les autres hommes le respectaient, sa grande taille, son silence (quelque chose qu'elle n'avait jamais remarqué, ce qu'elle prenait pour un comportement discret à table était gauche, simple et trahissait leurs origines à tous deux) et s'était aperçue que si son gars du Nord était resté fidèle à ses racines, elle avait tout adopté en bloc jusqu'au vague malaise de mécontentement de la bourgeoisie. Elle lui avait adressé un sourire et un regard qui signifiaient « partons vite d'ici ». Il lui avait rendu son sourire puis avait haussé les sourcils en écoutant ce que son voisin lui disait, jamais impoli, même s'il n'était pas intéressé. Son intégrité solide et austère le distinguait de l'homme qui prenait sa revanche masculine en racontant une histoire pleine d'esprit sur sa femme, la mettant en valeur par rapport à la simplicité qu'il se reconnaissait. Très malin, le dénigrement exagéré de soi, et tout le monde riait, trinquait, tout en sachant qu'il n'en pensait pas un mot. Et son grand fils de fermier honnête était assis là, à l'aise et résolu dans son silence : s'il n'avait rien à dire, il ne disait rien, c'était si simple, si évident que la plupart des gens ne s'en apercevaient pas. Elle avait jeté un coup d'œil vers la porte et ils étaient partis peu après. Elle avait hâte de sentir ses grandes mains ingénues sur elle.

Un bruit de pas étouffé en bas interrompit ses

pensées. Benny, très probablement, errant sans but dans un état de demi-sommeil qui signifiait que quelque chose le tracassait. Il avait donc perçu son anxiété, en fin de compte. Elle comprenait que, sans qu'il en ait conscience – les choses ne fonctionnaient pas ainsi chez Benny –, mais au niveau sensoriel, il vérifiait l'atmosphère de la maison. Elle attendit et un craquement dans l'escalier, suivi d'un autre, lui apprit qu'il était retourné se coucher.

« Matt. Où es-tu ? Ta maison est ici », dit-elle à l'oreiller vide.

En y réfléchissant, les seules disputes sérieuses avaient tourné autour de leur plus jeune fils et même celles-ci avaient cessé au fil du temps. Mais quand Benny était tout petit, suffisamment silencieux et renfermé pour que des cailloux pointus se forment dans la gorge de Connie, Matt ne voyait pas ou faisait comme s'il ne voyait pas que le comportement en retrait de leur fils avait quelque chose d'étrange. Il n'aimait pas qu'on le touche. Fred et Joe avaient été très différents.

Il pleurait rarement. Il était encore plus rare de l'entendre rire. Il se suffisait à lui-même et son sang-froid la terrifiait. Elle ne travaillait pas à l'époque et elle se disait que les hommes en blouse blanche allaient venir la chercher. Les aînés étaient à l'école et les choses auraient dû être faciles à la maison toute la journée avec Benny. Le problème était que plus elle passait de temps seule avec son plus jeune fils, plus elle se faisait un sang d'encre à cause de ses bizarreries. En même temps, elle devait faire des efforts pour cacher son inquiétude à Benny. Tout ce qui touchait l'enfant déclenchait une douzaine de réactions contradictoires chez Connie. Pour rendre justice à Matt, il ne pouvait pas sortir gagnant, car elle voulait qu'il admette l'existence d'un problème, mais souhaitait aussi qu'il continue à accepter sereinement le comportement de leur fils. Oh, elle pouvait se montrer si déraisonnable à l'époque, chercher la bagarre pour des bêtises afin de ne pas avoir à affronter ce qui la tracassait réellement.

Un soir en particulier, une dispute avait éclaté à partir de rien et la patience apparemment infinie de Matt avait fini par céder. Il l'avait interrompue au milieu d'une phrase :

« Connie, nous savons tous les deux ce qu'il en est. D'accord, emmenons-le chez un psychiatre si c'est ce que tu veux.

— Est-ce que j'ai parlé d'un psychiatre ?

— Alors, *qu'est-ce* que tu veux ? Qu'est-ce que tu n'as pas ? Qu'est-ce que je ne t'apporte pas ? »

Cette dernière question l'avait vraiment mise en colère. Supposer qu'il était de sa compétence de lui apporter ou non le bonheur. Supposer qu'il était celui qui apportait et elle celle qui recevait. Comment osait-il ?

« Apporter ?

— Oui. » Il avait hoché la tête, mais elle voyait bien qu'il regrettait déjà d'avoir choisi ce mot. « J'ai employé ce mot au sens large.

— C'est-à-dire ?

— Tu ne travailles pas. Moi oui. J'apporte le chèque. C'est tout ce que je veux dire. Ne prends pas ça pour plus...

— Non, je t'en prie. Je crois que tu devrais développer.

— Je ne crois pas. Ça ne t'ennuie pas ? Moi si. J'ai dit une bêtise, je suis désolé.

— Tu es juste fatigué et tu as besoin d'aller te coucher. Tant pis. Explique *apporter*.

— Je remplis le réfrigérateur. Tu fais la cuisine. Laisse tomber.

— Comment pourrais-je ? Tu as prononcé ce mot. Tu t'es démasqué. Tu apportes et nous autres nous contentons de recevoir.

— Tu cherches juste la dispute.

— Vraiment ? Je cherche la dispute ? »

Elle ne savait pas qu'elle allait le frapper tant que sa main n'était pas entrée en contact avec sa joue. La tête de Matt était partie en arrière, il l'avait regardée de cet angle, les yeux plissés et embués de fureur, la bouche réduite à une fine ligne blanche. « Tu n'aurais pas dû faire ça, avait-il dit calmement.

— Je sais. » Elle avait porté les mains à ses joues. « Je suis vraiment désolée. Il t'inquiète aussi. C'est juste que tu le prends mieux que moi. Je suis désolée. »

À la télé, le journal du soir diffusait un reportage sur l'épidémie de sida en Afrique. Les orphelins atteints étaient bouleversants. Juste avant, il y avait eu des images d'un terrible tremblement de terre aux Philippines, plus de trois mille morts. Ce n'était même pas le premier sujet du journal. Il s'était ouvert sur un avion qui s'était écrasé plus près, trois cent cinquante-sept passagers, tous morts. Trois cent cinquante-sept familles anéanties. Ce chiffre était plus facile à imaginer que trois mille.

Elle avait regardé les rideaux de soie à la fenêtre, le repose-pieds en daim marron devant elle, les lustres en cristal dont ils avaient discuté le prix, sans parler des canapés confortables. Le tapis fauve en pure laine épaisse de plus de deux centimètres. Les meubles clairs en bois massif. Dans l'entrée, les rangées de tennis relativement neuves de n'importe quelle marque, pourvu que ce fût la plus appréciée du moment. En haut, ses enfants étaient bien bordés dans leur lit, en sécurité pour la nuit. Tout y était. Tout ce qu'elle aimait et dont elle avait besoin.

« Connie, qu'est-ce qu'on pourrait bien *vouloir* ? »

avait-il demandé. Elle l'avait regardé à travers un voile de larmes. S'ils souhaitaient que leur fils soit différent, il ne serait plus le fils qu'ils connaissaient et aimaient. Et s'ils ne souhaitaient pas précisément cela, il ne réussirait jamais à s'adapter.

Elle avait touché la tache écarlate sur la joue de Matt, l'empreinte de sa main qui le marquait comme au fer rouge, qui souillait sa bonté simple du signe de ses besoins indéfinissables à elle. Une honte brûlante était montée en frémissant de son ventre. Effectivement, qu'est-ce qu'ils pourraient vouloir ?

« Plus. » Elle avait prononcé ce mot à voix basse, en haussant les épaules.

Elle s'attendait à voir le dégoût s'inscrire sur son visage, mais il lui avait jeté un regard en biais et avait haussé lui aussi les épaules. Il avait levé les mains vers elle en un geste d'impuissance.

« Je sais », avait-il dit. Elle s'était rendu compte que sa stupéfaction momentanée faisait qu'il comprenait très bien ce qu'elle voulait dire. « Eh oui, je sais. »

Elle s'était mise à pleurer et il l'avait prise dans ses bras. Ils s'étaient bercés l'un l'autre, se serrant si fort qu'ils avaient du mal à respirer. Elle n'arrêtait pas de lever la tête pour embrasser la joue qu'elle avait giflée.

« Tout va bien, murmurait-il. Nous sommes là. Ça va aller. Benny ira bien. C'est juste un moment difficile. »

Ensuite ils avaient fait l'amour avec douceur et tendresse, avec une aisance fluide comme si c'était tous les jours ainsi. Ils s'étaient servis de leurs corps pour se faire des excuses silencieuses. Plus tard, tandis qu'il dormait, elle s'était dit : c'est bien, c'est ainsi que ce doit être.

Ils avaient surmonté tout cela. La pneumonie de Fred et Joe qui avait failli se faire expulser de l'école primaire. À présent, il y avait Greta.

3

L'appartement de Greta était au sixième étage d'un immeuble moderne. Le salon donnait sur un balcon qui faisait l'angle du bâtiment. Il voyait un bout du dôme du Vatican au sud-ouest par une brèche entre les immeubles, mais à part cela peu de choses en fait lui rappelaient qu'il était encore à Rome. Pour une raison inconnue, elle avait choisi une banlieue neutre, moderne, qui aurait pu appartenir à n'importe quelle ville européenne. C'était peut-être en rapport avec sa situation financière. Elle l'appela de l'intérieur de l'appartement.

« Qu'est-ce que tu fais dehors ?

— J'admire la vue.

— Quelle vue ?

— Oui, je me posais la question.

— C'est anonyme.

— Et ça te plaît ? »

Elle sourit, du sourire tordu dont il se souvenait, un coin de la bouche relevé comme si elle se moquait en permanence de quelqu'un, peut-être d'elle-même. Il remarqua qu'elle levait le sourcil gauche quand elle posait une question muette ; cela, il l'avait oublié. Elle était toujours belle. Plus vieille, bien sûr, des fils gris se mêlaient à ses cheveux auburn mi-longs coupés au carré. Une longue frange barrait son visage, obscurcissant parfois ses yeux, mais il était certain que c'était sa couleur naturelle. Autour de ses yeux gris bordés de cils absurdement longs et pointus un réseau de rides minuscules qui se télescopaient quand elle souriait. Au-dessus, les sourcils noirs et épais avaient conservé leur forme d'aile parfaite ; il remarqua que chaque poil de ses sourcils paraissait avoir été huilé.

Elle avait un tout petit grain de beauté brun près de la bouche. C'était la bouche qui révélait vraiment le passage des ans. Elle semblait plus serrée, moins prête à rire. Deux demi-lunes de cernes sombres soulignaient ses yeux. L'ombre s'épaississait jusqu'à devenir presque bleu marine et d'un éclat métallique dans les renfoncements près du nez, comme si un pouce et un index couverts d'encre les pressaient constamment.

Plus mince que dans son souvenir, aussi, ayant perdu les rondeurs de l'adolescence, bien qu'elle n'ait jamais eu de poids en excès. L'élasticité de son corps y veillait. Même au repos, Greta ne restait jamais complètement immobile, une partie de son anatomie bougeait, en général ses doigts qui se pliaient et se dépliaient comme s'ils jouaient sur un piano imaginaire. Tandis qu'il la regardait se déplacer rapidement dans le salon, vérifier les affreux stores modernes des fenêtres, se pencher pour ramasser un fouillis qui semblait inépuisable, cela lui revint. La façon dont Greta prenait possession d'une pièce. La façon dont on était obligé de la regarder.

« Je ne sais pas pourquoi tu as cru que tu devais faire ça », dit-elle. Elle escamota des vêtements abandonnés sur un canapé encombré et dégagea une place. « Assieds-toi !

— Je ne sais pas non plus. » Il s'assit comme il en avait reçu l'ordre. Il sentait confusément qu'il devrait savoir, mais qu'il n'avait simplement pas eu le temps d'étudier la question. Pour la première fois de sa vie peut-être, il réagissait de manière tout à fait instinctive, ce que Connie préconisait depuis longtemps. Et, comble de l'ironie, cela allait lui causer de la peine.

L'image fugitive de son visage imprimée dans son esprit quand elle avait quitté l'hôtel le matin même lui donnait des haut-le-cœur. Ses yeux étaient sans complaisance, elle était électrifiée par une fureur qui avait fini par la rendre muette après une nuit passée à parler, mais c'était la résignation déconcertée, presque puérile, de son regard au moment où elle s'était retournée vers lui dans le taxi qui était gravée dans sa mémoire. Mal à l'aise, il ne cessait de changer de position et tournait la tête pour voir ce que faisait Greta. Elle versait de l'eau dans deux grands whiskies sans lui avoir demandé s'il en buvait encore. La dernière fois qu'ils avaient bu du whisky ensemble, elle avait volé une bouteille chez sa mère. Le jour où, ivre mort, il avait coupé sa queue-de-cheval. Il le lui dit et elle plissa les yeux, essayant de se souvenir.

« Oh, oui. À quoi pensais-tu ?

— Je ne pensais pas, manifestement. Tu ne t'es même pas mise en colère, tu t'es contentée de rire et tu m'as fouetté le visage avec ta natte. Tes beaux cheveux longs. Ta mère m'a tout de même menacé avec un balai.

— Des cheveux, dit Greta en lui tendant un verre. Bon, et alors ? »

Elle se pelotonna de l'autre côté du canapé et cala ses pieds nus sous ses fesses. Le tas de vêtements chiffonnés sur lequel elle était assise la surélevait un peu par rapport à lui, de sorte qu'il devait lever les yeux pour croiser son regard. Elle alluma une cigarette ; de la même main, elle actionna un distributeur de médicaments et avala les pilules avec une gorgée de whisky. Elle avait les ongles longs et écarlates. Ils l'avaient toujours été.

« Bon. » Elle souffla un nuage de fumée vers le plafond. « Qu'est-ce que tu as dit à ta femme ? »

Ta femme. Bizarre comme ces mots diminuaient en quelque sorte Connie. Comme si vingt ans de mariage étaient un incident fortuit qui avait tout juste interrompu le couple d'origine formé par Greta et Matt.

« Je lui ai dit la vérité. Que je me faisais du souci pour toi.

— Ce n'est pas nécessaire. De s'inquiéter, je veux dire. Je te l'ai dit hier. »

Matt passa les mains sur son visage. Il avait peut-être dit la vérité, telle qu'il la comprenait, sur la raison qui le poussait à rester à Rome un temps indéterminé, mais il n'avait pas raconté à Connie qu'il s'était débrouillé pour voir Greta la veille. Il avait laissé un mot en disant qu'il allait se promener et il était resté parti toute la journée. Pas étonnant que Connie ait été folle d'inquiétude quand il avait fini par rentrer.

Non, cette nouvelle version déloyale de lui-même avait commencé avant cela. Depuis plus d'un an, il ne cessait de penser à cet indice qu'on lui avait donné sur l'endroit où se trouvait Greta. Ce n'était même pas un indice, un vieux copain de Consett avait rencontré un autre vieux copain qui *croyait* avoir vu Greta Parker tenir le bar d'un bistrot américain à Rome. L'homme était revenu sur ses pas pour regarder de plus près, mais il ne l'avait pas vue derrière le comptoir. C'était sans doute son imagination. Cela lui trottait tout de même dans la tête, comme l'hôtel n'était pas loin, il ne manquait pas de regarder par la vitrine du bar américain chaque fois qu'il passait, au cas où il la verrait. Il ne l'avait pas revue, ni elle ni personne qui lui ressemblât.

Matt avait voulu savoir dans quel hôtel ou dans

quel quartier le copain de son copain avait séjourné. Simplement parce qu'il projetait de faire un voyage à Rome avec Connie depuis très longtemps. Ce n'était pas un mensonge, leur amie Mary les poussait sans cesse à y aller. Il avait enfoui l'information dans un coin des vastes étendues de son esprit contenant de semblables broutilles. C'était peut-être bien le hasard qui avait conduit ses pas dans cette avenue deux jours plus tôt avec Connie. Un vague souvenir en veilleuse qui les avait poussés vers le bar américain au milieu de l'après-midi, alors qu'il leur restait tant de choses à voir. Un homme moins honnête pourrait essayer de s'en convaincre, mais Matt avait toujours arboré son honnêteté avec le même plaisir sobre et presbytérien que son père avant lui. Au moins je suis *ainsi*.

Un comptoir circulaire en bois abritait en son centre des étagères montant jusqu'au plafond sur lesquelles étaient rangées les bouteilles. Ils avaient commandé deux bières à une serveuse et, une fois assis, s'étaient plongés dans le menu qui proposait des plats américains pour le déjeuner. Ils avaient exprimé simultanément l'idée que c'était vraiment dommage, et en même temps une perte de temps précieux, d'être assis là à Rome par un après-midi splendide et de s'interroger sur un choix de hamburgers. Pas du tout ce pour quoi ils étaient venus. Mais ils étaient fatigués et satisfaits de leurs excursions du matin, lui au Vatican, elle dans les boutiques. Cela leur ferait du bien de faire le point et d'organiser le reste de la journée. Connie avait glissé sa main sur la sienne sur la table et il s'était penché par-dessus son épaule pour examiner le menu plastifié. Son souffle avait laissé une trace d'humidité sur la joue de Connie. Elle était prête à faire l'amour avec lui, il le sentait, ce n'était pas difficile de s'en rendre compte après tant d'années passées ensemble. Ils étaient à nouveau proches et complices après s'être disputés au réveil sur la façon de passer la matinée et il sentait son sexe se ranimer à la perspective de faire l'amour plus tard, avant un long dîner langoureux.

Lorsqu'il avait levé les yeux, Greta se tenait derrière le comptoir. Elle devait se trouver du côté le plus éloigné depuis leur entrée. Il s'était peut-être figé ou bien il avait émis involontairement un petit bruit car Connie avait aussi levé la tête. « Elle est ici », avait dit Matt. Connie avait regardé sans comprendre immédiatement, puis sa bouche avait formé un O. Elle n'avait rien dit.

Il avait quitté la table et s'était dirigé vers elle. L'expression de Greta était restée neutre et impersonnelle durant une seconde, un client comme les autres, puis le coin de sa bouche s'était relevé en le reconnaissant. *Oh toi*. Un sourire avait gagné peu à peu son visage et atteint ses yeux gris pâle. Ils s'étaient embrassés sur les deux joues, et avaient entamé une conversation stupide et banale : « Mon Dieu ! » « Cela fait combien d'années ? » « Alors, qu'est-ce que tu deviens ? » « Ça alors, avec tous les bars qu'il y a dans le monde ! »

Connie s'était approchée, un faible sourire plaqué sur les lèvres. Matt avait dit rapidement à Greta : « Tu es là demain ? Je viendrai te voir. À peu près à la même heure. » À quel point était-ce déloyal ? Il y avait de fortes chances que bien loin de l'homme un peu ennuyeux et rangé qu'il était devenu petit à petit, sans opposer beaucoup de résistance il faut le dire, il ait été, en fait, intrigant, malhonnête et un peu mystérieux. Et, Dieu tout-puissant, pourquoi ces larmes plus tard dans les jardins de la villa Borghèse avec Connie ? À quoi ça ressemblait ? Pleurer en public quand personne n'était mort.

« Ça va ? » Greta interrompit ses pensées.

Matt s'aperçut qu'il contemplait le sol en fronçant les sourcils d'un air perplexe.

« Je ne suis vraiment pas sûr de ce que je suis. Ni de comment je vais.

— Bienvenue dans mon univers. » Elle se leva brusquement. « Écoute. Je vais nous faire à dîner, simplement ce que je trouverai dans le réfrigérateur, puis je t'emmènerai à l'aéroport. Il doit y avoir des vols pour Heathrow toute la soirée.

— Oui. C'est ce qu'il y a de mieux. »

Il la voyait du coin de l'œil s'affairer dans la petite cuisine qui donnait sur le salon. Il entendait beaucoup de bruits de casseroles et de chocs pour le peu qu'il y avait dans le réfrigérateur. À un moment, elle se mit sur la pointe des pieds et tendit le bras, découvrant sur le côté un triangle de peau blanche entre sa jupe et son haut. Il serra les lèvres, il avait léché cet endroit précis une éternité auparavant. Il savait que juste au-dessus se trouvait un grain de beauté semblable à celui à côté de sa bouche. Quand elle était couchée nue dans ses bras, il n'arrêtait pas de faire d'un doigt le tour de ce grain de beauté, traçant des motifs sur son dos mais revenant toujours à ce point. La tête de Greta était calée sous le menton de Matt, ses cheveux étalés sur sa poitrine sentaient le citron. Elle en mettait au dernier rinçage, pour l'éclat, disait-elle.

La veille, quand il était allé la rejoindre au bar à l'heure convenue, après avoir passé toute la nuit et la matinée à se dire qu'il n'irait pas, elle avait simplement terminé de servir un client et était sortie avec lui dans la chaleur de la ville. Il espérait qu'il n'allait pas lui attirer des ennuis. Elle lui avait répondu qu'elle était la patronne et qu'elle pouvait faire ce qu'elle voulait. Matt avait souri pour lui-même ; peu importait ce qu'elle était, elle aurait fait de toute façon ce qu'elle voulait. Ils avaient marché au moins une heure dans un complet silence. De temps en temps, il posait la main au creux de son dos quand ils traversaient aux feux rouges. Ils s'étaient enfin assis sous l'auvent de la terrasse d'un café ; il avait commandé sans réfléchir un expresso pour lui et un thé au lait pour elle.

Il avait l'impression que, s'il lui demandait ce qui s'était passé à l'époque, si longtemps auparavant, elle sourirait du coin des lèvres, viderait sa tasse et disparaîtrait de nouveau dans la nature. Il avait pourtant envie de lui poser la question, terriblement envie. Il en transpirait, malgré la brise rafraîchissante qui soufflait du fleuve et faisait claquer l'auvent.

« Alors, tu as épousé la petite Constance Bradley », avait-elle dit après avoir bu la moitié de son thé. Il ne s'agissait pas d'une remarque humiliante envers sa femme, il en était certain. Pour Greta, Connie était restée la fillette qui traînait autour de la ferme des Wilson et qui, postée dans un arbre, surprenait parfois Matt et Greta en train de se bécoter. Ils la trouvaient amusante, mais ils la chassaient souvent. Quelques années à peine séparaient les trois jeunes gens, cela ne comptait plus à présent, mais à l'époque, les trois ans entre Greta et Connie faisaient la différence entre grimper dans un arbre et s'embrasser contre un tronc.

S'il leur arrivait de remarquer Connie, outre les fois où ils la chassaient, c'était pour se moquer du béguin flagrant qu'elle avait pour Stanley, le frère cadet de Matt. Elle ne cessait de proposer son aide à la ferme et généralement de se trouver sur le chemin de Stanley. La mère de Matt lui faisait cependant bon accueil ; elle disait qu'elle faisait pondre les poules.

« Comment ça s'est passé ? » avait demandé Greta. Il supposait qu'elle voulait parler de leur mariage.

« Bien. Non, mieux que ça. On a eu des hauts et des bas, tu sais ce que c'est. » Un silence. « Hein ?

— Oui. » Elle avait vidé sa tasse de thé.

« Des enfants ? » avait-il demandé.

Elle avait hoché la tête. Il avait réellement remarqué pour la première fois l'étendue des cernes sous ses yeux. Elle contemplait la rive opposée du Tibre, oubliant sa présence. Il n'aurait pas été surpris de la voir ouvrir soudain la bouche et interpréter un air d'opéra bouleversant. Une tragédie, et il n'avait absolument aucun doute qu'il s'agissait de cela, avait conféré à sa beauté une luminosité violette. On le sentait dans l'air autour d'elle, comme un parfum de lavande. Comme tant d'autres choses concernant Greta, il se demandait ce qui s'était produit. Elle avait froncé les sourcils et regagné le présent.

« Des photos ? » avait-elle demandé.

Il avait sorti de son portefeuille une vieille photo des trois garçons. À vrai dire, maintenant qu'il la regardait avec les yeux d'un étranger, elle ne rendait justice à aucun ; leurs sourires étaient trop artificiels, trop affectés, on ne pouvait s'empêcher de penser qu'ils singeaient une autre version d'eux-mêmes pour l'appareil photo, ce qui était bien sûr le cas. Les enfants qui essayaient d'avoir l'air mignons l'étaient rarement. Il avait regardé rapidement ce qu'il avait d'autre.

Il était passé sur les photos défraîchies de bébés ; sur certaines, Connie, coiffée dans différents styles, tenait un enfant dans ses bras. Il avait enfin trouvé les clichés pris individuellement à l'école l'année passée. Il lui avait parlé de Fred, combien il était adulte, attentionné et dépourvu de malice, comment il se comportait en arbitre quand ses parents étaient à couteaux tirés et comment il obligeait patiemment chacun d'eux à écouter le point de vue de l'autre alors qu'ils ne pensaient qu'à s'entre-déchirer.

« Tu sais ce que c'est, avait-il ajouté, espérant la faire sortir de sa coquille.

— Quand j'ai envie d'exploser, j'explose. » Elle avait souri. « Je ne suis pas sûre de vouloir qu'on me retienne. »

Matt s'était senti un peu offensé au nom de Fred. Il devait néanmoins reconnaître qu'il lui était parfois arrivé de souhaiter que son aîné ne soit pas aussi impartial, que Fred possède une trace de la spontanéité de Connie dont il manquait tant lui-même. Animé par le sentiment qu'il devait compenser le portrait de Fred, de peur que ses garçons ne paraissent ennuyeux au possible, il avait mis en avant le côté indocile de Joe, sa façon de se ficher complètement de tout ou presque, à part la musique qu'il écoutait, si on pouvait appeler ça de la musique. Des trucs méchants, vraiment violents sur la manière de tuer un fils de pute ou un autre.

Matt s'était aperçu qu'il rougissait en imaginant à quel point il devait paraître vieux jeu et dépassé et, en arrivant à la fin de la description de Joe, il ne savait plus très bien qui il détestait le plus, lui-même, pour avoir dénigré avec autant de facilité un garçon un peu indocile mais au bon cœur qui cherchait à s'amuser à bon compte, ou son fils, pour son évidente simplicité et son absence générale d'accomplissement qui le rendaient si facile à dénigrer.

Elle hochait la tête, feuilletait les photos, les retournait pour lire les dates. Ils n'étaient rien pour elle, bien sûr, pourquoi avait-il pensé le contraire ? Et pourtant, il était déçu, il avait bêtement espéré une plus vive réaction, de la jalousie ou de l'envie peut-être, de la convoitise. Il trouvait qu'il ne les avait vraiment pas présentés sous leur meilleur jour. Elle lui avait montré un Benny sérieux qui grimaçait comme une gargouille miniature pour le photographe scolaire.

« Et celui-ci, qui est-ce ?

— Benny, le plus jeune. » Matt ne voulait pas en

dire plus, il avait si mal traité les deux autres que tout ce qu'il pourrait raconter sur Benny lui donnerait l'impression de frapper à la tête un bébé phoque.

« Il a les cheveux de Constan… pardon, de *Connie*.

— Oui, c'est vrai.

— Bon, avait-elle déclaré. Je ferais mieux de retourner travailler.

— Je t'accompagne. » Matt avait levé la main et fait signe au serveur d'apporter l'addition, mais il avait commandé encore un thé et un café à la place.

Tout cela n'avait aucun sens ; que faisait-il ici avec Greta pendant que Connie attendait qu'il rentre à l'hôtel, certainement à moitié folle d'inquiétude ? Et bien sûr, la veille au soir, elle avait vu les larmes couler sur ses joues comme sur celles d'un foutu gamin. Elle lui avait naturellement demandé ce qu'il lui arrivait, mais elle lançait des regards nerveux de tous côtés, comme quelqu'un dont la tante préférée s'était exposée toute la nuit en jacassant à la table de la cuisine devant toute la famille rassemblée pour Noël. Était-ce donc cela ? L'abominable crise masculine de la quarantaine… on rencontre une ancienne petite amie et brusquement la vie qu'on n'a jamais vécue vous revient en pleine figure ? Vraiment ridicule. Dans une minute, il allait se ressaisir, serrer la main de Greta, peut-être l'embrasser sur la joue et tout reviendrait à la normale. Ils échangeraient peut-être même leurs numéros de téléphone, tout en sachant très bien l'un et l'autre qu'ils n'appelleraient jamais.

« Quel âge a-t-il ? avait demandé Greta à propos de Benny.

— Neuf ans. Enfin, huit quand la photo a été prise.

— Tu n'as pas parlé de *lui*.

— Il est… différent des deux autres. Il n'y a rien qui *cloche* chez lui, tu comprends. C'est juste que si…

si j'essayais d'expliquer, tu pourrais penser que si. Ce que j'essaie de dire, c'est que je ne saurais pas bien l'expliquer.

— Je comprends. J'avais un fils de sept ans. Il n'était pas très… explicable. »

Son visage s'était figé en un rictus. Elle serrait les lèvres. Matt avait saisi la main qu'elle avait posée sur la table. Il était évident que son fils n'était plus de ce monde.

« Je suis vraiment désolé, Greta.

— Bien sûr. » Elle s'était mise à pleurer, très silencieusement d'abord, mais quelques sanglots incontrôlables s'étaient échappés et les gens s'étaient retournés pour les regarder. Lorsqu'il avait voulu tirer sa chaise à côté d'elle, elle avait levé une main vers lui. Ne t'approche pas d'elle, cela ne ferait qu'empirer les choses. Il avait attendu qu'elle se calme un peu et avait porté la tasse à ses lèvres.

« Tiens. Bois un peu. »

Elle avait avalé avec un frisson. Les cernes sombres sous ses yeux se détachaient, comme en relief, sur son visage d'un blanc crayeux ; l'effet en était bizarre, presque sépulcral, comme la tête d'un squelette. Il s'était pleinement rendu compte à quel point elle était maigre, elle ne devait rien manger. Elle avait rangé sa longue mèche derrière l'oreille. Il lui avait tendu une serviette en papier et elle s'était mouchée.

« Désolée.

— Il y a combien de temps ?

— Deux ans. Il aurait neuf ans. Comme ton Benny. Plus de questions, Matt, je t'en prie. »

Il s'était passé tant de choses depuis la dernière fois qu'ils avaient été assis ensemble, et pourtant ils avaient vécu des vies ordinaires avec leur part de tragédies qui, au bout d'un certain temps, ne demeuraient extraordinaires que pour eux-mêmes.

Elles ne ressemblaient en rien aux vies qu'ils avaient imaginées quand il était couché sur elle dans le foin, attendant de la pénétrer une fois encore. C'était ainsi qu'il envisageait l'avenir à l'époque, toujours quelque part à l'intérieur de Greta.

Ils avaient longé la rive du Tibre, de nouveau en silence. L'eau était trouble et d'un vert qui, pour Matt, évoquait Benny. Perdre un enfant, c'était parfaitement inimaginable pour lui. S'il lui fallait choisir, s'il se trouvait confronté au choix de Sophie comme dans le livre, quel fils livrerait-il ? Il ne savait pas. Aucun, très probablement, ils devraient tous mourir, à côté de leur père.

Un soleil chaud et intense descendait vers l'ouest. Rome n'était pas encore accablée par la chaleur, mais un sentiment d'attente planait dans l'air immobile, l'attente de la chape étouffante qui allait s'abattre sur la ville, des grandes feuilles des arbres pendant lamentablement dans la brume jaune et sans pitié. Il venait pour la première fois à Rome et pourtant il était certain de communiquer avec la connaissance sensorielle qu'en avait Greta. C'était ainsi autrefois.

Les voitures klaxonnaient sans cesse dans les rues au-dessus du fleuve, les scooters vrombissaient, arrêtés aux feux rouges. Des bateaux de promenade qui passaient en fendant l'eau opaque, montait le bruit des bavardages des touristes. Ils avaient gravi les marches et s'étaient arrêtés sur le pont Saint-Ange pour regarder un alignement de péniches aménagées, du moins Matt supposait que des gens y habitaient. Greta lui avait montré la série de statues sur de grands socles qui bordaient le pont de chaque côté.

« Ce sont des copies des statues animées du Bernin, nous les appelons les "Breezy Maniacs". »

Nous, s'était-il dit. Les Romains et Greta ? Il lui était presque impossible de séparer Greta, de séparer les souvenirs qu'il avait d'elle, de Consett. Il ne disait rien, se contentait de l'écouter avec politesse indiquer machinalement différents monuments d'une voix monocorde et terne. Elle parlait à un touriste.

Les énormes remparts arrondis du château Saint-Ange s'élevaient au bout du pont sur leur droite. À l'origine mausolée de l'empereur Hadrien, il était devenu par la suite forteresse papale, caserne, prison et aujourd'hui musée. Cela valait la peine de consacrer une matinée à la visite des quatre niveaux si jamais il revenait à Rome, avait conseillé Greta. Elle lui avait jeté un rapide coup d'œil. Les cheveux lui balayaient le visage, il les avait remis derrière son oreille.

Plus loin, le dôme de Saint-Pierre, qui donnait à Matt l'impression d'être le nord magnétique de la ville, était baigné d'un subtil dégradé d'orange sur chaque indentation du lambrequin circulaire. Il avait l'impression de voir une immense coupe de verre taillé renversée. Greta avait suivi son regard.

« En fait, il faudrait y passer la journée, si tu veux tout voir. Ne viens pas l'été… à cause de la queue.

— Sans doute.

— Je t'ennuie ?

— Non. Pas du tout. »

À vrai dire, chaque endroit lui paraissait aussi beau que la veille. Il n'y avait rien d'ennuyeux à Rome. La ville ressemblait presque à une souillon par son exhibitionnisme débridé. Dans chaque ruelle, à chaque coin de rue, se dressait un monument exquis, pas même répertorié dans le guide. La ville déversait l'art, l'histoire et la culture comme l'eau qui jaillissait de ses multiples fontaines. Le mot « assez » n'avait manifestement jamais figuré dans le vocabulaire romain. Et, chose contrariante, il s'était aperçu avec un choc que ce qui l'avait enivré pas plus tard que la veille le laissait à présent parfaitement indifférent. Elle aurait tout aussi bien pu lui faire découvrir les délices de Birmingham. Ce n'était ni Rome, ni la culture, ni les statues qui rendaient ses reins douloureux et sa respiration saccadée. Il ne voyait que les cheveux auburn et les yeux gris.

Greta avait poussé un soupir et passé un bras sous le sien. Ce geste absolument inconscient ne demandait aucune réponse, mais il n'avait pu s'empêcher de serrer ce bras contre ses côtes. Elle ne l'avait pas retiré et il ne se rappelait pas bien quand il avait éprouvé pour la dernière fois un bonheur aussi complet et indiscutable, tempéré seulement par la certitude absolue que, s'il la quittait à la fin du week-end, il ne la reverrait jamais plus.

Ils avaient traversé le pont, sans but précis, et Greta avait chassé des Africains qui voulaient lui vendre des contrefaçons de sacs de grands couturiers. Il s'était rendu compte, avec un peu de surprise, qu'elle parlait une langue étrangère qu'il ne comprenait pas.

Pendant qu'elle faisait la cuisine, il en profita pour visiter l'appartement. Le grand salon carré était typique des immeubles modernes, murs blancs, carrelage au sol et deux ou trois tapis, le strict minimum de meubles. Il soupçonnait les chaises et le canapé d'être loués avec l'appartement, car ils ne ressemblaient pas à ce qu'une femme choisirait avec amour pour décorer son intérieur... oui, trop anonyme. Elle n'avait pas non plus pris la peine d'accrocher des tableaux aux murs. Tout indiquait le provisoire et il se dit qu'elle ne vivait pas là depuis très longtemps. Deux ans tout au plus. Aucune photo n'était visible.

La pièce donnait sur une petite entrée où s'ouvraient trois portes menant à une chambre, à un petit débarras avec un lit pliant contre un mur, et à une salle de bains. S'il avait trouvé le salon encombré de vêtements, la chambre était un champ de bataille. Des fringues en tas encombraient toutes les surfaces planes, comme si elle se contentait d'ôter ce qu'elle portait et qu'elle le laissait là. Elle ne devait ranger que lorsqu'elle se trouvait à court de vêtements. Des bijoux étaient éparpillés par terre et sur l'unique commode. Une boucle d'oreille à côté de son pied, sa sœur près du mur le plus éloigné contre lequel elle avait dû les lancer et l'une d'elles avait rebondi dans la pièce.

Il avait l'impression que les vêtements et les bijoux étaient antérieurs à l'appartement, ils avaient l'air trop coûteux par rapport à celui-ci. Il reconnut même les marques de certaines vestes et il était quasiment certain que les diamants parsemant un bracelet jeté négligemment dans un coin étaient véritables. Alors quoi ? Un divorce et elle n'avait gardé que ses vêtements ?

Il allait quitter la pièce quand un petit cadre en argent attira son attention. Il était posé sur un meuble à côté du lit défait. Le visage d'un petit garçon aux cheveux noirs regardait gravement l'objectif. Son fils disparu, supposa-t-il. Le visage avait été découpé dans une photo plus grande, la main d'un homme effleurait la tête du garçon. Matt ouvrit le tiroir de la table de nuit et y trouva des dizaines de photographies, toutes du petit garçon, toutes découpées dans des portraits de famille vraisemblablement plus grands.

À part les photos, le tiroir ne contenait rien d'autre que des petites boîtes de pilules. Au moins une douzaine, même si certaines étaient vides. Les médicaments avaient le même nom dans toutes les langues : antidépresseurs, somnifères, stimulants, tranquillisants, soporifiques, un produit pour réguler tous les moments du jour et de la nuit. Greta était une pharmacie ambulante, ce qui expliquait son regard vitreux un peu plus tôt, qu'il avait attribué à tort à la fatigue et au whisky.

Il entra dans la salle de bains, tira la chasse d'eau en laissant la porte entrouverte pour qu'elle entende. Il ne voulait pas qu'elle pense qu'il avait fureté dans son appartement. Elle était revenue au salon et posait deux assiettes de linguine avec du thon en boîte, des tomates et des olives sur la table basse. Elle avait mis par terre les livres, les vêtements et les piles de papiers. Il y avait aussi un saladier et deux verres à vin. Il remarqua alors qu'elle ne possédait pas de table de salle à manger, bien qu'il y ait largement la place. Manifestement, Greta recevait peu.

« Merci. » Il s'assit sur le canapé à la place qu'il avait occupée auparavant. Elle lui tendit une fourchette. Il se dit : bon sang, qu'est-ce que je fais ici ?

Ils mangèrent, côte à côte, en se concentrant sur leur assiette. C'était bon, mieux que bon ; Matt se rendit compte qu'il n'avait rien mangé depuis son dernier dîner avec Connie où il n'avait pris qu'un peu de veau. Comment avait-il pu ne rien avaler pendant presque quarante-huit heures sans même s'en apercevoir ? Penser à Connie émoussa très vite son appétit.

Greta repoussa son assiette et but une gorgée de vin. Elle avait à peine absorbé quatre fourchettes de pâtes et deux feuilles de salade.

« Greta, tu devrais manger. » Il ne put se retenir. « Tu es beaucoup trop maigre.

— Je mange suffisamment », dit-elle en allumant une cigarette. Les pupilles de ses yeux gris et voilés s'étaient contractées jusqu'à prendre la taille d'une pointe d'épingle. Il se rendit compte qu'elle était complètement droguée. Plus encore, il se rendit compte que c'était sa routine, tous les soirs, après qu'elle avait réussi à terminer sa journée de travail. Sa tête était légèrement inclinée.

« Il faut que je t'emmène à l'aéroport, dit-elle.
— Ah, oui. Dans un moment.
— Appelle-la. Appelle Constance. Voilà le téléphone, dis-lui que je vais bien et que tu rentres bientôt.
— Oui. Je vais le faire. »

Il posa son assiette, se rapprocha d'elle et la prit dans ses bras. Elle n'avait que la peau sur les os. Il la porta dans la chambre, se pencha pour débarrasser le lit des vêtements. Il supportait facilement le poids de Greta d'un seul bras. Sa tête pendait en arrière.

Il l'allongea en travers du lit et glissa un oreiller sous sa joue, descendit les stores métalliques, faisant ainsi barrage au soleil étouffant du soir. La pièce se rafraîchit immédiatement. Il remonta un drap sur elle, s'assit sur le bord du lit et écouta sa respiration se calmer.

« Va l'appeler.
— Tout de suite. » Il ne bougea pas et se tourna au contraire pour lui caresser les cheveux. Il était sûr de sentir encore une odeur de citron. Cela au moins devait être bon signe.

La main de Greta monta lentement vers la joue de Matt ; il perçut le crissement de ses doigts sur sa barbe de plusieurs jours. Il avait grandement besoin de se raser.

« Tu n'as pas beaucoup changé », dit Greta. Le bout de ses doigts s'enfonça dans les rides entre son nez et sa bouche. « À part ici. » Elle suivit du pouce les rides d'expression au coin de ses yeux. « Et ici. » Le va-et-vient de son pouce lui faisait l'effet d'une caresse. Il ne voulait pas qu'elle s'arrête. Comme si elle lisait dans ses pensées, elle garda la main sur sa joue un peu plus longtemps avant de la laisser retomber.

« Un peu dégarni sur le haut du crâne aussi, mais merci de ne pas l'avoir dit. » Il s'essaya à un rire rauque qui lui parut un peu hystérique, plus proche d'un halètement étranglé.

« Il fallait que je parte, Matt. Je ne pouvais pas rester.

— Pourquoi ? Pourquoi ne pouvais-tu pas rester ? Je croyais que tu m'aimais.

— Oui. Mais je voyais à quoi ressembleraient nos vies. Ce n'était pas ce que je voulais. Je me disputais avec ma mère, mes sœurs, tu voulais absolument qu'on se marie, tu m'aurais suivie si j'avais dit où j'allais.

— Où es-tu allée ? »

Elle choisit de ne pas répondre à cette question pour le moment. « Nous n'étions que des bébés. Dix-sept ans, mon Dieu. Et depuis nos treize ans, nous n'avions rencontré personne d'autre. Au bout d'un an environ, j'ai écrit à ma sœur Rita. Elle m'a répondu et m'a parlé de toi, de ce qui se passait à la ferme, au salon de coiffure de Maman. Tu t'en souviens ? » Elle eut un rire de gorge. « Ce foutu salon. Parker's Perms, je détestais cet endroit. Cette odeur d'eau oxygénée, elle imprégnait nos vêtements et impossible de s'en débarrasser. »

Matt s'en souvenait parce que, après une soirée avec Greta, il sentait aussi l'eau oxygénée. Et ce n'était pas depuis leurs treize ans, avait-il envie de lui dire mais il s'abstint – c'était l'âge de leur premier baiser, ils traînaient ensemble depuis bien plus longtemps.

« J'ai demandé de tes nouvelles à Rita. À toutes tes sœurs. Tu n'imagines pas combien de fois je leur en ai demandé. Donc Rita m'a menti pendant des années, dit-il.

— Je lui avais fait promettre de ne rien révéler. J'étais à Londres, je ne sais pas… peut-être dix ans ? Puis je suis venue en Italie.

— Tu étais à Londres et moi aussi. » Il lui semblait incroyable de ne pas avoir senti sa présence.

« Je sais, je n'arrêtais pas de te chercher. J'étais toujours à l'affût des gens de chez nous. C'est drôle, je n'ai jamais rencontré personne.

— Tu devais mener une vie très retirée.

— Crois-moi, pas du tout. Rita ne m'a jamais parlé de Constance Bradley. Connie, devrais-je dire, je vais m'y habituer. Elle a dû penser que ça me ferait de la peine. »

Il ne lui demanda pas si cela aurait été le cas, parce qu'il ne voulait pas entendre sa réponse. La voix de Greta flottait, semblait lointaine à présent.

« Dis-moi que tu as été heureux, dit-elle.

— Dans l'ensemble, oui. » Et c'était la vérité. Matt ne pouvait pas dire qu'il avait été malheureux, mais il était également vrai que, très souvent, il n'en était pas tout à fait sûr. Ce n'était pas une question qu'il se posait périodiquement. Il y avait son travail, les garçons étaient nés, il y avait les disputes avec Connie, les réconciliations avec Connie. C'était une vie ordinaire, routinière et, jusqu'à ce week-end, il avait l'impression que, en gros, il pouvait dire qu'il s'était comporté avec une probité raisonnable et, oui, peut-être avec une certaine réussite, si on tenait compte des biens matériels.

Elle s'était endormie. À présent, il allait appeler Connie. Il essaierait de lui expliquer que, pour des raisons qu'il était très loin de comprendre, il s'était senti contraint de passer un peu plus de temps avec Greta. Peut-être tout bonnement par curiosité, parce qu'il se demandait où elle était partie quand ils étaient jeunes. Comment son fils avait disparu. Il allait s'excuser sincèrement, du fond du cœur, de s'être conduit de cette manière répréhensible qui lui ressemblait si peu. Il allait lui dire qu'il l'aimait et implorer son pardon. Puis il allait appeler l'aéroport et partir à la première heure le lendemain.

Matt dégagea sa main des cheveux de Greta, sortit de la chambre à pas de loup, mais laissa la porte entrouverte au cas où elle l'appellerait. À peine quelques secondes plus tard, il revint la regarder dormir.

4

Joe se trouvait déjà dans la cuisine et lavait ses chaussures boueuses quand Connie apparut en bas. Elle vérifia le téléphone dans l'entrée au cas improbable où Matt aurait appelé pendant ses moments d'assoupissement d'à peine dix minutes. Elle avait déjà consulté son portable et l'avait secoué, comme si cela pouvait faire apparaître un message.

De la boue épaisse était éparpillée sur le sol de la cuisine et l'évier, l'eau coulait généreusement du robinet grand ouvert, rebondissait des chaussures de Joe sur sa poitrine et formait une flaque à ses pieds déchaussés. Il utilisait un torchon pour frotter. Connie ferma le robinet.

« Combien de fois dois-je te le dire ? Sers-toi du robinet dehors pour nettoyer tes chaussures, regarde un peu la cuisine. Comment peut-on seulement avoir l'idée de laver quelque chose d'aussi répugnant dans un évier ? L'évier de la *cuisine*, Joe. »

Le visage de Joe parvint à ébullition. Il lui arrivait de rester cramoisi des heures. Il frappa les chaussures l'une contre l'autre pour les débarrasser de la boue restée coincée entre les clous métalliques.

« De toute façon, je me demande bien ce que j'ai le droit d'utiliser dans cette maison. » Il lui lança un regard noir.

« Tu peux prendre de l'essuie-tout. Tu peux...

— Oh, tu peux ! Tu veux bien la boucler ? »

Connie pensa : tu es indiscutablement le petit con le plus détestable, le plus égocentrique, le plus arrogant qui soit. Elle pensa : tu étais plus difficile quand tu étais bébé que les deux autres réunis. Elle pensa : tu pourrais utiliser cette colère un jour sur scène, il n'y aurait pas d'intelligence derrière, mais peut-être que le public ne s'en apercevrait pas à cause de tes yeux bleu cobalt. Elle pensa : Seigneur Dieu, où est ton père ?

Elle dit : « On ne va pas commencer, Joe. Ne te sers plus de l'évier de la *cuisine*, s'il te plaît. Est-ce une meilleure façon de te le demander ? Bon. Maintenant que je te l'ai demandé gentiment, tu pourrais peut-être aussi écouter... gentiment. » Elle prit une profonde inspiration et souffla. « Très bien. Qu'est-ce que tu veux dans ton sandwich ? »

Dieu du ciel, il enfilait ses chaussures cloutées sur le sol de la cuisine. Il marchait sur le *parquet* de la cuisine, répandant de la boue et de l'eau dans son sillage, pour aller voir ce que contenait le réfrigérateur qu'il pourrait mettre dans ses sandwiches. Elle se mordit la lèvre.

Tout en jetant un regard vide à l'intérieur, il se mit à chanter un rap lent à voix basse. Il était question d'attraper un flingue et de descendre des fils de pute. Connie prit du pain en tranches dans la boîte à pain. Elle avait l'impression d'avoir dépassé cent ans, d'être prête pour le cimetière. Devant la fenêtre de la cuisine, sa vie passait à toute vitesse, en regardant bien elle en verrait la fin, si elle s'en donnait la peine. *Regarde, la voilà. Là, là ! Ratée.*

« Je ne connais pas celle-là, Joe.

— Ben tiens.

— Eminem, non ? Un de ceux-là ?

— C'est un type qui s'appelle Shark. Son meilleur pote a emporté un flingue à l'école un jour. Il a descendu six profs sans qu'ils aient le temps de bouger. Pan ! Il a mis le flingue dans sa bouche et il a appuyé sur la détente. Pan !

— Sans qu'ils aient le temps de bouger. Mince alors.

— Je me vois bien faire ça un jour.

— Tu pourrais ?

— Surtout Flintface. Oh oui, je le vois bien. Sauf que je le tuerais vraiment lentement. Pour qu'il souffre un max.

— Tu es vraiment dangereux. »

Il se retourna et plissa les yeux en l'observant. Ce regard, très Jude Law, se dit-elle. Elle agita deux tranches de pain blanc. Seul Benny mangeait du pain complet.

« Jambon ou Nutella, Joe ? »

Il pencha la tête, hésitant.

« Nutella, s'il te plaît. »

Elle devait réparer son vélo, la chaîne était de nouveau détendue et il fallait resserrer le frein avant. Elle aurait pu lui reprocher de ne pas le lui avoir dit plus tôt ou de refuser d'apprendre à réparer son fichu vélo, mais elle ne demandait qu'une chose, qu'il soit hors de sa vue. De plus, il aurait fait toute une affaire d'une tâche aussi simple et il valait mieux qu'elle s'en occupe elle-même en dix fois moins de temps. Elle avait toujours été adroite de ses mains. Son frère, toujours plongé dans ses bouquins, la payait pour qu'elle répare son vélo qu'elle cassait parfois juste pour de l'argent.

Il descendait la rue en pédalant quand elle se rappela le billet de dix. Elle faillit l'appeler, mais serra les lèvres. Une piteuse victoire, sans doute, néanmoins il fallait dérober ce qu'on pouvait à Joe. Le téléphone sonna et elle rentra en courant.

« Allô oui ? » Voix glacée au ma-xi-mum.

« Madame Wilson ? Je me demandais simplement si le docteur était en route ? Il avait une carie à huit heures ce matin. »

C'était Jennifer Copeland, l'assistante dentaire. Elle travaillait avec Matt depuis plus de quinze ans et insistait toujours pour l'appeler Mme Wilson. Le mot « docteur » tapait aussi sur les nerfs de Connie, à cause de la façon possessive dont Jennifer l'employait. Il est peut-être votre Mari, mais pour moi il sera toujours le Docteur. Connie eut l'impression de recevoir un coup de poing dans le ventre. Elle pouvait difficilement dire à l'assistante trapue et dévouée que Matt était à un congrès de dentistes.

« Oh, bonjour Jennifer. Je vous prie de m'excuser une seconde. Je dois donner quelque chose à Joe avant qu'il... football. » Elle couvrit le combiné d'une main, comme si son interlocutrice était capable de lire dans ses pensées qui partaient dans tous les sens et l'une d'elles risquait de tomber sur la ligne. Que dire ? Que dire ?

« Je suis désolée. Je vous dois une tonne d'excuses, Jennifer. J'aurais dû vous appeler hier soir. Je suis désolée, Matt est encore à Rome.

— Rome ? Tout va bien, j'espère ?

— Juste une petite commotion, rien d'inquiétant.

— Commo... Mon Dieu. Qu'est-il arrivé ?

— Un bus. Il l'a accroché. Presque rien. Vraiment, pas de quoi s'inquiéter. Mais le médecin a préféré... vous comprenez, un voyage en avion... un petit moment. Il peut rentrer aujourd'hui, demain. Ça dépend du médecin.

— Est-ce qu'il est à l'hôpital ?

— En fait... » Réfléchis, réfléchis. « Non. Ils ont

pensé que ce n'était pas nécessaire. Vous n'allez pas me croire, mais il se trouve que le médecin est un ami d'un très vieil ami de Matt, alors il loge chez lui. Je n'ai même pas pris le numéro de téléphone, vous vous rendez compte... Tout a été tellement... vous imaginez.

— C'est affreux. Avec leur façon de conduire à Rome, je ne suis pas surprise. Mais réellement, une *véritable* commotion, vous avez dit ?

— Légère.

— Tout de même.

— Je sais. Écoutez, Jennifer, pouvez-vous demander à Martin d'assurer les plus importants...

— Il y a un placage complet du maxillaire supérieur à deux heures. Martin ne peut pas le faire.

— Vous allez devoir tout réorganiser. Il faudra qu'il prenne en charge ce qu'il peut.

— Oui, bien sûr. » Un silence lourd de sens. « Hum, vous n'avez pas pensé à lui laisser votre portable ?

— Non.

— Quand vous aurez un numéro, vous pourriez peut-être nous le communiquer. Ce serait utile de pouvoir le joindre, de lui demander son avis. Je vous en prie, ne vous inquiétez pas pour nous, madame Wilson, nous assurerons la permanence. N'oubliez pas d'en parler au docteur, d'accord ? »

Juste après lui avoir dit un certain nombre d'autres choses, pensa Connie. Un instant, elle sentit même monter en elle un petit rire.

« Oh, Jennifer. Nous avons décidé de ne pas en parler aux garçons, à quoi cela servirait de les inquiéter pour rien ? Nous leur disons que Matt est à un congrès de dentistes à Rome, si ça ne vous dérange pas. Au cas où vous leur parleriez.

— Si j'ai le choix, je préfère ne pas mentir, madame Wilson. »

Ah bon ? Et ce gros mensonge que vous avez raconté à propos du mariage de votre sœur ? Alors qu'il s'agissait en fait d'une virée de deux jours à Paris pour faire du shopping avec les billets d'Eurostar gagnés au dos d'un baril de lessive ?

« Je ne vous demande pas de mentir, Jennifer. Nous cachons simplement une partie de la vérité, pour leur bien. C'est ce que veut le docteur.

— Oui, oui, bien sûr. »

Connie se passa la main dans les cheveux quand elle eut raccroché. Ses doigts descendirent jusqu'au bout de ses mèches, puis sa main retomba. Et qui ensuite ? Que devait-elle encore dissimuler ? Elle ne se souvenait déjà plus très bien de ce qu'elle avait raconté aux uns et aux autres. Les versions concernant Matt se clonaient si vite qu'elle avait du mal à suivre. Et de quoi s'agissait-il en fait ? Qu'est-ce qu'il fabriquait ? Cela devenait parfaitement ridicule, elle ferait mieux de téléphoner à l'hôtel et de lui poser un ultimatum, rentre ce soir ou je change les serrures. On verrait ce qu'il en pense : il se fait du souci pour Greta, ben voyons. Pourquoi ne se faisait-il pas du souci pour ses fils ? Pour son cabinet ? Pour sa pauvre femme ?

Elle s'imagina en haillons, les joues maculées de la terre qu'elle creusait… non, qu'elle *griffait* à mains nues, cherchant quelque chose, n'importe quoi – une pomme de terre, pour sa famille. La pluie tombait impitoyablement sur sa tête, ses ongles cassés saignaient. Mais, comme Scarlett dans *Autant en emporte le vent*, elle allait s'en sortir et tous les sauver, même si elle devait y laisser sa peau. Là-haut, dans la grande maison, Fred dormait probablement, Joe fumait tout en grommelant dans le portable de sa mère et Benny, sans aucun doute, triait le surplus de haillons pour les donner à encore plus pauvres qu'eux. Dire qu'ils en étaient arrivés là ! *Parce qu'il se faisait du souci pour Greta.*

Connie monta bruyamment chercher dans la brochure le numéro de téléphone de l'hôtel. C'était la seule façon de traiter cette histoire, être ferme, mettre fin à cette absurdité, cesser de lui céder. Vraiment, il était temps de reprendre son sérieux. En haut des marches, l'image de Matt enroulé dans les draps la fit s'arrêter net, un pied posé sur le palier. Ses longues jambes négligemment étalées sur le matelas, ses cheveux blond-roux ébouriffés sur l'oreiller, un sourire détendu et satisfait sur son beau visage ridé, un sourire qu'elle connaissait si bien, l'ayant elle-même provoqué en de nombreuses occasions. Mais son esprit lui jouait de mauvais tours et elle voyait à présent Greta à côté de lui. Ils semblaient très proches, ils semblaient atteindre sans effort une grande intimité.

Elle dut se tenir à la rampe et se plier en deux tout en s'enfonçant le poing dans le bas-ventre pour neutraliser une douleur paralysante. Elle poussa un unique cri.

« Qu'est-ce que tu as ? » Benny se tenait devant elle, la tête penchée de côté.

« Rien, mon chat », dit-elle. Elle respira à fond et se redressa, vertèbre après vertèbre. « Des gaz, sans doute. Descends, j'arrive dans une minute, prends ton muesli. »

Elle regarda la tête cuivrée descendre au rez-de-chaussée. Comment Matt pouvait-il penser un seul instant à l'abandonner ?

L'environnement, se dit-elle, s'accrochant au jeu des projets. Quelque chose en rapport avec l'environnement pour Benny, il trouverait sa voie et sa jeunesse incertaine serait derrière lui pour toujours. Pour ce qu'on en savait – ses camarades de classe qui se moquaient de lui, ses professeurs qui parlaient de lui avec des sourires pincés et dédaigneux –, ce serait peut-être bien Benny Wilson qui finirait par sauver toute cette foutue planète. Peut-être pas. Elle porta une main à son front brûlant.

Il ne voulait plus qu'elle intervienne. Avant, elle allait régulièrement à l'école pour repérer les garçons qui *à son avis* lui en faisaient voir. Au bout d'un certain temps, le directeur adjoint s'était mis à éviter ses coups de téléphone. Elle garait sa voiture pas très loin des grilles de l'école pour l'observer pendant les récréations. Il n'avait jamais l'air particulièrement malheureux, il était simplement solitaire. Un ami, espérait-elle toujours, juste un vrai ami sûr comme soutien. Elle invitait régulièrement des candidats à goûter, ils finissaient tous par jouer avec Joe. Une fois, elle avait un peu perdu les pédales et avait marché sauvagement sur le pied d'une petite fille qui avait marmonné quelque chose à Benny dans la cour. Après cet incident, il avait arraché à sa mère la promesse de se tenir à l'écart. Le directeur adjoint lui avait aussi assené quelques paroles bien senties. Matt avait été furieux en apprenant ce qu'elle avait fait (Joe l'avait caftée). « Tu dois les laisser tranquilles, Connie ! Un jour ce seront des hommes, tu dois les laisser mener leurs batailles ! » Ce n'était pas la première fois qu'il lui criait cela.

Elle trouva la brochure de l'hôtel et redescendit. Le souvenir des yeux caves de Matt, de son expression égarée en fermant la porte du taxi qui l'emmenait, était d'une certaine façon plus douloureux que tous les fantasmes sur ce qu'il fabriquait ou non avec Greta. Quelque chose d'autre en lui l'avait aussi laissée sans voix tout à la fin. Son visage hâve et pas rasé donnait l'impression qu'il était déconnecté. Il savait à quel point il l'effrayait et pourtant cela ne l'arrêtait pas.

Elle fit appel à sa voix brusque de « femme responsable d'une famille » et tapa le numéro ; sa résolution et sa détermination grandissaient à chaque touche qu'elle pressait. Elle se trouvait vraiment dans une situation ridicule : devoir rappeler à l'ordre son propre mari. Elle allait lancer ses ultimatums mais, comme elle le ferait avec Joe, elle agiterait la carotte du pardon tout à la fin. Tout s'arrangerait, son optimisme naturel les aiderait à s'en sortir. Le réceptionniste qui parlait un anglais parfait l'informa que le Signor Wilson avait quitté l'hôtel la veille. Non, il n'avait pas laissé d'adresse.

Dans la cuisine, Benny triait le verre vert et le verre blanc, cela faisait partie de ses habitudes hebdomadaires de recyclage. Les bouteilles et les bocaux s'entrechoquaient avec un bruit épouvantable. Connie se cramponna un instant à la table de l'entrée. Elle ferma les yeux et se mit immédiatement à foncer dans le noir et le vide comme cela lui arrivait quand elle était petite et qu'elle essayait timidement de dormir pour la énième fois. Elle se déplaçait si vite qu'elle en avait le vertige, qu'elle retenait son souffle parce qu'elle savait que quand elle finirait par s'arrêter, les ténèbres se rueraient immédiatement sur elle.

Non, non, pas question de retourner *là-bas*. C'était une Connie tout à fait différente, elle l'avait laissée derrière elle à Consett et l'avait oubliée depuis longtemps. C'était la Connie qui avait perdu son sens de l'humour pendant un certain temps. Il n'y avait pas de place pour elle dans cette maison.

Benny cria qu'il n'y avait plus de lait bio. Elle répondit en criant aussi qu'elle ferait de vraies courses en rentrant du travail. Il devrait se contenter d'un toast de pain complet à la place du muesli, s'amuser un peu tout seul et peut-être Fred l'emmènerait-il à la piscine s'il le lui demandait gentiment. Elle courut au premier étage se changer; avec un peu de chance, elle pourrait brailler au revoir de l'entrée sans devoir affronter son visage sombre et confiant.

Durant toutes les années où elle avait essayé de formuler son inquiétude concernant Benny devant Matt et par la suite devant les psychologues et les prétendus spécialistes de l'enfance, elle n'avait pas une seule fois exprimé sa plus grande crainte. Le fait que Benny lui rappelait la petite fille qu'elle avait été. Renfermée et silencieuse, une spectatrice, constamment dans un état d'anxiété confuse. Jamais sûre d'être intégrée, jamais sûre d'être capable de s'intégrer. En le voyant aligner laborieusement les bouteilles de verre vert et les bocaux de verre blanc, ou faire des rangées de haricots à la sauce tomate sur le bord de son assiette, elle ne pouvait s'empêcher de penser à elle-même alignant les inépuisables photos qu'elle prenait tout le temps. Comme si une forme allait se dégager et que soudain le monde qui était à l'extérieur et pas à l'intérieur de sa tête allait lui livrer son mystère. Il existait un secret partagé que tout le monde connaissait sauf elle, voilà ce qu'elle ressentait. Maintenant qu'elle était devenue une version adulte d'elle-même, elle ne voulait surtout pas que Benny lui rappelle cette petite fille solitaire. Et pourtant, c'était ce qu'il faisait.

« Au revoir, Benny. Au re-voir. »

La Compagnie des cartes alternatives avait démarré un peu comme une plaisanterie. Aucune des deux femmes ne la prenait au sérieux au début. Mary était graphiste free-lance à l'époque. Elle avait également fait quelques expositions dans des galeries de peinture et une ou deux apparitions dans le *Richmond and Twickenham Times* du genre « mon Twickenham par un grand artiste local ». Connie avait repris un travail à temps partiel, après avoir essayé pendant une période de rester à la maison avec Benny, dans une agence de design dont une section créait des cartes de vœux.

Elle trouvait son travail banal et sans intérêt, mais la seule alternative était un plein temps avec un trajet quotidien à Londres dans une agence de pub remplie de jeunes gens brillants. En outre, elle était restée à la maison deux ans et était certaine d'avoir perdu de son savoir-faire. Trouver des petites phrases bateau pour la Saint-Valentin ne requérait pas une grande vivacité d'esprit. Mary et Connie se moquaient de certaines de ses formules les plus mièvres. À mon très cher mari, le gardien de mon cœur. C'est toi que j'aime. L'amour est une flamme et je suis en feu.

« Tu n'as pas écrit ça, j'espère ? avait bafouillé Mary. L'amour est une flamme et je suis en feu ? Mon Dieu.

— C'est ce qu'ils veulent. Qu'est-ce que j'ai dit ? Tu te rends bien compte que si tu en parles à quelqu'un, je devrai te tuer. »

C'était un samedi après-midi, elles buvaient un café et Mary exécutait distraitement une aquarelle dans un carnet. Connie regardait autour d'elle le désordre parfaitement inconcevable chez elle. Comment Mary réussissait à trouver ses tubes de peinture demeurait un mystère. Elle ne jetait apparemment jamais rien. La pièce était jonchée de piles de journaux vieux de plusieurs années, de toiles à moitié terminées, de boîtes en carton sur lesquelles étaient posés des palettes croûteuses et desséchées et d'innombrables mugs maculés de traces de thé. Tout le rez-de-chaussée de la petite maison de Mary était consacré à son atelier. À l'étage se trouvaient une kitchenette, deux petites chambres et une minuscule salle de bains. La pagaille régnait là aussi. Connie était presque envieuse.

Leur conversation avait dévié sur les cartes en général. Comme « sincères condoléances » semblait banal à la mort de quelqu'un, et pourtant que pouvait-on dire d'autre ? Joyeux Noël quand cette période était invariablement malheureuse et crevante pour la plupart des adultes, mais quel mal y avait-il à le dire ?

« Il devrait exister des cartes à envoyer aux gens qu'on déteste. » Connie avait ri. « Triste Noël et Mauvaise Année.

— Ou une représentation de la Faucheuse pour ton ex et à l'intérieur : Je te la souhaite bonne !

— Qu'est-ce que tu penses de ça pour un homme qui ne veut pas s'engager ? Les roses sont rouges, les violettes sont bleues, les lits pisseux sont jaunes et toi aussi. »

Mary avait trempé son pinceau dans le jaune et en quelques secondes un pissenlit géant était apparu sur la feuille. Elle l'avait travaillé pour qu'il ressemble à un des tournesols de Van Gogh. Toutes deux avaient reculé pour le contempler et c'est ainsi que tout avait commencé.

Elles avaient travaillé tous les week-ends pendant des mois. Mary créait des versions détournées de tableaux célèbres et Connie écrivait des messages appropriés. Elle avait trouvé un imprimeur dans le quartier qui avait réalisé un lot d'échantillons à un bon prix. Elles glissaient les cartes dans des pochettes en plastique transparent fermées par des étiquettes colorées indiquant qui pouvait être le destinataire. Au dos, une autre étiquette révélait le message qui figurait à l'intérieur. Elles s'étaient ensuite trimballées dans toutes les papeteries haut de gamme et indépendantes, d'abord dans leur secteur puis, petit à petit, elles étaient allées plus loin, jusqu'à couvrir presque tout Londres.

Les commandes arrivaient lentement au début, mais ensuite, un magasin de Knightsbridge avait passé une grosse demande de réassort. Des épouses contrariées avaient apparemment fait main basse sur le premier lot. En février, toutes les cartes décalées de la Saint-Valentin s'étaient vendues. Une autre commande était parvenue d'une boutique de Kensington, des filles au pair employées de manière abusive avaient raflé toutes les piquantes cartes d'adieu à leurs ex-employeurs. Les employés de la City appréciaient les jeux de mots sur les titres et les actions et les adressaient à leurs chefs tyranniques. Les cartes d'adieu ambiguës pour les membres du personnel impopulaires se vendaient bien à Westminster.

Chaque carte était tirée en édition limitée et signée par Mary. Elles coûtaient cher, mais l'idée d'envoyer une vacherie sous l'apparence d'une carte innocente amusait les gens. Et qu'y avait-il de plus inoffensif qu'une carte de vœux ? Joyeux Anniversaire ! Joyeux Noël ! Bon Voyage ! Félicitations ! Bonne Chance ! Prompt Rétablissement – des clichés de pacotille pour faire oublier les lettres non écrites, les coups de téléphone non passés, les sonnettes non actionnées. Une platitude une fois par an pour soulager une conscience qui se manifestait une fois par an. À condition que le message n'insiste pas trop dans le registre de l'aigreur, une carte de la Compagnie des cartes alternatives était plutôt une sorte de compliment équivoque, indiquant la préméditation et une dépense assez conséquente.

Elles avaient étendu leur activité aux paroles de chansons et aux poèmes en veillant à ce que le message ne soit que vaguement évocateur d'une phrase bien connue afin d'éviter les problèmes de droits d'auteur. Connie avait créé un site Web et des commandes personnelles avaient commencé à arriver lentement. Des gens riches ayant des comptes à régler. Mary s'était mise à créer ses propres compositions, des pièces uniques sur commande. Elles les vendaient plusieurs centaines de livres.

Une femme sicilienne les avait contactées, elle voulait une carte destinée à son ex-mari qui l'avait plaquée pour une jeunette. Il s'était avéré que c'était un ponte de la mafia locale. Il n'avait pas respecté leur accord tacite selon lequel elle fermait les yeux sur ses incartades amoureuses à condition qu'il ne mette jamais en péril leur mariage. C'était une femme imposante animée d'une fureur noire. Elle voulait une carte d'adieu pour marquer d'une pierre blanche le jugement provisoire de divorce, quelque chose d'à peine menaçant qu'il comprendrait implicitement, juste assez pour l'inquiéter. Mary avait suggéré une carte toute noire à l'exception d'un petit point blanc et lumineux au milieu. Il faisait penser à la lumière déclinante d'un vieil écran de télévision qu'on éteint, ou à un esprit voyageant vers la lumière. Pour l'intérieur, Connie avait proposé un mot unique : *Ciao*. Elles avaient réfléchi sur l'ajout d'un point d'exclamation, mais la femme voulait que cela reste très simple. Ciao. Qu'ensuite il regarde par-dessus son épaule.

Elles avaient de nombreuses femmes pour clientes, des hommes aussi de temps en temps. Connie et Mary s'impliquaient parfois dans l'histoire de leurs vies et restaient souvent en contact avec eux. Elles étaient contentes quand les gens se débarrassaient de leur amertume et téléphonaient ou venaient leur dire qu'ils étaient passés à autre chose. Avec le recul, elles s'apercevaient souvent que la commande de la carte servait de catalyseur. Elle indiquait que la page était tournée.

Tout n'était pas angoisse et désespoir. Il y avait

aussi des événements heureux : bar-mitsva et mariages, anniversaires et commémorations, pour ceux qui souhaitaient dire les choses autrement.

Elles gagnaient assez d'argent au bout d'un an pour que Connie laisse tomber son travail à temps partiel. Mary se concentrait sur les cartes et sur sa peinture et laissait peu à peu s'étioler ses travaux de graphiste free-lance. La Compagnie réussissait à leur assurer deux salaires ainsi que leurs frais, ce qui leur convenait. Elles ne projetaient pas de se développer. En outre, Mary se sentait en général plus à l'aise dans la modération que dans l'abondance, sinon, en bonne catholique, un sentiment de culpabilité surgissait avec la précision d'un métronome. Pour quelqu'un dont la maison était très encombrée, elle avait l'esprit remarquablement dépouillé, se disait souvent Connie avec admiration. Pour sa part, elle n'osait pas explorer son côté obscur de peur de trébucher sur tout un tas de bric-à-brac mis au rebut.

Le deuxième jour de l'absence de Matt, Connie fit d'énormes efforts pour le repousser, ne serait-ce que pendant ses heures de travail, dans un coin de son esprit où il irait rejoindre le fatras qui s'y trouvait. Un silence confortable s'était établi dans l'atelier où Mary travaillait à un pastiche d'un paysage de Constable et Connie s'occupait des commandes et des factures à payer. Elle se chargeait de toute la partie administrative.

« Tu es blanche comme un linge, dit Mary en regardant Connie en dessous. Tu n'as pas dormi la nuit dernière ?

— C'est la première chose que je t'ai dite en arrivant ce matin. On dirait que tu n'écoutes pas. »

Connie, l'air très affairé, rangea une pile de papiers dans un dossier. Elle adressa à Mary une grimace pour adoucir la note mordante qui s'était glissée dans sa voix malgré tous ses efforts. On ne pouvait pas se permettre le moindre faux pas avec Mary, rien ne lui échappait. Elle avait très certainement remarqué le sourire figé et trop enjoué sur les lèvres de Connie tandis qu'elle répondait au téléphone durant la matinée, ainsi que les gros soupirs qui montaient involontairement de son ventre quand elle consultait son portable pour regarder ses messages, ou leur absence, en fait.

« Des nouvelles de Matt ? demanda Mary.

— Pardon ?

— Tu lui as parlé hier soir ? Tu sais maintenant combien de temps il va rester absent ?

— Quelques jours peut-être. » Connie fit la moue pour montrer que c'était le cadet de ses soucis, à vrai dire.

« Comment ça se passe avec ses patients ? Ça lui ressemble tellement peu de les laisser en plan. Tous ces changements de planning, Matt me surprend vraiment. Les gens prennent des congés pour aller chez le dentiste.

— Pas de chance. »

Connie se mordit la lèvre. Mary se retourna, son couteau à palette suspendu en l'air.

« Je disais ça comme ça, répliqua-t-elle.

— Depuis quand t'intéresses-tu aux patients de Matt ? » Connie essaya d'introduire une petite note d'exaspération associée à une tolérance amusée devant le côté fouineur de son amie. C'était tenter un mélange ambitieux et elle échoua lamentablement. Elle réussit juste à paraître revêche et Mary serra les lèvres, signe indubitable qu'elle sentait qu'il se passait quelque chose.

« Je crois que je vais partir tôt aujourd'hui. Il faut que je fasse des courses et d'autres trucs, dit Connie.

— Bon, bon.
— Et, Mary ?
— Hein ?
— Je crois que je vais prendre un somnifère de bonne heure ce soir. Tu comprends, pour rattraper.
— Bon, bon. » Un petit silence. « De toute façon, je n'avais pas l'intention de passer ce soir. William est à Londres. » William était l'amant à temps partiel de Mary. Un affreux petit bonhomme, selon Connie, que sa femme ne comprenait que trop bien. Mary n'avait pas l'air de trop tenir à lui non plus, mais c'était une compagnie, disait-elle, de temps en temps.

« Bon, alors j'y vais. » Connie agita ses clés de voiture. Elle hésita une seconde devant le bureau, espérant que Mary poserait la question qu'elle avait manifestement envie de poser, espérant qu'elle ne la poserait pas. Elle eut un élan d'amour vers la nuque de son amie, les traces de peinture, les cheveux fous ; pourquoi tout le monde ne lui ressemblait-il pas – satisfaite de ce qui se présentait –, pourquoi toutes ces complications, ces obstacles inutiles qu'on dressait soi-même sur le chemin du bonheur ? « Bon », ajouta-t-elle et elle donna une tape sur les poches de son jeans sans raison particulière ; elle avait déjà ses clés en main.

Mary tendait le cou, les sourcils levés dans l'attente. Connie ouvrit la bouche et la referma. C'était pitoyable : même avec sa meilleure amie, celle à qui elle confiait la vie de ses enfants, elle jouait un rôle. Il y avait la Connie qu'elle avait façonnée au fil des ans. Mère de trois garçons, épouse de leur père, sœur, fille. On serrait les dents, on continuait, on se levait tous les matins, on s'habillait et on mettait du mascara et du rouge à lèvres, on disait : « Bien, merci et vous ? » Si on perdait cette personnalité, celle qu'on avait façonnée, il était impossible de savoir qui on trouverait pour la remplacer.

« Tu as oublié quelque chose ? demanda Mary.

— Quoi ? Oh, je fais juste ma liste de courses dans ma tête. »

Mary, avait-elle envie de dire, à quel point crois-tu que Matt ait été malheureux ces derniers temps ? As-tu remarqué une différence, t'a-t-il dit quelque chose ? Il a une carrière respectable, il a trois enfants adorables, il m'a, il a notre maison de rêve. Il a, en fait, tout ce que j'ai toujours voulu.

Suis-je mauvaise ? avait-elle envie de demander. Suis-je mauvaise alors que je supposais être bonne ?

Quand il reviendra, se dit-elle, nous vendrons, nous achèterons une ferme à Durham, près de celle de son père peut-être, nous ferons l'amour tous les jours et nous ferons pousser des choses. Des courges et d'autres trucs. La drogue ne sera peut-être pas une tentation aussi grande là-bas pour les garçons, ils trouveront des filles gentilles et réalistes qui sauront faire de la gelée de mûres. Matt sera dans son élément et arpentera ses terres tous les soirs. Nous irons à l'église et nous plaisanterons ensuite avec les gens comme dans les séries télé. Je cuisinerai d'énormes déjeuners le dimanche en écoutant Louis Armstrong chanter *Nous avons tout notre temps* dans la grande cuisine de la ferme remplie d'odeurs résiduelles de bœuf et de jus de viande. Conversations animées avec leurs nouveaux amis intimes autour de la table en chêne massif traditionnelle, têtes rejetées en arrière au milieu d'un rire, pas un grognement, pas un rot, pas la moindre remarque humiliante.

« Salut », dit-elle à Mary en passant la bandoulière de son sac à son épaule. Elle peindrait la cuisine de la ferme couleur jaune d'œuf et la remplirait de pots de confiture où pousseraient des primevères au printemps. Elle décorait déjà un avenir multicolore à coups de pinceau hardis dans des couleurs primaires, vraiment, elle n'imaginait pas d'autre façon de faire.

Ils seraient tous heureux. C'était tout à fait possible.

5

Greta emmena Matt à Tivoli, une ville animée sur une colline à environ vingt kilomètres de Rome, pour lui montrer la maison où elle avait vécu. C'était la première surprise de la journée. Il avait simplement supposé qu'elle avait toujours vécu à Rome. La seconde surprise fut la taille de la villa. La maison à trois étages de style recherché avec de larges fenêtres et une porte d'entrée cintrée en acajou à double battant était construite dans un quartier résidentiel, assez loin à pied du centre-ville. De hautes grilles en fer forgé protégeaient la maison de la rue. Deux voitures étaient garées dans l'allée, dont une Maserati. Matt était absent depuis quatre jours de chez lui, de sa vie.

Ils se tenaient de l'autre côté d'une large avenue bordée de peupliers et regardaient. Greta semblait faire tout son possible pour ne pas être vue. Elle scrutait toutes les fenêtres, même si les volets de la plupart étaient fermés pour empêcher le soleil de midi d'entrer.

« Avant, elle était jaune, dit-elle. Jaune avec des volets blancs. Tout est blanc, à présent, ajouta-t-elle pensivement, comme s'il ne voyait pas.

— Quand es-tu venue ici la dernière fois ?

— Il y a à peu près deux ans. » Elle haussa les

épaules. « Je suis partie après l'enterrement de Sandro. Voilà.

— Comment est-il mort ? Tu vas me raconter ? » Matt tendit la main pour lui caresser la joue, mais elle détourna la tête brusquement. Sa main resta suspendue un instant, puis il la laissa retomber. Quoi qu'elle lui dirait, il savait intuitivement que ce ne serait pas la vérité. Pas toute la vérité, du moins. C'était un trait de son caractère qui l'avait toujours exaspéré, excité et rendu furieux en même temps. « Bien sûr que je t'aime, disait-elle lorsqu'il insistait, la forçant à l'admettre, puis le sourire en coin... du moins je crois. »

Elle lui avait dit qu'elle adorait son chien, Ed, un corniaud simplet et inutile, plus une gêne qu'autre chose à la ferme, mais Matt l'avait élevé depuis sa naissance. Ed allait partout avec eux jusqu'au jour ou Matt avait remarqué que le chien ne les suivait plus si Greta était là. Si elle s'approchait de lui, il partait en bondissant vers la maison, sans doute pour chercher Stanley. Matt en avait découvert la raison quelques mois plus tard quand il avait surpris Greta qui lui donnait des coups de pied. Elle s'était mise à rire, les yeux étincelant d'une délicieuse malveillance quand il avait protesté. Comment pouvait-on vouloir faire du mal à ce pauvre vieil Ed ? Il n'existait pas de créature plus inoffensive, plus empotée. Pour la première fois, il avait eu envie de la frapper, de lui faire l'amour et de lui tirer très fort les cheveux.

Il la regardait réfléchir à la manière dont elle allait répondre à sa question et sa main le démangeait de saisir une poignée de ses cheveux, de la tordre dans son poing, de tirer sa tête en arrière – ce désir lui donna un instant la nausée. Elle était capable de cruauté mesquine, sans autre raison que l'envie de s'amuser. Cruelle et superbe, comme le soleil quand on le regarde.

« Si c'est trop douloureux pour toi, commença-t-il d'une voix si ferme qu'il avait du mal à croire qu'elle lui appartenait.

— Bien sûr que c'est trop douloureux. » Elle releva la tête. « Il est mort dans un incendie. C'est pour cela que la maison est blanche à présent. Je n'ai pas pu le sauver. Partons. C'était une erreur… une erreur. »

Elle voulut passer devant lui. La main de Matt fendit l'air et attrapa ses cheveux, il tira si fort qu'il en arracha quelques-uns. Elle tenta de se dégager, mais il tira encore plus fort et l'attira contre lui.

« Greta, pourquoi m'as-tu amené ici ? »

Elle secoua la tête presque imperceptiblement, cessa de résister, s'enfouit dans sa poitrine.

« Je ne sais pas. Je me suis dit… je me suis dit que peut-être tu pourrais m'aider. » Sa fragilité le toucha. Il l'avait connue inconstante, éphémère, il avait vu son humeur changer et passer du scepticisme matérialiste au maniérisme enfantin le temps d'une cigarette et d'un rire rauque, mais jamais fragile, jamais vulnérable.

« J'essaie d'aider, dit-il. De petites choses, je ne sais pas quoi faire d'autre. »

Au cours des derniers jours, il avait fait la cuisine, rangé l'appartement, fait couler son bain, surveillé son traitement. Elle était descendue à un somnifère par nuit et deux comprimés de Prozac par jour. Pendant qu'elle travaillait, il errait dans les rues de Rome en se demandant s'il devenait fou. Si un brusque éclair de folie l'avait frappé au moment où il avait posé les yeux sur Greta au bar américain. Il ne pouvait y avoir d'autre explication. Sauf, bien sûr, s'il n'était qu'un salaud sans cœur, à son grand étonnement. Il se comportait assurément avec une extrême dureté envers la famille qu'il aimait, en complet désaccord avec l'homme pour lequel il s'était pris jusqu'ici. Plus il essayait d'analyser ce qu'il faisait, plus il était perplexe. Il ne trouvait rien dans son passé, aucun repère sur lequel revenir pour affirmer que oui, c'était peut-être un moment révélateur présageant la connerie cruelle qui était en train de se produire. Sa vie avait été stable. Il avait été un fils, un mari et un père stable. Alors qui était ce Matt ? Il avait beau chercher, il était incapable de trouver une seule réponse crédible.

La veille, il avait marché des heures sans rien voir, perdu dans ses pensées, imaginant le visage de Connie, ses fils. Il avait décroché le combiné d'un téléphone public, introduit des pièces et écouté la voix de sa femme sur le répondeur dire qu'elle était désolée, mais que personne n'était là pour prendre son appel. Il avait essayé de parler, cependant seul un sanglot s'était échappé de ses lèvres et il avait reposé très vite le téléphone. Il était resté là, tremblant et sanglotant comme un gamin. Comme un foutu gamin.

Il était rentré à l'appartement de Greta, avait préparé son sac de week-end et s'était assis en attendant le bruit de sa clé dans la serrure. Elle était entrée avec un sourire enfantin, impatiente de le voir et, en constatant qu'il se préparait à partir, son sourire avait perdu de son éclat, mais un peu seulement. « Bien sûr, tu dois partir. Bien sûr il le faut. » Elle était allée directement dans sa chambre, peut-être pour attendre le claquement définitif de la porte indiquant son départ. Au lieu de cela, il l'avait suivie, couvrant la distance entre eux en quelques grandes enjambées, et il l'avait embrassée pour la première fois depuis qu'ils avaient fait l'amour quand ils étaient adolescents. Sa saveur était exactement telle qu'il se la rappelait.

Une texture douce, veloutée, très différente de la femme à vif qu'elle était devenue.

Ils s'étaient allongés sur le lit et il lui avait caressé les cheveux en murmurant son nom. C'était la seule chose qui avait un sens. Il avait l'impression à ce moment-là, juste avant qu'elle ne s'endorme, que ce nom s'était répété comme un mantra dans le coin le plus reculé de sa tête durant toutes les années où ils avaient vécu des vies séparées. Elle ne savait pas, pas plus que lui, qu'il l'avait conservée, qu'elle avait vieilli avec lui aux côtés de ses viscères, sorte d'incube qu'il voulait punir et nourrir en même temps. Greta Parker, une fille tellement électrique et dangereuse : une turbine de contradictions éveillant en lui une réciprocité de réponses contradictoires. Cela lui faisait mal de la voir ainsi soumise. Tout au long de la nuit, il l'avait tenue dans ses bras, la désirant et souhaitant être libéré d'elle en même temps.

Et le matin, il était entré dans la salle de bains pendant qu'elle se douchait. Il était habillé. Elle avait cligné des yeux mais sans rien dire. Le savon glissait sous son aisselle, sur le contour de son sein et accentuait les petites vergetures argentées autour du mamelon durci et sombre. Elle le passait sur son ventre presque concave, tant elle était maigre. Elle s'était shampouiné les cheveux et avait mis la tête sous l'eau pour les rincer. Les yeux de Matt s'étaient posés sur le triangle entre ses cuisses ; le gris s'y mêlait à l'auburn luisant, les poils épais et brillants faisaient pendant à ses sourcils surprenants. Il s'était avancé sous la douche abondante, l'avait entourée de ses bras et avait croisé les mains sur ses seins mouillés et soyeux. Il ne se souvenait pas d'avoir eu une telle érection. Elle s'était serrée contre lui, le corps mollement réceptif tandis que les mains de Matt glissaient vers sa taille et ses fesses, que ses doigts fouillaient la fente entre ses cuisses et plongeaient dans l'obscurité humide et glissante, encore et encore jusqu'à ce qu'elle pousse un cri et que ses seins frémissent. Il avait léché son cou qui avait un goût de citron. Ils étaient restés ainsi debout un long moment, sans dire un mot, tandis que l'eau ricochait sur leur tête baissée, tombait en pluie sur leurs épaules et dégoulinait sur les doigts de Matt de nouveau étalés sur les seins de Greta. Il s'était rendu compte qu'ils étaient complètement perdus – rien ne serait plus jamais normal.

Ils se trouvaient à présent devant une maison qui représentait autrefois pour elle le quotidien. Elle appuyait de nouveau son visage contre la poitrine de Matt, comme si, en tentant d'y pénétrer, elle avait une chance d'y trouver un semblant de paix. Sans avoir conscience de ce que faisaient ses doigts, il suivait la vieille cicatrice grumeleuse derrière sa tête qui serpentait jusqu'à un creux à la base de son cou. Souvenir d'un accident de vélo qui l'avait laissée pour morte. Un autre accident et elle mourrait à coup sûr, avaient dit les médecins : sa tête était devenue une partie fragile, condamnée à la friabilité d'une coquille d'œuf et vulnérable par petits morceaux pour le restant de ses jours. Il lâcha ses cheveux et quelques fils soyeux restèrent enroulés autour de ses doigts. Ils s'envolèrent dans la brise.

« Ça va ? » demanda-t-il. Elle hocha la tête, lui rappelant un enfant malléable et languissant après une crise de larmes.

« J'ai toujours pensé que tu étais trop bien pour moi. » Elle se dégagea et lui adressa un sourire en coin. Elle se moquait d'elle-même. « Tu te souviens de ce billet de vingt livres ? Vingt livres, nom d'un chien. On t'a tous pris pour un dingue. Je l'aurais gardé sans état d'âme. »

Il se surprit à rire. Ces foutues vingt livres, comme elle s'en souvenait bien, le temps qu'il avait passé dans le doute à lutter contre une conscience épineuse. La première fois qu'il avait dû mettre en balance une cupidité naturelle et saine et les principes de son père. C'était une grosse somme d'argent à l'époque ; il l'avait trouvée dans le caniveau devant le bureau de poste. Il l'avait ramassée, avait regardé autour de lui, pensant à une farce. De retour à la ferme, il en avait parlé à Stanley et à Greta, qui exultaient et réclamaient leur part. Plus tard, avait-il dit. Demain, avait-il promis. Le billet était resté aplati une semaine sous son oreiller où il était devenu craquant comme une fleur séchée. Deux ans auparavant, son père, Arthur Wilson, avait été licencié. Il n'avait pas retrouvé de travail. Le bruit courait que l'usine allait fermer, des rumeurs se répandaient comme de la paraffine liquide dans l'attente d'une allumette. Les hommes partaient par groupes en un ruissellement continu qui annonçait l'ultime déclin. Le sang de Matt autant que son cœur savait que le billet qu'il avait trouvé faisait partie d'une indemnité de chômage. On comptait sur ses doigts, un coup de vent, pas de thé sur la table à la fin de la semaine. Il imaginait ce qu'éprouverait son père : pas capable de conserver son emploi, pas capable de conserver l'indemnité dérisoire.

Au bout d'une semaine, il s'était rendu à la poste et avait tendu le billet. Il se trouvait qu'un homme qu'il connaissait, qui avait autrefois travaillé avec Arthur, avait signalé sa perte à l'employé, sans espérer le moins du monde réparation, mais simplement afin de pouvoir dire à sa femme qu'il avait informé le postier. Qu'il avait informé de sa nullité un type ayant un boulot, avait dû insister la femme furieuse. L'homme avait tout raconté au père de Matt, qui était allé trouver son fils, un sourire particulièrement figé aux lèvres et les yeux humides.

Alors, était-il bon ? Ce n'était pas un mot qu'il se serait appliqué en particulier. Il avait assurément essayé de vivre une vie relativement honorable, ni plus ni moins que n'importe quel autre homme. Il avait acquis un ensemble de règles de moralité, mais c'était le cas de tout le monde, simplement pour survivre. Il était peut-être assez bon pour passer les épreuves qu'il avait rencontrées jusqu'ici. Il n'aimait pas la question qui s'imposait à son esprit : s'il était vraiment un homme vertueux, que faisait-il ici avec elle ?

Pourtant, de manière vague, en une pensée pas encore complètement formulée, il comprenait qu'il y avait autre chose, c'était peut-être ce qu'elle voulait dire : il avait, sans y réfléchir, adopté une certaine responsabilité envers elle, tout comme il l'avait fait envers Connie depuis le jour où elle l'avait fixé de ses yeux ronds et timides. « Alors, ça pourrait être moi, non ? » Elle avait quinze ans et, à la ferme, elle faisait partie des meubles depuis des années. Il ne l'avait jamais considérée sous cet aspect avant le jour où, un an après l'éclipse soudaine de Greta, elle s'était mise avec maladresse sur la pointe des pieds pour l'embrasser sur la joue et il avait instinctivement posé ses lèvres sur les siennes. Il se sentait seul, plus encore, il vivait une sorte de deuil et Connie était chaleureuse et pas compliquée ; l'ardeur de son baiser l'avait surpris. Eh bien, oui, ça pouvait être elle, quelqu'un qu'il rendrait heureux. Mais était-il bon ? En fait, il se serait plutôt décrit comme grand.

Ses pensées furent interrompues par une voiture qui franchissait les grilles de la maison voisine de celle de Greta. Elle se colla immédiatement contre Matt pour ne pas être vue. La couleur s'était complètement retirée de son visage ovale, elle avait l'air d'un spectre. La grosse voiture noire passa et Greta la suivit des yeux aussi longtemps qu'elle put.

« Quelqu'un que tu..., commença Matt.

— S'il te plaît, Matt. Partons. S'il te plaît », dit-elle. Cette fois, il la laissa s'éloigner.

Ils rentrèrent à l'appartement de Greta, qui demeura silencieuse et renfermée. Elle se versa un grand whisky et s'assit près de la fenêtre, la tête tournée de côté. Matt essayait de faire abstraction des pilules qu'elle avalait à intervalles réguliers, mais il était de plus en plus inquiet à l'idée qu'elle ne les comptait plus. Lorsqu'elle fit distraitement jouer du pouce le distributeur de pilules pour la quatrième fois, il le lui arracha des mains.

« Ça suffit, Greta. Tu risques l'overdose. »

Elle parut trouver cela amusant, un sourire en coin fendit une de ses joues, mais s'évanouit rapidement. Il fut remplacé par une expression de colère.

« Tu sais, elles sont peu dosées. Donne-moi mes pilules, Matt. Je sais combien je peux en prendre en une soirée.

— Un soir tu risques de ne pas te souvenir du nombre que tu as déjà absorbé. » Il s'approcha d'elle et posa une main sur son épaule. « Parle-moi de Sandro. Raconte-moi comment il était. »

Greta détourna encore davantage la tête et ses doigts cherchèrent à tâtons un paquet de cigarettes. Elle en fit tomber une qu'il ramassa et plaça entre ses lèvres. Il dut la tenir pour l'allumer, tant sa bouche tremblait. Elle avala une grande bouffée de fumée.

« Je ne peux pas, dit-elle après avoir réfléchi un long moment. Je ne peux tout simplement pas. Pas ce soir. » Elle prononça ces mots à voix si basse qu'il dut tendre l'oreille pour les entendre. « Je sais qu'il n'est plus. Je le sais. Que plus jamais, jamais, je... » Elle passa une main sur son visage. « Donne-moi mes pilules, Matt. » Elle tendit brusquement la main, mais il les tenait hors de sa portée.

« Non.

— Donne-les-moi !

— Non. » Il les fourra dans la poche de son jeans et la fit se rasseoir sur sa chaise. Il s'agenouilla devant elle, les mains sur ses cuisses. « Greta, Greta. Ce n'est pas une façon de vivre. Tu ne peux pas te retrancher ainsi du reste du monde.

— Pourquoi pas ? »

Parce que... que pouvait-il dire en vérité ? Quoi qu'elle fasse, rien ne l'aiderait à se sentir mieux. Cela n'était en rien comparable mais, à la mort de sa mère quelques années auparavant, durant les premiers jours, quand son chagrin était très aigu, il avait trouvé un peu de réconfort dans son travail, dans la routine quotidienne de la vie de famille. En dehors de son travail, Greta vivait presque comme une recluse.

« Tu as toujours été quelqu'un de sociable.

— Les gens changent. Ou les choses les changent », dit-elle d'un air impassible. Tout à coup, elle fut de nouveau en colère, son visage se tordit et elle secoua ses cuisses pour se débarrasser des mains de Matt, mais il les laissa là où elles étaient. Il était difficile de dire si ses changements d'humeur étaient une réaction au fait d'avoir revu son ancienne maison ou s'ils étaient imputables aux médicaments. Sans doute un mélange des deux. « Tu n'as pas le droit de me dire comment je dois vivre, lança-t-elle. Pourquoi n'appelles-tu pas ta femme ? Ta famille doit être folle d'inquiétude. Comment qualifies-tu ce genre de comportement ? »

Il encaissa parce qu'elle avait parfaitement raison. « Un comportement cruel et égoïste, répondit-il avec une grimace. Il se trouve que c'est beaucoup plus facile que je ne croyais.

— Je n'ai jamais eu la moindre difficulté dans ces domaines », dit-elle. Il sentait sa colère s'estomper. À certains moments, il avait l'impression de ne regarder que l'enveloppe d'un être humain et l'idée de la laisser ainsi lui serrait le cœur.

« Je suis tombé sur le répondeur hier, dit-il. Je n'ai pas pu parler. Pour être parfaitement honnête, je ne sais pas quoi penser. Je ne me reconnais pas. Je ne sais pas si c'est mon moi réel, celui que j'aurais dissimulé toute ma vie. Ou juste une mauvaise excuse pour faire une pause dans la réalité. Une crise de la quarantaine à quatre sous – Seigneur, comme je méprisais ce genre d'hommes, ceux qui cherchaient à être de nouveau jeunes, qui couraient après leur jeunesse. À l'étape suivante, qui sait si je ne vais pas me faire une queue-de-cheval. M'acheter une grosse Harley bien clinquante. Plus rien ne peut me surprendre, à présent. Tout peut arriver ou rien du tout. Ou peut-être...

— Quoi ?

— Peut-être est-ce toi. »

Elle détourna la tête de la fenêtre et le regarda. Je l'aime, pensa-t-il. C'est donc cela. Très simple, vraiment. Je l'ai toujours aimée. Je serais avec elle aujourd'hui si elle ne s'était pas enfuie. Dieu du ciel, à quoi lui servait cette information à présent ? À quoi servait-elle pour sa famille, et pour Greta d'ailleurs ? Il ne percevait aucun réconfort dans la première pensée claire et sans ambiguïté qu'il réussissait à formuler depuis quelques jours. Aucun réconfort. Mais il se trouvait incapable de refréner un transport de joie.

Il regarda la lumière du soir glisser sur les cheveux brillants de Greta, les parant d'un ton rouille puis acajou, il regarda la façon dont ses dents mordaient sa lèvre rose, les poches d'ombre bleue sous ses yeux gris impénétrables, il n'y avait rien chez Greta qu'il ne désirât pas.

« Est-ce que c'est moi ? demanda-t-elle.

— Oui, toi. »

Il ne pouvait en dire plus, car où cela les conduirait-il ? Il ne pouvait pas lui dire que, oui, c'était elle qu'il désirait, de tout son cœur oui. Toute la journée, il s'était croisé les bras sur ce nouveau corps qui était le sien et qui lui était inconnu, tremblant de désir pour une femme qui n'était pas sa femme. Il ne pouvait pas lui dire qu'elle avait envahi son existence, au point que lorsqu'il n'était pas dans son appartement où il respirait son parfum, reniflait la robe droite de coton blanc qu'elle avait négligemment abandonnée sur un oreiller, il était suspendu dans un brouillard de pensées peuplé d'occasions perdues, de désirs à demi formulés et pleins de mélancolie, comme si un écho continuel composé de notes de musique issues de leur passé à tous deux les réunissait à présent. S'il tentait d'expliquer cela, il finirait par lui faire l'amour, puis il devrait la quitter. Il avait une famille et sa morale lui interdisait d'en faire abstraction. Elle était vulnérable, mais il ne s'était pas rendu compte qu'il l'était également.

Lentement, ils se mirent à parler d'autre chose. Des sujets qu'ils pouvaient explorer sans provoquer de souffrance, des gens, ce qu'ils étaient devenus. Ils se mirent à vider leur stock de souvenirs concernant des choses sans importance et le paysage de Consett s'imposait en filigrane comme une rivière paresseuse et polluée. Elle lui parla de ses années à Londres, elle avait travaillé dans un bar topless et, pour augmenter les pourboires, elle se penchait en servant les boissons qu'elle apportait sur un plateau de forme phallique. Elle lui fit la démonstration et ils en rirent.

Elle avait aussi travaillé comme modèle, seins nus bien sûr, mais elle n'avait pas voulu aller plus loin. Il la soupçonna de mentir, même s'il se mit à rire quand elle lui montra les poses. Greta avait toujours excellé à se mettre en boîte comme à mettre les autres en boîte.

Il lui servit un autre whisky très dilué et s'en versa un plus corsé pendant qu'elle fumait et lui racontait ses premières années en Italie. Elle avait rencontré son futur mari dans un restaurant italien qu'elle dirigeait à l'époque à Londres. Tout à coup, elle s'anima et se leva d'un bond pour fouiller dans une collection de CD empilés en un tas branlant dans un coin de la pièce. Il se rendit compte qu'elle avait cessé de réclamer ses pilules. Ils écoutèrent *All Along The Watchtower* de Jimi Hendrix, *Looking Out My Back Door* de Credence Clearwater Revival – Jimmy Buffett, Robert Johnson, Leonard Cohen. Leur collection de disques était presque identique, mais il s'aperçut soudain que c'était lui qui avait influencé ses goûts. Il était en train d'écouter sa propre discothèque. Cela le fit sourire, elle ne s'en rendait pas compte. Après le sexe, ou peut-être à égalité, la musique constituait le mode de communication des adolescents. Écoute ça, dit-elle, j'adore – un titre obscur de Neil Young qu'il lui avait passé et repassé sur le magnétophone à cassettes peu pratique installé dans la cuisine de la ferme.

La nuit tomba pendant qu'ils alternaient l'écoute de leurs morceaux préférés et de rapides échanges de paroles. Durant ces instants, elle paraissait sur le point d'exploser, ses mains décrivaient fébrilement des formes, fendaient l'air. La fille électrique de ses souvenirs. À un moment, elle se tut pour reprendre son souffle, replaça ses cheveux derrière son oreille, le regarda, et une légère brume de complicité passa entre eux : bruit sourd et continuel des cheminées, roues de vélo vrombissant au milieu d'un après-midi enfumé, journaux trempés de vinaigre contenant du *fish and chips*, neige poudreuse et rose, ternie par les exhalaisons tièdes des fonderies, doigts, bras et cuisses mêlés en un nœud inextricable, souvenirs de leur amour. Je te connais et tu me connais, c'est vrai encore maintenant. Matt se pencha vers elle, prit doucement son visage entre ses mains et l'embrassa sur la bouche. Avant de se séparer, ils déversèrent leur désir et leur tristesse dans ce baiser, ce qui aurait pu être, ce qui n'était pas, ce qui ne serait jamais.

Pendant que Robert Johnson se débattait avec son *Cross Road Blues*, Matt se demandait ce qu'elle allait devenir quand il partirait. Comme si elle lisait dans ses pensées, elle lui avoua qu'elle avait envisagé de revenir à Londres. Elle observa sa réaction et, devant son silence, elle hocha la tête, plongée dans ses pensées, oui, peut-être allait-elle le faire.

Tandis qu'il lui tournait le dos pour mettre un autre morceau, il perçut une sorte de mollesse s'emparer à nouveau d'elle. Il lui jeta un regard et vit qu'elle luttait contre les larmes.

« Tu as peur de devoir partir si tu lui parles », dit-elle d'une voix sans timbre. Elle ajouta : « J'imagine que tu ne peux pas fuir ta conscience éternellement. » Cela sonnait davantage comme une question. Il ne répondit pas. « C'était bien – toi, ici –, mais tu dois retourner à ta vie. Connie, tes garçons. Tu dois tellement leur manquer. »

Matt eut l'impression d'avaler une grosse pierre, il voyait les visages de ses fils rangés devant lui, leur incompréhension innocente. Il se demanda ce que Connie faisait à cette minute précise, si elle lui pardonnerait un jour. Lui pardonnerait-il si les rôles étaient inversés ?

« Téléphone-lui. » Elle saisit le combiné. « Je ne

veux pas être ce genre de salope. Appelle-la avant que je te demande de rester. »

L'objet resta entre eux, défi mince et noir. Il lui suffisait de composer le numéro et il retrouverait une vie dépourvue d'accusations envers lui-même, une pureté issue de l'engourdissement, où il continuerait parce qu'il était déjà à mi-chemin, autant aller jusqu'au bout, avec cette légère impression de ridicule qu'il ressentait chaque fois qu'il se glissait dans sa blouse de dentiste, avec les petits rires communicatifs de Connie et la confiance absolue de ses fils en leur père et dans le dévouement de leur père. Il les avait faits; quelque part en cours de route, il aurait dû expliquer que la vie était follement compliquée. Ces efforts pour être bon n'équivalaient pas nécessairement à faire le bien. Que l'obscurité était partout et dans tout et que l'ABC des principes simples de l'enfance ne valait pas un pet de lapin.

« Tu me demanderais de rester ? »

Elle regardait par la fenêtre, un halo de lumière dorée provenant des réverbères lui dessinait un profil de camée. Le bout de sa cigarette devint rouge vif quand elle aspira une longue bouffée. Il s'aperçut qu'elle était engagée dans un débat intérieur. Elle secoua doucement la tête comme si elle changeait d'avis, ses lèvres se serrèrent de nouveau sur sa cigarette. De toute évidence, elle avait décidé de tenir sa langue. Elle croisait les bras sur son ventre, les serrant contre elle.

« Greta ? »

Elle ferma les yeux comme si elle venait d'être piquée.

« Qu'est-ce que tu veux que je te dise, Matt ? Que je regrette ma vie entière, que j'aurais dû rester avec toi ? Que tu m'aurais rendue heureuse, même si je ne crois pas que je t'aurais rendu heureux. Je ne pensais presque jamais à toi. C'est la vérité. » Elle ouvrit les yeux et les tourna dans sa direction, essayant de deviner sa réaction. Le blanc de ses yeux réfracta la lumière ambrée.

Il fut un bref instant envahi par son ancienne fureur devant sa trahison. Il aurait pu la frapper, oui, une femme. Où cela le menait-il ? Il avait failli perdre la tête tant il était furieux l'année qui avait suivi le départ de Greta. Il profitait de toutes les filles en ville qui le lui permettaient. Il les quittait, partait sans un regard en arrière, débordait de mépris pour leurs larmes et leurs plaintes affectées, les détestait et se détestait de simuler comme au cinéma. Quelle que soit la façon dont on voyait les choses, contre le mur d'une usine, tirer un coup était toujours tirer un coup. Il sortait le vendredi soir et cherchait à baiser ou à se battre, peu importait, il fallait qu'il entre en contact avec quelqu'un. Jusqu'au jour où l'innocence de Connie l'avait arraché à cette manière d'être.

Une pensée mercenaire voleta dans sa tête comme un papillon qui se brûle les ailes : baise-la, baise cette femme et finissons-en. Que sais-tu d'elle, qui est-elle après tant d'années, elle en a envie, tu en as envie, alors ? Si seulement c'était aussi simple, un homme qui essaie d'être quelqu'un de bien et qui fait ce que d'autres jugeraient répréhensible, bien peu de chose dans la trame de l'histoire, une capitulation devant l'instinct, la passion, ce vilain mot de romans à l'eau de rose qui le dégoûtait.

Non, il ne s'agissait pas d'une passion feinte, ce qui avait été sérieux et sincère dans le passé le redeviendrait et il lui faudrait quitter sa femme, ses enfants ; il le comprenait comme à travers un prisme. Qu'aimons-nous quand nous croyons aimer ? se demanda-t-il. Greta était bourrée de défauts, tout comme lui, tout comme n'importe qui, c'était peut-être cela, nous tombons peut-être amoureux de l'humanité imparfaite, toujours pleine d'espoir, toujours solitaire, qui est en nous.

Il vit qu'elle était sur le point de continuer et qu'il devait la faire taire, mais quelque part, tout au fond de son subconscient, il avait attendu toutes ces années pour entendre ces mots.

« Mais quand tu t'es approché de moi au bar l'autre jour, tu sais ce que j'ai pensé, tout de suite, sans même une seconde d'hésitation ? J'ai pensé, *merde*, je n'ai pas vécu la vie que j'aurais dû. Tu te rends compte ? Tellement simple. Je n'ai pas vécu la vie que j'aurais dû. »

Elle détourna de nouveau les yeux vers la fenêtre, revivant l'intensité du moment. « Il y avait tant de choses que je voulais retrouver à ce moment-là. Quand on est jeune, on ne sait pas qu'on a déjà ce dont on a besoin. Je ne racontais pas de conneries quand j'ai dit que tu étais bon. Tu l'es. Gentil, honorable et tout simplement bon au vieux sens du terme. Ce genre de choses ne m'intéressait pas à l'époque. Je voulais de l'éclat, des mensonges, des émotions. Mais Connie a vu l'homme que tu allais devenir et elle te mérite. C'est tout, vraiment. C'est tout ce que j'ai à dire. On ne peut pas vivre d'autres vies que celles qu'on a vécues. »

Un sourire contrit et elle fut de nouveau l'ancienne Greta, celle de dix-sept ans, celle qui faisait claquer ses doigts aux ongles écarlates, celle qui soufflait des ronds de fumée dans ceux qu'elle avait formés de sa bouche au cercle parfait. La fille qui dansait à reculons dans une robe de coton bleu. Pleine d'impatience à fleur de peau, voulant partir en chasse de ce que le monde lui réservait. Quoi qu'elle dise, elle portait encore en elle cette fille, tout comme il portait en lui le garçon qu'il avait été.

« Je vais partir, bientôt, dit-il. Bientôt, mais pas tout de suite. »

6

Le courage de Connie sombra quand elle vit les allées pleines de monde du supermarché. Les courses allaient lui prendre deux fois plus de temps que prévu. Il n'y avait absolument rien à manger dans la maison, disaient les garçons d'un ton de plus en plus véhément au fil des jours. Elle avait commencé par éviter leurs protestations plaintives en feignant d'être débordée de travail, elle avait évité Mary en feignant d'être malade, puis elle avait évité tout le monde en réussissant à tomber suffisamment malade pour s'offrir deux jours enfermée dans sa chambre, rideaux tirés pour qu'ils ne remarquent pas son visage bouffi.

Au bout d'une semaine, elle avait dit à Fred que son père avait appelé le matin pendant qu'il était à l'école et qu'il essaierait de rappeler plus tard dans la soirée, mais qu'il lui était difficile de téléphoner le soir. Elle ne trouva pas d'explication à cette difficulté et elle se contenta de balayer la question : « Il ne me l'a pas dit. » Et il n'avait pas non plus laissé le numéro du nouvel hôtel où il s'était installé. Fred avait pris l'habitude de lui adresser de longs regards inquisiteurs. Elle ne serait pas étonnée s'il soupçonnait un meurtre.

Elle avait dit à Mary que Matt était parti pour Budapest, à un congrès sur le même sujet, mais qu'il ne fallait pas en parler à Fred. Elle ne trouvait pas non plus d'explication à cet épilogue et elle n'avait pas la moindre idée d'où elle avait sorti Budapest. Elle avait peut-être reçu un jour une carte postale.

Elle avait raconté au cabinet dentaire que la santé du Docteur s'était dégradée, qu'il souffrait beaucoup de cet accrochage avec le tram, pardon avec le bus, et qu'il n'était pas en état de voyager. Il n'était pas non plus en état de parler au téléphone, mais elle lui transmettrait volontiers les messages s'ils voulaient. Il se trouvait qu'ils voulaient absolument lui transmettre des messages. Elle les avait écrits avec une attention scrupuleuse, tel patient avait besoin de tel traitement et pouvez-vous répéter qui avait des problèmes avec sa molaire à droite ? À la seconde même où elle avait posé le téléphone, elle avait jeté les messages dans la poubelle placée à côté dans ce but. Lorsqu'ils avaient rappelé pour connaître les réponses, elle avait expliqué que Matt avait des difficultés à se concentrer, que tous les rendez-vous des patients devaient être reportés jusqu'à nouvel ordre et que tous ceux qui souffraient vraiment devaient voir Martin. Ou un autre dentiste.

Elle jeta un gros filet d'oranges dans le caddie et se demanda ce qu'elle dirait à Stanley s'il rappelait pour savoir ce que faisait son frère. Lui avait-elle raconté l'histoire du bus, du tram, du congrès ou de l'Europe de l'Est ? Elle ne s'en souvenait plus. C'était le huitième jour de l'absence de Matt et elle n'avait aucune nouvelle. Une partie d'elle-même espérait qu'il était mort, parce que s'il ne l'était pas, il le méritait.

Des pommes, deux melons – Fred adorait les melons –, des kiwis excellents pour la vitamine C. Un citron pour un gin-tonic, excellent pour se soûler.

C'était l'odeur de Matt qui lui manquait le plus. Son odeur musquée dans le lit à côté d'elle tous les matins. Ses mains qui massaient paresseusement ses seins, tandis qu'il se demandait s'il avait envie du grand jeu ou juste de la peloter. Elle l'avait toujours désiré, même pendant leurs pires disputes – elle ne se rassasiait jamais de lui.

Pour une raison qu'elle ne comprenait pas, quand elle ne ruminait pas sur son absence, en particulier ces derniers jours, elle ne parvenait pas à oublier le chauffeur de taxi et sa femme disparue, Linda. Elle inventait la vie de Linda, lui donnait une garde-robe, un collier de perles et une bague d'émeraude entourée de minuscules diamants cristallins, elle voyait cette bague avec une très grande précision. Elle leur attribuait des enfants et les appelait Bob et Sue. Elle imaginait la chambre bleue de Linda, puis la repeignait en vert pomme, ils discutaient en long et en large du dessus-de-lit et se mettaient d'accord sur une couleur cendrée avec une bande crème assez étroite au bord. La veille, ils avaient fait de la pâtisserie ensemble et, cette fois, Linda avait parfaitement réussi. Cela lui faisait mal, de façon presque insupportable, de se rendre compte qu'elle n'aurait jamais l'occasion de la rencontrer. Linda avait disparu, insignifiante et disparue.

Énormes morceaux de fromage, cheddar doux et cheddar très affiné pour Joe, il aimait ce qui avait du goût, il était capable de manger des piments rouges sans sourciller. Et ensuite… yaourts, petits pots de fromage frais, gros pots de crème anglaise toute prête pour Benny qu'il mangeait à même le récipient. Viande, il lui fallait bien acheter de la viande, côtes de porc, poulet, saucisses, saucisses végétariennes, côtes de porc, hamburgers, hamburgers végétariens, steaks minces pour ciabatta, côtes de porc. Mon Dieu, elle avait horreur de faire les courses. Elle rêvait souvent d'emmener toute la famille à une pompe dépendante d'un supermarché et de la remplir pour la semaine comme si elle prenait de l'essence.

Céréales, quantité de paquets de bouillie sucrée, elle n'avait pas à s'occuper du muesli de Matt. Il ne devait sans doute pas se soucier de son muesli le matin en ce moment, il était peut-être trop affairé à manger Greta.

L'interminable corvée des courses, la répétition, charger le caddie toujours plus, le vider à la caisse, remplir les sacs, mettre les sacs dans le coffre de la voiture, les sortir du coffre de la voiture, vider les sacs dans le réfrigérateur, dans le congélateur et dans les placards. Regarder dans le réfrigérateur, le congélateur et les placards deux jours plus tard et s'apercevoir que ses courses – comme Linda – avaient disparu. Retour au supermarché, cheddar doux pour Fred et Benny, très affiné pour Joe parce qu'il aimait ce qui avait du goût. Côtes de porc.

La première fois qu'elle avait posé les yeux sur Matt il pleuvait.

« Est-ce que je peux attraper les saucisses, s'il vous plaît ? » demanda une femme dans le rayon de la viande réfrigérée. Le caddie de Connie bloquait l'accès et manifestement depuis un certain temps. Plusieurs personnes faisaient la queue, attendant de prendre des saucisses.

« Pardon ? » Connie leva la tête et s'aperçut trop tard que son visage était maculé de traces de mascara noir. « Oh, bien sûr », ajouta-t-elle et elle déplaça le caddie. La femme se dandinait d'un pied sur l'autre et se mordait la lèvre.

« Vous allez bien ? demanda-t-elle.

— Mais oui, bien sûr. » Connie fit un grand sourire. Elle rangea son caddie plein à côté de la vitrine réfrigérante, tapota deux fois son sac en bandoulière et s'éloigna.

La nuit tombait, l'éclairage des rues s'allumait. Connie avait onze ans, elle allait entrer au collège. Elle rentrait chez elle avec des sacs de courses pour sa mère. À l'abri de la pluie sur le seuil d'un magasin, se trouvaient Matt et Greta. Elle connaissait assez bien Greta qui habitait la rangée de maisons voisines, elles avaient sauté à la corde ensemble dans la rue avec toute une bande de filles quand Greta était plus jeune.

Matt était assis sur son vélo, un grand chien hirsute à ses pieds. Le chien et Greta le regardaient. Il riait. Elle avait remarqué ses grandes dents blanches. Ses cheveux blond-roux raides et longs, que la pluie faisait boucler contre le col foncé et relevé de sa veste. Il avait aussi de grandes oreilles qui dépassaient de ses cheveux. Il avait des yeux doux, timides et de grandes paupières déjà ridées par le rire à l'époque. Bruns, s'était-elle dit, mais sans en être certaine, ils dansaient avec limpidité dans la pénombre. Sa bouche aux lèvres pleines et à la forme agréable abritait ses grandes dents. Elle aurait parié n'importe quoi qu'il avait grandi pour s'adapter à son sourire, que celui-ci était autrefois trop large pour son visage. Il était grand, mince avec des épaules carrées. Il avait tendu le bras, entouré la nuque de Greta pour l'attirer contre lui, ils s'étaient embrassés longtemps. Même à la télé, Connie n'avait jamais assisté à un baiser aussi passionné. Elle avait regardé autour d'elle, embarrassée. Est-ce que c'était bien de s'embrasser comme ça sur le seuil d'un magasin ?

Greta s'était redressée, avait balayé ses cheveux mouillés par-dessus son épaule. Elle s'était éloignée de lui en dansant à reculons, agitant un doigt en un geste taquin. Connie avait remarqué qu'il restait immobile un moment et la regardait s'en aller jusqu'à ce qu'elle tourne au coin de la rue. Connie s'était aperçue dans un sursaut qu'elle-même était restée immobile un long moment. Elle avait bougé en même temps que lui, leurs chemins s'étaient croisés au milieu de la rue. Un de ses sacs de courses était tombé, il avait lâché d'une main son vélo, s'était baissé pour le ramasser et le lui avait tendu. Il souriait mais ses yeux regardaient par-dessus l'épaule de Connie. Il s'était éloigné en pédalant, le chien bondissant après les roues du vélo, aboyant de pure excitation. Elle aurait dû dire merci. Elle aurait dû dire quelque chose. La rue conservait la trace de ses pneus sous la pluie. Elle l'avait contemplée jusqu'au moment où une voiture l'avait klaxonnée avec impatience et elle avait fini de traverser.

Joe essayait de forcer Benny à lui céder la télécommande du salon. Connie dut se frayer un chemin au milieu de l'amoncellement de manteaux, de chaussures, de sacs à dos et qu'est-ce qui était enfoui sous un sweat-shirt à capuche au pied de l'escalier ? Oh, le skateboard de Joe, vol plané assuré et passeport direct pour l'ambulance.

« Tu es quoi ? Un loser. *Un loos-err*. Tu n'as même pas envie de regarder quelque chose, tu veux seulement ton tour. Bébé veut son tour. Et si je te le prends, tu vas pleurer, bébé ?

— Arrête, Joe », dit Connie d'une voix lasse en entrant dans la pièce. Fred la suivait de près, il ne la lâchait pas d'une semelle ces temps-ci, au point que, en se retournant, elle s'était plusieurs fois cognée contre lui.

« Fred, s'il te plaît, arrête de me suivre comme ça.

— Quoi ? Je ne peux pas entrer dans une pièce ?

— Maman, tu as acheté à manger ? » demanda Benny. Il ne dit pas « quelque chose à manger » ni ne demanda si elle avait trouvé quelque chose de bon comme il le faisait habituellement. On en était revenu à l'essentiel. Ils voulaient manger.

« En fait, Benny, je n'ai rien acheté. On ira chercher un plat préparé ce soir encore. »

Joe quitta sa position affalée sur le canapé et se redressa avec un hurlement d'indignation. Il en oublia même de prendre son faux accent cockney.

« Merde alors, qu'est-ce qui se passe ici ? Tu vas au supermarché et tu reviens sans rien. Que dalle. Dis-moi que tu n'es pas rentrée sans rien.

— Que dalle.

— Maman, ça me pose un problème. Je ne peux pas manger la plupart des plats préparés », dit Benny d'une voix plaintive. Il avait raison, elle était navrée pour lui. Il pourrait manger un toast aux haricots blancs.

Les pupilles de Fred palpitaient comme les lumières stroboscopiques d'une discothèque.

« Ça ne peut pas continuer », dit-il de la voix d'homme mûr qu'il adoptait quand il était complètement dégoûté. Elle s'attendait à « c'est une honte », qu'il devait avoir au bord des lèvres. « Regarde un peu cette maison », poursuivit-il et il agita la main pour montrer la saleté de la pièce, celle qu'elle avait toujours maintenue dans un ordre parfait. Il se mettait véritablement dans tous ses états. « On mange des plats préparés et des toasts depuis une semaine. Nous n'avons plus une seule chemise propre pour l'école. Tu as vu le panier à linge sale en haut ? Non, bien sûr, tu n'as pas pu, parce qu'il est rempli de vêtements qui s'entassent jusqu'au plafond. Tu n'as même pas ouvert le courrier. Il y a peut-être des *trucs importants* dans le courrier. Tu t'en fiches ? On va peut-être nous couper le téléphone d'une minute à l'autre, pour ce qu'on en sait. Tu as raté ma réunion parents-professeurs hier après-midi. J'étais assis là à attendre à tous les rendez-vous, tu aurais pu me dire que tu ne venais pas…

— C'était hier ?

— Oui, merde, c'était hier. »

Joe et Benny s'abstenaient de tout commentaire et laissaient Fred poursuivre ce qu'il faisait si bien. Ils émettaient toutefois de petits grognements d'approbation. Rien ne valait une bonne engueulade de Fred quand elle n'était pas dirigée contre vous. Connie soupira et leva les yeux au ciel.

« Excuse-moi. C'est quoi ce soupir ? Et ces yeux au ciel ? On a des droits, tu sais. On n'a pas demandé à venir au monde. On n'a pas demandé… Ne pleure pas. S'il te plaît ne pleure pas. Bon, voilà ce qu'on pourrait faire, je m'occupe de la lessive, Joe va faire quelques courses…

— Je ne saurais pas quoi… » Les protestations furieuses de Joe furent vite étouffées.

« On va faire une liste. Une *liste*, crétin. Tu sais ce que c'est qu'une liste ? Bon, j'en étais où ? OK, Benny, tu débarrasses l'entrée et on fera la cuisine à tour de rôle pendant quelques jours.

— Je ne ferai que des trucs végétariens, lança fermement Benny.

— Très bien. » Fred serra les mâchoires et passa un doigt sur le col de la chemise de son école. Il deviendrait vraiment un ténor du barreau. Il éveillerait la terreur aussi bien chez les accusés récalcitrants que chez les juges paresseux et négligents.

« Ça m'a l'air parfait, Fred, faisons ainsi, dit-elle à la manière du capitaine Picard dans *Star Trek : la nouvelle génération*. Seulement quelques jours, jusqu'au retour de votre père.

— C'est le sujet suivant…

— Maman, où *est* Papa ? » demanda Benny, entrant au cœur du sujet si vite qu'elle ne put l'en détourner.

Ses fils n'étaient pas idiots, bon sang ! Leur père avait disparu depuis huit jours sans un mot, ce même père qui ne s'était jamais rendu à un congrès où que ce soit auparavant. Qui avait dû passer, tout au plus, une ou deux nuits sans eux à Consett chez son père. Il n'y avait rien à manger, la maison était un dépotoir, le visage de Connie semblait sorti en permanence d'un spectacle de musiciens blancs déguisés en Noirs, elle ne vérifiait ni leurs devoirs ni s'ils avaient pris leurs compléments de vitamines, la télé était allumée nuit et jour, il n'y avait même plus de papier hygiénique.

« À Budapest, dit-elle. Bon, les garçons, il faut que je monte. J'en ai peut-être pour un moment. »

Tout en s'enfuyant, elle entendit la voix étranglée de Fred. « Putain, qu'est-ce qu'il fout là-bas ? Alors là, c'est vraiment une *honte*, ça oui. »

Connie continuait à tourner les pages de son vieil album de photos en fredonnant tout bas, tentative méritoire pour couvrir les coups frappés avec insistance par Mary à la porte de sa chambre.

« Allez Connie ! beugla-t-elle. Je sais que tu ne dors pas. Ça a assez duré. On marche tous sur la pointe des pieds en attendant que tu nous dises la vérité, mais maintenant ça suffit. »

Sur la pointe des pieds, Mary ? Connie ne le croyait pas, même si Mary s'était comportée avec beaucoup de retenue selon ses critères. Les chances pour qu'elle avale Budapest étaient extrêmement minces.

« Connie ? Fred m'a demandé de venir. Il veut un conseil de famille. »

Un conseil de famille ? Comment comptaient-ils organiser un conseil de famille sans Matt ?

« Et... Connie ? Il veut savoir où tu as enterré le corps. »

Bon, c'était mieux.

« Allez, ma belle. Tes trois garçons crèvent de trouille en bas. Ouvre. J'ai apporté des lasagnes et deux bouteilles de ce rioja que tu aimes bien, j'en ai un verre à la main – il sent aussi mauvais qu'un égout, le petit sagouin. »

Voilà qui la décida.

« Je ne peux pas en parler, dit Connie en ouvrant la porte pour arracher le verre des lèvres serrées de Mary.

— Je *sais* bien.

— Il va rentrer dans quelques jours et je ne veux surtout pas que tout cela prenne des proportions exagérées. Nous avons nos vies, Mary. Des vies qu'il nous faudra retrouver une fois que cet... cet épisode sera terminé.

— Bien sûr.

— C'est juste que... si j'en parle, certaines choses pourraient être vraies alors qu'elles ne le sont pas du tout.

— Je *sais*, ma belle.

— Quoi ? Qu'est-ce que tu sais ?

— Que ce que tu dis est forcément vrai.

— Peut-être que je me trompe.

— Peut-être.

— Mary, oh Mary, *il est l'amour de ma vie* ! » C'était un gémissement, parti de quelque part du côté de ses orteils et qui montait le long de ses jambes, dans son ventre, traversait ses tripes et lui perçait le cœur avant d'arriver à sa bouche.

Mary cligna des yeux. Elle reprit le verre à Connie et but une gorgée conséquente. Elle se mordit bien fort la lèvre. Qu'arrivait-il à ses yeux ? Connie pencha la tête de côté pour mieux voir. Oui, oui, ils étaient prêts à déborder, une larme comme une perle était accrochée au coin près de son nez. Le visage de Mary était tout rouge. Elle semblait sur le point d'exploser comme les personnages de dessins animés qui viennent d'avaler un curry monstrueusement fort. Un son minuscule sortit de la gorge de Mary. Oump. Ses épaules s'agitèrent.

Connie se sentit submergée par le même besoin impératif qui lui avait fait monter un gémissement à la bouche. Ses épaules aussi se soulevèrent. Elle dut se pencher en avant pour émettre un souffle bruyant qui n'en finissait plus. Mary partit au quart de tour. Elles durent toutes les deux se tenir au chambranle, ravagées par les spasmes d'un rire inextinguible.

Tout allait s'arranger, en fin de compte.

Elles descendirent affronter le conseil de famille. Fred avait décroché le téléphone de l'entrée pour qu'il n'y ait pas d'interruption. Quand elles entrèrent dans la cuisine, Joe grommelait dans le portable de Connie qu'il avait pris dans son sac. Benny rangeait le reste des haricots blancs en lignes droites dans son assiette, ce qui serra le cœur de Connie. Il était si jeune, si terriblement innocent.

Elle aurait dû l'écouter quand il avait suggéré qu'elle recycle les sacs en plastique en les rapportant au supermarché pour les remplir avec ses courses. Il aurait été si facile de lui faire plaisir, mais à l'époque elle s'était dit : une personne, quelle réelle différence peut faire l'action d'une personne ? Elle aurait dû écouter sa requête et bannir tous les aérosols de la maison. Et vérifier au moins la provenance du veau qu'elle achetait si elle voulait rester carnivore. Elle aurait dû lui offrir le chiot dont il avait tellement envie et tant pis pour les poils de chien sur ses canapés. Il attachait tant d'importance à des choses qu'elle ne remarquait même pas. Benny était une conscience qui vivait, respirait et marchait. Qu'est-ce qui avait bien pu l'affliger ainsi ?

« Joe, raccroche, s'il te plaît. »

Il leva la main, paume vers elle, petit con impérieux.

« TOUT DE SUITE ! »

Il se dépêcha de finir son appel tout en lui lançant des regards furieux. Il jeta le téléphone sur la table quand il eut terminé. Il serra les bras contre sa poitrine pour qu'elle comprenne à quel point il ne voulait pas de cette conversation. Son père aurait pu être le seul et unique habitant de Mars et se curer le nez, Joe s'en fichait. Connie ressentit un élan de compassion déraisonnable pour Matt.

« Bon, commença-t-elle. Il a été question de Budapest entre autres.

— C'est toi qui en as parlé, interrompit Fred.

— Eh bien, oui. »

Mary se versa un grand verre de rioja. Après la première gorgée, il était considérablement moins plein.

« Les garçons, dit-elle, y compris toi, Joseph, les nerfs de votre mère ont été mis à rude épreuve ces derniers jours. Elle s'est battue comme une actrice en tournée pour que le spectacle continue. » Elle dut boire encore une grande gorgée après ces paroles.

« Comment ça se fait qu'on crève de faim ? » Joe, naturellement.

« Vous ne crevez pas de faim. J'ai commandé des plats préparés, protesta Connie.

— Ce n'est pas de la bonne cuisine familiale.

— Nous en avons tous assez de la bonne cuisine familiale ! » Connie agita la main pour les englober tous.

Joe la regardait de travers, ne pensant qu'à récupérer le téléphone. Fred était assis, le menton dans la main, un énorme bouton suppurant sur le bout du nez. Benny alignait toujours ses haricots, cette fois en collier autour de l'assiette. Elle savait qu'il comptait tout bas ; il avait cessé de le faire à voix haute parce que cela contrariait sa mère. Oh, pour l'amour de Dieu ! Ils allaient tous abandonner leur future femme un jour, ils aimaient leur père et c'était tout ce qu'ils savaient. Elle imagina un avenir de solitude où ses trois fils brisés viendraient déjeuner le dimanche midi. Trois belles-filles éviteraient ses coups de téléphone.

« Votre père traverse une petite crise, commença-t-elle avec modération, puis elle s'arrêta.

— Tu pourrais développer un peu ? l'incita gentiment Mary après un très long silence.

— Il n'est pas lui-même en ce moment.

— S'il n'est pas lui-même, qui est-il ? aboya Joe.

— On peut supposer que c'est ce qu'il cherche à savoir. » Connie dut mentalement se clouer les pieds au sol tant elle avait envie de fuir.

« Ça va prendre combien de temps ? demanda Joe.

— Je n'en ai aucune idée et c'est la vérité. »

Un long silence s'établit de nouveau, pendant lequel ils digérèrent ces mots. Fred semblait véritablement effrayé à présent. Un frisson de peur réciproque parcourut la colonne vertébrale de Connie.

« Maman, tu veux dire que peut-être il ne reviendra jamais ? » demanda Benny en un murmure si faible qu'ils durent tous tendre l'oreille pour l'entendre. Comment répondre à cela ? Que pouvait-elle raconter ?

« Bon, il est où exactement ? demanda Joe.

— Toujours en Italie. Autant que je sache.

— Tu veux dire qu'il n'a pas téléphoné l'autre matin ? lâcha Fred.

— Non. Il n'a pas téléphoné. Je suis désolée, Fred. »

Joe donna un coup de poing sur la table qui les fit tous sursauter. Il se leva en repoussant sa chaise d'un coup de pied. Il colla son visage furieux juste devant celui de Connie.

« C'est complètement dingue ! Je n'ai jamais rien entendu d'aussi…

— Joseph ! protesta Mary. Tu es bouleversé, ça se comprend, mais ce n'est pas une raison pour t'en prendre à ta mère. Elle a assez de problèmes comme ça. C'est à ton père qu'il faut t'adresser.

— M'adresser ? » Joe se tourna vers elle. « Je crois que tu as loupé quelque chose, Mary. Il n'est pas là, tu vois ? *Elle* dit qu'il est en Italie. » Il pointa le doigt vers Connie.

« Je t'interdis de m'appeler *elle* ! »

Fred s'était levé lui aussi. Il savait que Joe irait jusqu'au bout cette fois.

« Calme-toi, Joe. Nous sommes tous en colère, mais ce n'est pas la faute de Maman. »

Joe frappa son frère pour l'éloigner. Les yeux de Fred se plissèrent, il voulait bien encaisser un coup, mais pas deux.

« Vous avez eu une mégadispute, hein ? » Joe se tourna vers sa mère. Ça ne pouvait pas être la faute de son père. Son père si grand, si calme, si fort. De tous ses fils, Joe était celui qui protégeait le plus son père, qui souffrait de ses difficultés à s'exprimer chaque fois que sa mère lui lançait des formules bien senties, qui intervenait, lui demandait de se calmer lorsqu'il sentait qu'elle tirait profit de sa facilité d'élocution. Il se faisait affectueusement tirer l'oreille en silence par son père plus tard. Tu m'as sorti du pétrin, fiston.

« Nous ne nous sommes pas disputés », prononça lentement Connie. Elle frémissait pourtant, sur le point de bouillir elle aussi. « Il ne voulait pas rentrer. Pas tout de suite. »

Fred s'approcha de Joe, sa deuxième erreur ; Joe lui lança un coup de poing de biais qui le toucha à l'oreille.

« Les garçons, s'il vous plaît ! Mary, pour l'amour du ciel, aide-moi. »

Mary et Connie bondirent pour séparer les deux frères. Les mains de Fred encerclaient la gorge de Joe, ses yeux étaient pratiquement révulsés de fureur. Mary tirait Joe en arrière pendant que Connie faisait lâcher prise à Fred avec beaucoup de difficulté. Joe allongea un coup de pied en direction de Fred, mais la toucha douloureusement à la cuisse.

« Joe, Joe ! » Elle fit volte-face. « Ton père est à Rome avec une autre femme ! »

Benny s'avança vers l'endroit où ils se tenaient tous figés de stupeur. Il tendit à Connie son portable que personne n'avait entendu sonner dans la mêlée.

« Maman. C'est Papa », dit-il doucement.

7

Un jour, il avait réfléchi à la petitesse des dents. Il examinait la bouche d'un jeune garçon réticent qui nécessitait plusieurs amalgames, peut-être une couronne. Des dents faibles dont l'émail extérieur s'érodait facilement ; à une petite échelle individuelle, il était important pour l'avenir du garçon qu'il lui arrange la bouche. Il aurait besoin d'un mordu solide, d'une mastication ferme, d'un sourire relativement blanc pour séduire une compagne, de quoi grincer des dents dans son sommeil, de quoi couper un bout de Scotch, mordre la petite peau autour de son ongle, peut-être même un jour être identifié grâce à sa dentition. Tandis que, au loin, d'autres univers, d'autres galaxies s'enroulaient en spirale et se créaient. Il y avait de l'activité à une échelle inconcevable, des avenirs commençaient tandis que des passés explosaient dans la matrice tourbillonnante du firmament. Cela se produisait tout le temps, ces allées et venues, cette immensité, pendant qu'il soignait des caries, et il avait remarqué un jour, tout à fait par hasard, que les dents étaient petites et qu'il vieillissait.

Connie s'était tue pour reprendre le souffle dont elle avait grand besoin.

Sa femme qui rougissait de façon si charmante quand quelqu'un faisait remarquer que leur amour devait remonter à leur enfance. Les gens avaient l'air de trouver cela si beau, si extraordinaire. Elle écartait toujours ce genre de remarques d'un geste de la main – ensemble depuis qu'elle avait quinze ans et lui dix-huit, romantique, vous croyez ? À moins qu'ils n'aient été trop peu aventureux pour trouver quelqu'un d'autre, à moins qu'ils n'aient été simplement collés ensemble par une vieille habitude qu'ils n'avaient jamais dépassée. Elle plaisantait à sa manière, mais il savait que cela lui faisait secrètement plaisir. Elle aimait bien qu'on considère leur couple comme un amour d'enfance.

Au téléphone, la voix même de Connie lui semblait étonnamment peu familière. Il y avait lui, arrimé à la colère musclée et tout à fait compréhensible de sa femme, et cet autre lui, tombant en chute libre dans l'espace. Il pouvait exister des moments après tout, même des jours, où il n'avait pas à se sentir responsable pour Connie.

« Je vais bientôt rentrer, plaça-t-il dans l'un des rares instants de silence.

— *Bientôt ?* Merde, qu'est-ce que ça veut dire, bientôt ?

— Connie, tout ce que je peux dire c'est que je suis vraiment désolé. Je t'assure. Même si je sais que ça ne te sert pas à grand-chose en ce moment.

— Tu l'as dit, ça ne me sert pas à grand-chose. Comment peux-tu faire ça ? Qu'est-ce qui te fait croire que tu peux le faire ? Nous sommes ta famille. *Nous* avons besoin de toi. Je me fiche que Greta ait perdu une douzaine de fils. Tu m'entends ? Je m'en *fiche*. Et qu'est-ce que je suis censée raconter au cabinet ? Le docteur a temporairement perdu la tête, mais le service normal reprendra *bientôt* ? Bientôt ? Espèce de salaud.

— Connie…

— Tes fils s'entre-tuent. Nous mangeons des plats préparés. Mais tout va bien parce que tu sais quoi... je viens de m'en apercevoir... nous sommes *tous* en vacances. Matt prend ses vacances à l'étranger, sa famille passe ses vacances à la maison. Je ne suis pas sûre de vouloir que tu rentres. Je ne suis même pas sûre de te connaître.

— Tu me connais.

— Tu couches avec elle ?

— Non.

— Est-ce que c'est censé m'aider ?

— Je ne sais pas. Ça t'aide ?

— Tu ne mens pas ?

— Je ne couche pas avec elle. »

Il y eut un soupir sonore à l'autre bout du fil.

« Je suppose que ça m'aide un peu. Juste assez pour ne pas te poignarder. »

Malgré tout, il sentit qu'elle était soulagée.

« Est-ce que je peux dire un mot aux garçons ? demanda-t-il après un long silence.

— Je ne préfère pas. J'ai emporté le téléphone au salon pour réfléchir à ce que je vais leur dire.

— On pourrait leur dire la vérité.

— Ils sont trop jeunes.

— Je ne couche pas avec Greta. »

Il l'entendit prendre une respiration tremblante.

« Peut-être pas. Mais je parie que tu y penses. Tout le temps. Que tu observes son moindre souffle. Sa façon de fumer. Je parie qu'elle fume encore, hein, Matt ?

— Oui.

— Tu vois, je me souviens. Je me souviens bien.

— C'est du passé. » En prononçant ces mots, il sentit un tiraillement viscéral.

« Elle t'a quitté. Pas moi. Souviens-t'en.

— Je m'en souviens. Je m'en souviens, Connie.

— Continue encore un peu et il n'y aura plus de nous vers qui revenir. » Il entendit le sanglot dans sa voix et un « Au revoir, Matt » précipité, avant qu'elle raccroche.

Il contempla le combiné qu'il avait remis à sa place dans l'appartement de Greta et qui venait de faire réapparaître sa vie d'avant avec une force brutale. Cette vie s'était ruée vers lui à l'instant où il avait entendu la voix tremblante de Benny, puis celle de Connie. Que faisait-il ici alors qu'ils étaient là-bas ? Comment était-ce arrivé ? Il avait l'impression qu'il pourrait se noyer dans la culpabilité. Il avait l'impression que c'était ce qu'il devrait faire, qu'il ne méritait que cela. La sonnerie du téléphone coupa court à ses pensées et il décrocha machinalement.

« J'ai simplement rappelé pour avoir ton numéro », dit Connie. Il sut qu'elle avait pleuré. « Je veux juste te dire de rentrer. Rentre, s'il te plaît. Nous aussi nous avons besoin de toi. Et... et... aussi que je t'aime. Je t'aime toujours. » Brusquement, elle avait de nouveau raccroché.

Il lui fallait sortir d'ici, marcher un peu et essayer de faire le tri dans sa tête. Il laissa un mot à Greta disant qu'il rentrerait plus tard et il quitta rapidement l'appartement. Dehors, il se mit à marcher comme un possédé.

Pour faire plaisir à Connie, il avait choisi les études dentaires au lieu de devenir vétérinaire, ce qui avait été son premier choix quand il avait appris ses résultats extraordinaires aux examens. Il avait beaucoup travaillé, assurément, mais lui-même avait été surpris de ses notes excellentes ; apprendre lui avait toujours été facile, il était largement en tête de classe depuis les premières années d'école. Son frère devait bûcher, surveillé par leur père déjà au chômage, un homme investi par la mission de s'assurer que ses fils ne se trouveraient pas dans la même impasse que lui. Les bonnes notes étaient faciles à obtenir pour Matt qui réussissait à conserver un rythme régulier et équilibré entre les travaux de la ferme et ses études le soir. Équilibre, régularité, impartialité – ces mots caractérisaient cette partie de sa vie ; on pouvait dire que rien n'avait beaucoup changé jusqu'aujourd'hui. À la différence de la plupart de ses contemporains, il avait été promis très jeune à des études supérieures. Un oiseau rare, vraiment, dans une école où la majorité des élèves abandonnaient les études à seize ans pour travailler à la fonderie dès qu'ils en avaient la possibilité, jusqu'à ce qu'ils soient privés de cette option à la fin des années soixante-dix.

Lorsque les propositions des universités étaient arrivées, Connie avait choisi Londres parce que, contrairement à lui, elle ne voulait pas aller à Glasgow. Il avait dit qu'ils allaient continuer à réfléchir – de toute façon il fallait au moins un an de boulot acharné pour réunir l'argent nécessaire à la première année d'université –, mais il savait au fond de lui-même que le choix de Connie l'emporterait. C'était quelqu'un qu'il pouvait rendre heureux. Il savait faire briller ses yeux simplement en parlant de leur avenir ensemble. Il cédait à ses choix, pourquoi pas ? Après Greta, c'était Connie qui l'avait soigné et rendu à une vie qu'elle brandissait comme un cercle d'acier et de sécurité dans lequel il n'avait qu'à entrer.

Il avait bien réussi, pour lui, pour sa famille. C'était une bonne vie. Qui attendait son retour. Son destin était là-bas et l'attendait. Il continua à marcher.

« Il a dit qu'il pensait à des choses auxquelles il n'avait pas vraiment pensé depuis des années. » Connie se moucha, appuya le pouce et l'index sur ses paupières gonflées dans l'espoir de contenir ses larmes.

Elles dégoulinaient sur ses joues en une procession incessante. « Tu n'imagines pas à quel point il avait l'air bizarre, comme s'il me connaissait à peine.

— Il est en pleine dépression, tu le sais bien », dit Mary avec une trop grande conviction. Connie releva brusquement la tête.

« Tu crois ?

— Qu'est-ce que ça peut être d'autre ?

— Ça a intérêt à être ça. Maintenant les garçons pensent que c'est moi qui suis dingue de leur avoir raconté que leur père était avec une autre femme et de leur avoir dit le contraire la minute suivante. Oh, il est juste avec une vieille connaissance et il se trouve que c'est une femme. J'ai exagéré *comme d'habitude* – Joe, le petit con. De la bonne cuisine familiale. J'ai bien envie de prendre une chambre à l'hôtel. Pourquoi est-ce que c'est moi qui dois gérer la merde ? Je n'ai rien fait de mal.

— Tu le crois quand il dit qu'il n'a pas de liaison avec cette Greta ? » Mary passa la langue sur ses lèvres, tentant de trouver un ton un peu désinvolte mais pas trop ; ça n'avançait à rien de répandre les pires craintes de quelqu'un sur la toile comme dans un tableau de Pollock. Connie avait l'air accablée.

« Je suis peut-être idiote, mais je le crois. Tu vois, pour lui, il n'y aurait rien de pire. Moi, je pourrais le faire. Une liaison sans importance, pour me sentir bien, perdre un peu de poids, et alors ? Pour lui, aller jusque-là – eh bien, il serait perdu pour moi. Tu te rends compte, dire que je souhaite vraiment qu'il n'ait pas un tel sens moral, qu'il puisse juste... puis qu'il rentre à la maison, me mente, qu'on se dispute, qu'il continue à me mentir et que tout aille bien.

— Il est à côté de ses pompes en ce moment, dit Mary d'une voix qu'elle savait maternelle. Qui sait ce qui a été le déclencheur, on entend parler de gens, des gens parfaitement heureux, qui tombent par hasard sur une partie de leur passé et les voilà qui… » Elle s'interrompit, Connie plissait les yeux. « Bon, bon, j'arrête la psychologie de comptoir. » Mary feuilletait l'album de photos de Connie en tentant de conserver une expression insouciante, comme son amie devait le souhaiter, mais elle ne pouvait s'empêcher de froncer les sourcils.

« Je croyais qu'il était heureux, dit Connie.

— Écoute-moi, il est peut-être sincèrement inquiet au sujet d'une vieille amie. Tu as dit qu'elle avait perdu un enfant ? »

Connie eut un hochement de tête rapide.

« Imagine comment tu te sentirais.

— J'imagine. J'imagine de quelle façon cela la rend dangereuse parce qu'elle n'a rien à perdre.

— Toute la vie de Matt est contenue dans cette maison, il aime la vie de famille. Il *adore* sa femme et ses enfants. » Mary fit un grand geste du bras. Connie plissa le nez.

« Mary, tu ne vas m'épargner aucun cliché ?

— D'accord. Alors parle-moi de Greta. »

Connie tira l'album de photos sur ses genoux. Elle tourna une page, Mary tendit le cou pour regarder. Elle vit la photo d'une jeune fille superbe aux longs cheveux auburn qui flottaient au vent et caressaient doucement le cou et le menton de Matt. Il souriait et la regardait. La fille fixait l'appareil photo d'un regard direct, presque déconcertant. Un courant passait entre eux, immédiatement palpable, même dans un vieux cliché décoloré. Mary ne reconnaissait pas ce Matt dont même le sourire paraissait affamé. Sa main pendait sur l'épaule de la fille, désinvolte en même temps que possessive, les longs doigts presque en coupe sur un de ses seins. Elle avait les jambes un peu écartées et elle pressait manifestement le bas de son corps contre lui. S'ils ne venaient pas de faire l'amour, c'était imminent. Mary faillit baisser les yeux, tant leur désir était tendrement obscène ; elle ne se sentait pas le droit de s'y immiscer.

Connie posa le doigt sur le visage de la fille.

« Greta », dit-elle à voix basse, à moitié pour elle-même. Elle leva la tête vers Mary, tandis qu'une bouffée de chaleur montait de ses épaules. « Le problème n'est pas qu'il couche ou non avec elle… honnêtement, je ne sais pas si ça a une telle importance pour moi, pour être tout à fait franche. Je me suis posé la question et je ne sais pas. Bien sûr je serais furieuse, ce serait une trahison – tout ce genre de trucs, naturellement –, mais il y a plus. C'est Greta. Je ne peux pas expliquer, c'est Greta elle-même. J'aurais dû savoir qu'elle ne nous laisserait jamais vraiment tranquilles. » Inconsciemment, elle passait et repassait le pouce sur le visage de Matt, ayant besoin de tirer un certain réconfort ne serait-ce que d'une photo de lui. « Tu sais de quoi il avait l'air quand je l'ai quitté, Mary ? Il avait l'air égaré, c'est le mot. Et tu sais quoi encore ? Jeune. Il avait l'air jeune et je le déteste à cause de ça. »

Mary contemplait le visage ovale et pâle de la fille sur la photo. C'était vrai, elle avait quelque chose d'obsédant. Plus encore, elle avait quelque chose que Mary pouvait seulement qualifier de démesuré, là dans la courbe maussade de la bouche, dans le regard franc et malin, un regard presque prescient, avec la morgue dédaigneuse de la beauté et de la jeunesse – l'espérance de l'excès.

Elle avait très envie de descendre se battre avec Joe, cela leur ferait du bien à tous les deux.

Mary n'arrivait pas à dormir, envahie par l'espèce de malaise qu'on ressent en apprenant que la chambre dans laquelle on se trouve est peut-être hantée. Depuis qu'elle connaissait Connie et Matt, ils étaient son modèle de vie de famille normale, parfois chaotique, avec ses moments de satisfaction et de mécontentement. Même lorsqu'ils se disputaient, il existait une intimité sous-jacente dans le couple, car ils avaient en commun plus qu'un mariage et trois fils, ils avaient en commun une enfance. C'était à son avis ce qui les distinguait. Jusqu'à ce que cette Greta, dont elle n'avait jamais entendu parler auparavant, s'impose dans un album de photos et vienne chambouler le modèle de Mary.

Au fil des années, elle en était venue à aimer Connie et Matt de l'amour ambigu, critique, qu'elle avait jadis éprouvé pour ses parents décédés, avec la pureté cristalline qu'elle aurait ressentie pour ses propres enfants, si elle avait eu le bonheur d'en avoir. Elle avait quarante-six ans et en avouait quarante-deux. Connie savait bien que Mary avait commencé à mentir sur son âge vers ses trente-cinq ans, mais elle avait tout de même organisé une fête surprise pour les quarante ans de Mary le jour où celle-ci en avait eu quarante-quatre. Les années passaient mais les enfants ne venaient pas, elle n'attendait plus de surprise.

Elle ne réussit pas tout de suite à mettre le doigt sur la cause de son malaise. Il venait peut-être simplement de l'absence inhabituelle de Matt ; ce n'était pas un homme enclin à des accès d'intempérance. L'adulte qu'il était devenu s'était plutôt superposé au jeune homme trop mûr qu'elle avait connu au début. Il avait en quelque sorte rattrapé celui qu'il avait toujours été. L'humour gai et léger de Connie venait compléter son sérieux. Mary les avait souvent observés en société et s'émerveillait de leur manière paisible et harmonieuse de se renvoyer la balle et de se protéger l'un l'autre du danger. Elle ne pouvait s'empêcher de se demander si Greta était un danger contre lequel il n'existait pas de protection. Elle fut submergée d'un vif ressentiment envers cette femme qu'elle n'avait jamais vue et qu'elle espérait ne jamais rencontrer.

Les picotements sur son crâne avaient commencé quand Connie s'était mise à lui commenter l'album. Toute une série de portraits s'étendant sur plusieurs années, Matt avec son chien, Matt avec son frère Stanley mais, surtout, Matt avec Greta. Deux photos en particulier avaient attiré son attention. Ils étaient étendus comme des innocents sous la voûte des arbres, les membres enlacés, emmêlés au point qu'il était difficile de dire à qui appartenait telle ou telle partie du corps. Il y avait une bouteille vide par terre, peut-être du whisky, de l'alcool en tout cas. Une légère poussière qui ressemblait à de la neige rose recouvrait leurs vêtements, et s'amoncelait en une congère plus épaisse de chaque côté de leurs corps allongés. Mary avait examiné la photo de plus près, quelque chose entre eux avait attiré son regard. Il y avait un ruban au bout, peut-être en velours noir.

« Sa queue-de-cheval, avait expliqué Connie. Ne me demande pas pourquoi. Il adorait ses cheveux, mais il les a coupés un jour alors qu'il était ivre mort. J'étais là quand ils ont dessoûlé. Elle a trouvé ça très drôle, tu te rends compte ? Elle avait des cheveux magnifiques. Il s'en voulait à mort et elle se contentait de rire. Il a jeté son couteau suisse à la suite de cela. »

Un autre instant arraché au passé avait attiré l'œil de Mary. Un vélo était jeté sur l'herbe, le garde-boue avant grotesquement tordu là où il avait heurté un objet solide, le tronc d'un arbre supposait-elle, un peu plus loin Greta inanimée était allongée sur les cuisses de Matt accroupi et il la tenait tout en regardant l'appareil sans comprendre. La scène évoquait une étrange pietà. Greta s'était ouvert le crâne, expliqua Connie, elle avait passé trois semaines à l'hôpital, la première en soins intensifs. Elle conservait une fragilité potentiellement mortelle derrière la tête pour le restant de ses jours. Après quoi, Matt avait refusé de foncer en vélo, même si Greta ne demandait qu'à recommencer dès que ses points de suture avaient été cicatrisés.

« J'ai eu vraiment honte d'avoir pris cette photo, avait poursuivi Connie. Je suis arrivée comme je le faisais à l'époque, sans savoir ce qui s'était passé. J'ai pris la photo avant de remarquer le vélo et de comprendre. Et j'ai honte d'avoir dit à Matt que je me fichais pas mal de la mort de l'enfant de Greta. Elle a été mon amie, après tout. On ne souhaite ça à personne, vraiment à personne. »

L'album était rempli d'autres photos. Connie ramassant des mûres avec sa mère, elle avait dû abandonner son précieux appareil photo à son frère pour une fois. Les photos de son amie enfant possédaient quelque chose qui ne correspondait pas à la femme insouciante qu'elle connaissait. Elle ne paraissait pas précisément malheureuse, elle avait plutôt l'air de ne pas être à sa place. Mal à l'aise dans son corps, gênée devant l'appareil photo alors que ce n'était à l'évidence pas le cas quand elle se retrouvait derrière. Une enfant étonnamment sombre, qui rappelait d'une manière étrange Benny à Mary.

Mary avait l'impression que, en feuilletant les pages de l'album, elle regardait Connie tenir le rôle de l'objectif à travers lequel se déroulait peu à peu l'histoire de Matt et Greta. Elle avait l'intuition d'une fillette aux cheveux cuivrés traquant quelque chose qu'elle ne comprenait pas tout à fait mais qui l'attirait néanmoins inéluctablement. Si une aura de sexualité entourant ce beau couple était perceptible dans une simple photo des années plus tard, il devait émettre d'étranges vibrations qui altéraient l'atmosphère pour une enfant innocente dont l'appareil photo capturait ce que ses yeux ne voyaient pas. Connie devait se sentir très seule en attendant dans la chambre noire que sortent les nouveaux clichés lisses et brillants d'un amour qu'elle ne vivait pas elle-même.

Oh oui, Mary connaissait bien cette solitude, une vieille amie, tapie dans l'obscurité, découpant les dimanches en tasses de thé, tantôt un biscuit, tantôt un bain, un mot avec le père Alexander, peut-être deux s'il trouvait le temps, regardant l'heure et comptant les minutes qui la séparaient du déjeuner et d'une visite, et qui fondait comme la cire avec soulagement dans le chaos organisé de la cuisine de Connie.

Il y avait des portraits de Greta toute seule, oublieuse de l'objectif qui la figeait dans sa pose. La tête un peu penchée, les yeux rivés au loin, un sourire en coin comme si elle se délectait d'une blague intime, privée. L'œil d'artiste de Mary voyait que Connie avait soigné ses compositions, elle avait attendu une certaine qualité de lumière, l'angle parfait de la tête pour mettre en valeur les pommettes délicates, anguleuses. Pour que Connie ait été à ce point méticuleuse, Mary avait compris sans rien dire qu'il devait y avoir un engouement particulier de l'artiste pour son sujet.

Cette impression s'était renforcée quand Connie avait parlé de la fille qui se préoccupait si peu de ses cheveux soyeux qu'elle avait ri de les voir coupés. Greta avait l'habitude de parler à travers le nuage de fumée de ses cigarettes. Les mots sortaient par petites bouffées visibles, elle glissait la clope brûlante entre les doigts d'une main sans la lâcher ni se brûler, c'était vraiment très sophistiqué – ce souvenir avait fait glousser Connie. Greta dansait à reculons quand elle s'adressait à quelqu'un, de sorte qu'on avait toujours l'impression qu'elle se moquait ou flirtait ou les deux à la fois. Elle avait des jambes parfaites, non, presque une parodie de jambes parfaites, elles se posaient exactement au bon endroit avec une précision incroyable, des chevilles fines comme des poignets. Elle se déplaçait d'une démarche insolente qui faisait virevolter sa jupe comme un bout de tissu agité par une petite brise.

Oh, et ces vêtements envoyés par des cousins d'Amérique ! Connie en avait retenu son souffle tant ils lui faisaient envie. Une paire de Levi's en particulier qui lui moulait les cuisses comme des collants. Tout le quartier lui enviait ce jeans, délavé aux genoux, aux fesses avec ses petits plis en éventail à l'entrejambe, d'un bleu que personne n'arrivait à copier exactement. Ça ne pouvait être qu'un bleu américain.

Quand elle se montrait gentille, elle émettait un son du fond de la gorge, juste une amorce de rire étouffé, presque un hoquet, qui rendait ce qu'on disait plus amusant que cela ne l'était vraiment. Le même bruit pouvait être moqueur si Greta levait un sourcil tout en vous adressant un regard froid. Elle claquait des doigts et parlait plus fort que vous si elle vous trouvait ennuyeux. C'était étonnant comme tout le monde était d'accord avec ce qu'elle pensait. C'était déjà ainsi dans la rue quand elles jouaient en bande – à la corde à sauter, à chat, ou simplement quand elles parlaient des garçons, des vêtements ou du hit-parade, c'était toujours la cour de Greta et même les filles plus vieilles lui faisaient des courbettes. D'où lui venait ce pouvoir ? Pourquoi le lui donnait-on sans protester ? Connie ne se souvenait pas de la moindre contestation.

Elle l'avait vue un jour à Londres dans un des clubs où Mary l'avait emmenée. Elle avait cru un instant à une apparition ou à une illusion due à la pénombre souterraine, mais c'était bien Greta, vêtue de noir moulant des pieds à la tête, les cheveux de nouveau longs et brillants d'un lustre satiné, oscillant sous un spot au rythme d'un slow. Connie avait assez vite proposé qu'elles partent et n'en avait jamais parlé à Mary jusque-là.

Pendant que Connie parlait, Mary avait commencé à se sentir bizarrement supplantée. Elle considérait sa relation avec Matt et Connie comme un triangle particulier. Et voilà qu'elle découvrait qu'un autre triangle existait bien avant elle. Elle mesurait près d'un mètre quatre-vingts et sa jupe n'avait jamais virevolté comme agitée par une petite brise. Comment pourrait-elle rivaliser avec Greta ?

Elle se sentait curieusement escroquée par le modèle que Matt et Connie lui avaient présenté, dépossédée de sa position et de la certitude inébranlable de leur permanence. Elle savait que c'était malvenu, déplacé au vu de la peine de Connie, mais elle ne pouvait pas s'empêcher de contempler les yeux grands ouverts le plafond au-dessus de son lit en se disant : vous ne pouvez-pas vous séparer. Qu'est-ce que je deviendrais ?

Horrible, *horrible*, d'être confrontée au droit antérieur de quelqu'un d'autre sur ses meilleurs amis et à la possibilité que sa propre relation à la famille soit effectivement aussi fantasque, désinvolte et sans importance qu'elle avait voulu en donner l'impression, même si, au fond d'elle-même, elle pensait que des profondeurs inexprimées, des liens silencieux l'attachaient à une famille qu'elle considérait comme sienne. Elle n'avait qu'eux.

Elle avait envie de sangloter avec la même ferveur marécageuse et la même indignation voluptueuse que le jour où elle avait contemplé pour la première fois les grilles menaçantes de la pension du Lancashire, à un million de kilomètres de sa maison du Sussex. Mouvement de recul plein de raideur de sa mère, tu me remercieras un jour, ma petite, dis au revoir à Papa, très bien. Pieds des chaises grinçant sur les lattes du parquet dans un réfectoire par ailleurs silencieux, rangées de têtes penchées et mains jointes sous les mentons, hystérie montante de ses sanglots refoulés, sonnerie plaintive de la cloche pour la messe du soir, puis pour le coucher, bruissements de corps inconnus se mettant au lit pour la nuit parmi des corps inconnus. Besoin viscéral de sa mère qui, malgré ses paroles stoïques, avait eu les yeux humides en lui tournant le dos. Pour le mieux, ma chérie, comme mes parents l'ont fait pour moi. Maman, je serai gentille. Je serai très gentille. Je ferai de mon mieux. Sept ans, encore imprégnée de la chaleur et de l'humidité du ventre maternel. Si elle avait eu le bonheur d'avoir un enfant, Mary ne l'aurait jamais abandonné. Pas un seul instant.

Ces années rangées à leur place, remplacées tous les soirs par le sourire de bienvenue de Connie, le bruit d'un bouchon de bouteille de vin, l'odeur de ce qui mijotait au four, le baiser conjugal distrait de Matt aux deux femmes, les garçons glissant contre elle, remarquant à peine sa corpulence, sa présence, ils en avaient *tellement* l'habitude – s'était-elle trompée sur toute la ligne ?

Mary décida que dormir était hors de question. Absolu-vachement hors de question. Elle adressait d'habitude une prière à saint Antoine quand elle était préoccupée. Elle imaginait un visage las et bienveillant, la tête un peu penchée. C'est si insignifiant, ma chère Mary, viens me trouver avec un vrai problème. Je suis réellement débordé : guerre, pauvreté et pas mal de cancers aussi, ces temps-ci, en principe François ou Jude s'en charge, mais il y a eu un remaniement dans le partage du travail. Je suis submergé. Fais ta vie, ma chère.

Elle se leva, se sentant correctement réprimandée. Un bon petit savon de la part de saint Antoine faisait en général l'affaire, mais elle était un peu vexée en même temps. Insignifiant pour lui peut-être, facile à dire. Elle était grande, cependant l'espace qu'elle occupait se réduisait régulièrement. Il n'avait pas à se fâcher ainsi.

La nuit était chaude et un roulement de tonnerre se fit entendre au loin. Elle enfila un kimono couleur rubis qui avait rétréci au lavage et trottina vers la cuisine. Peut-être allait-elle rester debout toute la nuit et dormir le lendemain.

La dernière visite de William l'avait perturbée également. Faire l'amour sans passion aux heures pâles du début de soirée, de cinq à sept, heures typiques d'une liaison avec un homme marié. Il n'avait même pas passé la nuit avec elle. Qui cherchait-elle à berner, faire l'amour ? Elle sentait presque ses hanches répondre par un petit mouvement sonore de dédain. Il avait sans doute l'impression de lui accorder une faveur, quarante-six ans, grande fille petite vie. Alors que lui, il s'était inventé une alternative de vie simplement grâce à sa liaison qui le rendait romantique et en quête de quelque chose à ses yeux. Elle méprisait son aveuglement et en même temps elle le plaignait pour son humanité crédule. Pauvre William, elle n'était pas très bonne concubine.

Il avait laissé un paquet de cigarettes à moitié vide sur le micro-ondes, dont il se souviendrait à sa prochaine visite. Elle détestait la façon dont il chercherait des yeux la chose sans importance qu'il avait oubliée ; le jour viendrait bientôt où il la chercherait, elle, de la même manière.

Le sifflement de la pluie contre la fenêtre de la cuisine. Reviens, Matt, se dit-elle, reviens et rends-nous à la vie normale et à la sécurité. Reviens et laisse-toi aimer.

8

Leur père mesurait à peine les deux tiers de la taille de ses fils autour de leurs quinze ans. Il les punissait sans grande conviction et c'était plutôt un prétexte pour les inciter à quitter cette ville. Il était obsédé par le désir de leur donner l'éducation qu'il n'avait jamais eue. La ferme ne valait rien, la ville autour fermait définitivement, se fermait sur elle-même comme d'un commun accord. Elle ressemblait au Far West d'autrefois ; les gens de la région assiégés combattaient les réfugiés irlandais de la famine, si pauvres qu'ils ne pouvaient pas se permettre d'avoir des idéaux. Ils brisaient les grèves dans les puits pour deux pence, les mêmes puits qui devaient mener à l'industrie de l'acier de Consett. Les mêmes Irlandais qui à leur tour devaient mener à une séparation complète de la population de la ville.

Aujourd'hui encore, son père se rappelait les noms de famille des jaunes lors de l'année de grève en 1929 ; transmise par son propre père, l'amertume ne s'était jamais éteinte. Puis arrivèrent les années soixante-dix et quatre-vingt et les bénéfices dégringolèrent à l'usine. Elle avait été construite à Consett en raison de la proximité des matières premières ; une fois celles-ci épuisées, le site de Consett était devenu un handicap. Une grande partie de la communauté logée dans les maisons de brique de la compagnie s'était retrouvée au chômage. Le père de Matt, après quarante ans de travail acharné, en faisait partie.

Le jour où Arthur Wilson rentra du travail pour la dernière fois était gravé dans la tête de Matt avec une extrême précision. Il s'était lavé et changé comme tous les jours, puis s'était assis à table pour le dîner, les mains au repos, les doigts recroquevillés sur ses genoux. Il avait dit merci chérie à sa femme Enid, quand elle avait posé son dîner sur la table. Matt se trouvait dans un coin de la cuisine, il travaillait ou faisait semblant d'être absorbé parce qu'ils regardaient tous Arthur à la dérobée. Son père semblait maigre et vaincu. D'une main il mangeait et portait sa tasse de thé à ses lèvres, tandis que l'autre restait recroquevillée et inutile sur sa cuisse.

Des années plus tôt, dans l'atelier de fonderie, Arthur avait vu son cousin tomber dans une cuve remplie d'acier en fusion. On avait dit qu'une des chaînes n'était pas tendue et qu'il avait basculé. Arthur ne s'était absenté que le temps de l'enterrement. L'usine était un endroit incroyablement dangereux, les décès et les blessures graves étaient monnaie courante, tout le monde le savait. Arthur était ouvrier, il avait d'abord travaillé au haut fourneau avant de passer à l'usine de coke, où son poste était sur le quai, un travail épouvantable en rapport avec le coke brûlant, mais il ne se plaignait jamais. Et à présent c'était terminé, toutes ces années de fumée, de chaleur, de bruit assourdissant, pour rien. En regardant les épaules voûtées de son père, Matt avait été submergé par un sentiment d'impuissance : Arthur souffrait et personne ne pouvait rien faire pour soulager sa peine. Dans toute la ville, des hommes assis à des tables semblables voyaient leur vie leur être volée.

Oui, la vie était sinistre là-haut dans le Nord à cette

époque ; les gens du Sud, plus doux, dorlotés, avec des années de rembourrage derrière eux, n'en avaient réellement pas la moindre idée. À son arrivée, les sourires faciles et les saluts spontanés l'avaient rendu méfiant, mais il était impossible de ne pas se laisser séduire par les bavardages insouciants et décontractés, la façon plus douce de communiquer, l'introduction sans agressivité dans les conversations.

Il ne comprenait pas comment les mots venaient si facilement aux gens. Son propre arsenal paraissait terriblement inadapté, il restait tout le temps muet et avait choisi de parler de moins en moins de peur de paraître stupide. Ça donnait confiance en soi d'être du Sud, ça donnait la permission de dire des bêtises de temps en temps, c'était admis, on était entre amis, on bavardait, quelques bières de trop peut-être. On n'osait pas courir ce genre de risques quand on habitait Consett, on se faisait rentrer dans le chou si la bêtise qu'on avait dite faisait paraître quelqu'un d'autre stupide également. Il avait fallu dix ans à Matt pour ne pas considérer tous les autres hommes comme des adversaires potentiels. L'enfant et l'adolescent qu'avait été Matt portait des rétroviseurs imaginaires sur les épaules pour surveiller ses arrières.

En marchant dans la nuit et en pénétrant dans un quartier qui avait plutôt l'air malsain, des souvenirs de la ferme, des choses qui n'avaient jamais semblé importantes ni à l'époque ni depuis, s'imposaient à son esprit. Parler de ferme était vraiment un grand mot pour les quelques remises qui entouraient une maison blanche donnant sur la rue principale menant en ville. Presque tout le terrain était boisé, à part quelques grands champs en pente qu'ils labouraient. Sa mère élevait des poules et quelques vaches à lait, elle y ajoutait de temps en temps un ou deux cochons qu'ils égorgeaient eux-mêmes. La ferme n'avait jamais été une affaire rentable, plutôt quelque chose qui était dans la famille et qu'il fallait utiliser. Enid s'en occupait de son mieux durant les longues années où Arthur bossait à l'usine, mais cette vie ne lui plaisait pas, elle préférait ses livres et sa couture, distractions paisibles d'intérieur. C'était une femme morose, souvent d'une humeur sombre qui reflétait le cadre où elle vivait.

Plus près de la ville, le paysage devenait noir et blanc ; les crassiers géants balafraient la terre saupoudrée de neige, profondes entailles d'obscurité intermittente taillant dans le blanc dévalant de leur sommet aplati. Dominant la ville, côte à côte, deux grosses cheminées arrondies se dressaient vers un ciel talqué et monotone. Elles écrasaient les rangées serrées des maisons de la compagnie. À Consett, on s'embrassait pour la première fois avec ces cheminées derrière ou devant, elles étaient cintrées à la taille comme une femme. La première vraie bagarre aux poings et avec du sang était accompagnée par le bruit sourd et continuel de l'aciérie et les champignons de fumée qu'elle vomissait en répandant un million d'étincelles ardentes orange. À une époque, il croyait que toutes les villes possédaient des cheminées qui envoyaient des champignons démesurés dans le ciel.

D'autres images qu'il avait oubliées depuis longtemps, des choses idiotes, sans importance, lui traversaient l'esprit. La neige rose tombant du minerai de fer qui saturait l'atmosphère. Les roues du vélo de Greta vrombissant le jour où ses freins avaient lâché et qu'elle était étendue inanimée en un tas flasque au pied de Snoot's Hill. Il avait couru vers elle, certain qu'elle était morte, certain de l'avoir perdue à jamais. Connie avait une photo de lui berçant son corps inerte. C'était un portrait très étrange, son visage n'exprimait qu'une légère surprise et regardait en plein l'objectif dont il ignorait la présence.

Étonnant comme Connie avait réussi à saisir tant d'événements majeurs de sa jeunesse. Quelle image recueillerait-elle à présent, tandis qu'il marchait d'un pas rapide dans des rues toutes aussi anonymes les unes que les autres ? Les inépuisables graffiti ? Les lumières douces et ternes de Rome étalées sous lui comme une couverture pailletée ? Les immeubles de béton nu sans balcons de chaque côté de cette rue ? Quelle rue ? Que faisait-il ici ? Il continua à marcher. Un taxi isolé passa et il fut tenté de le héler, mais ses pieds le poussaient encore à marcher.

Il revit Greta, avant qu'elle ne s'en aille, flattant Connie à la ferme comme un agneau favori un jour et la chassant verbalement le lendemain, de la même façon qu'elle chassait physiquement Ed. Oui, elle pouvait être cruelle. Aucun doute là-dessus. Mais quand elle était bonne, comme la Matilda de Roald Dahl, elle était très très bonne. Et douce comme le coussin qu'on préfère.

Devant lui, sortant d'un immeuble miteux, trois jeunes avançaient dans sa direction. Ils bavardaient avec animation mais se turent à son approche. Instinctivement, il dégagea les épaules et se redressa de toute sa taille.

Étonnant qu'il n'ait jamais pensé auparavant à quel point leurs relations d'adolescents ressemblaient à une chaîne : elles se liaient, se brisaient, se forgeaient de nouveau. *Alors ça pourrait être moi, hein ?* Le petit visage en forme de cœur de Connie.

Matt avait toujours adoré sa façon de s'occuper de ses fils ; sa propre mère était d'une nature sombre et remâchait les choses. Connie fonçait et s'en mêlait s'ils lui résistaient. Elle criait, elle suppliait, apaisait, cajolait – il avait fallu à Matt des années pour se rendre compte de la manière adroite et subtile dont elle adaptait ses réponses à la personnalité de chacun des garçons. Il observait aussi leur façon de la regarder, trois paires d'yeux qui la suivaient dans une pièce. Ils se mesuraient eux-mêmes, les hommes qu'ils allaient devenir, dans le reflet que leur renvoyaient ses pupilles.

Il pensait qu'elle était presque la mère la meilleure qu'il puisse souhaiter pour ses enfants. Même s'il arrivait que sous son intendance bienveillante elle oublie qu'il ne faisait pas partie du lot, son harcèlement maternel continuel pouvait être lassant. Certaines fois il aurait aimé qu'elle regarde un peu à côté, qu'elle allège cette concentration oppressante quant à l'avenir de ses fils. Il avait parfois l'impression que lorsqu'elle rentrait de son travail, des courses ou de tout autre endroit qui l'avait entraînée dehors, elle avait besoin de vérifier encore et encore que tout était à sa place dans la maison, comme si elle s'attendait chaque fois qu'elle rentrait à ne plus rien retrouver. Comme si sa propre existence était mélangée aux briques et au mortier de sa maison sans lesquels elle risquait elle-même de se dissoudre et de disparaître. Il s'apercevait seulement maintenant à quel point elle était anxieuse au fond. Comment se faisait-il qu'il n'avait rien vu durant toutes ces années ?

Les jeunes étaient face à lui et marchaient tête baissée. Ils étaient plus vieux qu'il ne l'avait d'abord cru, une vingtaine d'années. Il savait depuis sa jeunesse bagarreuse que trois têtes baissées et le silence pouvaient présager des ennuis. Il rejeta les épaules en arrière, ralentit son allure afin de ne pas montrer d'inquiétude. Si une tête se levait, il savait qu'il ne devait pas croiser son regard. D'après ce qu'il voyait, ils avaient de petits visages pointus et méchants. Des frères peut-être, ou des cousins. Ils étaient tout près à présent, l'un descendit du trottoir pour faciliter le croisement. Matt fit en sorte de ne pas dévier pour ne pas donner l'impression qu'il cédait le passage.

Un grand grillage s'élevait sur sa droite. Un gros chien aboyait dans l'air nocturne. Les phares d'une voiture saisirent un instant les quatre hommes puis s'éloignèrent. Ils étaient derrière lui à présent. Les semelles de leurs chaussures étaient en caoutchouc, autre mauvais signe, de sorte qu'il ne savait pas avec précision à quelle distance ils se trouvaient. L'un d'eux avait murmuré quelque chose aux deux autres en le croisant. Matt n'avait pas l'intention de se retourner pour vérifier s'ils s'étaient éloignés. Il conservait une allure régulière et aurait bien voulu que le fichu chien cesse d'aboyer afin de mieux écouter. Puis il l'entendit, le bruit qu'il attendait intuitivement. Le glissement que produisent des semelles de caoutchouc martelant le trottoir à vive allure. Deux hommes, pensa-t-il. L'autre devait être resté en arrière pour faire le guet. Il sortit les mains des poches de son jeans, serra machinalement les poings tout en se retournant lentement.

Benny invitait à la maison un nouveau copain de l'école pour le goûter. Les nouveaux lui laissaient une chance et il ne les invitait que pour faire plaisir à Connie, elle le savait bien, mais elle était à chaque fois absurdement optimiste. On ne savait jamais, ce serait peut-être le bon. Elle imaginait un visage sérieux, ringard, des lunettes peut-être, des livres sous le bras – elle rêvait qu'une telle vision franchisse sa porte. Les deux garçons enfermés dans la chambre de Benny discutant du réchauffement climatique, de la forêt amazonienne ou à tout le moins de la texture du nouveau hamburger végétarien de Bird's Eye. Deux têtes aux cheveux brillants serrées l'une contre l'autre en une conversation sérieuse au-dessus d'un atlas, leur lien immédiat établi puis scellé pour toujours grâce au gâteau au chocolat avec un glaçage qu'elle était en train de préparer.

Elle avait téléphoné à Mary un peu plus tôt, elle ne serait pas là aujourd'hui, un million de choses en retard à faire et ce fichu Benny avait invité un ami à goûter… attention de ne pas dire « nouvel » ami, même si Mary le savait intuitivement et comprenait l'importance de l'occasion.

De plus, elle en avait beaucoup trop dit sur Greta.

Elle avait passé la matinée à faire des courses et cette fois elle était allée jusqu'à la caisse. Elle allait faire deux pizzas maison, enfin, maison dans la mesure où elle verserait une boîte de purée de tomates sur la pâte toute prête, ajouterait de la viande prétranchée et des poivrons, saupoudrerait le tout de cheddar râpé sorti d'un paquet refermable. Une des pizzas pourrait être végétarienne, mais ce serait une option si le garçon ne partageait pas la vocation de Benny. Bien sûr qu'il ne la partageait pas, elle se faisait des idées, il l'aurait déjà dit s'il ne mangeait pas de viande, mais tout de même, il venait goûter – elle lui aurait servi des blinis et du caviar s'il en avait fait la demande.

Elle mit le gâteau au four et sortit dans le jardin. C'était son mois préféré, les fleurs resplendissaient encore de jeunesse avant que juillet ne flétrisse le bord des pétales et n'étouffe les parterres de mauvaises herbes. Le grand jardin clôturé était entièrement son domaine, Matt se contentait de couper l'herbe, de tondre la pelouse, comme il disait. Elle demanderait à Fred de le faire plus tard, ce serait une chose de moins dont Matt devrait s'occuper en rentrant, il lui faudrait certainement rattraper son retard au cabinet et cela lui prendrait un certain temps. Il devrait toutefois réparer ce piquet descellé, sinon un coup de vent et tout le panneau risquait de tomber. Et il fallait tailler la glycine flétrie près des fenêtres du haut, elle ne voulait pas qu'un des garçons monte aussi haut sur une échelle.

Connie respira l'air parfumé. L'un dans l'autre, l'année promettait d'être bonne au jardin. Elle avait réussi à faire d'un arbuste récalcitrant et épineux une plante domestiquée et rustique. Chaque année, elle se posait la question d'une fontaine, mais Matt disait que la mièvrerie serait le dernier clou de son cercueil, il avait déjà du mal à encaisser les deux gros angelots en ciment de chaque côté de la causeuse blanche en osier ; il grimaçait chaque fois qu'il passait devant. Bon, bon, elle était vieux jeu – Connie pivota sur elle-même au centre de son Éden personnel, le beau soleil après la pluie de la nuit baignait son visage d'une chaleur agréable. Qu'est-ce que ça peut faire, se dit-elle, je l'ai construit, c'est splendide.

Couper ou non, c'était toujours la question. Les plates-bandes taillées la récompenseraient-elles en tempérant leur spectacle si elle remplissait les vases (alignés à côté de l'évier de la cuisine, remplis d'eau additionnée d'une goutte d'eau de Javel) ? Non, c'était une journée délicieuse, la soirée serait agréable, Matt avait fini par téléphoner. Elle décida que le jardin serait fidèle, loyal et dévoué, il offrirait un beau spectacle, peu importait s'il n'avait plus jamais le même aspect après avoir été taillé. Tout devait évoluer, subir des transformations, des coupes, mais une perspective différente n'était pas une mauvaise chose de temps en temps, pour un jardin comme pour un mariage. Elle alla chercher le sécateur.

Des lupins mauves, deux pivoines rouge sang – davantage serait un pillage –, quelques arums ivoire et quelques lis d'un jour crème, des œillets du poète et deux glaïeuls qu'elle regrettait d'avoir semés, ils dépassaient avec une grande vulgarité de ses arrangements raffinés. Des petites grappes de fleurs sur les deux pommiers, remarqua-t-elle avec satisfaction. Elle coupa quelques branches de viorne vert foncé pour leur feuillage et s'aperçut qu'elle fredonnait.

Fred sortait tôt de l'école ce jour-là et il vint lui tenir compagnie, un grand verre de jus d'orange à la main – une brique entière… le sucre, la dépense, elle n'avait pas envie de lui faire de reproches.

« Tu as l'air bien, dit-il.

— Vraiment ? Merci. » Elle coupa un dernier arum et resta accroupie le temps d'organiser plusieurs bouquets en fonction de la taille des vases. Fred but une longue gorgée de jus d'orange qui laissa une trace au-dessus de sa lèvre où poussait le fin duvet d'un début de moustache.

« Bon, alors c'est quoi cette histoire avec cette "amie" de Papa ? demanda-t-il.

— Hein ? Oh, tu veux parler de Greta. À vrai dire, je me souviens vaguement d'elle. Elle traverse une mauvaise passe, la pauvre, ton père a voulu l'aider, tu le connais. » Connie décida d'éliminer les glaïeuls, ils n'allaient avec rien d'autre, ou peut-être que si elle les mettait seuls dans l'entrée ils n'auraient pas l'air aussi moches dans la pénombre. Fred vida le reste du jus d'orange. Il se lécha les lèvres.

« Il n'a pas une liaison avec elle, hein ?

— Bien sûr que non !

— Est-ce qu'elle est jolie ?

— Pas spécialement, d'après mes souvenirs. Écoute, Fred, tu dois avoir des devoirs à faire.

— Alors, où est-ce qu'il est tombé sur elle ? Ou bien savait-il qu'elle était là et il l'a cherchée ? Comment ça s'est passé ? Et pourquoi n'a-t-il pas téléphoné pour nous dire où il était ? Tu ne peux pas trouver ça normal. Tu as dit qu'il pleurait dans les jardins machins le soir. Quoi ? Il pleurait à cause d'elle ?

— Pourquoi aurait-il pleuré à cause d'elle ? » Le sécateur voletait et coupait des tiges à un rythme effréné.

« Tu m'as dit… parce qu'elle traverse une mauvaise passe, insista Fred.

— Qu'est-ce que c'est… de l'inquisition ? Écoute, il n'était même pas encore tombé sur elle à ce moment-là. Je suis certaine que j'ai inventé les larmes, je n'ai pas les idées claires là-dessus. Il l'a rencontrée au congrès de dentistes, d'accord ? Ils se sont mis à parler, du bon vieux temps, etc. Elle lui a dit qu'elle avait perdu un enfant. Je crois… je crois que son mari n'a pas montré la compassion qu'il aurait dû. Alors Papa a pensé qu'il pourrait les aider un peu. Il va rentrer d'un jour à l'autre. Fin de l'histoire. » Une pellicule de transpiration couvrait son front, une goutte dégoulina sur sa joue.

« Elle est dentiste ?

— Hein ? »

La bouche de Fred se retroussa de dégoût.

« Maman… nous avons inventé ensemble le congrès de dentistes, tu te souviens ? » Il fit demi-tour et elle l'entendit parcourir la maison d'un pas lourd, monter l'escalier et claquer la porte de sa chambre. Connie fit la grimace. Elle dut avaler une gorgée de bile. Merde ! Elle avait failli se couper le bout du doigt.

Dans la cuisine, elle mit les fleurs dans la rangée de vases, les plaça n'importe comment, glaïeuls y compris. Elle sortit le gâteau pour qu'il refroidisse, s'occupa du glaçage et s'attaqua aux pizzas. Quand elle eut terminé, la clé de Benny tournait dans la serrure de l'entrée. Il ne voulait plus qu'elle vienne le chercher à l'école, répétant que c'était tout près, même si elle surveillait ses déplacements d'une fenêtre à l'étage pendant les premières semaines. On n'était jamais sûr de nos jours, cet homme était-il garé au même endroit hier ? Parfois, quand elle fermait les yeux la nuit, tous les accidents et les calamités potentiels auxquels elle n'avait *jamais* pensé lui traversaient l'esprit.

Elle s'essuya les mains sur un torchon en disant une prière silencieuse pour l'ami de Benny. Mon Dieu, je t'en prie ! un ringard, un débile, n'importe qui pourvu qu'il fasse du bien à Benny. Cette journée qui avait commencé de manière si prometteuse lui déchirait les nerfs en vilains rubans. Son fils se tenait devant la porte de la cuisine. Il était pâle et nerveux, ses yeux verts et anxieux se posaient sur le visage de Connie, souhaitant de toute sa volonté qu'elle ne dise rien d'embarrassant.

« Salut la... Ben... niii ! » Un début de pas très bon augure. Il lança son pouce par-dessus son épaule et, l'espace d'une seconde, il eut l'air d'un lapin figé.

« Sebastian est au petit coin. » Sebastian ? C'était encourageant. Elle regarda Benny, il la regarda, ils savaient tous deux que ça allait être un désastre.

« Bon, qu'est-ce que tu crois qui ferait plaisir à Sebastian ? Du lait et des biscuits ? Je sais que tu préfères des fruits.

— Je pense qu'il vaut mieux que tu le lui demandes, dit Benny d'un air dubitatif.

— Merci, c'est ce que je vais faire. »

Il y eut un bruit de chasse d'eau. Les clavicules de Benny remontèrent jusqu'à ses oreilles. Il se tourna à demi en entendant le verrou s'ouvrir, les joues gonflées par la panique.

« Sebastian ! cria Connie. Bienvenue ! » Un Adonis blond, du gel sur les cheveux, se dressait derrière Benny. C'était un magnifique athlète tout droit sorti des mains des entraîneurs de skateboard. Les épaules génétiquement conçues pour le rugby, un sourire débordant de confiance en soi. Connie se sentit un peu mal.

« Salut. » Il bondit dans la cuisine. « Est-ce que Joe est déjà rentré ? Un garçon qui est venu un jour chez Benny m'a parlé de lui. Est-ce que je peux essayer son skateboard ? On m'a dit qu'il était plutôt lourd. »

Les yeux de Benny s'agrandirent comme des soucoupes au point qu'elle crut qu'ils allaient sortir de leurs orbites – la transpercer –, pas le skateboard, n'importe quoi mais pas ça. Connie adressa un grand sourire à Sebastian. « Bien sûr. Dans l'entrée. Sous l'escalier. Allez, dehors tous les deux. » Elle les chassa de la main, se retourna et se versa un verre d'eau pour soulager sa gorge desséchée.

Plus tard, elle entendit le bruit monotone des roues suivi du double claquement du skateboard décollant du bord du trottoir. Joe les avait rejoints et criait des instructions, incapable de résister à l'occasion de montrer son savoir, mais d'une certaine façon elle était contente, un fils flamboyant pourrait fournir une couverture à celui qui ne scintillait pas. Elle sortit et les appela pour le goûter. Sebastian regardait Joe avec vénération, suspendu au moindre mot de recommandation concernant une technique ou une autre.

« Et alors là, tu lèves le talon gauche, hein ? Tu tournes les épaules, comme ça, comme ça, hein ? Les genoux pliés et... »

Aucun signe de Benny. Elle monta. Un tressaillement gêné quand elle ouvrit la porte, il était assis en tailleur sur son lit et lisait une vieille BD ; il les achetait sur Internet en utilisant la carte de Connie et la remboursait rubis sur l'ongle avec son argent de poche de la semaine.

« Benny, ton ami – Sebastian – se demande où tu es.

— Non, pas du tout.

— Eh bien, il vient de me le demander. Il a l'air

gentil. Tu peux lui dire de revenir. Quand tu veux. » Connie regarda la BD par-dessus son épaule, un vieux *Spiderman* couvert d'un réseau de grosses lignes noires sur du bleu et du rouge criards. Les couleurs de ces premiers numéros étaient presque obscènes.

« Est-ce que je t'ai parlé de Valda ? demanda-t-elle.

— *June and Schoolfriend,* la BD, oui, elle avait un cristal précieux qui lui donnait ses pouvoirs. Le numéro de Noël n'en finissait pas et il fallait que tu continues à lire mais tu n'avais que six ans et des filles beaucoup plus vieilles ne comprenaient rien à Valda et ta maman est entrée et t'a pris la BD mais gentiment parce que tu étais à moitié endormie et ta tête était comme ça... » Il laissa tomber sa tête sur son épaule. Il récitait comme un perroquet, mécaniquement, pourquoi ne pouvait-il pas dire simplement barbant, barbant, barbant ou même l'insinuer ? C'est ce que ferait Joe et elle aurait envie de le gifler. Les souvenirs détachés que conservait Benny des histoires qu'elle lui racontait dans un effort pour entrer en contact avec lui la perturbaient davantage que le mépris impatient de Joe ou l'intérêt impassible de Fred. « Et ta maman a dit "Bonne nuit ma chérie, tu vas avoir des yeux gros comme des soucoupes demain matin".

— Je suis Valda, déclara-t-elle brusquement.

— Tu es Maman, riposta-t-il. Ça va.

— J'ai des pouvoirs spéciaux.

— Je n'aime pas le skateboard. »

Connie remarqua la rougeur qui apparaissait progressivement sur son cou pour la première fois de la soirée. Nervosité à cause du garçon qu'il avait invité seulement pour lui faire plaisir et de l'impression d'échouer misérablement. Quand il essayait d'agir normalement, du moins selon son interprétation *à elle* de la normalité, il se retrouvait avec des taches sur la peau, le visage blême et une veine bleue se tortillant sur sa tempe. Elle se laissa aller et poussa un grand soupir ; les yeux de Benny s'agrandirent et il rapprocha la BD.

« Mon Dieu, Benny, je suis désolée, mon lapin. » Ce n'était pas non plus ce qu'il fallait dire. Elle recula doucement vers la porte qu'elle ferma sans bruit. Actions, fonds communs de placement, fonds d'investissement, autant les oublier, se dit-elle, si on pouvait déposer à la banque l'impression d'échec des parents, si le dividende était en proportion du capital investi, votre fond de pension était tout prêt pour la scène du dénouement au chevet de la mourante, désolée pour cette fois, oui, il y a de l'argent dans la cagnotte pour les thérapeutes, ne vous faites pas arnaquer, si une femme commence une phrase par : « Je ne tente pas le coup maintenant », elle va tenter le coup. C'est tout, le reste vous pouvez l'imaginer. Autant que moi, en tout cas. Alors salut, je m'en vais.

Connie, debout sur le palier, contemplait la toile d'araignée parfaite qu'elle avait laissée dans le seul but de ne *pas* avoir une maison parfaite. Chaque fil argenté brillait dans la lumière indirecte. Eminem furieux adressait sa harangue dans la chambre de Fred. La porte était restée inébranlablement close toute la soirée. En bas, dans l'entrée, Joe et Sebastian shootaient dans un ballon.

« Dehors ! » leur cria-t-elle. Le ballon tapa contre la porte d'entrée, rebondit, puis cogna de nouveau contre la porte. Ils faisaient semblant de ne pas l'entendre. Elle sauta pour détruire la toile d'araignée mais la rata ; elle lança un livre qu'elle trouva par terre, mais sans succès. Se disant qu'il lui fallait un balai, Connie descendit d'un pas lourd et bouscula Joe pour atteindre le téléphone. Si elle devait engueuler quelqu'un, autant que ce soit quelqu'un qui le méritait. Un doigt dans une oreille pour étouffer le vacarme ininterrompu, elle chercha le numéro de l'appartement de Greta. Le ballon heurta la table de l'entrée et envoya un des vases qu'elle venait de remplir se fracasser à ses pieds. Elle posa brutalement le téléphone. Les mots sortirent de la bouche de Connie en se bousculant :

« Fous le camp dehors Joe, et emmène avec toi ce petit salaud de traître ! »

Il y eut un silence abasourdi. La lèvre de Sebastian se mit à trembler. Connie dut fermer les yeux. Bon sang, malgré sa taille, il n'avait que neuf ans.

« Je voudrais rentrer chez moi, s'il vous plaît, madame Wilson.

— Oh, ce n'est pas nécessaire, Sebastian. Regarde, il y a du gâteau au chocolat. On pourrait en manger avant la pizza.

— Si ça ne vous fait rien…

— Je t'en prie, Sebastian, je suis désolée d'avoir dit ça.

— Je veux ma maman ! pleurnicha-t-il en se frottant les yeux.

— Cette fois-ci tu as vraiment gagné. » Joe lui lança un regard furieux et accusateur.

Connie pivota sur elle-même.

« Il a une veste, non ? Joe, il habite à deux rues d'ici, raccompagne-le. » Elle courut à la cuisine et revint avec un paquet enveloppé dans des serviettes en papier. « Tiens, la moitié du gâteau, emporte-le, Sebastian. Tu as des frères, des sœurs ? Non ? Eh bien, il y en aura plus pour toi. Dis à ta mère que je t'ai trouvé très bien élevé. » Une main dans son dos pour le guider vers la porte ; Joe faisait la tête, elle le poussa de l'autre main. « Quand tu veux, Sebastian, vraiment quand tu veux, nous étions *ravis* de ta visite. » Elle ouvrit en grand la porte et les poussa tous les deux, heurtant quasiment la silhouette robuste de Jennifer

Copeland, l'assistante dentaire qui était sur le point d'appuyer du doigt sur la sonnette.

« Allez ! » ordonna Connie. Les garçons se mirent à courir et Jennifer parut alarmée.

« Madame Wilson, si ce n'est pas le bon moment...

— Je ne sais pas, Jennifer. Qu'est-ce qu'un bon moment ? Il n'y a pas de bon moment. Je ne sais pas du tout quand il va rentrer. Je n'en ai pas la moindre idée. Je comprends que ce doit être très difficile pour vous et pour Martin en ce moment. Je suis désolée, qu'est-ce que je peux dire ? Je n'arrête pas de le dire – désolée – et tout ce que j'essaie de faire c'est... Est-ce que vous voulez un bout de gâteau ? Du thé peut-être ? »

Jennifer recula d'un pas.

« Je crois que je ferais mieux de vous laisser », dit-elle.

Connie serra les lèvres et hocha la tête.

« Je crois que ce serait une bonne idée, Jennifer. » Elle ferma la porte, y colla le dos et respira profondément. Moi aussi je veux ma maman, se dit-elle. *Je veux ma maman.*

« Fred ! Benny ! Descendez, s'il vous plaît. » Ils n'entendaient pas à cause d'Eminem qui passait le mur du son dans la chambre de Fred. Elle monta quatre à quatre, tambourina d'abord à la porte de Fred, ouvrit celle de Benny avec une violence qui le fit cligner des yeux. Le sac de classe de Joe était posé sur le lit ; elle le vida sur le sol, sans se soucier du paquet de cigarettes, du briquet, du catalogue de l'Erotic Print Society (il était donc là) et du nouveau couteau suisse de Matt qu'ils avaient passé tout un week-end à chercher.

« Qu'est-ce que tu fais ? demanda Benny.

— Tiens. » Connie lui lança le sac. « Remplis-le, n'importe quoi, des sous-vêtements, pour toi et pour Joe, des chaussettes, quelque chose pour dormir. Vite, lapin, s'il te plaît. »

Fred regardait d'un air maussade par la porte entrebâillée.

« Qu'est-ce...

— Remplis un sac, Fred. L'essentiel, sous-vêtements, gel pour les cheveux, en bas dans deux minutes, *s'il vous plaît.* »

Elle redescendait à toute vitesse quand Joe franchit la porte.

« Attends à la voiture, tiens, tu auras peut-être besoin d'une veste, prends-en une aussi pour Fred et Benny. Pas de questions, attends juste à la voiture. »

Il resta planté là, trois vestes dans les bras, tandis qu'elle courait d'une pièce à l'autre, fermait les portes, les fenêtres, écrasait des bouts de verre brisés sous ses semelles dans l'entrée. Fred et Benny rejoignirent Joe pour former une file maussade et rebelle près de la porte d'entrée. Connie attrapa son sac, une veste, et les poussa dehors, ce qui revenait à une manœuvre de rugby dans le cas de Fred, tant il était solide. Elle ferma la porte à double tour et courut à la voiture.

« Allez, montez. Tous derrière s'il vous plaît. Je ne veux personne qui me casse les oreilles à côté. Oui, je sais que la vie est dure. Pénible. Vous pourrez me laisser mourir seule et abandonnée quand le moment viendra. Pour l'instant, montez dans cette foutue voiture. » Elle ouvrit violemment les portières et attendit qu'ils montent. Remplis de répugnance et l'observant avec la certitude qu'elle était bel et bien devenue dingue, ils obéirent. Connie démarra en donnant un coup de volant, obligeant une voiture à ralentir dans un crissement de freins tandis que la main du conducteur écrasait le klaxon ; le bruit se prolongea dix secondes jusqu'à ce qu'elle prenne le virage en haut de la rue.

« Mon skateboard est resté dehors ! cria Joe, paniqué. Maman ! Mon skateboard.

— Je t'en rachèterai un, dit Connie. Et... Joe ? Voilà ton paquet de clopes, tu m'en allumes une, s'il te plaît. »

9

Une rangée de réverbères clignotants émettait des rayons de lumière rotatifs dans la rue principale. Elle avait l'impression de conduire à travers une armée de moulins à vent illuminés. La ville dormait. Quelques nouvelles boutiques, mais pas de changements importants, surtout des bâtiments de deux étages aux façades de brique avec deux ou trois fenêtres rectangulaires au dernier étage. La voiture de Connie passa devant le vieux Woolworths au toit en terrasse, autrefois la caverne d'Ali Baba où elle achetait tous ses cadeaux de Noël et où elle avait dévoré des yeux pendant des semaines l'appareil photo qui devait être le cadeau de ses dix ans. Rangées de petits pots hétéroclites, bonbons dans des papiers qui brillaient comme des pierres précieuses, ses doigts la démangeaient à l'époque ! Un peu plus loin, inutile de s'arrêter au passage pour piétons, il n'y avait pas âme qui vive. Son ventre résonnait de l'écho mélancolique de son enfance solitaire.

Elle passa devant la boutique où elle avait vu pour la première fois Matt embrasser Greta. Elle s'était attelée à trouver tout ce qu'elle avait pu sur lui. Sa mère n'avait pas invité la mère de Connie à ramasser des mûres, Brenda Bradley avait demandé la permission à l'instigation de sa fille. Connie était arrivée à la ferme et s'était aperçue qu'il n'était toujours pas libre.

Elle tourna à gauche, la voiture grimpa la rue bordée de maisons mitoyennes qui se pressaient les unes contre les autres. Ils avaient fait un arrêt ravitaillement et ses fils avaient mastiqué bruyamment leur *fish and chips* cartonneux dans un silence morose. Ils étaient en colère contre elle et un peu effrayés, elle le sentait, mais heureusement ils gardaient leurs pensées pour eux. La pluie, durant les deux dernières heures, les essuie-glaces battaient un rythme mécanique presque en mesure avec les petits bruits des garçons endormis dans le véhicule. Grognements et claquements de lèvres, petit sifflement provenant d'une des narines de Benny. Elle imagina un moment qu'elle allait conduire ad vitam aeternam ; quelle impression cela ferait-il de ne jamais s'arrêter sauf pour acheter à manger et aller aux toilettes dans un millier de stations-service grises et impersonnelles, de continuer de rouler indépendamment du passé, sans se préoccuper de l'avenir car il n'y en aurait pas... juste une femme dans une voiture embuée avec trois fils, n'allant délibérément nulle part.

La pluie s'était transformée en une brume persistante, des flaques jaunes miroitaient au milieu de la rue dans la lumière de ses phares et des réverbères au-dessus. Rideaux tirés, maisons débranchées, aboiements peu convaincus d'un chien quand elle mit son clignotant à droite. Quelques mètres plus loin, elle s'arrêta, posa un instant la tête sur le volant enfin immobile. Elle coupa le moteur, s'attendant que les garçons se réveillent, mais ils continuèrent à dormir avec conviction. Joe gémit tout haut, rêvant certainement du skateboard qu'elle ne pourrait jamais remplacer, ils le savaient tous les deux, tant il l'avait personnalisé. Elle alluma la dernière cigarette, ajoutant sa propre touche de pollution à l'intérieur d'une voiture déjà embuée de peurs informulées et de doutes enfantins. Nous étions heureux, voulait-elle les convaincre, ce n'était pas une illusion. Nous étions heureux, votre père et moi.

Elle regarda à travers le pare-brise presque opaque. Long tunnel de fenêtres obscures se faisant face de chaque côté de la rue silencieuse. Elle entendait le cliquètement régulier des roues du grand vélo noir de Matt, la respiration haletante de son chien qui suivait derrière en tirant une langue rose comme une tranche de bacon. Où était-il à présent, son beau jeune homme au sourire timide qui s'était baissé pour ramasser un sac de courses tombé par terre ? Comment tant d'années étaient-elles passées et si vite ? Elle voulait les retrouver, chacune d'entre elles. Elle voulait les retrouver, mais cette fois elle les savourerait. Ils étaient censés vieillir doucement ensemble, main dans la main, toutes les batailles et les petites angoisses derrière eux, et le bout du voyage s'ouvrant devant eux, prolongeant cette courtoisie raffinée et ultime jusqu'à accompagner l'autre vers la sortie. Dire qu'elle avait autrefois laissé croire à tout le monde que c'était son frère, Stanley, qu'elle aimait ! Elle avait toujours aimé Matt.

Connie sortit de la voiture et ne vit pas le moindre mouvement en regardant à l'intérieur. Trois maisons plus haut dans la rue, elle souleva le heurtoir et le laissa retomber en hésitant. Elle imaginait tout autour les chuchotements, les protestations et les marmonnements des voisins dérangés dans leur sommeil. Elle frappa de nouveau, deux fois, rapidement. Qu'est-ce que c'est que ce tapage à la porte de Brenda Bradley ? Se souvenant que sa mère n'avait plus le pied aussi léger qu'avant, Connie recula pour voir si une lumière s'était allumée à la fenêtre du premier étage. Un instant de panique, Brenda n'était peut-être pas là, elle était peut-être partie quelque part, mais elle lui en aurait certainement parlé et, de toute façon, elle n'allait jamais nulle part. Connie laissa retomber le heurtoir beaucoup plus fort et le bruit résonna dans la rue. Elle était submergée par le désir désespéré d'entrer.

« Arrêtez, ordonna la voix de sa mère derrière la porte d'entrée. Qui c'est, à cette heure de la nuit ?

— Maman, c'est moi. Connie. Ouvre, s'il te plaît. »

Cela prit un moment, Brenda aimait bien les verrous. Une lumière s'alluma dans l'entrée tandis que la porte s'entrouvrait. La mère de Connie tenait serrée autour de la gorge sa grosse robe de chambre en chenille de coton. Elle tendit le cou dehors, regarda à gauche et à droite avant de fixer ses yeux sur la femme qui se tenait les bras ballants sur le seuil de sa porte.

« Constance ?

— Ne me pose pas de questions maintenant, Maman. Les garçons sont dans la voiture. Tu peux nous héberger cette nuit ?

— Bon, va les chercher, ma poule. » Brenda fit un geste du bras tout en vérifiant de nouveau l'absence de voisins.

Connie courut à la voiture et secoua les garçons pour les réveiller. Pendant qu'ils grommelaient et s'étiraient, elle sortit les sacs du coffre et s'aperçut trop tard qu'elle n'avait rien pris pour elle, pas même un slip de rechange ; elle devrait en emprunter un à Brenda. Un petit rire se forma dans sa gorge – le petit visage pointu de sa mère, ses yeux plissés qui ne croyaient pas tout à fait ce qu'ils voyaient, peut-être était-ce un nouveau genre d'imposteur et de voleur déguisé pour ressembler à sa fille. Oh, Dieu du ciel, se dit Connie, me voici de retour au pays de la tolérance méfiante !

Lorsqu'ils furent tous en sécurité à l'intérieur, Brenda salua ses petits-enfants en leur pinçant la joue. Une odeur familière s'échappait déjà de la cuisine. Elle lança des couvertures et des oreillers à Fred et Joe.

« Déroulez vos matelas au grenier. Éteignez la lumière en redescendant. » Elle se tourna vers Benny. « Tu peux dormir avec ta mère. Brenda, que je me suis dit, ils vont avoir envie d'une soupe. »

Connie suivit sa mère dans la petite cuisine au fond de la maison. Une table pliante en formica et trois tabourets recouverts de skaï la meublaient, rien n'était encastré. Sur une étagère haute qui courait tout le long d'un mur étaient alignés des pots de confiture de mûres, soigneusement étiquetés de la petite écriture de Brenda. De la viande et des os d'agneau cuisaient dans une casserole cabossée à deux poignées. Connie s'assit, les coudes sur la table, le menton appuyé sur ses mains jointes. Benny s'assit à côté d'elle dans la même posture.

« Ce sera du pain et de la confiture pour toi, mon grand », dit Brenda par-dessus son épaule. Elle agita le doigt en direction de la boîte à pain. Des carottes, des pommes de terre et des oignons coupés fin tombèrent dans la casserole, elle les coupait toujours ainsi, directement de ses mains au bouillon. Elle ajouta l'eau brûlante de la bouilloire et de l'orge perlé. La salive inonda la bouche de Connie.

Pendant que Benny mangeait et mâchait, l'air posé et sérieux selon son habitude, faisant passer la bouchée gluante d'un côté de sa bouche à l'autre, Connie regardait la buée dégouliner sur les quatre carreaux de la fenêtre, dedans comme dehors. La frange de l'abat-jour de l'unique plafonnier n'avait toujours pas été cousue correctement, elle pendait depuis son enfance. La soupe commença à bouillonner et à dégager des bouffées de vapeur odorante. Fred et Joe revinrent ; ils restèrent debout de chaque côté de leur grand-mère, ne sachant pas où se mettre. Connie les plaignait, ils paraissaient fatigués et inquiets. Brenda remplit deux bols.

« Pendant qu'ils mangent leur soupe, tu pourrais faire ton lit », dit-elle à Connie.

La chambre empestait l'humidité ; le papier peint fleuri se décollait par petits bouts près du plafond. Cela avait été une grande affaire de choisir ce papier peint ; Brenda avait rapporté de la mercerie une montagne de catalogues d'échantillons avant qu'elles ne se décident pour de petits bouquets attachés par des rubans. C'était frais et gai à l'époque, tout comme Connie elle-même. Elle vit son reflet dans la glace au-dessus de la commode en contreplaqué que son père avait fabriquée avant de mourir, selon Brenda. Connie avait cependant toujours soupçonné Brenda de l'avoir bricolée elle-même entre ses deux emplois et son stand au marché le dimanche. L'épuisement creusait de profonds sillons sous les yeux de Connie et des rigoles jumelles de son nez à sa bouche. Elle fit le lit et se pinça les joues pour y mettre un peu de couleur, mais elles avaient juste l'air de joues pincées.

Fred et Joe la croisèrent dans l'escalier. Ils montaient au grenier qui était autrefois la chambre de son frère.

Joe dit : « Tu te rends bien compte qu'on a classe demain ?

— Je téléphonerai.

— Combien de temps on va rester ici ?

— Pas longtemps. Je voulais ma maman. Vous comprenez ça ? Joe ? Fred ? »

Joe hocha la tête avec lassitude. Elle détestait le voir ainsi abandonner sa combativité. Fred redescendit impulsivement et l'embrassa sur la joue. Elle avait oublié à quel point il la dépassait depuis peu et elle devait faire attention de ne pas se laisser aller contre sa stature rassurante. Elle préféra se pencher sur la rampe et appeler Benny. Quand il fut bien bordé dans son lit – ses yeux inquiets suivaient le moindre de ses mouvements, il tressaillit presque quand elle se pencha pour l'embrasser sur le front –, elle descendit manger sa soupe.

Un bol fumant l'attendait sur la table. Brenda faisait la vaisselle des garçons. Connie avait l'impression que de la bonté distillée coulait dans sa gorge. Elle aurait pu pleurer de gratitude. Mille jours d'enfance dans chaque bouchée : débarrasser ses chaussures de la neige grumeleuse dans l'entrée, souffler sur ses mains rougies, défaire l'écharpe de son cou raidi, nuit qui tombait tôt l'hiver dans la rue dehors, pénombre embuée et succulente dans la cuisine de sa mère et soupe qui l'attendait tous les jours après l'école. Gouttelettes d'orge soyeuses qui descendaient dans son corps en glissant jusqu'à son estomac. Chaleur qui luisait à l'intérieur, qui rendait de nouveau blancs les doigts rougis. Il n'existait rien, rien dans tous les verts pâturages de Dieu qu'elle désirât davantage à l'époque. C'était drôle comme, dans les moments de détresse, les expériences de toute une vie se réduisaient à l'essentiel, au plus élémentaire, à l'essence de la mémoire, balayant tout le superflu. L'odeur d'une cuisine. Un bol de soupe. La maison.

« Merci, Maman. »

Brenda se retourna tout en s'essuyant les mains sur un torchon. « Ça va te faire du bien.

— C'est sacrément bon.

— Sacrément.

— Maman...

— Mange ta soupe.

— Je mange ma soupe. » Connie prit une autre cuillerée. « Matt est à Rome avec Greta Parker.

— Allons bon. Je suppose que c'est mauvais ?

— Ce n'est pas terrible. »

Brenda hocha la tête et fit la moue tout en réfléchissant. C'était une femme petite et mince aux yeux sombres et triangulaires à cause de ses paupières en surplomb, aux cheveux poivre et sel qu'elle avait toujours portés courts, coiffés à la garçonne. À part ses yeux, elle avait la peau lisse et sans rides d'une femme beaucoup plus jeune. Elle avait décidé de se marier tard, ce qu'elle avait fait, elle avait eu Connie à presque quarante ans et elle allait avoir soixante-dix-huit ans à son prochain anniversaire. Le père de Connie approchait les cinquante ans le jour de son mariage et il était mort d'une crise cardiaque quand ses deux enfants étaient petits. Brenda, à sa manière indomptable et imperturbable, avait réussi à ne pas se laisser démonter. C'était précisément ce stoïcisme que recherchait Connie.

« La fille de Bella Parker ? » demanda Brenda au bout d'un moment. Connie hocha la tête.

« Alors, c'est à Rome qu'elle a abouti. Je me demandais. Sa sœur Rita est encore dans la maison, mais elle ne veut rien dire, pas que je lui aie posé la question, attention. Elle a déplacé la pièce de devant derrière le salon de coiffure, un vrai massacre à mon avis, pas de voilage à la fenêtre, on voit tout. Il t'a quittée, tu crois ? »

Connie racla le fond de son bol de soupe.

« Elle a perdu un enfant. Matt dit qu'il n'est pas avec elle comme ça. Seulement pour aider.

— Aider comment ?

— Il dit qu'il va bientôt rentrer mais je ne sais pas. Il avait l'air bizarre au téléphone. »

Brenda fit de nouveau la moue en réfléchissant.

Elle croisa les bras et s'appuya contre l'évier. Connie retint son souffle.

« S'il dit qu'il a l'intention de rentrer, alors il le fera. Ce n'est pas le genre d'homme à dire quelque chose et à agir autrement.

— Tu crois ?

— Oui. Je crois. » Brenda hocha vigoureusement la tête. « Il est comme ça, Matt, un autre je ne dirais pas. Bon, il va falloir que tu discutes sérieusement avec lui, bien sûr, quand il rentrera. Et qu'il restera. Voilà ce qui arrive quand on part loin. »

Connie adressa à sa mère un sourire reconnaissant. Elle aurait dû venir des jours plus tôt.

« Tu restes encore en bas ou tu montes ? demanda Brenda.

— Je vais rester un peu. Et, oui, je vérifierai si les portes sont fermées et je penserai à éteindre les lumières. »

Brenda s'arrêta sur le seuil de la porte.

« Tu ne vas pas croire qui habite à côté. La fille de Peggy Humpish qui est rentrée d'Australie et a acheté la maison à la municipalité. Tu te rends compte… à cinquante ans et avec cet accent qu'elle a maintenant. On dirait, Constance, que nos maisons sont devenues des bijoux. Bon, je ne serai bonne à rien demain matin si je ne vais pas me coucher. Je vais jeter un œil aux verrous de la porte d'entrée au cas où tu oublierais. »

Connie resta un long moment dans la cuisine, n'oubliant pas non plus beaucoup d'autres choses.

Parfois, si elle avait de la chance, Mary parvenait à intercepter le père Alexander avant qu'il ne rentre chez lui le soir. Elle savait, grâce à la faible lueur qui éclairait le vitrail, qu'il se trouvait devant l'autel ou dans la petite sacristie derrière et préparait tout pour le lendemain matin. Elle le trouvait appliqué et très sérieux, bien qu'un peu inexpérimenté. Si elle frappait aux portes en chêne massif, il la laisserait toutefois entrer, allumer un cierge (qu'elle éteindrait, bien sûr, avant de partir) et dire ses prières du soir. Le silence était intense à l'intérieur, le soir, quand elle s'agenouillait sur le banc du premier rang, différent du silence qui l'attendait chez elle.

« Priez pour moi, Mary », disait-il toujours en ouvrant la porte et en la faisant entrer. Une légère touche d'évangélisme, pensait-elle, un comportement sérieux, une piété consciencieuse. Pourquoi prierait-elle pour lui ? Il avait une ligne directe alors qu'elle était bien plus bas dans l'ordre hiérarchique.

« Priez pour moi, Mary », dit-il ce soir-là, contraint de faire un pas de côté tandis qu'elle passait avec maladresse devant lui dans sa hâte d'entrer.

Elle fonça pratiquement tête baissée dans l'allée centrale, marqua une pause et fit une génuflexion avant de se glisser sur son banc habituel ; elle eut un instant l'impression d'être un crabe géant mis à nu qui filait vers la sécurité. Elle appuya le front sur ses mains jointes et se mit à prier. Notre Père qui êtes aux cieux, donnez la paix aux régions troublées de la terre, veillez sur les malades et les nécessiteux et sur ceux qui ont le plus besoin de Vous… Elle éplucha sa liste habituelle et termina par le Notre Père et trois Je Vous salue Marie. Une fois débarrassée, elle se tourna vers saint Antoine. Cher saint Antoine, je me rends compte que vous êtes très occupé mais je vous serais vraiment obligée de faire en sorte que Connie me téléphone. Il n'y a personne chez elle, la voiture n'est pas là, le téléphone sonne et elle ne répond pas à son portable. Les deux verrous de la porte d'entrée sont fermés et je n'ai la clé que de celui du haut. *Je ne peux pas entrer*. Je suis à la porte. Ça n'arrive jamais. Cela doit vous sembler peu de chose, alors je vous en prie, ne soyez pas en colère ou impatient contre moi… mais, voyez-vous, elle me dit toujours quand elle sort le soir. Toujours. Et vraiment, je ne sais pas quoi faire, ni même si je dois faire quelque chose, alors si vous pouviez me donner un peu de votre temps…

Une main serra son épaule et elle tourna la tête avec irritation.

« Mary, je dois fermer les portes maintenant », dit le père Alexander. Elle trouva son sourire un peu condescendant.

« Si je pouvais rester encore un instant, mon Père. » Mary baissa de nouveau la tête. La main se leva puis s'abaissa encore une fois en une étreinte plus ferme.

« Avez-vous une idée de l'heure ? » Il fronça ostensiblement les sourcils en regardant sa montre, leva un bras tout en baissant le menton, sans doute comme il avait vu faire au cinéma.

« S'il vous plaît, juste…

— Vraiment, je ne peux pas », l'interrompit-il. Mary émit un gros soupir de frustration. Elle fit le signe de croix et se leva dans l'idée de se diriger vers la réserve de cierges, une pièce de vingt pence déjà dans la main. Le père Alexander lui barra le chemin, et il avait beau sourire, ses deux bras étaient levés avec fermeté, se dit Mary, avec une fermeté inutile. Elle était de nouveau un crabe géant qu'on chassait de son refuge. Le père Alexander se tenait tout près derrière elle et elle envisagea une seconde de s'attaquer à lui avec une pince meurtrière. Elle se retourna au bout de l'allée pour faire une dernière génuflexion et lui lancer un regard cinglant. Cela ne parut pas le déranger, son sourire béat demeura sur ses lèvres.

« Bonne nuit, mon Père. Dormez bien », cracha-t-elle tandis qu'il lui fermait les portes au nez.

Mary consulta de nouveau son téléphone, mais il n'y

avait qu'un message du serveur pour lui dire qu'elle devait racheter du crédit. Elle prit sa voiture jusque chez Connie afin de jeter encore un coup d'œil. Pas une lumière dans la maison, très inhabituel ; même quand elle partait, Connie programmait toujours une ou deux lumières sur la minuterie par sécurité. Mary resta assise un long moment dans sa voiture, attendant que son téléphone sonne, attendant que saint Antoine lui réponde, attendant que quelque chose de bien se produise même si rien de bien ne se produisait jamais sauf quand Connie et ses garçons étaient là. Peut-être étaient-ils en fait chez eux et ne voulaient-ils pas de la visite nocturne de Mary. Peut-être la voiture était-elle garée à un endroit inhabituel et étaient-ils blottis autour de la table de la cuisine au fond de la maison à la lumière d'une bougie, serrant les rangs, seulement la famille proche, pas d'intrus.

Tu vois, ma chère ? dit enfin saint Antoine. Tu ne fais pas partie de la famille, en fin de compte, tu n'es pas de leur sang. Rentre chez toi, va dormir, tu ressembles à une désaxée ridicule. À un crabe désaxé, en fait.

« C'était méchant et cruel, dit Mary tout haut en mettant le contact. Je ne suis pas certaine de vous aimer encore. Tout cela c'est la faute de cette horrible Greta, pourquoi n'êtes-vous pas méchant avec elle plutôt qu'avec moi ? Je vais me trouver un autre saint si vous n'y prenez pas garde. »

Elle regarda par-dessus son épaule la maison sombre et silencieuse. Elle se souvenait de la cloche du sport, de ses affaires inutiles, une fois de plus elle n'avait pas été prise dans l'équipe, des petits groupes de filles chuchotaient derrière leur main placée en biais sur leur bouche, un bout de papier kraft avait été épinglé à l'ourlet de sa jupe devenue si vite trop courte, un pinceau tournoyait dans l'eau avant d'être plongé de nouveau dans les tablettes de couleur, seule dans le dortoir, elle peignait sa solitude.

Ça ne pouvait pas être vrai, Connie, ses fils, la famille de Mary, blottis dans le noir et l'excluant ? Fais ta vie, disait saint Antoine, mais pas méchamment, fais ta vie, ma chère.

« Arrêtez de dire ça ! cria Mary. Je vais vous expliquer quelle vie je voudrais me faire. Cette salope à Rome. *Ma* Rome, je devrais dire. Elle croit qu'elle peut même avoir ça. Je souhaite par tous les saints des cieux qu'elle tombe raide morte. Vous m'entendez ? Qu'est-ce que vous avez à répondre ? Hein ? Hein ? »

Saint Antoine n'avait rien à ajouter ce soir-là. Il était peut-être choqué et répondait par le silence. Mary coupa le contact et s'affala sur le volant, les narines emplies de la douce odeur de gardénia de sa mère, parfum qu'elle avait oublié depuis des années.

10

Une lumière faible et pâle gagnait peu à peu les murs du salon de Greta. Il fallut à Matt quelques instants pour se concentrer sur le visage inquiet penché sur lui dans la pénombre du petit matin. Il était toujours étendu sur le canapé où il avait fermé les yeux pour deux minutes, pensait-il, la veille au soir, quand il était rentré.

« Tu vas bien ? » chuchota-t-elle. Il comprit qu'elle avait passé la nuit à le veiller. Les cercles sombres sous ses yeux avaient pris la couleur de prunes mûres.

« Oui. Ça va. » Les articulations de sa main droite lui faisaient mal et il sentait une petite coupure sur la lèvre inférieure, près de la commissure. À part cela, il se disait avec satisfaction qu'il s'était comporté assez décemment pour un type qui n'était plus tout jeune. Une satisfaction enfantine, en fait.

« Tu es sûr que tu ne veux pas voir un médecin ?

— Inutile. Mais l'un d'eux risque d'en avoir besoin. Je lui ai cassé le nez pour de bon. »

À la seconde où il avait entendu la course rapide, il s'était retourné, les poings prêts à frapper. Ils voulaient essayer de le dévaliser, mais il les avait surpris. Il avait compris immédiatement que l'un avait pour mission de détourner son attention par un coup de coude à la tête tandis que l'autre glissait la main dans sa poche à la recherche de son portefeuille. Il se trouvait qu'il n'avait pas pris son portefeuille, seulement quelques billets que, en y repensant, il aurait dû leur abandonner.

« Tu aurais pu recevoir un coup de couteau. » Greta se faisait l'écho de ses pensées. Elle passa le doigt sur la petite coupure de sa lèvre. Elle le regardait avec une tendresse telle qu'il aurait volontiers subi une autre agression. Il s'était avéré que, grâce à sa taille et son expérience du combat de rue remontant à sa jeunesse, il avait été capable de les tenir en respect. Il n'avait reçu qu'un petit coup de coude au visage, alors qu'il avait donné deux coups de poing bien sentis. Ils n'étaient pas très déterminés et s'étaient enfuis dès qu'ils avaient compris qu'il ne se laisserait pas faire. Mais bon sang, ça faisait du bien ! Rien ne valait un bon coup de poing pour couper court aux pensées dérangeantes. Rien d'équivoque dans un coup de poing donné ou reçu. Il avait réussi à héler un taxi ensuite et, en dépit du fait que Greta se faisait un sang d'encre à cause de son absence si tard dans la nuit, il s'était écroulé sur le canapé presque instantanément.

« Je vieillis », dit-il avec un sourire contrit. Il fit jouer les articulations de sa main blessée. « Ma main m'inquiète à cause de mon travail.

— Oui, ton travail, dit-elle pensivement. Qu'est-ce qui t'a pris d'aller traîner dans ce quartier ? Ce n'est pas sûr le jour, alors la nuit… » Elle n'acheva pas, elle comprenait intuitivement sans qu'il ait besoin de lui expliquer. « Tu as téléphoné à Connie. » Il hocha la tête, ils saisissaient tous deux ce que cela impliquait et gardèrent le silence un long moment. Greta s'assit à côté de lui sur le canapé, les mains jointes entre ses genoux.

« D'accord », dit-elle. Elle se mit à se balancer doucement d'avant en arrière. « D'accord. »

Il ne la quittait pas des yeux. L'adrénaline et la testostérone déferlaient dans son sang ; il la désirait si fort qu'il devait serrer les poings pour ne pas l'attirer contre lui. Il ne pouvait qu'espérer réussir un jour à considérer ces moments passés ensemble comme un intermède agréable, un événement fortuit, une tentation dans le désert. Plus tard encore, il pourrait même se sentir reconnaissant d'avoir eu l'occasion d'en finir avec Greta. Quand il serait bien vieux, s'il vivait jusque-là, le visage de Greta ne se formerait peut-être plus dans son esprit ; en revanche, il se sentirait obligé certains jours d'abandonner une conversation banale, sur le chocolat du soir servi aux vieillards par exemple, pour sortir et regarder le ciel. Ses yeux chassieux et larmoyants cligneraient sous la grande boule de feu du soleil couchant, sa main noueuse en visière l'abriterait des longs rayons gamma, et il s'apercevrait peut-être avec surprise que, sans qu'il en trouve la raison immédiate, il souriait.

Dehors sur le balcon, un merle saluait le matin en chantant à tue-tête. Son chant laissait entrer le regret dans la pièce, le regret de ce qui a été perdu, du temps qui passe, de la souffrance subie et de la souffrance infligée, des vies qui ne se sont pas déroulées comme elles avaient autrefois été prévues avec une impatience fébrile, de l'occasion ratée quand tout aurait encore pu changer. Les yeux de Greta étaient noyés de larmes et Matt y vit un instant son reflet avant qu'elles ne coulent sur son visage. Il essuya une larme du pouce et en lécha le goût salé.

La seconde suivante, l'amour passa entre eux, ni réciproque ni réfléchi – tu m'aimes parce que je t'aime –, c'était simplement un choix, de personne à personne, un oubli de soi-même, de ce qu'on possède, de ce qu'on a accumulé et qui a parfaitement suffi, mais qui paraît à présent amoindri – famille, maison, jardin. Il se rendit compte, avec un choc comparable à celui qu'on éprouve en s'apercevant pour la première fois qu'on est capable d'un meurtre, qu'il était, en fait, capable de faire un tel choix. Tout pouvait disparaître en un sourire, en un battement de cœur, le temps qu'il faut pour passer de vie à trépas. Le temps d'une respiration.

Greta aussi paraissait ébranlée. Elle poussa un long soupir et se leva.

« Est-ce qu'on peut sortir d'ici ? demanda-t-elle.

— Greta...

— Tu dois partir. C'est le cours des choses. Allons prendre un café et des croissants et faisons un moment comme si ce n'était pas vrai. »

Ils s'assirent à une terrasse de la Piazza Navona et burent un café en regardant les vendeurs ambulants tenter de fourguer des cochonneries aux touristes, avec la splendeur de la fontaine des Quatre-Fleuves du Bernin en arrière-plan. Matt essaya de persuader Greta de manger le croissant qu'elle avait proposé, mais elle dit qu'elle en était finalement incapable. Ils prirent un taxi jusqu'à la Pyramide, puis un train pour Ostie, le port antique de Rome. Elle dit qu'elle voulait lui faire visiter la ville sans ajouter : avant ton départ, mais c'était sous-entendu.

Les ruines de la ville marchande, jadis peuplée de plus de cinquante mille habitants, s'étendaient dans toutes les directions. Le plâtre d'origine avait été détruit par le temps et avait mis au jour les squelettes de brique rouge complexes des bâtiments. Après les temples, les bains, les basiliques, le grand théâtre circulaire, ils découvrirent des entrepôts, de grandes maisons d'habitation, des résidences privées, des ateliers de teinturiers, des tanneries et des minoteries. Ils passèrent devant des magasins et des bâtiments publics, des panneaux de mosaïque noir et blanc indiquaient le commerce qui se tenait à l'intérieur : boucher, boulanger, manufacture de bougies. Des navires remplis de marchandises entraient dans le port, on déchargeait des amphores, le fleuve était couvert de bateaux. Des tablettes donnaient les noms des corporations de la ville : marchands d'étoupe, de cordes, tanneurs.

En fermant les yeux, Matt entendait l'écho de milliers de conversations, le vacarme des roues des charrettes sur les pavés tirées par des mulets transportant nourriture, provisions et vêtements pour les habitants de Rome, les plaisanteries échangées entre des gens qui n'auraient pu imaginer que quelqu'un se tiendrait dans l'espace qu'ils occupaient et les ferait revivre, quelque deux mille ans plus tard.

Il avait l'impression de contempler l'incarnation parfaite du déploiement du capitalisme, étalée aux yeux de tous, l'envie qui se perpétuait par elle-même. Personne n'avait *besoin* de toges colorées et pourtant une corporation prospère de teinturiers s'était établie et comblait une envie, générait des emplois, des impôts, qui à leur tour généraient de nouvelles envies et ainsi de suite.

« C'est le prototype de Disneyland, dit-il en riant à demi.

— Tu as raison. Nous ne l'avons pas amélioré », répondit Greta.

Ils passèrent sous un arc et pénétrèrent à l'intérieur d'une taverne fraîche qui vendait du vin et proposait jadis des repas et un hébergement pour la nuit aux étages supérieurs. Elle possédait trois vastes salles. Une ouverture au centre, qui donnait sur la rue, était garnie d'un grand comptoir où les passants pouvaient acheter à boire et, s'ils le souhaitaient, s'asseoir sur les bancs de pierre qui encadraient l'entrée. Derrière le comptoir, l'aubergiste étalait ses denrées sur des étagères ; au-dessous, des bacs pour laver les assiettes et les gobelets. Plus à l'intérieur se trouvaient un placard et d'autres étagères où les fragments d'une peinture représentaient ce que les clients pouvaient avoir envie de grignoter en buvant : œufs en saumure, raisin, olives, radis. Des tapas, se dit Matt.

En longeant la rue principale, bordée de chaque côté de pins parasols à la cime aplatie, Matt était de plus en plus convaincu que ces gens n'avaient pas réellement disparu. Leur présence était trop sensible partout, dans leurs jardins, dans leurs villas au sol de marbre, dans les latrines publiques jadis garnies de portes à tambour et nettoyées à l'eau courante. Dans les innombrables thermes où ils se baignaient, transpiraient pour entrer ensuite dans des pièces annexes où ils étaient massés ou se faisaient faire une beauté. L'impression que les conversations, le commerce, les relations ne pouvaient pas avoir vraiment cessé était absolument irrésistible. Il était certain que, au cœur de la nuit, s'il se tenait seul et caché, tendant l'oreille, le bruit de la vie atteindrait une fréquence que son ouïe pourrait entendre. Greta souriait devant son plaisir, son émerveillement.

« C'est drôle comme tu te trouves en quelque sorte plongé dans l'histoire quand tu perds quelqu'un, dit-elle. Je veux dire, j'ai bien sûr fait tout le circuit touristique en arrivant. Mais je menais dans l'ensemble une vie de banlieusarde, Rome était la grande ville proche où je venais faire des courses, rencontrer des amis à une exposition, maudire tous les intrus en pleine saison qui rendaient difficile de trouver un taxi. Même si on a toujours conscience des splendeurs tout autour, on ne peut pas… enfin, on n'est jamais qu'une personne qui ne vit pas loin de Rome. » Elle fit la moue et son regard se porta au loin.

« Et puis Sandro, sonda délicatement Matt. Raconte-moi.

— J'ai quitté ma maison le jour de son enterrement. Avec seulement quelques sacs de vêtements, ce qui m'appartenait, assez pour me sortir de ma vie.

— Raconte-moi », insista-t-il en lui pressant la main. Ils étaient seuls, tout près de la Porta Marina au-delà de laquelle s'étendait l'ancienne embouchure du Tibre, dont le cours avait changé depuis longtemps, de sorte que le port se trouvait à présent sur la terre ferme. Greta resta un moment immobile et le regarda.

« J'ai une fille, Matt.

— Une fille ? Mais...

— Asseyons-nous. »

Ils s'installèrent sur le mur de briques disposées en mosaïque d'une synagogue en ruine, devant quatre colonnes de marbre encore debout dans l'édifice. Le soleil de l'après-midi leur cognait sur la tête et faisait briller les joues de Greta. Ses yeux étaient secs, grumeleux. Matt attendait.

« Gianna, le nom de la mère de son père. Elle a dix-sept ans maintenant. Je ne l'ai pas vue depuis deux ans. »

Les mains de Greta étaient croisées sur ses genoux et inertes. Elle ne pouvait se résoudre à le regarder de nouveau et préférait fixer les colonnes droit devant elle comme si elle leur parlait.

« Ma vie n'a pas été une bonne vie, Matt. Je veux te le dire pour que tu me connaisses vraiment et que tu retournes à ta propre vie.

— Greta ?

— Mon mariage n'a pas été heureux, pas particulièrement malheureux non plus, à vrai dire. Tommaso avait des aventures, il voyageait beaucoup, nous vivions plutôt chacun de son côté durant nos dernières années ensemble. Nous étions polis, nous faisions semblant, nous nous en contentions. Nous avions tout ce que nous voulions, je n'avais besoin de rien. Je ne peux même pas dire que j'étais riche et malheureuse, je m'ennuyais peut-être, j'avais trop de temps. J'ai eu des liaisons, Matt. Rien de sérieux – j'aimais flirter, avoir le souffle coupé, sentir mon cœur battre plus vite. Faire semblant de tomber amoureuse jusqu'à ce que les choses se gâtent. C'était sans intérêt, une vie sans intérêt. » Elle regardait toujours droit devant elle, le visage aussi impassible que les briques autour d'eux.

« Une famille s'est installée dans la maison voisine. Nous nous sommes très bien entendus dès le début. Dîners, barbecues, apéritif le soir, tu vois. Ils avaient une petite fille. À Tivoli, le jour où nous étions devant ma maison, leur voiture est sortie, tu te souviens.

— Tu ne voulais pas être vue. Oui, je me souviens.

— Le mari, Paolo – nous avons flirté longtemps. Regard s'attardant une seconde de trop en passant un plat, petite étreinte supplémentaire en nous souhaitant bonne nuit, ce genre de choses. Je ne pense pas que tu connaisses bien tout ça, hein ?

— Non, je ne peux pas dire.

— Nous sommes devenus amants. Absolument rien de plus qu'une excitation réciproque, une flatterie réciproque. Ça nous amusait de jouer aux sales gosses. C'était cruel pour sa femme, ils n'étaient pas mariés depuis très longtemps, elle l'aimait énormément. »

Matt ressentit une pointe de colère ; il se souvenait d'Ed le chien et des coups de pied délibérés de Greta. De sa façon de repousser Connie comme si celle-ci n'existait même pas. Elle avait évidemment conservé cette sombre tendance à la cruauté en devenant adulte.

« Je ne veux rien embellir, tu comprends, poursuivit Greta, le visage toujours taillé dans le granit. Faire croire que c'était une grande histoire d'amour à laquelle nous ne pouvions pas résister. C'était ce que c'était.

— Continue », dit-il d'un ton plus brusque qu'il n'en avait l'intention. Il reprit d'une voix plus douce : « Continue, Greta.

— Tommaso était absent. La femme de Paolo et leur petite fille aussi. J'ai laissé Gianna avec Sandro et je suis allée à côté. » Sa voix adopta un timbre morne, terne, elle récitait machinalement ce qu'elle revivait chaque jour dans sa tête, minute par minute, seconde par seconde. Elle toussa et frissonna avant de continuer. Le frisson secoua son corps en partant de ses pieds et remonta jusqu'à son cou, si violemment que Matt se dit qu'il devait l'empêcher de poursuivre de peur qu'elle ne se brise en deux. Sa main jaillit, doigts déployés, lorsqu'il fit mine de la toucher.

« Je ne savais pas que Gianna avait pris l'habitude de sortir de la maison tard le soir elle aussi. Pour retrouver son petit ami. Il y a eu une coupure de courant cette nuit-là. Tout Tivoli a été privé d'électricité. » Pour la première fois, Greta tendit le cou et le regarda, les yeux éteints, rien, pas une lueur, comme Tivoli elle était privée de lumière. Un petit gémissement s'échappa des lèvres de Matt en comprenant ce qui s'était passé. Sans raison apparente, il en eut l'intuition et il eut la certitude d'avoir raison.

« Tu ne savais pas, réussit-il à articuler. Tu ne savais pas parce que vous aviez déjà allumé les bougies. »

Elle hocha la tête, une fois, puis regarda de nouveau droit devant elle. Ils étaient assis en silence tandis que les ombres de la fin de l'après-midi jouaient sur les remparts de la synagogue ; la chaleur lourde, immobile, tambourinait sur leur tête. Celle de Matt était baissée, comme s'il était en prière. Greta poussait par intermittence des petits soupirs bizarres, mais elle ne pleurait pas. Il comprit qu'elle ne voulait pas s'offrir le soulagement momentané des larmes. Il imaginait le reste on ne pouvait plus clairement. Le petit garçon se réveillait et se retrouvait tout seul dans le noir, il descendait l'escalier sans bruit, appelait sa mère, ouvrait le tiroir de la cuisine où étaient rangées les bougies, grattait une allumette qui éclairait le beau visage que Matt avait vu en photo, il remontait l'escalier la lumière jaune de la bougie à la main, la posait toute droite près du petit lit. Un souffle de brise agitait les rideaux de mousseline par la fenêtre entrebâillée. Un souffle un peu plus fort et la mousseline s'enflammait.

« Il pleuvait. Il a plu toute la journée, le jour où nous l'avons mis en terre. Gianna était à l'hôpital, il avait fallu la mettre sous sédatifs. C'est elle qui est rentrée la première et a vu la fumée. Ils ont dit qu'il était mort asphyxié. Peut-être ont-ils dit cela pour que nous nous sentions mieux... *mieux*. » Sa voix se brisa sur ce mot. Un grand frisson la parcourut de nouveau et elle serra les bras autour d'elle pour tenter de le contenir. « C'était... c'était le plus beau des petits garçons, Matt. Doux, gentil. Il adorait marcher avec moi, il aimait les choses simples, ordinaires ; si je l'oubliais une seconde et que ma main qui tenait la sienne se relâchait, il me la serrait plus fort. Je le regardais souvent et je me disais : Dieu merci, il n'a rien de moi. Si seulement tu l'avais connu. » Elle se tourna vers lui, les yeux de nouveau ternes et éteints, et son regard passa à travers lui vers un lieu où il ne pouvait pas l'accompagner. « Pourquoi n'était-ce pas suffisant de l'avoir simplement connu et aimé ? Pourquoi ? »

Elle n'attendait pas de réponse et Matt n'essaya

pas d'en trouver une. Il n'y avait pas de réponse. Elle s'était fabriqué son enfer et à présent elle y brûlait. Ils restèrent assis tandis que le soleil tapait sur leur tête nue. Matt eut le sentiment, pour la première fois depuis sa jeunesse, qu'il devrait dire une prière, ou s'en remémorer une, quelque chose comme ça. La transpiration avait séparé les cheveux de Greta et révélait la longue cicatrice qui serpentait derrière sa tête. Ses épaules étaient secouées par ces atroces sanglots secs qui provoquaient des frissons de tout son corps.

Ils restèrent assis jusqu'à ce que le soleil descende sur l'horizon. La brise du soir soufflait sur leurs têtes baissées tandis que les fantômes d'Ostie vaquaient à leurs occupations. Ils achetaient, vendaient, réparaient, sans avoir conscience que leur époque était depuis longtemps révolue.

Ils rentrèrent à l'appartement de Greta en début de soirée. Elle se précipita immédiatement dans sa chambre et il l'entendit donner libre cours aux larmes qu'elle avait refoulées tout l'après-midi. Lorsqu'il entra, elle était étendue en travers du lit, la tête pendant au bord. Elle pouvait à peine respirer tant elle pleurait. Les sanglots commençaient sur une note aiguë et descendaient en un grognement vibrant, le genre de vibrations que subit un bateau quand il plonge de la crête d'une vague. Elle eut quelques haut-le-cœur et il crut qu'elle allait vomir. Il s'approcha d'elle, lui souleva doucement la tête qu'il appuya contre son épaule. Sa chemise fut instantanément trempée. « Ma chérie », répétait-il sans cesse, car il n'y avait rien d'autre à dire. Elle essayait de parler, mais chaque fois un sanglot prenait le dessus. Elle réussit enfin à articuler :

« Je voudrais être morte.

— Non, Greta, je t'en prie...

— J'en rêve. Parfois je... et il y a Gianna... ce que je lui ai déjà fait. Je me tiens à l'écart pour qu'elle n'ait pas à me voir... C'est ce que je peux faire de mieux pour elle. Mais si elle apprenait que quelque chose est arrivé... elle devrait porter ça aussi. Je ne peux même pas mettre fin à cette... cette existence. Je ne peux même pas le rejoindre. Et puis un nouveau jour arrive. Puis un autre. Et il en sera ainsi... jusqu'à ma mort. Pourquoi ne peut-il pas revenir ? Pourquoi mon cher cher petit garçon ne peut-il pas revenir ? »

Il prit son visage dans ses mains, le leva vers ses lèvres, embrassa ses joues salées, son front, son menton, souhaitant pouvoir effacer un peu de sa souffrance, sachant que rien ne pouvait y parvenir. Il l'embrassait comme on embrasse un enfant, ardemment, de façon possessive, il combattait la souffrance, essayait de la faire reculer, de donner à Greta quelques instants de paix.

« Je veux que tu saches que je t'aime, Greta. » Il l'embrassa sur la bouche et aspira l'air de ses poumons. « Quoi qu'il soit arrivé. Quoi qu'il arrive. Je veux que tu saches et que tu croies que je t'aime. » La langue de Matt toucha celle de Greta qui émit une sorte de vagissement. Il sentait les vagues de chaleur qui émanaient de son corps, son envie d'être touchée, pénétrée, de connaître un moment où elle ne serait pas seule avec toute sa souffrance. Mais elle appuya les mains sur ses épaules et essaya de lui faire lâcher prise. Elle chercha à dérober sa bouche à celle de Matt et il crut un instant qu'il allait perdre la tête.

Ils roulèrent sur le lit, elle se cambra pour entrer en contact avec son aine pendant qu'il relevait son T-shirt, embrassait ses seins et tâtonnait de l'autre main pour ouvrir la braguette de son jeans. Elle l'aida à passer sa chemise par-dessus sa tête. Ils tirèrent sur leurs vêtements et s'en débarrassèrent. Il se trouva suspendu au-dessus d'elle, son poids portant sur ses coudes tandis qu'il regardait tout au fond de ses yeux gris et gonflés. Il sentait le sang battre contre ses tympans, martèlement incessant de l'aciérie, neige rose sur une peau blanche, Greta étendue sous lui, cette première fois, cette première fois où il avait fermé les yeux avant de frayer un chemin à son corps, son esprit et son âme, un chemin qui menait là où il était chez lui, un chemin qui menait au cœur du soleil.

« Je ne peux pas m'arrêter cette fois, dit-il. Tu le sais, hein ? »

Elle ne le quitta pas des yeux pendant qu'il approchait lentement sa bouche de la sienne. À l'intérieur, éclat absolu, langue s'enroulant l'une autour de l'autre. Ses cuisses écartèrent doucement les siennes, cela ne pouvait être mal – comment pourrait-ce être mal ? –, il prononça son nom, une prière, une bénédiction, un souvenir, avant d'entrer en elle.

11

Rien n'avait changé dans le petit salon de Brenda depuis que Connie était petite, hormis l'adjonction de photos encadrées de ses petits-enfants de part et d'autre de la cheminée en fonte jusqu'au plafond. Un miroir hexagonal en cuivre était suspendu à une chaîne rouillée surmontée d'une rangée horizontale de gravures sur bois miniatures représentant Paris. Brenda n'était jamais allée en France, mais si elle rêvait d'aller quelque part, c'était à Paris. Sur la cheminée étaient posés une prière en porcelaine imitant un manuscrit ancien, deux vases en porcelaine à motif de fleurs garnis chacun d'un bouton de rose séché, de la couleur d'une blessure oxydée. Un poisson en cuivre, la bouche ouverte, une danseuse en cuivre vêtue d'une robe de bal qui dissimulait une cloche. Un porte-courrier en cuivre vide et un coupe-papier en cuivre au manche courbe et orné. Ces derniers avaient été astiqués récemment.

Devant la cheminée le pare-feu était orné d'un navire de l'Invincible Armada aux prises avec une mer démontée. De chaque côté, d'autres objets en cuivre et deux fauteuils à oreilles et coussins en tapisserie. Une table à abattants était pliée contre un mur et quatre chaises de salle à manger strictement alignées faisaient face à la pièce. Le petit canapé en similicuir où était assise Connie devait être serré contre la fenêtre lorsque la table était dépliée, mais c'était seulement le dimanche et le jour de Noël.

En regardant autour d'elle dans la faible lumière matinale, Connie se prit à envier cette saturation chez sa mère. La pièce était pleine, rien de plus ne pouvait y entrer, elle contenait tout ce qu'il fallait et, à part un coup de peinture de temps en temps, Brenda n'imaginait pas de changer quoi que ce soit. La pièce était terminée et voilà tout. Non, pas saturation, achèvement, se dit Connie. La simplicité à huis clos de l'achèvement, si étrangère à sa génération.

Elle bâilla et se frotta les yeux. Il n'était que six heures et demie et elle était assise dans la semi-obscurité depuis déjà une heure, habillée des pieds à la tête, attendant quelque chose mais quoi, elle n'en avait aucune idée. Elle avait le ventre noué et elle était agitée, excitée et inquiète en même temps. Plus tôt, quand elle essayait de dormir, chaque fois qu'elle réussissait à atteindre le moment de l'assoupissement, elle sursautait, se réveillait et l'obscurité se précipitait sur elle comme durant son adolescence. À l'époque, elle ouvrait la bouche en se disant que si elle parvenait à avaler suffisamment de nuit, celle-ci s'affaiblirait un peu et elle trouverait un semblant de paix. L'agitation ne cessait cependant de croître en elle ; elle descendait à pas de loup, s'asseyait sur ce même canapé et attendait les premières lueurs de l'aube. Elle savait parfaitement ce qui l'empêchait de dormir, mais le savoir ne résolvait pas le problème. À partir de quatorze ans jusqu'à son départ pour Londres avec Matt, le sommeil s'était montré aussi insaisissable que le Saint-Graal.

Dans la cuisine Brenda préparait certainement une énorme casserole de porridge que les garçons mangeraient tout en ayant des haut-le-cœur silencieux.

Ils avaient généralement tendance à traiter leur famille de Consett avec une déférence qu'ils ne montraient pas toujours plus au sud. Un curieux mélange d'insécurité et de snobisme à l'envers les poussait à vouloir faire plaisir à leurs « vraies de vraies » racines du Nord, et ils adoptaient en bloc et inconsciemment les stéréotypes des gens du Nord susceptibles. Ou pis, ils avaient peur de passer pour des garçons snobs de la ville. S'ils ne voulaient pas de porridge, il leur suffisait de le dire – bien que Connie ne le leur ait jamais expliqué, en partie parce que le porridge était bon pour eux, mais surtout parce qu'un parent avait droit à de petites récompenses dans la vie. Prendre pour une fois l'ascendant sur ses enfants était à ce prix. Elle ferma les yeux et se laissa aller à rêvasser pendant ce qui lui parut quelques minutes. Quand elle les rouvrit, la pièce était remplie de lumière et ses trois fils la regardaient comme des comparses au théâtre. Leur inquiétude était si comique qu'elle ne put s'empêcher de rire.

« Je suis content que tu aies trouvé quelque chose qui t'amuse », dit Fred, un peu en rogne. Elle eut l'impression qu'il aurait apprécié un comportement un peu plus digne d'une tragédienne dans le rôle qu'elle interprétait.

« Je trouve presque toujours quelque chose qui m'amuse », répondit jovialement Connie. Elle tendit le bras et pressa rapidement la main de Benny ; il la mit derrière son dos dès qu'elle la lâcha, mais un sourire passa sur ses lèvres et il ôta une poussière imaginaire de son œil.

« Alors, qu'est-ce qui se passe maintenant ? demanda Joe. Qu'est-ce qu'on est censés faire ici toute la journée ?

— Venez. » Connie se leva d'un bond. « Allons voir votre grand-père.

— Pas la ferme, gémit Joe.

— Si, la ferme. Ça vous fera du bien de retrouver vos racines. Aujourd'hui, nous allons surtout faire des choses agréables.

— Oh, putain de merde », marmonna Joe à voix basse. Ils se pressaient vers la porte. Connie cria à sa mère de ne pas se soucier du déjeuner, ils mangeraient à la ferme, mais l'odeur de la soupe émanait déjà de la cuisine.

« J'ai entendu, Joe. » Connie lui donna un coup de coude dans les côtes. « Surveille ton vocabulaire, s'il te plaît.

— Rien à foutre, rien à foutre, marmonna Joe jusqu'à la voiture.

— Comment était le porridge ? leur demanda Connie d'un ton pince-sans-rire en ouvrant la portière de la voiture d'un coup sec.

— Il y avait des grumeaux », répondit Benny en réfléchissant avec sérieux à chaque bouchée du petit déjeuner au point qu'elle eut envie qu'il cesse. Quelques centaines de mètres plus loin, elle était certaine qu'il accordait encore toute son attention au porridge. C'était *cela* qui la dérangeait parfois. Il ne s'agissait que d'une question en l'air, chargée d'une dose de sarcasme que les deux autres avaient saisie immédiatement. Comment était le porridge ? Bon sang, Benny, ce n'était pas : qu'est-ce que tu veux faire quand tu seras grand ?

« Mais à part ça, ça allait, ajouta-t-il au bout d'un moment.

— De quoi il parle ? demanda Joe d'un ton brusque.

— Du porridge », répondit Connie d'une voix découragée.

Elle jeta un coup d'œil par-dessus son épaule et son cœur se serra. Benny baissait la tête et se blottissait dans son coin. Il saisit son regard et se mit aussitôt à regarder par la vitre comme si les champs qui défilaient l'intéressaient énormément. Il fronçait les sourcils d'un air préoccupé. Il ne comprenait pas du tout ce qui se passait, pas plus qu'elle, et elle aurait volontiers assassiné une vieille dame pour soutirer un sourire à son fils.

« Allons, Benny. C'est un jour sans école.

— Ouais ! »

Fallait-il qu'il ait l'air aussi débile en feignant l'enthousiasme ?

« Je dois dire une chose à propos de ton prétendu copain Sebastian », déclara Joe. Connie tenta de lui jeter un coup d'œil.

« Ouais ? dit Benny, faisant le dos rond dans l'attente d'une remarque humiliante.

— Il est nul sur un skateboard. Une vraie merde. Si je serais toi, je le laisserais tomber. »

Connie sentit le moral de Benny remonter en flèche. Une remarque qui n'avait l'air de rien, même si elle n'était pas délibérément bien intentionnée, de la part de son frère aîné, et il pouvait relever la tête. Elle n'avait même pas envie de corriger la syntaxe de Joe. Joe, pensa-t-elle, je retire momentanément tout ce que j'ai pu dire sur toi. Tu es une star.

Arthur Wilson les salua sur son tracteur. Connie s'était demandé autrefois s'il lui arrivait de s'endormir la nuit à califourchon sur son gros engin bruyant qui se remettait à pétarader à l'aube comme un jouet qu'on remontait. Ce petit homme grisonnant avait produit deux géants. Il était trapu, avec des yeux de braise tristes et une bouche qui se contractait quand il souriait comme si le sourire en lui-même était l'assurance de chercher des ennuis. Dans le genre petit et nerveux, il était néanmoins résistant et fort comme un bœuf, même à plus de quatre-vingts ans. Les garçons s'approchèrent sans se presser tandis qu'il descendait du tracteur, mains dans les poches, sourires narquois, imitant en cela la façon dont ils avaient maintes fois vu leur père saluer son père. Fred et Joe donnèrent une tape sur l'épaule d'Arthur et lui serrèrent la main. Connie se gonfla de fierté. Ils deviendraient des hommes bien.

Arthur tendit la main à Benny qui la serra après une brève hésitation. Pas de baisers, de bêtises, de chapelets d'exclamations, on était à Alamo où les hommes étaient des hommes, les garçons des hommes en devenir et où on pouvait donc se dispenser complètement des phrases de plus d'une proposition. De la même façon, il valait mieux, en général, éviter les émotions. Si on n'arrivait absolument pas à s'en dispenser, il valait mieux les garder pour soi. Si on n'y parvenait pas, il valait mieux partir pour Londres ou une autre grande ville dans laquelle les gens racontaient des tonnes de bêtises et les adultes pouvaient pleurer devant leur bière.

Partout où se posaient ses yeux, à tous les âges, Connie voyait Matt. Fils zélé, garçon de ferme calme, amant de Greta. Mais Greta était partie, emportée dans une fuite irréfléchie après son accident de vélo, pour ne jamais revenir, du moins pas à la connaissance de Matt, tandis que Connie avait tenu bon, avait revendiqué ses droits et attendu qu'il s'aperçoive qu'elle avait toujours été là. Ici, à cet endroit et dans l'atmosphère rouge et poussiéreuse de la ville, leurs histoires s'étaient forgées ensemble, à l'image de la perpétuelle forge d'acier des hauts fourneaux dans l'usine elle-même. Elle comprit pourquoi elle était là, pour se rappeler ce qu'ils étaient autrefois afin de pouvoir revenir, armée de ce savoir, vers ce qu'ils étaient devenus. Elle se concentrait, rassemblait tout ce qu'elle savait d'elle-même et de Matt – peut-être pour la bataille, peut-être pour le pardon.

L'esprit plus clair qu'elle ne l'avait eu depuis longtemps, Connie descendit de la voiture pour saluer Arthur.

« Eh bien *ça* c'est une surprise. » Il saisit les deux mains de Connie dans les siennes et les secoua vigoureusement. « Et quoi, Matt est point avec vous ? »

Connie lança à ses fils un regard leur intimant l'ordre de se taire.

« Il est à Rome, Arthur. Il aide une vieille connaissance – mais peu importe, je suis contente de vous voir. Vous avez l'air en pleine forme.

— Oui, pour sûr, j'ai la forme. Rome, tu dis ? Et qui est cette vieille connaissance…

— Vous ne pouvez pas vous en souvenir. » Connie fit la moue. Joe s'approchait et elle ne voulait pas qu'il fasse une gaffe. « Arthur, et si je préparais le déjeuner pour tout le monde dans la cuisine ? Écoutez, je m'en occupe si vous voulez mettre les garçons au travail. Tous ces travaux que vous avez dû laisser de côté, eh bien, voilà la solution ! Ils n'arrêtent pas de dire qu'ils aiment bien travailler dur de temps en temps à la ferme. N'est-ce pas, Joe ? »

Joe lança un regard qui aurait abattu quelqu'un de moins robuste mais, bizarrement, Connie jubilait. Même Joe était incapable de continuer à faire la tête devant le plaisir évident que montrait son grand-père à la perspective d'être aidée tout un après-midi par trois garçons costauds. Arthur tirait sur son nez et ses yeux bleu pâle dansaient d'impatience. Elle adoptait instinctivement son langage, ce qui faisait office de conversation – il n'avait pas l'habitude de s'attarder à demander comment allait untel et quoi et qu'est-ce, toutes les questions s'égrèneraient petit à petit autour d'une botte de foin ou d'un râteau. Matt grimpait généralement sur le tracteur avant même que Connie et ses fils ne soient sortis de la voiture.

« Tu peux parier tout ce que tu veux que je ne vais pas dire non », lança Arthur. Il s'éloigna, une main posée légèrement sur l'épaule de Joe. Une croûte de saleté ornait déjà l'ourlet trop long du jeans de marque de son fils. Connie eut un frisson de malveillance qui lui parut délicieux.

Elle trouva du jambon et des œufs dans la cuisine et commença à les faire frire. Une poule s'aventura à l'intérieur pour lui tenir compagnie ; elle la chassa malgré ses bruyantes protestations. Là, à côté d'une boîte à pain en céramique, se trouvait le vieux radiocassette de Matt. Elle choisit une station locale et se mit à fredonner en cassant les œufs. Comme dans la maison de sa mère, rien n'avait changé. La cuisine sentait le fumier, le savon au crésol et le lait aigre. Combien de soirées avait-elle passées assise à cette table avec Matt à faire des projets d'avenir ? À feuilleter les dossiers de candidature des universités, à trembler d'excitation devant l'aspect adulte de tout cela, l'avenir inconnu et tout ce qui allait arriver ? Parfois, elle ne parvenait plus à se contenir et elle se précipitait sur lui, saisissait son visage entre ses deux mains et dévorait ses lèvres. Et ensuite, Matt se fendait lentement d'un sourire timide, presque embarrassé devant ses démonstrations d'affection spontanées.

Une vieille chanson de Jimi Hendrix passait à la radio, ce qu'elle prit pour un bon présage. Elle sortit les appeler pour le déjeuner. Ce qu'elle vit la fit se plier en deux d'un rire silencieux. Au loin, Fred était juché sur le tracteur et zigzaguait dangereusement dans un champ en pente. Elle le vit heurter un arbre, faire marche arrière et heurter l'arbre de nouveau. Joe transportait avec précaution une botte de foin d'un bras tandis que son autre main demeurait fermement et, selon ses termes, de façon cool, dans la poche de son jeans. Ses tennis d'un blanc immaculé avançaient prudemment dans la gadoue couleur chocolat, hésitant comme les premiers pas mal assurés d'un poulain nouveau-né. Benny pourchassait un coq, penché en avant à la manière d'un soldat cambodgien hystérique dans un film de guerre, les bras écartés – que croyait-il qu'il ferait s'il attrapait effectivement le vieil oiseau ? Le coq dut arriver à la même conclusion car il fit brusquement demi-tour et la chasse reprit dans la direction opposée. Benny fonça vers son grand-père, poursuivi par le coq galeux.

Les larmes roulaient sur les joues de Connie. Elle aurait voulu que Matt voie ça. Elle n'était même pas inquiète pour son benjamin, ni plus ni moins compétent ici que les deux Londoniens raffinés qui étaient ses aînés.

À droite de la maison se trouvait la vieille remise à bicyclettes. Là, contre le mur du fond, elle vit le vieux vélo noir de Matt, une toile d'araignée triangulaire entre le guidon et les freins. Il lui fallut un moment pour s'en approcher car elle dut se frayer un chemin au milieu d'une montagne de bric-à-brac. Elle le souleva et le sortit sans se préoccuper des bruits de ferraille pitoyables. Le garde-boue arrière avait besoin d'être redressé. Connie se souvint de la boîte à outils sur une étagère de la remise ; elle s'agenouilla et se mit à régler, faire tourner les roues, retendre la chaîne qu'il fallait huiler, avant même de s'en rendre compte. Les freins grincèrent de douleur quand elle les serra, encore un peu d'huile, un petit coup de tournevis et tous les bruits disparurent. En passant la jambe par-dessus la barre, elle eut l'impression d'être un chirurgien examinant un patient opéré. La selle bougeait un peu mais le vélo était solide, robuste et ne demandait qu'à servir.

Connie fit le tour de la maison à moitié en pédalant

et à moitié sur la pointe des pieds. Elle savait exactement où elle allait et ne voulait pas que les garçons la voient. Arrivée en bas du grand champ en pente raide, elle descendit et poussa le vélo jusqu'au sommet. Il lui fallut près de dix minutes au bout desquelles elle était couverte de sueur et avait mal au dos. Tout en haut, en regardant la maison d'habitation, les dépendances, ses fils comme les personnages en bâtons de Lowry fonçant ici et là, le pont de pierre bossu au-dessus de la rivière à droite de la propriété et la route principale venant de la ville qui arrivait presque à la porte de la maison, elle se dit qu'elle ne devait pas le faire. C'était une pure folie ; la terre était encore détrempée par la pluie et l'herbe était beaucoup plus haute que lorsque Matt et Greta dévalaient la pente. Elle essaya les freins. Ils tiendraient mais si elle passait sur une bosse récalcitrante, tous les freins du monde ne l'empêcheraient pas de faire un vol plané. Ses yeux repéraient pourtant le tracé qu'empruntaient autrefois Matt et Greta. En plein milieu du champ, là où le sol était le moins accidenté, même s'il fallait éviter l'arbre qui avait massacré Greta près du fossé tout au bout.

Le ciel couleur vanille était zébré de traînées gris foncé. La pluie avait fini par cesser au milieu de la nuit ; Connie était éveillée et lorsqu'elle s'était arrêtée, le bruit lui avait manqué. L'odeur épicée de la tourbe détrempée lui piquait encore les narines. Le sol mouillé ralentirait sa descente, mais il ferait ventouse, rendant le terrain très difficile. Elle n'avait jamais tenté cette descente, ni enfant ni adolescente. C'était une idée dingue. Elle était adulte, pour l'amour du ciel. L'euphorie lui fouettait le sang.

Connie passa la jambe droite par-dessus la barre. Elle pensa un instant que quelque chose de grandiose, sa vie passant en un éclair devant ses yeux par exemple, allait se déployer, mais rien de tel ne se produisit. Un gargouillement dans son ventre vide lui rappela qu'elle n'avait rien mangé. Elle leva la roue avant et la fit tourner comme elle avait vu Matt le faire. Elle la leva de plus en plus haut et se pencha en arrière de tout son poids. Un merle siffla derrière elle dans un buisson. Sa vue se brouillait déjà. Tu peux encore arrêter, implorait une voix dans sa tête qui tentait de la mettre en garde. Elle lui dit mentalement de lui ficher la paix. La roue avant tournait en gémissant d'impatience, le bruit d'un frelon qu'on dérange.

Connie ferma les yeux une seconde. Quand elle les rouvrit, les garçons étaient cloués sur place de l'autre côté du fossé en bas du champ. Arthur s'approchait de ses petits-fils aussi vite qu'il le pouvait de son pas traînant. L'un d'eux avait dit aux autres où elle était. Connie émit un hurlement et cabra le vélo pour prendre de la vitesse. Le vélo atterrit en vibrant et tout ce qui suivit se déroula dans un flou secoué de vibrations. Au tiers de la descente s'étendait une portion de terrain plus lisse et les roues se mirent à tourner à une vitesse vraiment intéressante. Connie tendit les jambes et cria de joie. Le vent remplissait ses poumons et fouettait ses cheveux.

Le truc qu'elle avait observé maintes et maintes fois chez Matt, c'était de résister à l'envie de serrer les freins trop tôt. Juste un petit coup de frein, suivi d'un autre, au deux tiers de la descente. La roue avant heurta une motte de terre et s'envola. Elle entendait les garçons crier. Les roues touchèrent de nouveau terre avec un tremblement qui lui secoua les os, mais elle maîtrisa la vibration et reprit de la vitesse pour la fin de la descente. Un long hurlement primitif jaillit de sa bouche. Les pieds de nouveau sur les pédales, l'arbre s'approchait dangereusement, plus vite qu'elle n'aurait cru. Premier coup de frein, mais son allure ne ralentit pas significativement. Tenter de changer de direction à ce stade serait pure folie, le vélo partirait en vrille. Deuxième petit coup de frein, léger ralentissement. Elle distingua des marques sur le tronc du vieux chêne noueux. Elle perdit son sang-froid, freina trop fort et trop vite, et la roue arrière décolla du sol. Il lui fallut concentrer tous les muscles de son corps pour maîtriser les vibrations, cette fois. Le vélo zigzaguait. Jusqu'à l'arbre, Connie serra les dents et appliqua une série de petites pressions sur les freins. Le vélo s'arrêta dans un dernier soubresaut à un mètre du chêne.

Elle descendit et laissa les roues se coucher à terre avec fracas, les pédales tournant toujours. Pas un centimètre de son corps n'était sec, elle était couverte de sueur; elle dégoulinait de ses sourcils dans ses yeux. L'adrénaline qui ne pouvait aller ailleurs se précipitait dans ses veines et lui donnait le vertige.

« Mon Dieu, haleta-t-elle tandis que les garçons traversaient le champ en courant. Je l'ai fait. Je l'ai vraiment fait.

— Tu es folle? cria Fred. Tu n'as même pas de casque. »

Joe arriva le premier près d'elle. Il souriait comme un idiot.

« Alors ça. » Il se tut et secoua la tête. « Alors ça, c'est la chose la plus dingue que tu aies *jamais* faite de ta vie. Purée, c'était chaud. À moi. »

Elle eut d'abord le réflexe de refuser. À peine quinze jours plus tôt, elle aurait fracassé le vélo en petits morceaux pour qu'aucun d'eux ne puisse même envisager un tel exploit.

« D'accord. Mais il faut d'abord acheter un casque.

— Deux casques. Un plus petit pour moi », dit Benny. Connie fit la grimace, non, non, elle ne pouvait pas. Pas Benny.

« Si tu te casses tous les os du corps, ne viens pas me voir en pleurant. »

Il pencha la tête d'un côté, méditant sur ses paroles avec son sérieux habituel.

« Si je me casse tous les os, je ne pourrai pas marcher, alors je ne pourrai pas venir te voir. Tu devras trouver un brancard.

— Peu importe. Allez. »

Les sept ou huit pamplemousses qu'elle avait engloutis chaque jour en l'attendant y étaient peut-être pour quelque chose.

Tout l'après-midi, une fois les casques achetés et les travaux terminés, les garçons descendirent le champ en roue libre chacun son tour. Connie était assise contre le tronc de l'arbre et les regardait. Leurs cris d'excitation lui mettaient du baume au cœur. Même Benny avait l'air de se débarrasser de son sérieux en dévalant vers elle les yeux brillants, un grand sourire contagieux lui fendant les joues. Naturellement, il fallut que Joe teste les limites des conseils de freinage qu'elle avait donnés et il termina sa course en s'étalant devant elle. Il lui semblait étrange et en même temps normal de regarder ses fils foncer vers elle comme elle avait jadis regardé Matt. Elle le retrouvait dans leur visage à chacun et sentait sa présence à proximité. Les années ne s'étaient pas enfuies et elle était toujours la fille qui regardait celui qu'elle aimait dans le champ.

Plus tard, après un autre bol de soupe et les gros morceaux du pain aux raisins de Smyrne de sa mère, Connie emmena les garçons dans les rues où elle jouait quand elle était petite. Des groupes de fillettes passaient, elles profitaient de l'été les manches roulées sur leurs bras laiteux et chaussées de lunettes de soleil en forme de cœur, petites Lolita avec l'avenir devant elles, peut-être même l'amour.

Elle montra à ses fils épuisés le site de l'aciérie, démolie à présent. Impossible pour eux d'imaginer la façon dont elle dominait autrefois la ville. À toutes les heures du jour et de la nuit, elle palpitait comme un cœur grondant jusqu'à ce que le chirurgien du changement, du temps et du commerce la déclare souffrante, dans un état critique et finalement morte. C'était le cœur de Connie, le cœur de Matt et celui de Greta aussi. Cet étrange furoncle tubulaire aux cheminées noires qui montaient jusqu'au ciel, à la manière dont elle imaginait un avant-poste isolé et sinistre au fin fond de l'espace.

Ils passèrent devant la maison de Greta ; Brenda avait raison, la vue plongeait maintenant dans la maison jusqu'à la cuisine au fond. Le mur qui séparait le salon de coiffure du reste de la maison avait été abattu. Quatre sœurs – Rita, Marlene, Hedy et Greta, noms des actrices préférées de leur mère. Drôle de combinaison exotique pour s'occuper des coiffures des clientes. Elles mâchaient du chewing-gum tout en coupant les cheveux, faisaient des bulles énormes qui éclataient sur leurs joues, bruit incessant qui ponctuait les bavardages continuels au salon.

« Nous avions presque le même âge, Greta, votre papa et moi, dit Connie. Nous étions très proches tous les trois.

— Greta ? » Fred fronça les sourcils. « L'amie de Rome ?

— Oui, celle-là.

— Mais je croyais que tu te souvenais à peine d'elle. Maintenant tu dis que vous étiez proches.

— Les deux à la fois, Fred. La vérité, c'est que j'ai essayé de ne pas me souvenir d'elle. Comment t'expliquer ? C'est comme si un truc énorme de ton enfance continuait à vivre dans une poche enfouie tout au fond de toi pendant toute ta vie. Elle était pour moi énorme de cette manière à l'époque. Mais je crois qu'elle ne m'a jamais vraiment regardée, et pourtant j'aurais bien voulu. Donc, même si ça paraît bizarre, elle est toujours en moi mais je ne suis pas en elle. »

Fred hocha la tête comme s'il venait de comprendre quelque chose, mais il garda le silence. Ils allaient continuer leur promenade quand la porte d'entrée s'ouvrit. Connie reconnut Rita, bien qu'elle ne l'ait pas vue depuis ce qui lui semblait un siècle. Rita plissa les yeux. « Je vous connais, non ? » demanda-t-elle en dévisageant Connie. Son petit visage pointu de furet était profondément marqué par des années de tabagisme. Elle se tapota la joue de ses ongles rose bonbon longs et striés, tentant de se souvenir.

« Tu me connaissais sous le nom de Constance Bradley. » Connie lui tendit la main. « Comment vas-tu, Rita ?

— Aussi bien que possible. Ce sont tes fils ? Mon Dieu, les années passent. Alors ça, c'est vraiment curieux… te voilà qui t'arrêtes devant chez moi et j'ai eu Greta au téléphone il n'y a pas une demi-heure. »

Connie réussit à conserver un petit sourire figé ; elle redoutait que Rita ne mentionne Matt dans la phrase qui allait suivre, mais celle-ci parlait à n'en plus finir de Greta, du fait qu'elle appelait très rarement, de la coïncidence qu'elle eût téléphoné le soir même. Du fait qu'elle n'allait pas bien depuis la mort de son fils, mais qu'elle avait semblé un peu plus elle-même au téléphone. Elle envisageait même de faire un voyage à Londres avec peut-être l'intention de s'y installer de nouveau. Rita présumait que sa sœur avait trop de souvenirs tristes à Rome. Elle serait contente que Greta revienne dans son pays, elle faisait tellement rire Rita.

Connie approuvait, répondait par des mimiques intéressées tandis que ses tripes se nouaient. Les garçons sautaient d'un pied sur l'autre et dissimulaient mal leur ennui. Fred regardait sa mère et ses yeux palpitaient.

« Rita… il faut que je t'arrête. Nous devons… nous devons partir », l'interrompit Connie. Elle serra de nouveau la main de Rita et l'abandonna au milieu de sa phrase.

« Tu vas bien », dit Fred. Il fallut à Connie un moment pour s'apercevoir qu'il s'agissait d'une question.

« Oui. Oui, je vais bien. »

Quand la maison eut enfin retrouvé le silence cette nuit-là, Connie, couchée dans son lit, essaya d'analyser les informations fournies par Rita, mais chaque hypothèse menait à une autre qui se révélait l'exact opposé. Cela pouvait être une bonne comme une mauvaise chose que Greta n'ait pas parlé de Matt. Cela pouvait être bien ou mal qu'elle ait semblé un peu plus elle-même. Cela rendait-il Connie pâle et insipide en comparaison ?

Elle n'avait pas eu l'intention de mener une vie aussi mesquine. Enfant, elle avait parfois pensé qu'en grandissant elle deviendrait quelqu'un d'important avec une vie remplie, mais sans grande conviction. Les années passaient et elle avait le désir de satisfaire sa soif de connaissances, de marquer de l'intérêt pour la politique, de lire les livres qu'elle savait indispensables, de montrer plus de curiosité pour le monde extérieur et pas simplement de se ranger à l'avis de ce qui entrait dans la maison par le biais d'un poste de télévision – c'est donc cela le monde, voilà ce qui se passe là-bas, mets ton assiette dans le lave-vaisselle, Joe, je te l'ai dit des milliers de fois. Les visites dans les galeries d'art avec Mary constituaient son seul programme culturel. Elle était peut-être devenue imperturbable, stable et rassurante… ennuyeuse tant elle était étriquée.

À vrai dire, la seule chose qu'elle ait jamais voulue avait été d'épouser Matt et de fonder une famille. Elle avait eu honte de l'admettre et quand elle s'était mise à souhaiter davantage, elle avait été confrontée à la frustration face à ce qu'elle était, face à sa vie miniature, ni plus ni moins que ce qu'elle avait prévu et elle n'avait pas suffisamment d'envergure ou d'ambition pour se forcer à aller plus loin. Elle avait eu ce qu'elle voulait et elle était paradoxalement fâchée contre elle-même d'avoir voulu si peu.

Néanmoins elle n'avait pas trop raté sa vie professionnelle : gens rencontrés, vies effleurées brièvement, intersections entr'aperçues au-delà de son univers domestique immédiat. Il y avait aussi le plaisir de la cuisine vide par un matin ensoleillé quand tout le monde dormait encore, l'odeur du café qui passait, tandis qu'elle vaquait à ses occupations en chemise de nuit. Le sentiment de satisfaction que donne un garde-manger plein à craquer pour quelques heures après des courses monumentales, des provisions pour sa famille, des repas prêts à cuisiner. Il y avait l'odeur des draps qui avaient séché dehors, les fenêtres étincelantes nettoyées au vinaigre, la première montée de sève dans le jardin au printemps, les fleurs qu'elle venait de planter, qu'elle observait dans l'attente qu'elles se mettent soudain à pousser. Ses fils qui traînaient derrière elle tandis qu'elle marchait rapidement dans le centre commercial – visages affichant une nonchalance feinte de peur que quelqu'un ne les voie *avec leur mère*. Regardant avec impatience derrière elle ses trois comparses, elle ressentait comme la brûlure d'une flèche d'amour pour leur transparence, leur inachèvement maladroit, leur tendre jeunesse.

S'était-elle rendue insignifiante au point d'être devenue invisible aux yeux de Matt ? S'était-elle rendue insignifiante au point que les grandes idées ne trouvaient plus en elle de terrain fertile ? Existait-il quelqu'un d'autre qu'elle-même à blâmer – bien sûr que oui – temporairement ? Car en fin de compte, le blâme revenait vers elle comme le pigeon revient à son colombier.

Elle ferma les yeux et écouta la respiration duveteuse de Benny, roulé en boule, les fesses appuyées contre sa hanche. Si seulement elle réussissait à échapper à l'obscurité qui pesait sur elle avant d'être prisonnière de la nuit, elle arriverait peut-être à dormir quelques heures. Des élancements dus à ses exploits en vélo se multipliaient dans tout son corps. *Le téléphone !* Elle se redressa d'un bond. Elle avait oublié de l'allumer depuis qu'ils avaient quitté Twickenham.

Tout en fouillant à tâtons les profondeurs insondables de son sac dans l'obscurité elle se rendit compte que, non seulement Matt ne pouvait pas les joindre, mais Mary non plus. Elle devait être folle d'inquiétude. Dix-sept messages – tous de Mary.

« Mary ? chuchota Connie. Désolée d'appeler si tard...

— Seigneur Dieu ! beugla Mary à l'autre bout du fil. Bon sang, où es-tu ?

— Je suis à la maison. À Consett, je veux dire. Je suis partie sur un coup de tête. Désolée, j'aurais dû t'appeler pour te prévenir. Je n'ai même pas pensé à allumer mon téléphone. C'est ma tête... je ne sais pas trop quoi... franchement, je suis désolée ma chérie. »

Elle entendait ce qui ressemblait de façon inquiétante à des reniflements à l'autre bout du fil.

« Mary ?

— Je me suis dit que vous serriez peut-être les rangs contre moi. Je me suis dit que j'étais peut-être exclue de la bande ! » Mary essayait de plaisanter, ce qui ne faisait que souligner son angoisse. Connie aurait pu se sectionner le gros orteil, tant elle se sentait coupable. Pauvre grande Mary maladroite… comment avait-elle pu manquer d'égards à ce point ? Le fouet de la cruauté complètement involontaire était aveugle et cinglant. Elle pensa à Matt, à sa voix parfois détachée au téléphone.

« Tu vas bien ? demanda Mary d'une voix plus calme.

— Je ne sais pas. Et toi ?

— J'ai fait des prières à saint Antoine. Je vais peut-être devoir le laisser tomber.

— Laisse-le tomber.

— D'accord. Il n'arrête pas de me dire de faire ma vie. »

Connie sourit dans l'obscurité.

« Dis-lui d'aller se faire voir. J'avais une vie. Elle avait une forme. De là où je suis assise, tout est un peu brouillé sur les bords pour l'instant.

— Je pense que les choses vont s'arranger, dit Mary, mais il y avait une note d'inquiétude dans sa voix.

— Tu sais, ce n'est pas le cas de la plupart des gens pour qui nous travaillons. Je croyais que je comprenais ce qu'ils traversaient, mais je n'en avais pas la moindre idée. La colère, le refus, le déni, ce sont des clichés – mais c'est comme d'être en dehors de soi-même, de regarder les émotions se présenter à point nommé. Et elles sont presque dérangeantes en réalité, tu as envie d'entrer dans le vif du sujet, pas tellement : comment cela peut-il m'arriver ? mais plutôt – à Matt – *Tu pourrais me faire ça ? Tu pourrais le faire ?* Demande à ton saint Antoine. Comment peux-tu tracer ton petit bonhomme de chemin, vivre une vie parfaitement normale avec quelques petits trucs anormaux et la minute suivante devoir soudain affronter la possibilité que toute cette foutue vie te soit retirée ? Je serais idiote de ne pas envisager cette éventualité, tu ne crois pas ?

— Sans doute, concéda Mary après un long silence.

— Ce n'est rien à l'échelle du monde. Ni un tremblement de terre, ni une guerre, ni une des catastrophes véritablement terribles que les gens subissent. Écoute, je pourrais être assise à la maison, en train de boire une tasse de café et, le temps de poser cette tasse et de répondre à un coup de sonnette à la porte d'entrée, la vie pourrait s'arrêter. On viendrait me dire qu'un de mes fils a été attaqué par le dingue au marteau. Crois-moi, j'essaie de ne pas m'apitoyer sur moi-même, de conserver le sens des proportions. Ce n'est qu'une petite vie. Mais Matt en a presque toujours fait partie. Tu vois, Mary, j'en suis venue à comprendre que… je ne sais pas comment vivre sans Matt. C'est aussi simple que ça. Et maintenant qu'il a retrouvé Greta, je ne sais pas s'il peut vivre sans elle. Oh, il ne s'agit pas d'un énorme *Je ne peux pas vivre sans toi* au sens mélodramatique. C'est plus petit, juste plus petit, tout simple et parfaitement vrai. Et d'autant plus mortel. Je vivais peut-être la fin heureuse de notre histoire sans le savoir.

— Ne dis pas ça. Je t'en prie, ne dis pas ça. » La voix de Mary s'estompa comme si elle s'était détournée de l'appareil. Connie n'entendit pas la phrase suivante.

« Mary ? Je ne t'entends plus…

— Je *disais*, j'espère qu'elle va tomber raide morte dans la seconde qui suit. J'espère vraiment.

— Qu'est-ce qu'en penserait saint Antoine ?

— Il ne serait pas ravi.

— Bon, continue à avoir de telles idées et tu brûleras en enfer avec moi. Parce qu'il était une fois…

— Connie ?

— Sa sœur dit qu'elle envisage de venir à Londres. »

Il y eut un long silence pendant lequel Mary digéra cette information.

« Je ne vais même pas dire… c'est terrible de dire ça, mais… la vérité, c'est que je souhaite vraiment sa mort. C'est peut-être ce qu'elle veut, disparaître, en finir.

— Je crois que c'est ce dont Matt a peur.

— Tu rentres demain, hein ?

— Oui. Oui, certainement.

— Ce n'est pas forcément un truc énorme. Ça va peut-être se calmer… peut-être même dans une semaine.

— J'ai essayé que ça reste petit. Limité.

— Je sais. Connie ? Connie, ma chérie, voici un cliché : tout va s'arranger. Et pour le mieux, je t'assure.

— Il ne l'a jamais oubliée. Pas un seul jour. Je crois qu'il ne le savait même pas. Moi si, j'ai toujours compris. C'est comme ça que je le ressens. Tu peux souhaiter sa mort autant que tu veux, Mary, c'est un fantôme depuis des années. »

Une dernière pâle lueur rose tranchait sur le ciel qui s'assombrissait lorsque Connie arrêta la voiture dans leur rue. Benny dormait tandis que Fred et Joe regardaient d'un air morose par les vitres arrière dans le silence renfrogné qu'ils avaient réussi à conserver durant la plus grande partie du long voyage de retour. Les paupières de Connie commençaient à se fermer dangereusement.

« Fais attention en conduisant, avait dit Brenda. Arrête-toi et bois une tasse de thé à chaque fois que tu sens que tu n'as pas les idées claires. Même si c'est plutôt des mugs qu'on te donne dans ce genre d'endroits aujourd'hui.

— Au revoir, Maman. Merci pour tout.

— Pour quoi ? Quelques bols de soupe, voilà tout. Est-ce que tu as pensé…

— Aux pots de confiture de mûres ? Oui, ils sont dans le coffre.

— Ils sont de l'an dernier, bien sûr. Tu reviendras peut-être en septembre et on ira en cueillir à la ferme. Matt et les garçons pourront donner un coup de main à Arthur pendant ce temps. »

Brenda regardait Connie droit dans les yeux avec pénétration. En prononçant le nom de Matt, elle avait serré rapidement mais fermement l'épaule de Connie. Elle avait hoché la tête une fois puis s'était éloignée de la voiture en agitant la main pour leur dire au revoir.

« Merde, pas trop tôt », dit Fred en bâillant quand ils se garèrent enfin.

La lumière était allumée au salon. Mary avait dû finalement réussir à entrer.

« Fred, tu vas devoir porter Benny. »

Fred sortit son frère de la voiture pendant que Joe, debout, grognait tout haut et se plaignait d'avoir mal aux bras et aux jambes et des fourmis dans les pieds.

« Joe, tais-toi et viens. »

Connie cherchait la bonne clé quand la porte s'ouvrit et Matt apparut. Il la quitta un instant des yeux pour regarder ses fils. Fred fut le premier à réagir.

« J'en peux plus, dit-il en tendant Benny à son père. Salut, Papa. » Et il fila aux toilettes. Benny leva les bras et entoura le cou de son père ; malgré sa brièveté, cette étreinte était remarquable de sa part. Il enfouit son visage contre la poitrine de Matt et se rendormit. « On m'a fauché mon skateboard, évidemment. » Joe regardait par-dessus l'épaule de Connie. « Je peux te dire merci. Papa », ajouta-t-il. Il entra dans la maison et le bouscula en guise de salut.

Le regard de Matt se fixa sur Connie. Il tentait de jauger sa réaction. En cet instant, Connie trouvait impossible qu'il parvienne à revenir dans leurs vies aussi facilement qu'il en était sorti. Elle aurait dû être en colère, combative, cohérente à tout le moins, mais un étrange engourdissement l'envahissait. Il était impossible de savoir si elle vivait le calme avant ou après la tempête. Peut-être se trouvaient-ils en équilibre au bord du précipice.

Il avait maigri ; la lumière de l'entrée faisait ressortir ses pommettes émaciées. Il portait un drôle de T-shirt trop grand qu'elle n'avait jamais vu. Il avait l'air hésitant, timide, sans mauvaise conscience, il souriait à demi d'un air interrogateur, haussait les épaules en une question muette, attitude si familière qu'elle en eut le cœur serré. Et qu'est-ce qu'on fait maintenant ?

« Connie… » Il se tut puis répéta son nom. C'était sans espoir : comment cet homme qui maniait mal les mots pourrait-il en cet instant précis faire sortir de sa bouche le mot juste, l'expression appropriée, la phrase salutaire qui leur permettrait de dépasser cette situation ?

Connie leva une main, paume vers lui, même s'il ne disait rien.

« Tu rentres à la maison ? » finit-elle par articuler. Elle aurait tout le temps de trouver ses propres mots plus tard, autant qu'elle pourrait en vomir, mais elle devait d'abord vérifier. « Tu rentres vraiment, je veux dire ? Pas pour discuter ou prendre tes affaires ou je ne sais quoi ?

— Je rentre vraiment… si tu veux bien, ajouta-t-il avec hésitation.

— Je vais peut-être devoir te tuer. » Connie se sentait toute molle tant elle était soulagée.

« Je comprends. » Il eut un sourire penaud et elle

s'approcha d'un pas. Sans réfléchir, elle tendit la main pour le toucher et ses doigts s'immobilisèrent à quelques centimètres de son visage ; lentement, très lentement, il glissa sa joue dans la main qui attendait.

« Ton père va bien, dit Connie au bout d'un moment.

— Tant mieux. » Sa tête était toujours contre la main de Connie.

« J'ai dévalé le champ sur ton vieux vélo.

— Connie… »

Elle posa un doigt sur les lèvres de Matt.

« Je ne veux pas savoir. Je ne veux jamais savoir. »

Benny renifla dans son sommeil. Connie aida Matt à le porter dans la maison.

12

Il n'avait pas neigé depuis des années et cette fois quelques flocons étaient déjà tombés en novembre ; à présent, en décembre, c'était une véritable tempête de neige, comme quand Connie était petite. Visibilité nulle, terre recouverte de démaquillant, et puis la rue devant la maison devint d'un gris boueux maculé d'affreuses traces de voitures et les trottoirs furent éclaboussés de sable brun-rouge. Le jardin demeurait toutefois d'un blanc virginal, des brins d'herbe sortaient des cristaux blancs en train de fondre et Connie aurait eu envie de les raser, s'il avait existé un rasoir géant. Elle se retourna et Matt, debout près de la porte de la cuisine, la regardait intensément. Elle ne savait pas du tout depuis quand il était là. Il tenait une boîte de décorations de Noël d'où dépassaient des guirlandes.

« Je pensais qu'il y avait une autre boîte au grenier, dit-il.

— Elle devrait y être. »

Il fit la moue. « Alors je suis aveugle.

— En fait, je crois me souvenir que j'ai jeté plein de trucs l'an dernier. Les décorations avaient perdu le machin avec lequel on les suspend. J'en rachèterai tout à l'heure en rentrant de chez Mary.

— Pourquoi ne pas se retrouver tous à Kingston ?

On achèterait les trucs, on mangerait un morceau. Ce serait un peu...

— Un peu Noël ?

— Oui.

— D'accord. Bonne idée. » Un sourire brillait dans les yeux de Connie. « C'est dommage... la neige si tôt. » Elle se retourna pour regarder de nouveau dehors ; elle sentait le regard de Matt sur sa nuque, puis il se mit à siffloter et retourna au salon. Elle entendait des rires, de l'agitation, des murmures d'excitation, car même les adolescents deviennent nostalgiques et enfantins en décorant le sapin, en fixant des guirlandes de couleur vive autour de la pièce. D'habitude, elle dirigeait les opérations, mais ils savaient très bien comment faire maintenant. En outre, elle essayait de leur ficher la paix.

Cela ne lui était pas facile, mais au cours des derniers mois, elle avait fait des efforts pour relâcher son emprise sur eux. Matt avait dit quelque chose qui l'avait frappée comme un coup de poing quelques semaines après son retour, quand ils avaient vraiment commencé à parler. Il lui avait dit qu'il avait senti monter en lui un inexplicable ressentiment pendant qu'il était à Rome. « Envers moi ? s'était-elle exclamée. Pendant que *tu* étais à Rome ? » L'expression de Matt correspondait à l'incrédulité de Connie, son haussement d'épaules signifiait : va comprendre. Il en serait sans doute resté là si elle n'avait pas voulu creuser. « Je ne sais pas vraiment expliquer, avait-il poursuivi. Écoute, je ne veux pas te faire encore de la peine... ce n'est sans doute que moi. » Connie lui avait serré le bras. « S'il te plaît... je veux savoir. » Il l'avait regardée d'une manière étrange et inhabituelle et tout à coup elle n'avait plus été certaine de vouloir se retrouver sur la table de vivisection, mais il était trop tard. « En fait, Connie, j'ai parfois l'impression que tu as besoin de *posséder* les gens. Bien sûr, je sais que ce sont les gens que tu aimes et qu'en fait tu veux seulement les voir heureux, je m'en rends bien compte… seulement… ça peut être oppressant. Je le vois aussi sur le visage de Benny de temps en temps. »

Même si cela lui brûlait la peau jusqu'aux os, elle comprenait qu'il ouvrait son cœur dans le but d'explorer leurs sentiments, ce qu'ils avaient entrepris sur son insistance. Elle aussi avait beaucoup à dire, dont une grande partie était pénible à entendre pour Matt, en particulier la façon dont il avait laissé sa vie refluer, sans objectif, peut-être même sans espoir – elle ne pouvait donc pas se permettre de censurer les quelques remarques qu'elle lui avait arrachées. Cette dernière réflexion de Matt continuait toutefois à lui trotter dans la tête comme un morceau de charbon difforme à l'endroit où logeait aussi Greta.

Au moins ils communiquaient, pas à la façon bizarre et étranglée des premières semaines, caractérisée par une grande tension qui leur donnait le vertige. Il s'était donné tant de mal pour lui faire plaisir, pour être agréable, pour lui répéter qu'elle avait merveilleusement su faire face, qu'elle avait failli le frapper à une ou deux reprises. Il avait les yeux trop brillants, voilés parfois, il continuait à maigrir et, en se retournant brusquement, elle l'avait surpris qui se tapotait le front de ses longs doigts, l'air complètement perdu. Il avait rougi avec une expression coupable et s'était mis à se gratter pour masquer son geste. Dans son souci de bien faire après s'être mal conduit, il en rajoutait dans tous les domaines : il souriait, faisait la conversation (ce qui n'avait jamais été son point fort) et parlait avec enthousiasme de son métier comme si chaque matin était une promesse de joie irrépressible au cabinet. Voulait-elle sortir dîner ou devait-il s'arrêter en rentrant et louer une vidéo ? Avait-elle envie d'aller au cinéma ? Et que pensait-elle de... Connie serrait les dents d'irritation.

« Là où tu t'es mal conduit », lui avait-elle expliqué peu après son retour, rendue folle par ses excuses incessantes – désolé c'est ma faute, désolé, ça m'est complètement sorti de l'esprit, désolé, disait-il à la porte s'il se cognait dedans –, « c'est en ne me téléphonant pas. C'était mal et complètement injuste.

— Je suis vraiment..., avait-il commencé.

— Matt ! Ne le dis pas ! Je t'en prie, ne prononce plus ce mot. En tout cas pas de toute la journée. On pourrait sans doute soutenir avec un esprit un peu tordu que tu avais parfaitement le droit de rester loin de chez toi pour aider une amie d'enfance à s'en sortir. Ne pas dire à ta famille ce que tu faisais ni avec qui tu te trouvais, ça c'était cruel. Je ne te considère pas comme quelqu'un de cruel, ce qui rend ta façon d'agir doublement cruelle. Tu aurais dû savoir que je te faisais confiance. »

Il était très pâle, de nouvelles aspérités apparues sur son visage à cause de son amaigrissement lui redonnaient l'aspect anguleux de sa jeunesse. Elle savait qu'elle pouvait lui poser n'importe quand une question et qu'il répondrait sincèrement. Cela au moins n'avait pas changé. Et, d'une manière qu'elle ne pouvait pas expliquer, pas plus à elle-même qu'à quiconque, là semblait se trouver la plus grande de toutes les tromperies. Elle aspirait à une avalanche de mensonges, à des regards nerveux cherchant à couvrir toutes les hypothèses, à retracer ce qui avait déjà été dit, à un froncement de sourcils involontaire devant une évidente contradiction. Un mensonge éhonté, on pouvait le prendre à pleines dents et le ronger comme un os. Un mensonge si minable et si sordide qu'il devenait en une seconde l'objet de la colère à la place de la raison qui l'avait provoqué. *C'était à cause des mensonges, Matt. Tu ne comprends pas ?* Comme dans les séries télé du soir. Mais il ne produisait aucun mensonge parce que ce n'était pas dans sa nature et il ne pouvait produire aucune vérité parce qu'elle le lui avait interdit. Et tout simplement, douloureusement, elle était furieuse contre lui de ne pas avoir honte de lui-même au point de lui balancer un paquet de mensonges. C'était le moins qu'il pouvait faire. Et, en même temps, peut-être n'y avait-il pas matière à mentir. Elle avait de manière involontaire créé son propre vide.

« Elle était aussi mon amie autrefois », avait poursuivi Connie en ôtant une poussière de son col. Il s'était détourné.

« Je t'ai fait confiance tout du long », avait-elle dit. Il avait rejeté la tête en arrière et ils s'étaient regardés dans les yeux, unis par une complicité silencieuse. « Tout du long », avait-elle répété et elle avait perçu qu'il tressaillait. « Bon alors, on n'en parle plus », avait ajouté Connie, sans vouloir baisser le regard ou cligner des yeux une seule seconde.

Fred et Joe paraissaient gober le scénario « j'ai aidé une amie à Rome » sans poser de questions. Il n'y avait pas de raison qu'il en soit autrement ; de toute façon, cela n'intéressait pas beaucoup Joe, quant à Fred, il alignait son attitude sur celle de sa mère et, comme elle-même avalait toute l'histoire par mesure de santé mentale, toute question délicate qui aurait pu demeurer dans l'esprit de Fred avait disparu avec le retour de son père. À certains moments, elle leur en avait même voulu de suivre le chemin qu'elle leur avait tracé. Elle leur en avait voulu d'être si bien pelotonnés dans leur vie douillette qu'ils étaient incapables d'imaginer à quel point leur famille était passée près de l'anéantissement. Benny avait cependant perçu un changement. Elle le voyait à sa manière de suivre Matt des yeux, elle pensait qu'il ne savait rien de précis et qu'il n'avait pas vraiment formulé sa pensée, mais il sentait instinctivement quelque chose, tout au fond, là où il se retirait en lui-même. Matt en avait aussi conscience et Connie arrivait presque à toucher la couche invisible d'amour protecteur et tendre dont il entourait son plus jeune fils. Lorsqu'il essayait d'étendre cette protection et d'y inclure Connie avec un regard douloureux et suppliant, elle hésitait, déchirée entre l'envie de courir aveuglément se blottir dans ses bras et la voix de la prudence qui lui disait de se retenir.

La première soirée avait été la plus bizarre, chacun cherchait sa voie, essayait de décrypter les signaux venant de l'autre, de trouver la meilleure manière de se comporter. Ils étaient en terrain complètement inexploré et ils ne pouvaient pas, comme auparavant, signaler à l'autre où poser les pieds. Elle l'avait déjà contraint au silence, mais il leur fallait encore trouver un rythme synchrone, saisir l'étendue du silence, savoir quels sujets ne pas aborder et ceux qui étaient acceptables ; s'il ne parlait pas de Greta, cela risquait d'entraîner chez lui un sentiment de culpabilité, sinon en réalité du moins dans ses pensées. Tant que les garçons étaient avec eux, ils avaient parlé de la visite à Consett, de la ferme, d'Arthur et son tracteur, de Brenda et sa soupe. Comme si c'était elle qui s'était absentée longtemps. Cela leur avait permis de passer les premières heures délicates. Un peu regonflée par ce petit succès, Connie s'était risquée à parler de sa rencontre avec Rita.

« Greta va peut-être venir à Londres, avait-elle dit avec désinvolture.

— Oui. C'est possible.

— Un changement pourrait lui faire du bien. »

Ils avaient abandonné le sujet et n'y étaient revenus que plus tard, quand ils avaient enfin été seuls. Matt lui avait parlé du fils de Greta. Il n'était pas difficile d'imaginer le sentiment de culpabilité de Greta et d'éprouver un élan de compassion – Connie s'était aperçue qu'elle posait des questions, heureuse de ne pas avoir diabolisé un autre être humain au point que rien au monde n'aurait pu susciter une réaction compatissante. Elle avait commencé à sentir qu'elle faisait de nouveau partie de l'histoire, qu'elle n'était plus exclue. Étrangement, parler de Greta soulageait ses peurs d'une manière assez perverse, tout comme pousser Matt à parler d'elle. En revanche, elle était incapable d'affronter toute idée de Matt en compagnie de Greta, leurs dîners, leurs conversations, leurs visites de la ville, et pourtant elle savait qu'elle le devait s'ils voulaient s'en sortir. Ils entraient dans la spirale du non-dit et, plusieurs fois, elle avait failli suffoquer mais elle avait continué tout de même. Deux fois, Matt s'était figé au milieu d'une phrase, les mains crispées de chaque côté de la tête comme s'il essayait de retenir ou d'attraper quelque chose. Le mépris qu'il éprouvait envers lui-même bouillonnait dans ses yeux marron et il avait poussé un énorme soupir, enfin capable de poursuivre. Il avait décrit l'appartement, la petite pièce où il dormait – coup d'œil rapide et acéré à Connie –, s'il te plaît, je t'en prie, soulage-moi de ça. Elle avait hoché la tête et l'avait pressé de continuer dans la même veine. L'air vaincu, il avait parlé de l'inconfort du matelas.

La première nuit, il leur avait fallu affronter ensemble le grand lit de cuivre. Ils étaient courtois comme des inconnus cherchant un abri un jour d'orage et contraints de partager le même lit à l'auberge. Connie voyait bien qu'il pesait le pour et le contre avant de décider quel devait être le geste suivant. Elle voyait qu'il le faisait pour son bien à elle et non pour lui. Devait-il la toucher... n'était-ce pas la chose normale à faire après une période de séparation ? Ce geste n'était-il pas trop audacieux et ne risquait-il pas de déchaîner la fureur qu'elle se donnait tant de mal à cacher mais qui, il le savait, brûlait comme un brasier dans son corps crispé. Si la langue de Connie se déliait, si elle ne pouvait s'empêcher de poser les questions dont elle ne voulait pas connaître les réponses comme elle l'avait clairement dit, que deviendrait le plan pour limiter les dégâts qu'elle avait imaginé en une fraction de seconde ? *Je ne veux jamais savoir*. Mais encore une fois, il était tard, ils avaient voyagé tous les deux, et de toute manière, en temps normal, ils attendraient très probablement le matin pour faire l'amour.

Ils étaient allongés côte à côte dans le noir, le dos de leurs mains se touchaient légèrement, ni l'un ni l'autre ne voulait rompre le silence. En ce moment précis, ils ne devaient surtout pas tomber dans les lieux communs, la psychologie de séries télé, les explications. Elle s'était jusqu'ici abstenue de proférer de véhémentes récriminations, ce qui, d'une certaine manière, constituait pour lui une punition plus grande que si elle lui avait laborieusement expliqué ce qu'elle ressentait. Elle avait conscience d'un petit frisson vindicatif, impossible à réprimer. Il semblait à Connie que, pour l'instant, le plus important était de conserver une apparence de normalité. De faire semblant, de sorte que ce semblant l'emporte et, en son temps, devienne naturel, lisse, le tissu entrelacé de leurs vies comme auparavant. Elle espérait que peu à peu, peut-être laborieusement, les années, les heures, les minutes passées ensemble, leur sensibilité et leurs souvenirs communs, l'amour partagé et les corps qui se connaissaient avec une immense intimité s'imposeraient de nouveau et qu'ils sortiraient plus forts d'avoir brièvement connu la possibilité d'une séparation. Elle avait tenu sa langue, fait monter dans l'obscurité la force élémentaire de toutes ces années et, quand Matt lui avait serré la main, elle avait été certaine qu'il la sentait aussi. Il s'était tourné vers elle et elle avait glissé le dos dans le creux accueillant de son corps. Ils n'avaient pas bougé de la nuit, à l'abri dans une capsule de silence et d'obscurité jusqu'à ce que la lumière du matin révèle de nouveau les petites lézardes et les fissures.

Lorsque la période fébrile du début s'était calmée et que Matt avait cessé de s'excuser de respirer, l'attitude consistant à faire comme si de rien n'était avait trouvé sa vitesse de croisière. Il était occupé au cabinet, trois vernis complets en un mois, quelques couronnes et bridges difficiles. Les chèques ne manquaient pas à l'appel, ils envisageaient d'emmener la famille aux Antilles aux vacances de printemps. Il y avait les rencontres parents-professeurs, Joe s'était fait sonner les cloches à cause de son mauvais comportement continuel, Benny rendait manifestement perplexe sa jeune institutrice exubérante par son repli sur lui-même et son refus de répondre à ses jeux incitateurs. « Il ne sait pas être un enfant », avait-elle dit en riant, paroles qu'elle avait immédiatement regrettées en voyant les yeux de Connie se transformer en pierres. Fred, chef de classe, avait de grandes opinions sur presque tout et une tendance à les partager. Ce n'est pas une mauvaise chose, s'était dit Connie, discrètement ravie. Il y avait les tournois de football qui occupaient des week-ends entiers. Les disputes habituelles sur les plats préparés chinois ou indiens. Les promenades du dimanche après le déjeuner au bord de la Tamise où Matt et Connie menaient une procession de garçons réticents. Benny, tu peux donner à manger aux canards ici. Pourquoi ne lances-tu pas tous les morceaux en même temps, ils viendront les chercher. Benny, tu n'as pas besoin de donner à manger à chaque canard individuellement. D'accord, nous nous asseyons ici et nous t'attendons.

En général, Matt et Connie se comportaient avec une politesse tendue et délicate. Il la surprenait de temps en temps qui l'étudiait discrètement et un sourire lent et hésitant se dessinait sur son visage. Lorsqu'elle se mettait à trembler de peur devant ce qu'ils avaient risqué de perdre, il s'en apercevait instinctivement et la prenait dans ses bras ; elle restait parfaitement immobile et acceptait son étreinte ou elle l'éloignait en le frappant dans une explosion de colère noire. Laisse-moi tranquille, laisse-moi tranquille. Certains soirs elle allait se coucher sans savoir qui elle serait en se levant le lendemain matin.

Même la patience contrite et semblait-il inépuisable de Matt lui tapait sur les nerfs, bien qu'elle soit parvenue en de rares occasions à l'éprouver. Un soir, ils étaient couchés sous la protection de l'obscurité, seul véritable refuge dont ils pouvaient jouir ensemble. La soirée avait été de celles, indescriptibles, où l'épouse repousse les limites de son comportement exécrable, aboie après tout le monde avec une exagération délibérée parce qu'ils sont présents, parce qu'elle peut le faire, parce qu'il y a une sorte de plaisir délicieux à se montrer parfaitement épouvantable, à savourer cette liberté tout en ayant conscience du sentiment de culpabilité qui suivra. Matt lui avait touché l'épaule et elle s'était dérobée en décidant d'être impossible un peu plus longtemps. Bon sang, ça faisait du bien.

« Connie, écoute-moi, tu sais bien qu'on ne peut pas continuer…

— Si je peux, tu peux. Ne te raconte pas d'histoires, Matt. On peut tout supporter. »

Il avait gémi de frustration. « Pour l'amour du ciel,

écoute ce que tu dis de temps en temps. Je sais que je t'ai blessée mais si tu n'acceptes pas d'excuses et si tu refuses d'en parler, voilà où on en est, tu es sur ta Via Dolorosa et je ne suis que le grand méchant garçon qui a mal agi et qui a fait une fugue. Connie ? Arrête maintenant. Je suis là. Il faut bien qu'on commence quelque part. »

Connie s'était redressée, furieuse.

« Quoi ? Tu crois qu'il te suffit de déballer quelques secrets coupables pour être quitte ? On efface l'ardoise, on recommence à zéro, toutes ces conneries ? Je ne te laisserai pas faire. Ça *non*. Tu nous as imposé tes conditions pendant que tu te baladais à Rome. Maintenant, c'est mon tour. Rien à foutre de ta prétendue honnêteté et de ta soi-disant probité. Je te souhaite d'étouffer. Tu es un imposteur. Tout ça, c'est des conneries. » Elle ne le prenait pas le moins du monde pour un fourbe mais cela lui faisait du bien de le fustiger en lui adressant la pire des insultes à ses yeux. Elle voulait le faire monter sur ses grands chevaux, sortir de ses gonds, elle voulait qu'il l'attire contre lui, rudement, brutalement, qu'il la force à retirer ses sarcasmes gratuits en la bousculant. Alors, c'est une imposture ? C'est une imposture ? Elle avait senti qu'elle devenait chaude et humide en l'imaginant en elle, furieux, honnête, charnel. Mais il s'était détourné et avait remonté la couette sur ses épaules.

« On va surmonter ça d'une manière ou d'une autre, avait-il dit d'une voix lasse, désespérée. Tu veux des secrets, très bien, va pour les secrets. »

C'était au tour de Matt de se montrer insensible et elle était restée abasourdie.

« Ça revient à dire qu'il y a des secrets ! Tu me mets dans une position impossible. Tu veux que je te dise : raconte-moi tout, raconte-moi tous les détails. Eh bien je n'ai pas l'intention d'être la pierre sur laquelle tu affûtes ta précieuse conscience. Permets-moi de te le dire : on a tous nos petits secrets. On doit tous vivre avec. C'est à ton tour de te sentir un peu merdeux sur les bords. Bienvenue dans le monde réel, Matt. Tu crois que tu peux vider ton sac et te sentir mieux... » Elle avait imité sa voix. « Au moins je te dis les choses comme elles sont. *Au moins je suis honnête envers moi-même*. Oh, oui. Fiche-moi la paix. »

Le nuage noir planait entre eux à tous les repas, à chaque échange de paroles dans la maison ; ils voulaient que tout soit comme avant, le bon comme le mauvais, et l'effort les épuisait. Les rares fois où ils faisaient l'amour revêtaient un parfum de désespoir qu'ils n'avaient jamais connu ; chacun voulait à tout prix faire plaisir à l'autre, ce qui se terminait par une sorte de stratégie de la corde raide. C'était bien. Non, *tu* as été bien. Il leur manquait la langueur de l'habitude, l'utilisation désinvolte du corps de l'autre qui augmente avec les années. Une version de Matt était rentrée et ce n'était pas celle qui était partie.

Connie le surprenait qui regardait le ciel, plongé dans des pensées qu'ils ne pouvaient pas partager. Sa perte de poids était devenue un souci et elle s'était mise à lui préparer des repas riches en féculents ; elle retrouvait plus tard presque tout le contenu de son assiette à la poubelle. Il marmonnait dans son sommeil et combattait des ennemis imaginaires dans ses rêves en agitant bras et jambes. Elle chuchotait des paroles apaisantes jusqu'à ce qu'il se calme. Il avait beau simuler du plaisir pour les choses les plus simples, une promenade, un repas, un film, il se dégageait de lui un halo de vide terne qu'elle se souvenait d'avoir perçu à la mort de sa mère. Il avait l'air constamment égaré et essayait constamment de dissimuler cet égarement qui, Connie en était convaincue, le rendait malade. Elle devait parfois s'interrompre au milieu d'une phrase et, moitié marchant, moitié courant, elle descendait vers la Tamise et s'asseyait sur un banc pour pleurer misérablement pendant des heures.

À d'autres moments, elle débordait de colère. Elle le harcelait jusqu'au moment où, se disait-elle, il va être obligé de réagir, je vais l'aiguillonner encore un peu plus et il va devoir exploser, une bonne colère bien sentie, tout plutôt que cet état de transe dont il ne semblait pas capable de se débarrasser.

« Matt ! s'était-elle exclamé un soir. Quand est-ce que tu rentres vraiment à la maison ? J'aimerais bien le savoir parce que j'ai l'impression de vivre avec une ombre.

— Je ne me rendais pas compte. » Il avait froncé les sourcils, sincèrement perplexe. « Je vais faire des efforts.

— Quel genre d'efforts ? avait lancé Connie. Faire comme si tu avais envie d'être ici ?

— Mais j'ai envie d'être ici. C'est ma maison. Vous êtes ma famille. En quel autre endroit pourrais-je être ? »

Connie avait serré les poings. « Dis-le-moi, Matt. » Elle avait avancé d'un pas. « Et pendant que tu y es, dis-moi autre chose. » Mais au moment même où elle lui jetait un regard furieux, la question avait fondu sur sa langue comme une pastille amère.

« Te dire quoi, Connie ?

— Rien, avait-elle répondu en baissant les yeux. Simplement, quand vas-tu cesser d'être aussi lointain ? C'est tout. »

Il l'avait attirée contre lui, l'avait étreinte farouchement, tout en l'embrassant sur le sommet du crâne jusqu'à ce qu'elle se calme.

« J'ai confiance en toi, avait-elle chuchoté contre sa poitrine. Toujours. Toujours, tu m'entends ?

— Connie, je t'en prie... » Il s'était raidi, comme en réponse à un coup de poing. Connie s'était dégagée de son étreinte en reculant, les yeux fixés sur lui. Son visage était brûlant et cramoisi.

« J'ai confiance en toi, Matt.

— Tu n'arrêtes pas de le dire. »

Cet échange avait eu lieu environ un mois plus tôt et depuis il y avait eu une série de petites améliorations perceptibles uniquement pour Connie. En ce qui concernait les garçons, à l'exception peut-être de Benny, le cours des choses n'avait pas changé. Le papa affectueux, d'une patience infinie, faisait ce qu'il avait toujours fait. On s'en sortira, se prenait-elle à psalmodier des dizaines de fois par jour. On s'en sortira, on s'en sortira, prenant de la vitesse comme un train. Sortira, sortira, sortira.

Noël approchait et, oui, jusque-là ils s'étaient débrouillés. Le train était de nouveau sur les rails, même si des tronçons manquaient. Connie enfilait son manteau dans l'entrée et se tenait devant la porte du salon d'où elle regardait sa famille. Un sentiment d'incrédulité l'envahissait parfois devant l'existence même de ses fils. Le fait qu'ils aient réussi à en être déjà là était presque une plaisanterie. Ils avaient été nourris, vêtus, arrosés jusqu'ici, sans aucune décision consciente de leurs parents, du moins le semblait-il. Bon sang, eux-mêmes n'avaient pas fini de grandir, comment leurs fils les avaient-ils presque rattrapés ?

Les Red Hot Chili Peppers braillaient dans la maison ; ils aimaient saisir toutes les occasions de faire connaître leur musique à leur père. Matt hochait la tête en cadence tout en sortant une guirlande de la boîte, sourcils levés, bouche faisant la moue, style Robert De Niro, ce n'est pas mal, c'est même bon, les garçons. Fred et Joe rayonnaient de plaisir. Benny observait Connie, observait Matt furtivement, du moins le croyait-il. Une sorte d'ectoplasme de testostérone circulait entre les quatre hommes. Passe-moi ça, le truc là ; l'objet, quel qu'il soit, était lancé par-dessus une épaule et attrapé avec une feinte élaborée. Acclamations. Quatre têtes battaient la mesure quand le rythme devenait tribal. Doigts jouant en l'air, visages contorsionnés par ce qui paraissait une atroce douleur. Matt et Joe s'étaient-ils toujours autant ressemblés ? Corps grands et minces, larges épaules noueuses, tous deux torse nu devant le feu rougeoyant. Peut-être cela venait-il du fait que Matt avait maigri. Il riait de ce que Joe venait de dire, grandes dents blanches et brillantes ; elle éprouva un brusque élan de désir.

« Très bien, tout le monde. Je vous retrouve plus tard à Kingston. Je vais chez Mary. »

Matt tourna la tête vers elle. Pendant une seconde, ils se regardèrent droit dans les yeux. Un lent sourire intime se dessina sur le visage de Matt et elle lui envoya un baiser. Davantage un plissement des lèvres accompagné d'un léger bruit de bouche mais suffisant pour rappeler la ligne fine et invisible entre eux qui avait tenu bon tout au long des hauts et des bas de la vie conjugale. Elle est toujours là, se dit-elle avec un pincement de joie. Elle sortit dans la neige grumeleuse et souillée, le cœur plus léger.

« Vraiment, c'est presque une mission impossible que vous nous avez confiée, dit Mary à la visiteuse en lui tendant une tasse de thé. Vous voulez en même temps lui rappeler les années durant lesquelles vous vous êtes aimés, lui montrer votre fureur, votre peine et votre mépris pour ce qu'il a fait et lui souhaiter d'une manière ou d'une autre son cinquantième anniversaire. »

Connie se tourna vers la femme dont la bouche se tordait en un sourire plein de regret. Carmel Bennett était venue de Dublin pour rencontrer Connie et Mary. Elles avaient essayé de trouver quelque chose au cours du mois écoulé, avaient passé des jours entiers dans les galeries et les musées à la recherche de l'inspiration. Carmel vivait les premières phases d'une rupture particulièrement épineuse et elles avaient fini par comprendre qu'elle voulait en fait exprimer un cri du cœur déchirant, quelque chose qui le ferait revenir. Aucune carte au monde ne pouvait y parvenir, mais elle avait paru si fragile au téléphone et dans ses e-mails qu'elles n'avaient pas eu le courage de lui dire qu'elles avaient secrètement laissé tomber depuis longtemps. Elle s'accrochait à des inconnues parce qu'elle était encore dans le déni et parler à des amis ou à sa famille aurait impliqué un certain degré d'acceptation. Physiquement, c'était une femme séduisante, proche de la cinquantaine, dont le visage étroit et crispé semblait sur le point de fondre en larmes à tout moment. Elle portait un tailleur strict et coûteux qui allait droit au cœur de Connie. La pauvre femme espérait faire affaire. Connie saisit instinctivement la main de Carmel et la serra.

« C'est très dur, dit Connie.

— Oui. Je ne sais pas si… » Carmel s'interrompit. Elle but une petite gorgée de thé pour faire cesser le tremblement de sa bouche. « Je n'arrête pas… voilà, je n'arrête pas… de commencer des phrases et…

— Il vaudrait peut-être mieux ne pas parler de son anniversaire, suggéra gentiment Mary.

— Je suis avec lui depuis vingt ans.

— Je sais, ma pauvre.

— Vingt ans. Qu'est-ce que j'ai fait ? Je l'ai préparé pour elle ? » Les mains de Carmel voletèrent vers son visage et se posèrent sur sa lèvre qu'elle tira comme un enfant qui a fait quelque chose de mal mais ne sait pas exactement quoi.

Mary se frotta le menton et regarda Connie.

« Carmel, nous ne faisons que des cartes, vous savez, des trucs sans importance, parfois caustiques si c'est ce qu'on nous demande – un coup d'adieu si vous voulez. C'est peut-être puéril mais ça peut donner l'impression qu'on a eu le dernier mot, que le livre est refermé. Les gens jouent souvent avec des messages cachés qui, pour être tout à fait franche, les font se prendre, eux et parfois nous, pour des petits malins. Neuf fois sur dix le message n'est pas décodé par le destinataire, l'expéditeur ne se sent un peu supérieur qu'un bref instant. Mais cela reste une carte qui ne change rien réellement. » Mary posa la main sur l'épaule de Carmel. « Il me semble que si une personne a vraiment quitté le domicile familial, si l'autre liaison s'étale au grand jour, s'ils ont déjà affronté la colère de leurs enfants... »

Connie secouait la tête – davantage serait trop cruel. Elle s'imaginait en train d'écouter ces paroles. Cela arrive si facilement. L'implosion suivie d'atomisation que provoque la trahison, comment cette malheureuse femme était-elle censée comprendre que ce qui avait pris toute une vie à construire pouvait devenir un tas de décombres le temps de prononcer une phrase ? Carmel... j'ai quelque chose à te dire.

« Ce n'est pas seulement les hommes et leur démon de midi qui cherchent un modèle plus jeune pour rester jeunes eux-mêmes, hasarda Carmel.

— Vous seriez étonnée de voir à quel point c'est ça, dit Mary d'un air malheureux. Carmel, voulez-vous un verre de vin à la place de ce thé ?

— Je veux bien. S'il vous plaît.

— Je n'ai que du rouge. » Mary servit trois verres.

« C'était ma meilleure amie, poursuivit Carmel. Je veux dire, nous avons eu nos enfants en même temps. Nous les accompagnions à l'école et nous allions les chercher tous les jours. Quand elle a fait sa fausse couche, c'est moi qui étais à l'hôpital, pas son mari. Nous nous sommes brouillées de temps en temps et c'était pire que la peine qu'on ressent en se brouillant avec sa mère ou sa sœur. Nous n'arrivions pas à dormir tant que nous ne nous étions pas réconciliées. Si j'avais des problèmes avec Niall, je me tournais naturellement vers Valerie – Val. Elle ne me donnait jamais de conseils, de ceux qu'on attend de sa meilleure amie, elle se contentait d'écouter et de dire "le salaud" au bon moment. Ensuite, elle oubliait tout ce que je lui avais raconté parce qu'elle savait que ça se passe comme ça dans un mariage, on dit qu'on ne peut plus vivre avec l'autre une minute de plus, puis on rentre chez soi, on met en route le dîner et on recommence. » Carmel s'interrompit pour boire un peu de vin. Connie explosa. « Vous avez dû avoir envie de les tuer ! »

Carmel leva la tête, les yeux brûlants.

« Vous n'avez pas idée. Je crois vraiment qu'on peut se rendre malade de fureur. On n'a plus une seule pensée normale. Une pensée convenable, même à propos des enfants, et ça vous met encore plus en colère. Par exemple, pourquoi m'as-tu privée de mes pensées de tous les jours ? Quel droit avais-tu de faire ça ? On dirait une de ces bougies qu'on n'arrive pas à souffler, sauf que ça ressemble plutôt à une torche à l'intérieur de votre corps. Ensuite, on se met à se poser des questions, à analyser tous les instants : quand est-ce que ça a commencé ? Comment ? Ça a dû commencer par un flirt de temps en temps, peut-être lui a-t-il fait un soir un compliment que je n'ai pas remarqué. Peut-être l'a-t-elle croisé dans la cuisine et ont-ils eu tous deux le souffle un peu coupé. Ou alors quelque chose les a fait rire tous les deux et leurs regards se sont soudain croisés. Vous n'imaginez pas comment j'ai repassé dans ma tête tous leurs moments de solitude.

— Je crois que si, dit Connie à voix basse.

— Ils ont dû se sentir coupables, poursuivit Carmel. Ils ne pouvaient pas. Chacun de son côté, ils devaient se sentir très mal, mais ensemble ils étaient sous une couette, je ne veux pas dire au sens propre, bien que, sans doute aussi, mais je veux en fait parler d'une couverture, ils avaient tort mais ils devaient avoir l'impression que c'était... Oh je ne sais pas... ils avaient tellement tort qu'ils devaient avoir raison, même si ça paraît fou. Comme vous l'imaginez, j'ai repensé à toutes les petites choses. D'une certaine façon, je les ai vécues pour eux. Je fais la dernière mise au point. Ce qui est idiot, c'est que j'ai cru que Niall et moi étions plutôt solides. Cela faisait une éternité que nous ne nous étions pas aussi bien entendus, je m'aperçois maintenant que c'était une façade. Voilà ce que je veux savoir : à quel moment a-t-il décidé de ne plus m'aimer ? Parce que ça a dû arriver. Il connaissait Val depuis aussi longtemps que moi, comment se fait-il qu'un jour tout ait basculé alors que ça n'est pas arrivé durant toutes ces années ? Est-ce que ça s'est produit tout d'un coup, comme ça ? » Elle claqua des doigts. « Ou est-ce qu'un million d'instants ont fini par s'additionner, instants qui auraient pu façonner tout aussi bien une amitié solide et en rester là ? Qu'est-ce qui a été le déclencheur parce que ne me racontez pas qu'il s'agit d'une folle passion et... et... incontrôlable. Voilà deux personnes d'âge mûr. Deux des personnes qui comptaient le plus pour moi au monde, avec qui je faisais l'amour, vivais les naissances, les décès, l'amitié... je veux dire, je les *connaissais*. Ils me *connaissaient*. À quel moment ont-ils considéré que je n'étais plus un être humain pour pouvoir agir comme ils l'ont fait ? » Les larmes roulaient sur ses joues et tintaient doucement en tombant dans le vin. « C'est ça qui me tracasse le plus. Comment ont-ils pu faire de moi une personne inexistante, une quantité négligeable ? »

Il y eut un long silence pendant que Carmel pleurait d'une manière étrange et sans bruit. Connie et Mary osaient à peine se regarder.

« J'ai considéré tous les angles, dit Carmel. Même au point de me demander, si c'est une passion il ne pouvait pas... N'était-ce pas ce que je voulais aussi ? N'avais-je pas aspiré à quelque chose de ce genre toute ma vie ? Et ensuite je me demandais : comment ai-je pu laisser grandir cette chose juste sous mes yeux ? Si j'avais vu des signes même...

— Qu'auriez-vous fait ? » demanda Connie. Carmel tira de nouveau sa lèvre avec trois doigts.

« Je ne sais pas. Bizarrement, je crois que je les aurais poussés à être plus souvent ensemble en ma présence. C'est à n'y rien comprendre, non ?

— Je ne suis pas certaine de...

— Ils m'ont rendue invisible. Il le fallait, vous comprenez ? Il fallait qu'il arrive un moment où ils ne me voyaient tout simplement plus. Si j'avais su... au moins j'aurais pu essayer de les obliger à me regarder. *Moi*. »

Connie était bouche bée. Invisible, Seigneur elle comprenait ce mot comme s'il était gravé sur son acte de naissance. La couleur se retira de son visage et la laissa blême et étiolée. Mary essaya de croiser son regard mais elle se détourna.

« Je suis vraiment désolée », dit Connie au bout d'un long moment. Elle aurait voulu trouver des mots plus forts. Mais de quoi s'agissait-il en fait ? Le temps qu'il avait fallu à son mari pour prononcer sa première phrase : Carmel j'ai quelque chose à te dire, cette femme avait vu sa vie lui filer entre les mains. Elle avait été transformée en quelqu'un d'autre – seule, furieuse, désorientée. Elle faisait malgré elle partie du cliché de son mari : l'ex-femme amère même si elle n'avait pas l'intention d'être amère ni d'être ex.

« Mais, voyez-vous… » Carmel sortit un mouchoir en papier de son sac et se moucha. « Une partie de moi l'aime encore. Il m'a fallu longtemps pour l'admettre. *Lui* il peut dire : je ne l'aimais plus, ça n'allait plus entre nous depuis des années… » Elle s'interrompit et imita inconsciemment le haussement d'épaules défensif de son mari. « Il peut le dire si ça l'aide à se regarder dans la glace. Et, naturellement, une partie de moi le déteste au point de souhaiter sa mort. Elle aussi. Mais il a décidé tant de choses pour moi, cette nouvelle vie que je n'ai pas demandée. Je ne le laisserai pas décider que je ne l'aime plus. Vous trouvez peut-être que c'est idiot, mais ça me donne l'impression d'être fidèle à moi-même, au "nous" qui existait autrefois. Je sais que vous pensez que je me raccroche à n'importe quoi, que si je trouvais les mots qu'il faut il reviendrait. Eh bien non. Il a été étudiant aux beaux-arts. » Elle eut un rire amer. « Je parie qu'il s'en souvient à peine. Moi, je me souviens que cela constituait une part très importante de sa vie avant d'être remplacé par l'argent, les mensonges et l'habitude d'être sur ses gardes. » Carmel poussa un gros soupir. « Écoutez. C'est son cinquantième anniversaire, un jour important, j'aimerais lui envoyer une carte peinte à la main. En fait, je crois que j'aimerais reprendre ma dignité et trouver un moyen, à ma façon, peut-être reconnaissable pour moi seule, de dire au revoir. »

Connie et Mary échangèrent un regard. Elles s'étaient entièrement méprises sur l'intention que cachait la carte de Carmel. Connie avait l'impression qu'elles avaient été injustes envers elle ; elle était plus forte, plus courageuse, certainement plus noble qu'elles ne l'avaient supposé. L'ex-femme amère, comme elles avaient cru facilement à ce cliché ! Il était si facile de mettre en catégorie des sentiments et des réponses complexes, uniques pour chaque individu, souvent contradictoires. On s'attendait qu'elle soit animée d'une colère justifiée, que du jour au lendemain ils deviennent ses ennemis mortels, qu'elle nourrisse des idées et de longs rêves tortueux de vengeance ; il était si facile d'ignorer ce petit fait tellement simple : elle aimait toujours son mari.

« Je suis certaine que nous allons trouver quelque chose », dit Mary d'une voix un peu rauque.

Une fois Carmel partie, Connie s'assit sur une caisse en bois retournée et se mit à contempler ses mains serrées l'une contre l'autre entre ses genoux. Elle était très pâle.

« Connie ?

— Invisible. » Elle leva la tête, ses yeux étaient voilés. « Mary, il y a quelque chose que je veux te dire depuis...

— Qu'est-ce qu'il y a, ma chérie ? Ça n'a pas l'air d'aller, tu vas vomir ou quoi ? »

Connie secoua la tête, ouvrit la bouche pour parler, mais à ce moment-là son portable se mit à sonner. Elle répondit.

« Oui, oui. Je vous retrouve là-bas. Non, j'arrive tout de suite. » Elle se leva pour partir. Mary attrapa aussi son manteau.

« Qu'est-ce que tu voulais me dire ? demanda-t-elle.

— Je... Rien. Rien d'important. Écoute, ils m'attendent. Je te retrouve à la Tate Modern Gallery demain.

— Une seconde, je viens avec toi. »

Connie hésita mais cela suffit à Mary pour comprendre. Elle fit un petit pas en arrière.

« À vrai dire, je ne suis pas sûre de pouvoir affronter la foule de Noël. Et William a dit qu'il passerait peut-être, alors je te laisse y aller seule.

— Tu en es certaine ?

— Il fait vachement froid dehors. Ne les oblige pas à t'attendre.

— Tu sais que tu es la bienvenue. » Au moment même où ces mots sortaient de sa bouche, Connie eut envie de les ravaler. Mary fit un rapide clin d'œil.

« Cela va sans dire », fanfaronna-t-elle. Deux taches rouges jumelles apparurent en haut de ses joues.

Tout en traversant Kingston Bridge en courant, Connie voyait Matt et les garçons de l'autre côté ; ils lançaient des boules de neige sale faites de ce qu'ils parvenaient à glaner dans l'espace vide des balustrades du pont. Matt balançait le bras comme un joueur de cricket avant d'atteindre sa cible. Nous allons passer une bonne soirée en famille, se dit-elle, et elle se composa un grand sourire pour les saluer. Le lendemain, elle expliquerait à Mary que les choses étaient encore délicates et fragiles à la maison (comme si elle n'était pas capable de s'en rendre compte toute seule), qu'elle n'avait absolument pas l'intention de l'exclure, qu'ils avaient juste besoin de temps, oui, ils se refermaient peut-être sur eux-mêmes, mais les blessures ne se comportent-elles pas ainsi pour cicatriser ? Elle se sentait pourtant coupable.

Ils la bombardèrent tous pendant qu'elle s'approchait et elle cria avec obligeance. Matt lui tendit ostensiblement le bras.

« Madame ? »

Elle glissa son bras sous le sien.

« Alors, où dînons-nous, Jeeves ? demanda-t-elle d'une voix snob.

— Nous pensions laisser Madame choisir.

— Oh, merde alors. Je croyais que vous en aviez discuté et que c'était décidé.

— De toute façon, je veux un hamburger, dit Joe.

— Je veux bien manger des croquettes de poisson mais je préférerais des nouilles, proposa Benny.

— Je veux bien manger du pain rassis mais je préférerais du gâteau au chocolat. » Joe imitait à la perfection la façon de parler lente et réfléchie de Benny.

« Et toi ? » Connie se tourna vers Matt. « Qu'est-ce que tu veux ?

— Ça. Tout ça », chuchota-t-il tendrement à l'oreille de Connie. Il ajouta plus haut « Un bon gros steak bien juteux. Oui. Et des frites. De la nourriture d'homme.

— Ouais. » Fred fit la moue et cracha son chewing-gum dans la Tamise. « Ça me va.

— Écoutez-vous. Vous entendez ce que vous dites ? » demanda Connie gaiement. Matt caressait d'un doigt le col de la veste de Connie. Il se pencha et posa ses lèvres sur sa nuque. Son souffle était chaud et elle sentit l'odeur de la bière. Un pincement de désir, de plaisir anticipé, jaillit dans ses veines. Elle fut prise d'un vertige de soulagement à la pensée que, en fin de compte, elle n'avait pas dit à Mary ce qu'elle voulait lui dire.

Un autre grand whisky. Mary ne buvait pas souvent du whisky, mais quand elle en buvait c'était dans un but précis. Elle n'en aimait même pas le goût, cependant de temps en temps elle aimait se soûler pour de bon. Il y avait quelque chose de très hédoniste à se soûler seule. À entreprendre délibérément de le faire. À savoir qu'il valait mieux charger les épaules de saint Antoine d'autant d'injures possibles tant qu'elle en était capable car le lendemain il le lui revaudrait par une gueule de bois divinement inspirée.

« Vous m'avez sérieusement déçue, lui dit-elle. Vous m'écoutez ? Non. Vous n'écoutez jamais. Absolu-vachement jamais. Je ne sais pas pourquoi je m'occupe de vous. Sauf que je suis fidèle. » Elle réfléchit un moment à sa loyauté, assise sur le sol de l'atelier, les jambes étendues devant elle.

« Quelque chose ne va pas. Benny s'en rend compte. Tout est ma faute, je les ai poussés à aller à Rome, je les ai harcelés jusqu'à ce qu'ils partent. Et maintenant Connie ne veut plus de moi dans les parages, du moins pas comme avant. Elle me regarde comme ça », Mary plissa les yeux, « quand j'entre dans la cuisine le soir. Comme si elle était agacée ou quelque chose de ce genre. Elle n'a même pas remarqué que je ne suis pas passée quatre soirs de la semaine dernière. *Quatre soirs*. Ça ne m'est jamais arrivé de ne pas passer quatre soirs en une semaine. J'étais à l'église et je vous adressais des prières comme vous le savez très bien. Et vous n'avez rien fait pour moi quand je suis restée assise dans ma voiture des heures à observer la maison. J'ai vu Matt rentrer et Joe sortir avec un copain. Et Benny à sa fenêtre qui regardait dehors. Je les protégeais du danger en les observant. Comme je sais que vous le faites, pour moi, même si vous n'allez pas plus loin. Regardez comme Matt est maigre, je pense qu'il est possédé ! Bon, ne me dites pas, ne me dites pas, de faire ma vie. Ne commencez pas. » Elle entrouvrit les lèvres pour dire autre chose mais les mots se transformèrent en un gémissement. Elle porta en hâte une main à sa bouche afin d'étouffer ce bruit sinistre.

Un jour, elle s'était enfuie après avoir économisé son argent de poche pendant des semaines. Elle était arrivée à la gare où on avait feint de lui imprimer un billet avant de l'envoyer dans la salle d'attente. Miss Smithens, le professeur de sports revêche, était venue la chercher. Mary avait été exhibée à la réunion du lendemain matin comme exemple d'enfant têtue et récalcitrante qui avait besoin de plus de discipline. Elle décevait ses parents, des gens bons et convenables, une telle ingratitude... qu'avaient-ils fait pour mériter une telle ingratitude ? Mary s'était représenté le regard déçu de sa mère, la colère froide de son père, et elle s'était mise à pleurer, bien qu'elle se fût promis de ne pas le faire. Certaines des filles de l'assemblée ricanaient. Pour que cela lui serve de leçon, Mary avait été privée pendant un mois de son coup de téléphone hebdomadaire à la maison. Elle avait neuf ans.

« Vous ne comprenez pas ? » Elle leva les yeux au plafond et se représenta les étoiles au-delà, l'espace d'un bleu infini encore plus au-delà. « Vous devez vraiment nous aider. Vous êtes notre dernier recours. »

Le téléphone sonna. Mary se leva en trébuchant et chercha le combiné. Il était sous une caisse. William – pour dire que, finalement, il ne passerait pas dans la soirée. Il s'était trompé de date, c'était le soir où ils devaient dîner chez un voisin. Vraiment désolé.

« William ? » La langue de Mary était empêtrée dans sa bouche. Elle se redressa de toute sa taille impressionnante. « William chéri, cela m'est suprêmement indifférent si tu ne viens plus jamais. En fait, tu as laissé un paquet de cigarettes sur le micro-ondes la dernière fois que tu es venu. Je vais les jeter dans les toilettes ce soir. Comme j'aimerais te jeter toi. Au revoir. »

Elle reprit une gorgée de whisky et la fit rouler dans sa bouche. Saint Antoine gloussa.

« Oh, fiche le camp ! » beugla Mary en direction du plafond. Cet élan de bravoure fut de courte durée ; elle sentit au plus profond de son ventre les ondes concentriques provoquées par la chute de la pierre de la solitude qui allaient en s'élargissant. Elle se sentait creusée et vidée. Elle était terriblement en manque des clameurs des garçons, de la houle des corps autour d'une table, de la chaise qui lui était toujours réservée, de la lumière tamisée qui les rapprochait davantage, du froncement de sourcils de prétendue concentration sur le visage de Connie qui plongeait la louche et servait la nourriture comme sortie de nulle part. Elle donnait l'impression que c'était *tellement* facile. Les mains de Mary volèrent vers ses yeux.

Connie, je ferais n'importe quoi pour te rendre heureuse. Mon Dieu, j'irais jusqu'à poignarder saint Antoine.

Ils étaient couchés dans l'obscurité et repensaient à la soirée, jouissant d'une paix qui semblait de retour après des mois. Une paix tranquille, absolue. Matt enveloppait Connie de ses bras et elle sentait son érection contre sa cuisse. Il n'y avait pas d'urgence, ils pouvaient somnoler, se réveiller d'un demi-sommeil, faire alors l'amour ou le faire maintenant. Elle bougea un peu pour évaluer sa réponse. Il fut sur elle en un clin d'œil.

« Chut », chuchota-t-elle en souriant et le lit de cuivre grinça avec une insistance qui la transporta. Les mains de Matt étaient partout sur elle, la serrant, la malaxant, la reconquérant – lui semblait-il. Il embrassa son visage, son cou et ses seins comme s'il redécouvrait un territoire cartographié précédemment. Pour la première fois depuis son retour, elle sut sans équivoque qu'il était avec elle, dans sa chair, elle n'avait plus en tête le doute obsédant qu'il pensait à quelqu'un d'autre. Elle saisit sa tête entre ses mains, prit possession de sa bouche aux lèvres ouvertes, introduisit sa langue aussi loin qu'elle put. Il gémit et elle sentit un petit frisson de plaisir parcourir le corps de son mari. Elle avait retrouvé son pouvoir. Ce qu'elle avait toujours aimé par-dessus tout quand ils faisaient l'amour, c'était quand Matt perdait le contrôle. Cela n'arrivait pas à chaque fois, mais quand cela se produisait, il se laissait complètement aller à son instinct. Il oubliait son calme et laissait sa colère intérieure propulser les élans de son corps.

Ils avaient retrouvé leur rythme familier ; leurs jambes bougeaient en cadence comme une horloge, la cuisse de Matt à l'extérieur de celle de Connie, une légère pression et elle savait exactement quelle position des aiguilles adopter, deux heures, ou liés en un seul corps, jambe sur jambe – six heures. Il y avait le triangle de plafond au-dessus de l'épaule de Matt, la fraîcheur de marbre de cette épaule contre sa bouche. La pellicule de sueur reliant leurs corps à l'extérieur comme ils étaient reliés à l'intérieur. Les petits soupirs dans l'oreille de Connie tandis qu'il se perdait en elle. Tout revenait et elle en aurait pleuré de soulagement. Ils étaient de retour dans leur île, en sécurité dans la nuit, protégés de tout danger. Elle ravala un sanglot.

« Connie, qu'est-ce qu'il y a, ça va ?

— Je vais bien.

— Tu veux que j'arrête ? » Il hésita et elle s'agrippa plus fort à ses fesses.

« Je veux que tu n'arrêtes jamais. »

Mais tout à la fin, quand la respiration de Matt se transforma en un halètement, elle sut qu'elle l'avait de nouveau perdu. Il avait essayé et elle avait compris qu'il essayait vraiment, mais une partie de lui était toujours absente. Peut-être ne reviendrait-il jamais complètement.

Après quoi ils restèrent enlacés puis il se tourna sur le côté ; sa respiration ralentit et il s'endormit. Elle pensa à tous les gens qui venaient de faire l'amour comme eux. Leur destin se précipitait déjà vers eux au moment même où leurs jambes se tordaient et où leur bouche cherchait la bouche de l'autre ; ce poids lourd en travers de l'autoroute, l'étreinte d'une main sur une poitrine, une vague isolée sur une mer calme, le sombre policier à la porte – le fou armé d'un marteau a de nouveau frappé ; pour certains, ce serait la fin de l'amour et ils ne le savaient pas.

Elle entendit Benny errer dans la maison, ses pas feutrés dans la salle de bains, et faire demi-tour. Il se promenait pratiquement une nuit sur deux ces temps-ci ; elle l'avait trouvé plusieurs fois en bas dans la cuisine, assis dans le froid et le noir. Elle avait d'abord cru qu'il était somnambule, mais il avait répondu à ses questions en étant parfaitement éveillé. Non, tout allait bien. Non, il n'arrivait pas à dormir. Aucune raison d'aller dans la cuisine, sauf qu'il allait peut-être boire un verre de lait et le réfrigérateur était dans la cuisine et le lait dans le réfrigérateur. Elle l'avait raccompagné au lit tout en sachant qu'il resterait couché sans dormir pendant des heures. Elle avait parlé à Matt de cette activité nocturne intense et il avait paru soucieux mais n'avait proposé aucune explication ; inutile de dire qu'il était préoccupé, comme elle, que c'était en rapport avec eux. Benny vivait ses sensations comme d'autres vivaient leur intelligence. Il était incapable de dire ce qui n'allait pas mais il le sentait. Le soulagement qu'elle avait éprouvé quelques minutes plus tôt continuait à refluer. Son plus jeune fils lui évoquait un petit animal surnaturel qui rôdait continuellement dans sa tête. Elle se disait parfois qu'il était l'incarnation de sa propre conscience.

13

C'était bien Greta, cette silhouette mince qu'elle avait vue vêtue d'un trench-coat beige sortir par la porte latérale de la Tate Modern Gallery. Connie saisit le bras de Mary, resta un moment bouche bée avant de se mettre à courir.

« Connie ! Connie ! » cria Mary derrière elle.

Connie dépassa à toute vitesse une file de gens qui descendait par l'escalator et faillit perdre l'équilibre en sautant les dernières marches. Elle se dit qu'elle devait avoir l'air complètement folle de parcourir ainsi toute l'étendue du niveau inférieur, son manteau ouvert flottant derrière elle. En arrivant dehors, elle était déjà essoufflée. Elle atteignit le chemin de halage au bord de la Tamise et se pencha en avant, mains sur les genoux, pour reprendre son souffle. Quelle direction ? À droite vers le Millennium Bridge, ou à gauche vers la rive sud. Elle plissa les yeux pour repérer un trench-coat sur le pont, mais s'il y en avait un, il était certainement masqué par la foule. À gauche, se dit-elle, suivant son intuition. Elle se mit de nouveau à courir.

Il était presque impossible d'avancer rapidement sur le chemin étroit où les joggeurs et les promeneurs devaient s'arrêter pour éviter de lui rentrer dedans. Elle dut de nouveau faire une pause pour reprendre son souffle et vit au loin un manteau beige tourner au coin d'une rue. Elle était sérieusement essoufflée à présent et elle commençait à sentir un point de côté douloureux à gauche, mais elle se força à continuer, les joues luisantes comme des pommes rouges. Elle réussit à atteindre le Royal Festival Hall sans devoir s'arrêter. Elle regarda autour d'elle, décrivit des cercles complets, bras déployés. Elle crut qu'elle allait s'évanouir. Quelques personnes la regardèrent bizarrement mais continuèrent leur chemin à bonne allure, Dieu seul savait de quel genre de cinglée il s'agissait.

Greta pouvait se trouver n'importe où. Dans un café, au Festival Hall ou au National Film Theatre ; elle pouvait aussi avoir descendu les marches qui menaient par des petites rues à la gare de Waterloo. Il n'y avait aucun signe du trench-coat et des cheveux auburn et brillants.

« Greta ? » cria Connie à pleins poumons. À présent les gens s'arrêtaient vraiment pour regarder. « Gret — aaa ? » Personne ne répondit à ce nom. Son cœur battait la chamade et résonnait dans ses oreilles. Elle se moquait complètement d'avoir l'air folle ou ridicule. Greta n'était plus là.

Connie trouva un banc inoccupé et s'assit, les coudes sur les genoux, les mains tenant sa tête fébrile. Quelques gouttes de pluie ricochaient sur la surface brun terne de la Tamise. L'instant suivant le ciel s'ouvrit et vomit des trombes d'eau. La pluie lui frappait la tête, dégoulinait dans ses oreilles. Au moins, cela lui rafraîchissait les joues. Les parapluies s'ouvrirent de tous les côtés, les gens filèrent se mettre à l'abri. Les berges se vidèrent rapidement de leurs promeneurs. Connie resta assise un bon quart d'heure, trempée des pieds à la tête. Une grande silhouette s'approcha et s'assit à côté d'elle. Mary.

« Tu as aussi cru la voir la semaine dernière. » Mary lécha la pluie sur ses lèvres. « À la National Gallery. Je t'ai vue suivre une femme aux cheveux longs. Ce n'était pas elle et ce n'était pas elle non plus aujourd'hui, Connie.

— C'était elle. J'en suis sûre.

— Elle est à Rome. Oublie-la. »

Connie regardait devant elle les tourbillons concentriques formés par la pluie sur la Tamise.

« Elle n'y est pas. À Rome, je veux dire.

— Comment peux-tu le savoir ?

— Parce que j'ai téléphoné. D'habitude elle répondait et je raccrochais. Elle ne répond plus. Et sa sœur a dit qu'elle allait venir à Londres.

— Tu as *téléphoné* ? Bon, elle peut être n'importe où pour l'amour du…

— Elle est ici, dit Connie d'une voix catégorique. Viens. Nous sommes trempées toutes les deux. »

Elles se dirigèrent vers Waterloo. Mary lançait des regards en biais à Connie comme si elle avait peur de la voir se dissoudre dans la pluie et ne jamais plus réapparaître.

« Je t'en prie, arrête de me regarder comme ça, dit Connie au bout d'un moment. Je ne suis pas en train de craquer, si c'est ce que tu penses.

— Si ça ne te fait rien, laisse-moi seule juge », dit Mary. Elles sourirent toutes les deux. « Je pensais au *Baiser* de Rodin, poursuivit Mary d'un ton plus léger. Pour la carte de Carmel. Si son mari a étudié l'art, il connaît l'histoire de cette sculpture. Elle n'est pas ce qu'elle paraît : l'étreinte passionnée de deux amoureux.

— Alors qu'est-ce qu'elle est ?

— Regarde la version de la Tate Modern la prochaine fois que nous y irons. La bosse dans la zone de l'aine de l'homme est certainement plus grosse que dans la version parisienne, mais tout cela reste plutôt flasque. Regarde son dos, noué par la tension. Ses orteils sont crispés. C'est elle qui fait tout le travail, elle baisse la tête de l'homme vers sa bouche. La main de l'homme est posée sur la cuisse de la femme, rien de bien dynamique. Tu vois, à l'origine c'est censé représenter Paolo et Francesca dans *La Divine Comédie* de Dante. Le mari de Francesca a surpris le couple qui s'embrassait et les a tués tous les deux. Ils ont été damnés pour l'éternité parce qu'ils étaient tombés amoureux alors qu'ils étaient mariés à d'autres. Le couple est apparu à l'origine dans son portrait de la damnation qui s'appelle *Les Portes de l'enfer*. En fait, *Le Baiser* n'est pas un prélude à la félicité, c'est un prélude à la tragédie.

— Je crois qu'elle appréciera, répondit Connie au bout d'un moment. Oui. Moi, ça me plairait. Et il y aussi ce truc de Judas. Un baiser est juste un baiser... » Elle s'interrompit et réfléchit. « Le temps passe sera la légende. Le temps passe elle se consolera, le temps passé – son anniversaire – les années qu'ils ont vécues ensemble. Très bien. Carmel va pouvoir dire au revoir, à sa manière.

— Connie... ?

— Je vais bien, Mary. Vraiment.

— J'aimerais pouvoir *vraiment* te croire. »

Au fond de lui-même, Matt pensait que les gens naissaient avec une aptitude au bonheur ou que, comme pour sa mère, celui-ci ne venait tout simplement pas facilement à eux, voire pas du tout. Pour elle, il restait un objet lointain, une lueur attendant au bout de tunnels sombres. Elle avait beau essayer de toutes ses forces, elle ne parvenait pas à s'extirper du labyrinthe d'obscurité pour atteindre cette lumière. Il avait fait consciemment l'effort tout au long de sa vie d'être aussi heureux que possible à chaque moment et dans toutes les circonstances. Il avait travaillé dur, goûté différents degrés de réussite, apprécié sa vie de famille et sa maison. Il aurait trouvé indécent de désirer autre chose, de reconnaître une insatisfaction. Aujourd'hui, tout cela lui semblait un point de vue naïf et simpliste. Ce qui était présent ne compensait pas forcément ce qui était absent.

Il n'y avait rien d'autre à faire qu'espérer que, avec le temps, il se réveillerait un matin sans que le visage de Greta l'attende, sa première pensée, sa dernière pensée, une image continuelle flottant à la périphérie de sa vision durant toutes les conversations. Il avait tenté de se convaincre que sa fixation était une forme de maladie. Une obsession qui masquait un autre défaut profondément enfoui de sa personnalité. Il n'en aimait pas moins Connie ; elle avait plutôt grandi dans son admiration grâce à la façon dont elle avait géré son retour à la maison. Elle avait laissé la porte ouverte à la tendresse dès le début et il s'était souvent demandé s'il aurait été capable de faire la même chose pour elle. Il était en fait surpris par sa bonté sans bornes. Sa voix était teintée d'une compassion authentique quand elle parlait du deuil de Greta. Comment aurait-elle pu savoir à l'époque insouciante de la ferme que l'avenir serait ainsi rempli de douleur ? Si on savait, si on savait vraiment, ferait-on les mêmes choix ? Elle s'était tournée vers Matt. Elle aurait tout de même voulu Fred, Joe et Benny, tels qu'ils étaient, quel que soit le temps qu'elle aurait à passer avec eux. Elle était certaine qu'il en allait de même pour Greta.

Jennifer entra et lui dit que M. Holden attendait à la réception. Elle roula les yeux avec compassion. M. Holden était le fléau des cabinets dentaires, un patient âgé qui n'était jamais satisfait de ses appareils.

On répugne naturellement à accepter que des fausses dents ne remplacent pas les vraies, mais remplacent l'*absence* de dents. C'était sa cinquième visite au cabinet en autant de semaines.

« Faites-le entrer », grogna Matt.

L'homme s'avança ; sa canne à bout d'argent tremblait d'indignation. Il portait son vieux dentier et flanqua le nouveau sur un des meubles.

« Encore un problème ? demanda Matt.

— Ça. » M. Holden pointa d'un doigt tordu l'objet incriminé. « Ce n'est pas ce que nous avions convenu.

— Je pense que vous allez vous apercevoir que c'est exactement ce que nous avons convenu. » Matt réprima un soupir avant de lancer sa contre-attaque. À vrai dire, parfois ce n'était pas tant la volonté de vivre qu'il avait perdue que la volonté de respirer au cours des instants qui suivaient. « Nous avons changé la couleur, la taille, la forme, au moins six fois. Souvenez-vous, à chaque fois j'ai demandé au prothésiste de les réaliser en cire pour que vous puissiez vous y habituer chez vous, voir ce que votre famille en pensait. Vous avez dit que vous ne vous sentiez pas bien avec les premiers appareils, que votre femme n'aimait pas les deuxièmes, que vos fils trouvaient les troisièmes un peu bizarres. Nous sommes finalement tous tombés d'accord et vous avez donné votre feu vert pour réaliser les modèles définitifs. Il ne reste vraiment plus rien à changer. »

M. Holden aspira l'air entre les dents de son vieux râtelier. Le problème était qu'il y était aussi habitué qu'à sa propre langue. Matt compatissait jusqu'à un certain point ; le nouveau dentier remplaçait une prothèse dans un état épouvantable, usée au point de n'être pas plus épaisse qu'une feuille de papier à certains endroits contre les gencives, avec des dents de mauvaise qualité qui n'avaient jamais assuré un bon mordu. De plus, elle était de travers et obligeait sa mâchoire à compenser au fil des ans. Néanmoins, comme des chaussures très usées dont on ne veut pas se séparer, le dentier avait fini par s'adapter et le vieil homme ne supportait pas le choc de la nouveauté dans sa bouche après pas loin d'une éternité. Matt ne comprenait que trop bien que rien n'allait comme il fallait dans la vie d'une personne si ça n'allait pas dans sa bouche.

« La couleur n'est pas celle que j'ai choisie », dit M. Holden avec une grimace.

Matt lui montra la gamme de couleurs.

« D2 – ce que vous avez demandé.

— Eh bien, c'est différent. Ma femme pense la même chose. Et elles sont trop droites.

— Vous m'avez demandé de les redresser.

— Pas autant !

— Mais vous avez essayé les ébauches. Elles vous plaisaient. Que s'est-il passé pour que vous changiez d'avis ? » Matt ferma les poings afin de réprimer sa mauvaise humeur et se concentra sur ses ongles qui entraient dans ses paumes.

« Je n'ai pas changé, vous dis-je. » La voix de M. Holden s'éleva en une plainte grincheuse. « Ce sont ces fichues dents qui ont changé. »

C'est alors qu'entra Martin, l'associé de Matt, sans doute envoyé par Jennifer qui avait une grande habitude de ces vaines discussions. Matt avait souvent dû venir au secours de Martin dans des circonstances similaires. L'idée étant que celui qui arrivait adoptait automatiquement le rôle d'arbitre, permettant à tout le moins au patient de trouver une nouvelle personne à qui se plaindre.

« Martin. » Matt adopta sa voix la plus professionnelle. « Pouvez-vous jeter un coup d'œil au dossier de M. Holden, je vous prie ? » Martin acquiesça et fronça les sourcils en se concentrant. « Bien, voulez-vous je vous prie vérifier la taille, la forme et la couleur sur lesquelles nous nous sommes mis d'accord ? Oui ? Voici le résultat final. » Matt lui tendit le nouveau dentier. Martin fronça davantage les sourcils et l'examina avec une précision d'ingénieur. Il le tapota, le tint sous la lumière, le frotta avec du liquide nettoyant. M. Holden semblait retenir son souffle.

« Alors ? » Il ne pouvait attendre plus longtemps.

Martin tourna la tête de côté et d'autre. « Cela ne fait aucun doute dans mon esprit ; il est *exactement* tel qu'il a été commandé. » M. Holden s'empourpra de colère mais Martin poursuivit : « Toutefois, je pense que la réponse au problème serait peut-être juste un petit rétablissement. Qu'en pensez-vous, Matt ? »

Matt réfléchit intensément, puis inclina la tête.

« Vous avez tout à fait raison. Je ne sais pas pourquoi je n'y ai pas pensé. » Il prit le dentier, l'enveloppa très soigneusement dans la gaze et se tourna vers M. Holden. « C'est juste une technique de retouche que nous utilisons parfois tout à la fin. Le prothésiste va faire un dernier rétablissement et vos dents seront parfaites, monsieur Holden. Prenez rendez-vous, disons, dans quinze jours ?

— Je ne sais pas pourquoi vous ne l'avez pas fait dès le début », grommela le vieil homme, mais une lueur de satisfaction brillait dans ses yeux. Il échangea un regard de supériorité avec Martin en partant. Matt lança le dentier à Martin.

« Dis à Jennifer de le mettre de côté – quinze jours. Merci. »

Martin gloussa en s'arrêtant devant la porte. C'était un homme mince et nerveux aux lèvres sensuelles dans un visage par ailleurs pointu, plus jeune que Matt de dix ans. Dans la mesure où il arrivait à Matt de penser à cela, Martin était sans doute son seul véritable ami dans le Sud. Il n'était pas le genre d'homme à tisser des liens étroits. Son frère Stanley et ses vieux copains de classe demeuraient ceux qu'il considérait comme ses amis, liens forgés dans l'enfance, rien qu'il puisse expliquer, juste quelque chose d'habituel comme l'odeur d'une cuisine bien connue. À présent, il ne demandait pas plus que boire une bière, parler de football ou de rugby, peut-être d'un événement important aux informations. Martin comprenait les règles non dites, étant lui-même un homme réservé. Matt pouvait passer une longue soirée au pub avec lui sans jamais craindre que l'homme plus jeune ne se retrouve en train de pleurer sur son épaule. Tout comme il n'avait pas à craindre que son collègue, poussé par un sentiment de curiosité lascive, ne lui demande ce qui s'était *vraiment* passé pendant son séjour à Rome. Matt n'avait pas donné d'explication et, par conséquent, Martin n'en attendait pas.

« Est-ce que tu as de nouveau réfléchi au cabinet de groupe ? Je ne veux pas te pousser, mon vieux, dit-il.

— C'est une grosse somme d'argent pour toi, répondit Matt. Je veux être certain moi-même avant d'en discuter avec Connie. Ça n'a rien à voir avec ce que je pense d'une association avec toi, comprends-moi bien. » Même en tenant compte du fait que Matt donnerait à Martin une bonne partie de la somme, celui-ci devrait tout de même débourser quelque deux cent mille livres et il devait penser à sa jeune famille. Matt se sentait une responsabilité envers lui, il savait ce que c'était de s'endetter lourdement en début de carrière. Connie n'éprouvait pas les mêmes obligations envers Martin et sauterait très naturellement sur la possibilité d'une grosse rentrée d'argent. Matt devait envisager le long terme : qu'arriverait-il si Martin avait des problèmes avec la banque, de quelle manière cela affecterait-il ses capacités professionnelles ?

« Écoute, on boit quelques pintes ce soir, d'accord ? » Martin sourit. « Pour voir si je peux soulager ta conscience. »

Il n'était guère probable que quoi que ce soit y parvienne, mais Matt accepta en souriant.

En dépit de son léger état d'ébriété, Matt voyait bien que Connie avait depuis longtemps dépassé le stade de la curiosité raisonnable. Avec Martin ? Quel pub ? Il y avait du monde ? Elle posa les assiettes chaudes du dîner sur la table et s'assit, la tête baissée, sans toucher une seule bouchée.

« Tu n'as pas faim ? demanda Matt.

— Pas très. »

Il tendit la main et lui toucha le bras.

« Tu veux m'en parler ? »

Elle releva la tête et il remarqua ses yeux trop brillants.

« Te parler de quoi ? dit-elle.

— Je ne sais pas. De ce qui te tracasse.

— Rien ne me tracasse. » Elle regarda autour d'elle comme pour chercher ce qui pourrait la tracasser. « Je ne me sens simplement pas très… Tu veux me parler de quelque chose ?

— Moi ? » Matt fit la moue. « Non. Une journée tout à fait ordinaire. Ce type, Holden, dont je t'ai parlé est encore venu nous casser les pieds. » Il se tut et réfléchit. « Et Martin veut acheter une part du cabinet. C'est beaucoup d'argent. Est-ce qu'il est prêt, qu'en penses-tu ? »

Connie repoussa son dîner. Elle était rouge comme si elle avait de la fièvre. Il avait cru qu'elle serait contente.

« Je pense que je vais prendre un bain. Aller me coucher tôt. » Elle se leva de table, resta un moment debout, appuyée des deux poings sur le plateau en pin. « La couleur de notre vie a complètement tourné. Ce n'est pas facile, hein ? »

Il ne sut pas comment répondre au mieux sans lui faire mal. Son dîner refroidissait et figeait dans son assiette comme une accusation. Quand il leva la tête, Connie avait déjà atteint la porte.

« Qu'est-ce que tu fabriques, Bunny lapin ? » demanda Connie en penchant la tête pour l'observer. Il était assis très sagement au bord de leur grand lit de cuivre, jambes pendantes d'un côté, un des vieux albums de photos de Connie sur les genoux. À sa manière inconsciente, bien qu'infaillible, il avait réussi à toucher le cœur du problème sans même s'en rendre compte. Ses errements le conduisaient souvent dans leur chambre, il pressentait, cherchait… mais quoi ? Que cherchait-il ou qu'espérait-il trouver ? Le cordon ombilical invisible qui reliait ses parents avant que quelque chose ne change tout, ne change leur couleur ?

« Je regarde, c'est tout ». Il haussa les épaules. Connie s'assit à côté de lui, les mains jointes, comme si elle priait. Elle pensa à rire doucement quand il tourna une page.

« C'est ton papa avec tonton Stanley. Regarde les oreilles décollées et les grandes dents.

— Il y en a beaucoup de Papa avec Greta. »

Elle fut très surprise par le ton neutre qu'il prit en lâchant le nom d'une parfaite inconnue.

« Comment se fait-il que tu connaisses le nom de Greta ? » Elle ne put dissimuler sa stupéfaction.

« Tu nous l'as dit. On était devant sa maison, tu te souviens ?

— Oui mais… je ne te l'ai jamais *montrée*. Comment peux-tu être aussi sûr que c'est elle sur les photos ? Benny ?

— Je le sais, c'est tout. » Il haussa les épaules, mais ses yeux s'agrandirent et il fixa le sol, sentant qu'il avait dit quelque chose qu'il ne fallait pas. Connie se força à parler d'une voix légère et enjouée.

« Eh bien, tu es un vrai détective, hein lapin ? Ouais, tu as parfaitement raison. C'est elle. Il y a très longtemps. Nous formions une bande d'inséparables. Du temps des dinosaures. »

Il se tut un long moment, tandis qu'elle se mordait les lèvres pour ne pas rompre son silence.

« Qui a pris toutes ces photos ? hasarda-t-il avec un signe de tête en direction de l'album.

— Mais moi, lapin. C'est mon album, après tout. »

Il tendit le cou et lui adressa un rapide coup d'œil en biais avant de baisser de nouveau les paupières.

« Tu aurais dû trouver quelqu'un pour t'y mettre aussi.

— Comment ça ? »

Il revint en arrière de quelques pages et montra une photo.

« Il n'y en a qu'une de toi avec eux. »

Elle regarda par-dessus l'épaule de Benny. Matt souriait, un bras autour de la taille de Greta ; Connie se tenait un peu à l'écart et détournait les yeux. On avait l'impression que la photo ne l'intéressait pas si elle ne la prenait pas. Elle porta une main à sa gorge. « Tu te rends compte… je ne l'avais jamais remarqué. Bizarre. Bon, Benny, assez d'histoire ancienne pour ce soir. Je crois que c'est l'heure d'aller te coucher. »

Il ferma l'album et le lui tendit d'un geste solennel. Pour une fois, il attendit le baiser du soir sur la joue sans se dérober involontairement ni plisser les yeux. Il sentait le lait et les légumes frais, si bon qu'elle lui vola un autre baiser et fourra son nez dans le creux velouté de son cou. Elle recula et il sauta du lit au même instant.

« Essaie de ne pas te balader cette nuit, Benny, d'accord ?

— Je vais essayer. »

Elle attendit le déclic de la porte de sa chambre. En bas, Joe s'esclaffait devant la télé. Fred n'était pas encore rentré. Elle jeta un coup d'œil sur le palier, s'assura que Matt était dans la cuisine, referma la porte, très doucement, et traversa la chambre pour téléphoner de son portable.

Connie venait de rentrer les bouteilles de lait, de sortir sa clé de la serrure du haut quand une main lui tapa sur l'épaule. Elle sursauta, se retourna et découvrit Mary qui souriait de toutes ses dents même si elle avait l'air un peu penaud.

« Mary ! Mais il est très tôt ! » Sa voix était teintée d'une trace d'agacement inévitable.

« J'ai réussi à t'attraper. » Mary haletait, une main sur la poitrine comme si elle avait couru, ce qui n'était manifestement pas le cas. « Je me disais que nous pourrions aller en ville chercher des cartes postales du *Baiser*, quelque chose comme ça. Tu as d'autres projets ? »

Le regard de Connie erra sur les grands pieds de Mary ; elle cherchait un mensonge qui ne blesserait pas les sentiments de son amie, mais qui la débarrasserait d'elle. Il ne lui venait à l'esprit que des choses qu'elles auraient faites ensemble dans le passé sans même y réfléchir. Elle fut soudain frappée par la distance qu'elle avait mise entre elles depuis le retour de Matt et par la peine que devait ressentir Mary à être exclue de la famille avec laquelle elle avait auparavant pratiquement vécu.

« Il faut que j'aille chercher quelque chose pour Matt, dit-elle d'une voix plus douce. Ça me barbe. Tu détestes autant que moi la foule de Noël, alors je ne t'ai rien dit. Je ne m'arrêterai pas pour déjeuner ni rien. Alors… je ne t'ai rien dit. » Elle baissa la voix en répétant ces mots. Elle savait qu'elle avait les joues en feu et était incapable de regarder Mary dans les yeux. Elle donna une tape sur son sac, fronça les sourcils et regarda droit devant elle comme si elle était affolée par tout ce qu'elle devait faire. C'était vraiment étrange que Mary soit arrivée à ce moment précis ; quelques minutes plus tard et Connie aurait été seule, dans le train l'emmenant en ville. Exactement comme si Mary avait développé un sens surnaturel des allées et venues de la maison.

« J'y vais aussi, de toute façon, dit Mary. Autant… » Elle s'interrompit en haussant les épaules, mais une nuance de nervosité dans sa voix tempéra le mini-cyclone d'irritation qui montait dans la poitrine de Connie. Elle hocha la tête et prit le bras de Mary, mais cela lui parut bizarre.

Elles étaient dans le train et regardaient par la même vitre dans un silence tendu et nouveau pour elles. Connie finit par déclarer que, en fait, elle ne resterait que quelques instants à la Tate Modern Gallery, puis filerait dans les magasins – toute seule… parce que, eh bien parce que ça irait plus vite comme ça. Mary ouvrit la bouche pour dire quelque chose et la referma en hâte devant le regard acéré de Connie.

Le Rodin réussit à les distraire toutes deux brièvement. Elles s'émerveillèrent des courbes lisses du marbre et de la simplicité des lignes. Leur connaissance de la véritable histoire de la sculpture donnait au couple enlacé une résonance douce-amère et lugubre. Il y avait une lassitude, une impression de résignation dans l'étreinte, une façon de se cramponner presque avec désespoir de la part de la femme, qui firent monter des larmes chaudes et piquantes aux yeux de Connie. Elle frotta une poussière imaginaire et tourna le dos à Mary.

« Il faut que j'y aille », dit-elle en s'éloignant déjà. Mary regarda Connie traverser le hall, tête basse, mains enfoncées au fond des poches de son manteau. Son amie paraissait menue, frêle, quelque peu réduite, et elle fut contrainte de faire un détour pour laisser passer un groupe scolaire turbulent. Mary eut l'impression en cet instant que la forme de leurs vies avait effectivement changé pour de bon et que rien ne serait jamais plus comme avant.

Les rares fois où elle s'était retrouvée assise avec Connie et Matt ces temps-ci, pour manger, pour jouer comme d'habitude au Scrabble le soir, elle avait fait de son mieux pour ignorer l'atmosphère troublante entre eux. Elle savait qu'elle se montrait trop enjouée, agaçante même à certains moments, à la manière fébrile d'un enfant qui cherche à attirer l'attention quand un nuage tenace flotte entre ses parents. De leur côté, il était évident qu'ils payaient aussi le prix de leur effort pour tenter d'ignorer le nuage. Et pour eux, l'effort durait toute la journée et une partie de la nuit. Un soir en particulier, ils avaient tous les deux semblé un peu effrayés et complètement épuisés. Des cernes noirs soulignaient les yeux de Matt ; il était resté silencieux durant tout le dîner, se tapotant distraitement le front comme s'il essayait de se débarrasser de pensées indésirables. Mary avait surpris le coup d'œil rapide de Connie en direction de son mari et avait vu passer une ombre qu'elle n'avait pas réussi à identifier sur le moment. Elle avait surpris le regard réciproque de Matt et une ombre semblable avant qu'ils ne s'adressent un sourire fugace. Mary avait mis cela sur le compte de la tension, elle s'était dit que ce n'était qu'une trace de peur, inévitable compte tenu de tout ce qui aurait pu être perdu, d'un coup, impitoyablement. Une rencontre imprévisible à Rome, due au hasard, menant au chaos. Il était inéluctable qu'une partie du traumatisme se répercute pendant un certain temps. À présent, toutefois, en observant la tête cuivrée de Connie qui traversait le hall, Mary comprit avec une certitude qui lui fit pousser un petit cri ce qu'elle avait perçu entre eux ce soir-là. Ce n'était pas de la peur, mais de la peine. Même en présence de l'autre, chacun pleurait l'autre.

Elle jeta un dernier long regard au Rodin puis se mit en route pour suivre Connie.

Mary observait Connie qui s'efforçait de faire des achats sans méthode chez Selfriges où on se bousculait. Dehors, dans Oxford Street, les policiers guidaient la foule haletante au mégaphone. D'habitude, Connie faisait tout pour éviter le centre au cours des semaines précédant Noël. Les courses en cette saison étaient une corvée, disait-elle, on en venait à se détester et à détester les gens pour qui on était là. Quel était l'intérêt d'un cadeau qu'on achetait contraint et forcé ?

Les effluves des parfums vaporisés au hasard dans le rayon des cosmétiques écœurèrent Mary au bout d'un moment. D'autre part, c'était presque un tour de force de maintenir une surveillance assez rapprochée compte tenu de sa grande taille. Elle se baissait, se cachait derrière de grosses femmes qui se retournaient et lui jetaient des regards intrigués de temps en temps. Mary se mettait alors à tousser et se pliait en deux comme pour reprendre son souffle. Après un regard particulièrement furieux lancé par les yeux de fouine d'une femme tandis qu'elle se courbait au point que ses mains touchaient presque ses chevilles, elle se dit qu'elle était ridicule. Ce n'était qu'une autre manière de surveiller la maison. Connie faisait ses courses de Noël, pour l'amour du ciel. Rien de plus naturel en cette période de l'année. Elle se dit qu'elle devenait folle, peut-être par peur de perdre son amie, peut-être l'accumulation des années de solitude avait-elle fini par avoir raison de sa santé mentale. Elle regarda Connie payer ses achats, un agenda en cuir, une cravate, des gants – de femme, extralarges, certainement pour elle – et sortir par une porte latérale. Mary hésita un bref instant, puis traça un sillon dans un champ de clients et aperçut le manteau de Connie qui disparaissait à l'angle d'une rue.

C'était un petit hôtel assez délabré près de Tottenham Court Road. Coincé entre des boutiques de vente en gros aux vitrines remplies de saris multicolores et de tissus aériens et transparents. Les rideaux aux fenêtres de l'hôtel étaient en voile miteux, tordus en un gros nœud à certains endroits. L'entrée avait un air lugubre et peu engageant. Connie n'aurait pas été le moins du monde surprise si la façade en brique noircie avait abrité une sorte de bordel. Elle arpenta un moment la rue étroite, regarda les tissus, écouta le bourdonnement des machines à coudre industrielles dans les étages supérieurs. Elle regarda sa montre et se dirigea vers un café mal éclairé juste en face de l'hôtel.

Une fois à l'intérieur, elle commanda un café qui aurait été insipide et imbuvable dans une autre vie mais qu'elle but néanmoins, se forçant à avaler le liquide trouble par petites gorgées. Ses mains tremblaient et elle avait besoin des deux pour porter la tasse à ses lèvres. Un couple se disputait dans un coin éloigné. Elle aurait voulu qu'ils se taisent afin de se concentrer sur ses pensées, peut-être même afin de se dissuader d'entreprendre cette folle opération, ce qu'elle avait essayé de faire toute la matinée sans succès. À l'instant où elle vidait les dernières gouttes du mauvais café, se demandant ce qu'elle pourrait bien avaler ensuite dans ce bouge, Greta franchit la porte de l'hôtel, pratiquement à la minute prévue par sa sœur Rita à qui elle avait téléphoné la veille au soir. Connie sauta sur ses pieds et jeta quelques pièces sur la table. Elle sortit en courant et traversa la rue.

« Greta ! »

Celle-ci se retourna, surprise d'entendre son nom dans un lieu aussi étranger. En voyant Connie courir vers elle et agiter un bras comme si elle essayait d'arrêter la circulation, elle eut tout d'abord l'air terrifié puis blêmit et prit la couleur nacrée d'un blanc d'œuf en comprenant à qui elle avait affaire.

« Constance ? Qu'est-ce... je veux dire... » Les yeux gris parcoururent la rue comme s'ils s'attendaient à voir une fanfare au complet, ou à tout le moins les taureaux de Pampelune, descendre en rappel dans le sillage de Connie.

« J'ai téléphoné à Rita. » D'une main, Connie saisit le bras de Greta, tandis que l'autre serrait ses sacs de courses pour s'empêcher de trembler. Elle était hors d'haleine mais elle souriait. « Elle ne t'a rien dit ? »

Greta avait l'air complètement décontenancée. « Rita ? Oui, elle m'a laissé un message, mais je ne l'ai pas encore rappelée. Qu'est-ce que tu... je veux dire, je suis désolée... toi, ici... » Elle s'interrompit. Un silence gêné s'installa. Connie s'éclaircit la voix, contempla le trottoir et leva la tête. Le sourire crispé sur ses lèvres s'élargit encore plus.

« Je suis venue te chercher et t'emmener à la maison avec moi. » Elle haussa les épaules.

« *Quoi ?*

— Je voulais voir si tu logeais dans un endroit correct. Mais c'est un trou à rats. Tu es notre amie, on ne peut pas te laisser là… Matt m'a tout raconté. »

Greta laissa échapper un filet d'air entre ses lèvres. Elle regarda Connie et se détourna.

« Je ne comprends pas », dit-elle au bout d'un moment. Elle fronça les sourcils et une ride profonde creusa son front. Connie lui serrait toujours le bras.

« Il m'a parlé de ton fils. De la façon dont tu vis maintenant. Il a dit qu'il avait essayé de t'aider. Mais ça le démoralise de penser qu'il a abandonné…

— Tu sais ce que tu dis ? » coupa Greta. Le vent fouettait son visage ovale, ses yeux gris étaient embués d'horreur et de perplexité. Elle ne portait pas la moindre trace de maquillage, pas même une touche de rouge à lèvres, elle était encore plus mince que le jour où ils étaient tombés sur elle dans le bar de Rome et Connie fut ébranlée par sa beauté qui la transperça comme une pointe d'aiguille. Il n'y avait jamais rien eu d'autre à faire qu'à s'y soumettre.

« Je sais très bien ce que je dis, répondit Connie. Il n'est pas question que tu refuses. Je viendrai te chercher plus tard dans la journée.

— Je ne peux pas loger chez toi, Constance. » Les mains de Greta voletèrent, langage de signes torturé qu'elle seule comprenait.

« C'est Connie maintenant, s'il te plaît.

— Désolée, Connie, mais tu sais que je ne peux pas.

— Et pourquoi donc ? » Son sourire s'élargit encore, étirant ses lèvres comme deux élastiques tendus, bien que ce soit le contraire de l'effet qu'elle désirait, la tête penchée de côté pour tenter de compenser. Greta faisait de son mieux pour reprendre les choses en main. Elle semblait avoir une envie folle de s'enfuir. Une larme en forme de poire était suspendue au bord d'un de ses yeux gris.

« Je t'en prie », chuchota-t-elle. Elle regarda pour la première fois Connie dans les yeux, même si elle eut un net mouvement de recul. « Ne fais pas ça.

— Quoi ? dit Connie. Qu'est-ce que je fais de si terrible ? Écoute, laisse-moi tenter de t'expliquer. Avant nous étions, enfin, c'était tous pour un, un pour tous, non ? Nous étions si proches tous les trois.

— Nous ?

— Oui. Matt, toi et moi. Tu ne t'en souviens pas ?

— Eh bien, je…

— Il est devenu une partie de moi, maintenant, Greta. Oui, j'admets que pendant un temps, quand il est resté à Rome, j'ai été, oui, un peu ébranlée. Mais c'est un homme bien, un homme honorable, j'en suis convaincue, pas toi ? » Greta acquiesça mollement de la tête. Connie poursuivit : « Alors, bien sûr, je lui fais confiance. Complètement. Tout comme, bien sûr, je te fais confiance. Et j'ai le sentiment que ce serait mieux pour toi de… de ne pas être là, toute seule à Londres alors que nous vivons à peine à quelques stations de train, pour l'amour du ciel…

— Connie…

— Écoute-moi jusqu'au bout. Tu veux bien ? »

Greta hocha la tête, mais son visage déjà blême était devenu transparent, de sorte que les veines bleues se détachaient sur ses tempes. Elle s'était mise à trembler violemment de tout son corps mince. Connie serra plus fort le bras qu'elle tenait pour calmer cet être fragile.

« Il n'y a pas que Matt, poursuivit Connie. Moi aussi je veux aider. Participer. Je l'observe qui se pose des questions à ton sujet. Il se demande si tu vas bien. Et je… Je t'en prie… ça nous écartèle. Je t'en prie, viens, regarde-nous, regarde-nous tous ensemble. Montre-lui que tu peux le faire, que tu peux nous rendre visite puis partir et peut-être revenir une autre fois. Montre-lui que ça va aller. Greta, je sais, je sais très bien, que ça doit te paraître très égoïste. Tu as vécu un enfer, je le comprends parfaitement. Mais c'est quelque chose que tu peux faire, pour Matt, pour moi, pour les amis que nous avons été.

— Excuse-moi, mais je ne me souviens pas – je veux dire, toi, moi –, il m'est arrivé de ne pas être gentille avec toi, ça je m'en souviens, mais cette grande amitié dont tu parles... » Greta s'interrompit et haussa les épaules en signe d'incompréhension.

« Peu importe, insista Connie. Nous étions tout de même très amies. »

Greta eut un léger mouvement de recul semblable à celui de la tête d'un serpent qui ne sait pas s'il doit attaquer ou se défendre. « Mais tu ne me connaissais même pas ! »

Connie leva la main et essuya une larme égarée qui roulait sur la joue de cette femme accablée.

« Matt te connaissait. Cela me suffisait. Nous devons nous tenir les coudes.

— Est-ce qu'il sait que tu es venue ? »

La main de Connie retomba. « Non. Je ne crois pas qu'il comprendrait. Mais toi tu comprends, n'est-ce pas ? »

Son pâle visage donnait l'impression qu'elle était sur le point de vomir, mais elle hocha la tête.

« Est-ce que tu peux faire ça pour moi ? Pour nous ? » La voix de Connie n'était qu'un murmure. Elle retenait son souffle.

« C'est impossible. Tu sais que je ne peux pas. Ce que tu demandes est impossible. » Greta arracha sa main à l'étreinte de Connie. Elle chercha dans son sac un paquet de cigarettes. Elle s'y reprit à plusieurs fois pour en allumer une.

« Réfléchis... pourquoi serait-ce impossible ? Si Matt peut loger chez toi à Rome, pourquoi ne pourrais-tu pas loger chez nous à Londres ? »

Greta porta une main à sa bouche, tentant d'empêcher un petit gémissement de s'échapper, mais il resta suspendu entre elles, un son désolé qui rappela à Connie un oiseau en cage. Un torrent de compassion ruissela dans ses veines pour cette femme brisée et malheureuse qui avait fini par succomber à son propre pouvoir de destruction. Elle ne pouvait s'empêcher de se souvenir de la fille dansante et du soleil qui faisait ressortir comme une auréole des dizaines de nuances étincelantes dans ses cheveux auburn en mouvement. Tant de vie et d'énergie, éteinte à présent, vidée, une carapace superbe, ne contenant plus rien. Tandis que le regard de Connie voletait sur la surface blanche et ciselée du visage ovale, il lui vint à l'esprit que ce moment devait inévitablement se produire. Quelque part au fond d'elle-même, dans un endroit qu'elle n'avait jamais osé explorer, elle avait compris que le triangle complexe de leur relation à trois avait continué d'exister.

Elle devait remettre cette femme dans l'album photographique de leurs vies, mais cette fois Greta serait l'intruse, celle qui prendrait les photos. Bien entendu, les risques étaient énormes, mais n'importe quel risque était bon à prendre si elle réussissait à transformer la lumière aveuglante du soleil en une ombre sans danger, si elle réussissait à faire de Greta une visiteuse.

« Je suis absolument désolée pour ton fils, dit-elle. On ne peut pas imaginer...

— Est-ce que Matt... est-ce qu'il t'a dit...

— Oui. » Connie passa la langue sur ses lèvres sèches. Elle voulait être honnête mais pas d'une cruauté gratuite. Aucune tentative de dissimulation ne tenait face à la mort d'un enfant. « Il m'a dit que tu te sentais coupable.

— Oui. À juste titre.

— Je me sentirais aussi coupable dans les mêmes circonstances. »

Les yeux de Greta s'agrandirent légèrement et une ébauche de sourire en coin se dessina sur ses lèvres.

« Merci. Tu es la première à me le dire en face, carrément. Cela fait presque du bien de l'entendre. Bien sûr que tu te sentirais coupable mais d'après ce que Matt m'a dit sur toi, ça ne pourrait pas t'arriver. Tu ne te montrerais jamais aussi égoïste et irresponsable. »

Connie recula d'un pas. Elles se regardaient dans le blanc des yeux en une lutte silencieuse, angoissée. Greta résistait, comprenait parfaitement ce qui lui était demandé. Elle comprenait ce qui était placé entre ses mains réticentes – une famille, son avenir, l'histoire de Matt et Connie, l'ablation de sa présence par, à l'inverse, l'addition de celle-ci, ne serait-ce que durant une brève période. Elle était clouée sur place, les yeux fixés sur ceux de Connie. « J'ai envie d'être quelqu'un de bien. » Elle baissa la tête.

« Je sais. Matt me l'a dit. Alors tu peux le faire.

— Je ne peux pas, vraiment, je ne peux pas.

— Si tu ne le fais pas, qu'est-ce que je vais devenir, Greta ? Qu'est-ce que je vais penser ? insista Connie d'une voix douce.

— Je ne comprends pas.

— Je crois que si. » Elle prit une profonde inspiration. Elles étaient bloquées en pleine manœuvre dans un espace aérien extrêmement dangereux, un faux mouvement et elles tomberaient toutes les deux en vrille.

« Tu veux parler de Rome », souffla Greta. Connie hocha la tête et leva précipitamment la main avant que d'autres mots ne soient prononcés.

« Je ne veux pas de mensonges. Je t'en prie. Je ne veux pas non plus la vérité. Aide-moi à croire ce que je veux croire. Viens chez moi. Sois une invitée.

Et pars ensuite. Il te faudra te retourner à la porte, dire au revoir et partir. Je t'observerai. Matt t'observera. Je fermerai la porte quand tu te seras éloignée. Nous pourrons peut-être alors revenir tous à une sorte de normalité.

— Mais comment j'expliquerai…

— Qu'y a-t-il à expliquer ? Tu es une vieille amie qui rend visite à de vieux amis à Londres. Tu as téléphoné, je suis venue te retrouver en ville. Qu'y a-t-il de plus simple ? Tu te pointes comme font les amis.

— Je pourrais partir aujourd'hui. Simplement m'en aller. Tu ne me verrais plus jamais.

— Pourquoi ne voudrais-je pas te voir ?

— Tout de suite. Je m'en vais maintenant. Je fais mes bagages, je ne monterai même pas dans le Nord.

— C'est l'absence qui rend les choses complexes. Tu ne comprends pas ?

— Est-ce que tu… Est-ce que tu es sûre que tu sais ce que tu demandes ? »

Connie dut réfléchir un moment.

« Tu devras me faire confiance là-dessus, répondit-elle avec un sourire tremblant. Tout comme je devrai te faire confiance. Je t'en prie. J'ai besoin que tu le fasses.

— Oh, Seigneur. » Greta leva la tête et contempla le ciel couleur de linge sale. « Donne-moi deux heures. Retrouve-moi à la porte de l'hôtel. » Elle recula, fit demi-tour et partit en courant. Connie la suivit des yeux et se prit la tête entre les mains. Des éclairs de lumière blanche explosaient à la périphérie de sa vision. Elle fut obligée de se pencher en avant, mains sur les genoux, pour juguler une crise d'hyperventilation. Si tout cela lui pétait au visage, tant pis. Tout valait mieux que continuer à subir cette demi-vie avec un homme qui restait lointain tout en étant rentré à la maison.

Un peu plus loin, accroupie derrière une camionnette

blanche dans laquelle le chauffeur ronflait la tête renversée en arrière, Mary renonça à saint Antoine et se tourna vers saint Jude, patron des causes perdues.

Elle était absolument incapable d'imaginer que quelque chose de bon sortirait d'une rencontre entre deux femmes ainsi enfermées ensemble dans leur étrange capsule temporelle. Il était là, visible pour quiconque voulant le voir, l'écheveau qui les liait l'une à l'autre. Les années, l'éloignement, les mariages, les enfants, les changements de vie, rien n'avait réussi à trancher le lien. Cela avait à la fois tout et rien à voir avec Matt. C'était en rapport avec la ville où ils étaient nés, l'air respiré, l'enfance commune, les mêmes expériences formatrices, tous les endroits que Connie avait décrits à Mary pour plonger dans le passé et s'y retrouver avec elle. Quand Connie ou parfois Matt parlait, Mary fermait les yeux, imaginait ce qui était à présent une ville mourante et rouge, les crassiers hauts comme des montagnes marbrés de rivières de bitume coulant dans la boue grise, l'enduit rose sur les pare-brise mouillés des voitures passant de droite à gauche, entraîné par les essuie-glace usés, les piles de pièces jaunes patiemment rassemblées pour les sorties du vendredi soir.

Elle avait essayé d'entrer dans leur histoire, elle avait essayé d'imaginer comment elle aurait été à la ferme, dans les rues poussiéreuses de Consett, toujours avec Connie à ses côtés. Elle était allée jusqu'à imaginer leurs conversations enfantines tandis qu'elles cueillaient des mûres ou mangeaient la soupe de Brenda Bradley. Ils en avaient brossé un tableau incroyablement romantique, intime et chaleureux, de sorte qu'il ne lui avait pas fallu grand-chose pour passer de l'invention d'une enfance complètement différente à la conviction qu'elle l'avait vraiment vécue. Elle avait envie de rire amèrement de son imagination fantasque ; qu'avait bien pu trouver son amie, sa meilleure amie – oui, la seule, pour dire l'âpre et absolue vérité –, à un crabe démesuré qui filait de travers, alors qu'elle avait Greta depuis le début ?

Elle n'avait pas entendu ce que les deux femmes s'étaient dit, mais à certains moments, tandis que passaient entre elles des regards silencieux et chargés, Mary avait eu l'impression d'assister véritablement à un échange lourd de sens entre deux personnes contraintes par une rencontre fortuite de se confronter à toutes les choses oubliées depuis longtemps qui les liaient autrefois. À la manière de copines de classe jadis proches, les rivalités, les disputes, les rires, tout revenait en un instant, le temps qu'il fallait pour tourner au coin de la rue. Elle fut brusquement submergée par un accès de panique. Il n'y avait vraiment pas de place pour elle dans leur monde.

14

Un bruit blanc crépitait dans les tympans de Mary. Il grésillait et sifflait comme une télévision laissée allumée toute la nuit. Il lui fallait se mettre les doigts dans les oreilles et secouer la tête. Elle avait beau tourner les yeux dans toutes les directions, elle n'arrivait toujours pas à accepter ce qu'elle voyait chez Connie.

Mary était arrivée à son heure habituelle ou, plus exactement, à ce qui avait toujours été son heure habituelle, décidée à ne rien dire de l'étrange rencontre à laquelle elle avait assisté plus tôt. D'abord elle aurait dû avouer qu'elle espionnait Connie et de plus elle souhaitait expédier Greta dans un coin reculé et glacial au fond de son esprit. En Antarctique, rien de moins. Et voilà que cette même femme était assise en plein milieu de la cuisine de Connie, peau pâle, yeux couleur cendre, plus éthérée qu'elle n'en avait eu l'impression de loin. Elle sirotait son thé dans un mug, celui que Mary prenait toujours, et était assise sur la chaise où Mary s'asseyait toujours. Et elle fumait, pour l'amour du ciel.

Elle réussit à peine à marmonner un salut à Connie qui bavardait d'un ton dégagé en leur tournant le dos et en agitant une spatule, comme si Greta venait tous les jours chez eux. Mary, bouche bée, chercha des yeux Matt qui ne pouvait pas être déjà rentré, à moins qu'il ne le soit ? Il ne semblait y avoir aucune limite à ce tableau surréaliste.

« Bonjour, bonjour ? » dit Mary à Greta et sa voix lui sembla confuse comme à travers une étendue d'eau.

« Assieds-toi donc, Mary », dit Connie avec entrain ; elle se retourna et Mary faillit avoir le souffle coupé en voyant les tonnes de maquillage qu'elle s'était appliquées sur le visage. D'autant plus surprenant qu'elle se maquillait rarement et elle ne mettait alors qu'un léger fond de teint, une trace de simple brillant à lèvres, un peu de mascara peut-être. Ce soir-là, elle ressemblait à un travesti. L'ombre à paupières vert forêt lui rétrécissait les yeux, le rouge à lèvres mat semblait venir des années quarante ; ne se rendait-elle pas compte que, à cause de lui, ses dents paraissaient jaunes comme la chair jaune d'une pomme rouge et brillante ? Et cette étrange voix de tête. « Je te présente Greta, une vieille amie de l'époque de Consett. Je t'ai peut-être parlé d'elle ? Rome ? » Avec un haussement d'épaules, car cela n'avait pas d'importance, Connie continua à faire frire trois steaks d'aloyau.

« Ravie de vous rencontrer. » Greta tendit la main. Ongles écarlates et brillants, Mary l'aurait deviné. Elle la prit et la serra si fort qu'il lui fallut un moment pour remarquer la grimace de douleur.

« Qu'est-ce que vous faites ici ? » lâcha Mary. Elle se reprit en voyant Connie plisser les yeux en la regardant. « Je veux dire, à Londres. Pour affaires ou pour le plaisir ?

— J'ai habité dans cette ville. » Greta but une gorgée de thé. Elle affichait l'expression effarouchée d'un animal qui vient d'être pris au piège, se dit Mary avec un élan de satisfaction. Au moins, c'était compréhensible. Quant au jeu auquel jouait Connie, Mary n'en avait pas la moindre idée.

Mary s'assit, posa les fesses sur l'assise étrangère d'une chaise étrangère. Il lui fallut un certain temps pour se rendre compte que Connie parlait de nouveau ; elle parlait de ses fils à Greta et chaque enfant avait droit à environ une minute et demie. Ils ne ressemblaient guère aux garçons que Mary connaissait et aimait depuis leur plus jeune âge. Fred, facile à vivre, à la limite de la paresse, s'était métamorphosé en un élève prodigieusement doué ; Joe était certes très tendu mais c'était à cause de sa créativité, fardeau qu'il aurait à porter toute sa vie. Quelle créativité ? Il n'en avait pas, que dalle, ils avaient tous cherché mais n'avaient rien trouvé. Les yeux de Mary creusaient des trous dans le dos de Connie, qu'allait-elle raconter sur Benny ? Elles pensaient manifestement la même chose car il y eut un petit silence avant que le plus jeune ne se transforme en un penseur sérieux et profond qui inspirait ses nombreux amis tout en n'ayant pas la moindre idée qu'il exerçait ce genre d'influence sur les gens. Pas la moindre idée, tu te rends compte ? Mary dut étouffer une envie de tousser.

« Attends de voir Joe, gloussa Connie par-dessus son épaule. C'est le portrait craché de Matt. Enfin, quand il était jeune, bien sûr. Et voici Benny. Dis bonjour à Greta, Benny. Tu te souviens… sur la photo ? » Elle montra quelque chose. Mary et Benny tournèrent la tête en même temps. Une photo dans un cadre représentant Matt, Connie et Greta jeunes était posée sur le buffet. Quand avait-elle été mise là ?

Benny semblait mal à l'aise ; il s'assit à côté de Mary et ils regardèrent tous deux Greta qui buvait du thé, apparemment très gênée, les genoux agités d'un tressautement qui faisait trembler la table. À travers le sifflement continuel dans ses oreilles, Mary saisissait seulement des bribes du bavardage sinueux de Connie. Cette maison, elle avait semblé une pure folie à l'époque, et puis elle s'était aperçue qu'elle était enceinte de Benny et il avait fallu hâter les aménagements. Le nombre d'heures de travail de Matt au cabinet durant ces années, Seigneur ! Le jardin était entièrement son territoire à elle, une jungle quand ils avaient emménagé, mais petit à petit elle avait réussi à le domestiquer et à en faire quelque chose. Viens voir !

Connie ouvrit d'un grand geste la porte de derrière. Greta ne parut pas saisir tout de suite ce qu'on attendait d'elle. Peut-être, comme Mary, essayait-elle de comprendre où elle était, ce qui se passait. Et elle échouait lamentablement, semblait-il. Mary voyait le reflet de sa propre stupéfaction dans les yeux gris caillou.

« Elle veut que tu ailles voir le jardin, dit Benny tout bas en se penchant sur la table.

— Oh. » Greta se leva si brusquement que son thé déborda de sa tasse. « Magnifique, vraiment bien agencé », murmura-t-elle, debout à côté de Connie, tandis qu'elles regardaient dehors toutes les deux. Inconsciemment, peut-être pour se protéger, Greta se frottait l'arrière de la tête. Ce geste écarta ses cheveux et Mary vit la cicatrice noueuse dont avait parlé Connie. Elle divisait en deux tout son cuir chevelu. Elle avait dû prendre une sacrée gamelle. Mary dut faire appel à toute sa force intérieure pour ne pas ajouter un épilogue à cette pensée. C'était une chose de souhaiter la mort de cette malheureuse femme avant de la connaître et tout à fait différent de souhaiter la même chose après lui avoir serré la main.

« J'en suis très fière, dit Connie à propos du jardin. Tu veux voir en haut ? » Avant que Greta n'ait eu le temps de répondre, Connie lui prit la main et la fit sortir de la pièce en la guidant comme on guide une personne pas très solide sur ses jambes. Ou quelqu'un sur le point de se sauver.

Les yeux de Benny se fixèrent sur Mary et s'arrondirent comme des soucoupes volantes. Elle dut faire un effort monumental pour tenter ce qui, elle l'espérait, ressemblait à un sourire détendu mais qui, elle le sentait, avait plutôt l'air d'un éternuement retenu. Elle n'avait pas la moindre idée de ce qu'il avait entendu dans la maison sur cette Greta. Elle présumait juste qu'il en savait suffisamment pour faire apparaître ce petit pli d'inquiétude sur son front.

« Une vieille amie », dit-elle de cette nouvelle voix aqueuse qui paraissait décidée à persister. Une v-i-e-i-l-l-e a-m-i-e.

« Je sais, répondit-il.

— C'est chouette. Une visite.

— Elle est jolie.

— Oui ! Oui, elle est jolie. Tr-r-ès. »

Une fumée noire montait des steaks oubliés dans la poêle. Mary bondit et tenta de sauver ce qu'elle pouvait, mais ils s'étaient transformés en morceaux de charbon. Elle lança un coup d'œil oblique à Benny, il faisait la moue, jette-les, et tout à fait d'accord avec lui, elle les mit à la poubelle juste au moment où Connie et Greta revenaient. Tout était tellement joli, disait Greta. Vraiment ravissant. Elle parlait et même bougeait comme un robot auquel il manque des pièces. Une fraction de seconde, Mary éprouva un frisson de compassion.

« Oh, non ! s'exclama Connie. Qu'as-tu fait de mes steaks ?

— Ils étaient… demande à Benny.

— Carbonisés, dit Benny.

— Mais Greta a toujours aimé la viande comme ça. » Connie regarda dans la poubelle, mais trop de détritus adhéraient aux steaks noircis et ils étaient irrécupérables. « Je les faisais brûler exprès, Mary.

— Eh bien, tu aurais pu le dire. D'autre part, pourquoi brûler les trois ?

— Tu as raison. Désolée. Je vais... » Connie s'interrompit et regarda autour d'elle comme si elle ne savait plus trop où elle était. Mary se rendit compte qu'ils étaient tous dans le même bateau à la dérive. Elle avait envie de saisir Connie par les épaules, de la tirer dans le jardin, de la secouer un bon coup et d'exiger de savoir ce qui se passait. On ne fait pas franchir le seuil de sa maison à son ennemi. Pour l'amour du ciel, on ne l'invite pas *chez soi*. On ne lui donne pas des steaks carbonisés, on ne met pas de photo là où il n'y en avait pas auparavant. On ne le présente pas à ses plus proches et ses plus chers. À quoi espérait-elle parvenir ? À ce que Greta lève les mains en l'air et se rende, recule en implorant la pitié : *assez*, assez de bonheur, assez de félicité domestique, je n'en peux plus !

Elle voulait retrouver la Connie d'avant. L'amie au doux caractère qui avait tout pigé, la mère spontanée qui avait tout ce dont Mary avait toujours rêvé, l'amie qui partageait modérément les moments de mécontentement mais généreusement les moments de contentement. Tout cela était en train de disparaître pendant que Mary essayait de comprendre et, pire que tout, elle voyait de façon claire que Greta essayait d'aider Connie d'une manière dont Mary était incapable. Elle avait envie de hurler : « Tu ne vois pas ? Qu'est-ce qui ne va pas chez toi ? Elle n'est plus ce qu'elle était ! Elle n'est plus qu'un fantôme. Un fragment de ton passé. Elle est juste devenue plus grande que nature dans ta tête comme dans celle de Matt. En réalité, elle est vraiment toute petite. Elle n'est rien, en fait. Personne. »

Un filet de sueur coula le long du nez de Mary. En silence, elle adressa une prière à saint Jude mais sa stalle était fermée pour la journée. Saint Antoine n'avait pas encore digéré le fait d'avoir été éconduit, il avait ce côté petit et mesquin. Elle regarda Benny. Il évitait avec soin la concentration de Mary. Le bourdonnement dans ses oreilles atteignit un niveau tel qu'ils devaient certainement tous l'entendre. Chose étrange, absurde, ce fut Greta qui tendit le bras vers elle.

« Vous allez bien ? Vous avez l'air un peu…

— Ça va. » Sans en avoir l'intention, Mary écarta la main inquiète. Elle pensait sans en être tout à fait certaine que Connie lui lançait ouvertement un regard furieux. « Je crois… je crois que j'ai mangé un truc pas frais à midi. » Pour détourner l'attention, Mary se leva de sa chaise presque en trombe et saisit la photo sur le buffet.

« Vous n'avez pratiquement pas vieilli », dit-elle à Greta, avec l'intention de se montrer amicale, afin de mettre Connie à l'aise. Pour une raison qu'elle ne comprenait pas, ces mots résonnèrent comme une véritable insulte.

« Merci mais… » répondit Greta avec un sourire contrit. Elle tendit la main vers la photo, avec un peu trop d'autorité au goût de Mary qui réagit en serrant le cadre contre sa poitrine un instant avant de le lâcher à contrecœur.

« Est-ce que tu as gardé toutes les photos que tu prenais sans arrêt ? »

Connie hocha la tête mais elle avait l'air un peu mal à l'aise. Mary s'aperçut, le cœur serré, qu'elle avait encore une fois fait une erreur en attirant l'attention sur cette photo.

« Elles sont quelque part dans la maison. » Connie agita la main avec désinvolture.

« L'album de photos est dans ta chambre, déclara Benny, l'air déconcerté.

— Ah oui.

— Il a toujours été dans ta chambre. » Benny fronça

les sourcils un peu plus et regarda furtivement le visage de sa mère qui rougissait de plus en plus. Greta rendit le cadre à Mary ; ils avaient tous conscience que quoi qu'ils fassent ce n'était pas ce qu'il fallait mais apparemment ce qu'il fallait faire n'existait pas. Mary émit un rire qu'elle voulait chaleureux.

« Je viens seulement de remarquer. Le jeans », dit-elle comme si elle voyait la photo tous les jours. Elle se pencha pour qu'ils puissent tous regarder. « C'est le jeans délavé et déchiré qui vient de vos cousins d'Amérique, Greta ? » À l'instant où cette phrase sortait de sa bouche, elle sut qu'elle avait commis le pire faux pas depuis son arrivée. Elle révélait à Greta qu'elle constituait le sujet de nombreuses conversations passionnées dans cette maison, que même ce qu'elle portait dans sa jeunesse avait été examiné. Qu'elle avait été une présence bien avant cette visite impromptue. Mary avait envie de rentrer dans un trou de souris, elle leur tourna le dos pour remettre le cadre en place en feignant de toujours le regarder afin de ne pas être obligée de faire face à la colère certaine de son amie. Ce fut Greta qui sauva la situation.

« Mon jeans américain ! Ma fichue sœur, Rita, elle a toujours nié me l'avoir fauché mais je le savais. Elle me prenait toujours mes affaires. Vous imaginez, quatre sœurs dans une maison… C'est drôle comme on se rappelle les choses simples, insignifiantes de sa jeunesse alors que les trucs importants sont souvent… Tu avais une robe bleue, Constan… Connie, tu te souviens… je parie que non, avec des petites fleurs blanches ? Un décolleté cœur avec trois petits boutons juste là. » Elle fit le geste de se poignarder la poitrine. Le visage cramoisi de Connie perdait petit à petit de sa couleur, mais Mary était certaine qu'elle émettait une injonction claire bien que muette dans sa direction pour qu'elle fiche le camp avant de provoquer d'autres dégâts. Connie devait regarder une amie puis l'autre en se demandant ce qu'elle avait bien pu trouver à Mary, en comparaison de cette femme subtile, intuitive et oui, oui, lumineuse, assise dans sa cuisine, ses chevilles minces enroulées autour du pied de la chaise. Elle savait même s'asseoir.

« Je ferais mieux d'y aller, dit Mary.

— Il n'y a pas le feu, si ? » Connie tendit la main mais Mary recula, craignant que cette attention ne la fasse éclater en sanglots et, si cela se produisait, elle ne pourrait jamais revenir.

« Je… j'ai du travail de préparation pour… la carte de Carmel ?

— Oh oui. » Connie sourit, le regard voletant sur le visage de son amie. Elle semblait inquiète, mais Mary se dit qu'elle devait sans doute se demander ce que Greta pensait de ce crabe stupide. Connie reprit : « Nous allons acheter des plats préparés. Pourquoi ne restes-tu pas au moins pour les manger avec nous ?

— Non, non, je ne peux pas. » Mary recula brusquement d'un pas et le haut de ses cuisses heurta le buffet. Il y eut un bruit sinistre de vaisselle en porcelaine et de verres qui vacillaient, cognaient contre le bois et glissaient, puis le bruit du verre qui se brisait sur le sol de la cuisine. La photo gisait en miettes aux pieds de Mary. Elle émit un long gémissement.

« Pour l'amour du ciel qu'est-ce que tu as ? Ce n'est que du verre, ce n'est pas grave. » La voix de Connie perçait le bruit blanc assourdissant.

Le regard de Mary vacilla vers la porte ; elle avait hâte de s'échapper. Matt se tenait sur le seuil. La stupeur donnait à son visage épuisé un aspect spectral, comme s'il était un fantôme surpris par un mortel. Personne ne l'avait encore remarqué, tous les yeux étaient braqués sur Mary collée contre le buffet, raide de honte. Ils la regardaient de telle façon que son comportement devait paraître encore plus bizarre qu'elle ne le pensait. Matt entra dans la cuisine.

« Greta ? *Greta* ?

— C'est une bonne surprise, non ? » Connie se tourna vers lui, radieuse. « Greta a téléphoné et j'ai *insisté* pour qu'elle vienne habiter chez nous quelques jours. Nous avons passé un moment délicieux à parler du bon vieux temps et de choses et d'autres. Elle va très bien. » Elle concentra son regard sur la femme assise. « Tu as l'air en forme, je suis contente de le dire. Nous nous sommes fait tant de souci pour toi. N'est-ce pas, Matt ? »

Il ne peut pas bouger, se dit Mary. Il devrait bouger, embrasser légèrement Greta sur les joues en signe de bienvenue. Elle devrait bouger aussi, reculer sa chaise pour aller vers lui, prononcer une phrase sans importance sur le fait de se rencontrer deux fois en un an après ne s'être pas vus depuis plusieurs dizaines d'années. Il devrait y avoir des plaisanteries, des comment vas-tu ? comment trouves-tu Londres ? quelle maison magnifique ! comme je suis contente de connaître enfin ta famille ! Bon sang, si c'était le spectacle qu'avait choisi Connie, ils pourraient au moins le jouer dans les règles ! Mais ils étaient figés, yeux dans les yeux, un cordon d'intimité si tendu entre eux que Mary était certaine qu'elle pourrait toucher de la main la chose chaude et viscérale qui traversait la pièce. Benny remuait sur sa chaise, mal à l'aise et sentant lui aussi, à sa manière enfantine, qu'ils auraient dû dire quelque chose, les adultes ne se saluaient pas en silence. Greta s'éclaircit la gorge pour parler, mais celle-ci s'était sans doute resserrée, desséchée et scellée car aucun son n'en sortit. Mary percevait l'agitation croissante de Connie ; elle leur avait donné leurs répliques et ils ne les avaient pas apprises.

« Matt », finit par articuler Greta. Elle faillit tomber de sa chaise en voulant s'approcher de lui de sorte qu'il s'élança instinctivement vers elle pour la rattraper. Ils se retrouvèrent au milieu de la pièce dans une étreinte maladroite et gênée avant de reculer tous les deux en même temps.

« Tu as téléphoné ? demanda Matt abasourdi. Tu as téléphoné ici ? »

Greta se tourna vers Connie comme pour demander des instructions.

« Quoi, n'aie pas l'air si surpris ! s'exclama-t-elle. Pourquoi pas ? C'est normal qu'elle nous appelle si elle est à Londres. »

Mary se glissa vers la porte en un mouvement de biais et arriva dans l'entrée avec un soupir de soulagement. Elle entendit derrière elle le bruit rapide de petits pieds ; Benny la dépassa à toute vitesse et sans un mot monta l'escalier en courant. À la porte d'entrée, elle se retourna pour regarder une dernière fois dans la cuisine. Matt disait quelque chose à Greta qui levait la tête vers lui ; un sourire involontaire fendait les joues de Matt. Connie était debout un peu plus loin, leur tournant à moitié le dos mais les yeux fixés sur eux. Presque exactement comme sur la photo que Mary venait de faire tomber.

Elle ferma doucement la porte derrière elle.

Il était presque minuit déjà et Matt n'avait pas encore eu l'occasion de parler à Greta ou à Connie seul à seule. À vrai dire, il n'était pas absolument certain d'être capable d'un discours cohérent. Le choc de la présence de Greta se propageait dans son système nerveux comme un poison doux et lent – dangereux mais grisant. À peine quelques minutes après avoir entendu sa voix, il avait d'une part basculé dans une réalité parallèle et bizarre et, d'autre part, il avait été d'une manière brutale rappelé au sens de la réalité qui, il venait seulement de s'en rendre compte, lui avait tout à fait échappé ces derniers mois. Il avait l'impression d'avoir vécu dans une toile d'araignée, pas intentionnellement, plutôt en dépit de ses meilleures intentions.

Connie avait bavardé sans cesse avec une ferveur qui frisait le zèle pendant qu'ils mangeaient leurs plats préparés indiens. Elle prenait soin de ne pas croiser le regard de Matt sauf pour grimacer un sourire rassurant en lui passant l'aloo gobi ou le biryani de crevettes. *Nous pouvons le faire. Nous le pouvons*, semblait-elle dire, même lorsque Matt avait dû détacher les yeux du spectacle de Greta picorant poliment dans son assiette, replaça une mèche de cheveux derrière son oreille en un geste qui lui serrait le cœur. Elle avait vraiment l'air mieux, plus alerte, moins planante; elle avait donné sa parole de continuer à diminuer la prise de ses pilules le jour où, se mordant la lèvre presque au sang, il s'était éloigné d'elle à l'aéroport de Fiumicino, décidé à ne pas même regarder une seule fois par-dessus son épaule. Ce n'est que sur la dernière marche, juste avant d'embarquer, qu'il s'était autorisé un regard circulaire en arrière mais il n'avait rien vu, naturellement, en dehors du tarmac et des autres avions. Il avait à moitié espéré que quelque chose d'elle, un esprit, une essence, l'aurait suivi.

Fred avait observé Greta d'un air poli et soupçonneux tout au long du repas. Il lui avait posé des questions sur la vie à Rome, mâchant pensivement tandis que Greta répondait avec un enthousiasme artificiel. Inutile de dire que Joe avait ajouté sa touche de désordre à l'étrange assemblée en flirtant comme un paon, toutes plumes dehors. Il lui parlait de façon intime comme s'il la connaissait depuis toujours, il insistait avec ironie sur la dernière voyelle de son nom, Gret-ah, il ébouriffait délibérément ses cheveux et sa voix tonitruante dominait celle de tous les autres. Matt ne savait pas s'il était amusé ou jaloux. C'était étrange de voir son fils adolescent régler ses comptes avec lui, d'observer son attirance instinctive pour la même personne. Il enviait sa jeunesse tout en étant désolé pour lui, à cause de toutes les années qui l'attendaient où il risquait de perdre son esprit fanfaron et effronté et de finir en vieux type déboussolé et confus comme son père.

Comme d'habitude, Joe était allé trop loin. Il avait fini par ôter son sweat-shirt et montrer son torse maigre, chose qu'il n'avait jamais faite à table auparavant. Matt était sur le point de le réprimander lorsque Connie s'était penchée vers lui en lui jetant un regard d'avertissement. Elle avait lancé le sweat-shirt à Joe et lui avait intimé d'un signe de tête de l'enfiler en vitesse, sinon...

« *Le piment*, avait répliqué Joe. Je mange du vindaloo, bon sang. C'est fort. » Il s'était tourné vers Greta. « C'est ce pays, pas vrai ? Je parie qu'on voit ça partout à Rome. Genre, ce n'est que de la chair, purée. Comme si on n'avait pas tous des corps.

— Pas à table, Joe », lui avait fait observer Connie avec un sourire crispé. Ils devaient vraiment paraître vieux jeu et guindés, avait pensé Matt. Joe continuait à enfourner des petites montagnes de poulet sag aloo. Matt avait compté tout bas jusqu'à dix, voulant donner au garçon une chance de s'en sortir sans perdre la face mais cela ne s'était pas passé ainsi. Il n'avait pas l'intention de faire sauter tout le monde au plafond en flanquant ses couverts sur son assiette.

« Joe ! Enfile ta chemise TOUT DE SUITE. »

Durant un bref instant, il avait cru que Joe allait lui tenir tête. Les yeux bleus de son fils s'étaient tournés avec insolence dans sa direction tandis qu'il continuait à mâcher. Que signifiait ce regard vibrant et silencieux ? Joe lui faisait-il savoir qu'il comprenait parfaitement qui était cette inconnue à leur table ? Jaugeait-il son père, trouvait-il qu'il laissait à désirer, trouvait-il qu'il faisait un rival médiocre et affaibli ? Ou peut-être, à sa manière, essayait-il de prendre le parti de sa mère ? Un voile de confusion était passé dans le regard bleu et Matt avait eu de la peine pour son deuxième fils. Celui qui était difficile et rebelle, le garçon qui possédait les mots que son père n'avait jamais eus, réduit à ôter son sweat-shirt à table pour s'affirmer.

« Allez, fiston, avait insisté Matt d'une voix calme. Ne te déçois pas toi-même. »

Joe avait repoussé son assiette et émis un long soupir. Il s'était levé en traînant son sweat-shirt par terre derrière lui.

« J'ai fini de toute façon », avait-il dit. La porte était sur le point de claquer mais il l'avait retenue juste à temps. Elle s'était fermée avec un léger déclic. Fred avait lancé à son père un regard dur et glacé.

Connie ne cessait de se lever de table et de se rasseoir, de s'approcher du four à petits pas maniérés et d'en sortir des plats réchauffés. Matt ne pouvait s'empêcher de penser aux femmes chinoises aux pieds bandés ; il voulait qu'elle arrête mais il comprenait qu'elle n'avait pas d'autre choix que d'être continuellement en mouvement. Lui-même avait du mal à rester collé sur sa chaise. Il commençait à dire quelque chose à Greta, n'importe quoi, à propos de son travail, du temps qu'elle avait l'intention de passer ici, mais sa gorge était nouée ; il avait donc tenté quelques faibles sourires, ce qui était pire car il devait la regarder. Du coin de l'œil il voyait Benny disposer les pois chiches en rectangles étroits le long de son assiette. Connie se retenait de tout commentaire afin de ne pas attirer l'attention, mais une pellicule de transpiration luisait sur son front. Tandis qu'elle essayait de maintenir ce qui ne pouvait être qualifié que de barrage de conversation futile destinée à Greta, ses yeux étaient sans cesse attirés vers les doigts de son fils de neuf ans qui élaboraient des formes, vers sa langue qui dépassait du coin de ses lèvres dans une attitude de grande concentration. Il fallait bien dire qu'il ne se présentait pas sous son meilleur jour. Les rectangles s'étaient transformés en carrés à l'intérieur d'autres carrés. La main de Connie avait jailli et saisi doucement son poignet.

« Arrête tes alignements, Benny », avait-elle dit, presque en un murmure.

Matt avait failli s'étouffer avec une crevette devant le sourire en coin qui était apparu sur le visage de Greta.

« Mon fils aussi faisait ça », avait-elle confié. Un silence incertain s'était établi puis Connie, Connie et son grand cœur tendre, Matt n'avait jamais vraiment compris à quel point il était grand jusqu'à cet instant précis, avait tendu le bras sur la table et saisi la main de son invitée, les larmes aux yeux.

« Oh Greta, avait-elle dit.

— Moi aussi, j'essayais de l'en empêcher.

— Je m'en déshabituerai, avait déclaré Benny, alarmé par toutes les choses nouvelles qu'il ne comprenait pas et qui tapissaient la pièce.

— Bien sûr, avait répondu Greta. Et ça n'a pas vraiment d'importance si tu continues. Il ne faut le dire à personne, mais je suce mon pouce encore maintenant. » Elle s'était mordu la lèvre et avait jeté un regard rapide autour d'elle, comprenant instantanément que ces mots introduisaient une intimité pour laquelle ils n'étaient pas préparés. Connie avait retiré sa main et repris le flot ininterrompu de son bavardage. Matt était déchiré entre l'envie de lui crier de se taire une seconde, juste une seconde pour lui permettre de réfléchir, et un sentiment de gratitude de ne pas avoir à négocier lui-même des silences bouleversants.

La soirée s'était passée tant bien que mal, par à-coups. Les sujets dérangeants étaient abandonnés rapidement ; ils s'en tenaient dans l'ensemble au passé et à leurs connaissances communes, mais là aussi ils étaient en terrain miné. Greta acceptait mollement et sans résister tout ce que suggérait Connie ; quand celle-ci lui avait proposé de lui faire couler un bon bain chaud, car le froid après Rome devait lui faire un choc, Greta avait répondu « oui, s'il te plaît » d'une voix docile et puérile. Il avait terriblement envie de lui parler seul à seule ; il ne parvenait pas à croire qu'elle avait téléphoné au hasard et qu'elle était venue, même si Connie avait insisté. Une dizaine d'explications toutes différentes lui passaient par la tête. Et parmi celles-ci, bien qu'il essayât de son mieux d'écarter cette idée, la même note ne cessait de revenir : elle est peut-être venue pour moi. C'était peut-être finalement aussi simple que cela.

Au cours des derniers mois, il y avait eu des moments, effrayants d'intensité et qui l'avaient laissé tremblant et haletant, durant lesquels il s'était rendu compte qu'il était capable de tout abandonner derrière lui pour aller la rejoindre. Juste ainsi, sortir par la porte et ne pas rentrer. Il était allé jusqu'à fantasmer sur une culpabilité stratosphérique au point que le simple fait d'y penser devenait une forme de torture exquise. Cela lui donnait une petite idée de ce qui se passait dans la tête de Greta, de ce qu'elle vivait chaque jour de l'existence infernale qu'elle endurait, bien que, dans son cas à elle, ce fût multiplié par mille.

Les garçons ne cessaient d'entrer et de sortir du salon pendant que Connie faisait couler le bain, et il n'avait réussi à placer qu'un laconique : « Tu vas bien ? » Greta avait hoché la tête, mais elle avait tourné des yeux implorants vers lui. Il avait compris instantanément qu'elle n'avait pas demandé à se retrouver dans cette situation, qu'elle voulait être sauvée. Il avait cligné des yeux pour montrer qu'il avait compris.

Connie était revenue chargée d'une pile de serviettes propres qu'elle avait posée sur les genoux de Greta.

« J'ai mis ton sac dans la chambre d'amis et j'ai branché la couverture électrique, avait-elle déclaré. Si tu as trop chaud, tu n'as qu'à la baisser sur un, cela devrait suffire pour la nuit.

— Merci.

— De rien. Le bain est prêt si tu veux. » Elle avait involontairement adopté le même ton que pour un enfant. Matt avait ressenti un élan de colère qu'il ne comprenait pas. Sa femme faisait quelque chose d'énorme, il ne pensait pas que beaucoup d'autres auraient été capables de puiser dans les mêmes réserves de simple bonté en des circonstances semblables. Elle ne savait pas se comporter autrement qu'avec bonté. Il aurait dû tomber d'admiration devant elle au lieu de nourrir un ressentiment croissant à son égard. Ce ressentiment avait néanmoins brûlé en lui le reste de la soirée comme un morceau de charbon rougi qui ne se consume pas.

Chaque fois qu'il avait essayé de se retrouver seul avec elle dans la cuisine, et une fois dans la chambre, le téléphone avait sonné pour lui ou pour elle, à moins qu'un des garçons ne soit entré dans la pièce. Il ne s'était jamais rendu compte à quel point cette maison manquait d'intimité. Ils semblaient tous s'éloigner les uns des autres puis se rassemblaient en un pâté informe comme la cire colorée d'une lampe à bulles. Finalement, un peu après minuit, Fred lui-même en avait eu assez des bêtises qu'il regardait à la télé et avait prononcé le mot magique : bonsoir. La porte de la chambre d'amis s'était refermée hermétiquement depuis des heures. Matt imaginait Greta allongée sous la couverture électrique, les yeux grands ouverts fixés sur le plafond inconnu au-dessus de sa tête, transpirant dans le sauna de bonté de Connie.

Il se versa un verre de cognac, lui demanda d'un signe de tête si elle en voulait. Elle acquiesça. Ils s'installèrent sur le canapé, Connie replia ses jambes sous elle et tous deux contemplèrent les braises mourantes du feu. Une dernière langue de flamme dansa sur une bûche noircie qui s'affaissa dans une gerbe d'étincelles. Matt but une longue gorgée de cognac avant de se tourner pour la regarder dans les yeux.

« Qu'est-ce qui se passe, Connie ? Qu'est-ce que c'est que tout ça ? Ne me dis pas "tout quoi ?". »

Elle réfléchit un moment avant de répondre.

« C'est ma façon de faire face à ce... ce... elle, toi.

— Il n'y a pas de elle, moi. »

Un air de dérision déforma le visage de Connie et elle agita impatiemment la main.

« Le plus drôle c'est qu'elle comprend pourquoi elle est ici. *Elle* sait. Il fallait que je l'invite. Pourquoi pas ? Tu étais son invité à Rome, maintenant elle est la nôtre. Je ne fais pas semblant, si c'est ce que tu penses. Quelqu'un dans sa situation, il faudrait être de bois pour ne pas compatir. Je devrais la détester, mais non. Crois-moi, j'ai essayé de te détester. » Elle s'interrompit pour boire une gorgée de cognac, elle aurait pu être en train de parler du temps. « Mais apparemment je ne peux pas.

— Connie...

— Elle a changé, non ? Il y a quelque chose de presque inanimé en elle.

— Presque. »

Ils sirotèrent un moment leur cognac en silence.

« J'aimerais qu'elle reste quelques jours, dit Connie. Je serai gentille avec elle. Elle nous verra comme une famille, elle te verra comme faisant partie de cette famille. Elle sera juste une invitée et ensuite elle partira. » Elle se tourna vers lui et ils se regardèrent dans les yeux. « C'était il y a longtemps… très longtemps, Matt. Il faut que tu laisses… Nous avons tous changé à bien des égards. Elle ne redeviendra jamais ce qu'elle était, pas après avoir perdu un enfant.

— J'aurais préféré que tu ne fasses pas ça.

— J'aurais préféré ne pas avoir à le faire. » Un sourire contrit passa brièvement sur les lèvres de Connie, elle termina son verre de cognac, déplia les jambes et quitta la pièce sans un regard en arrière.

Matt contemplait toujours le foyer rougeoyant. Le vent balayait en hurlant le toit au-dessus de leurs têtes. Il descendait en vrille dans la cheminée et enflammait de petites gerbes d'étincelles. Regarder un feu mourant tard le soir – il y avait toujours cette autre vie qu'on aurait pu vivre. Celle qui s'était éclipsée quand on ne regardait pas. Celle qui continuait à se dérouler le long d'une langue de flamme presque invisible qu'on n'aperçoit que du coin de l'œil.

15

Le sol était couvert de neige fondue le lendemain matin quand Connie réussit finalement à s'extraire de son lit. Elle se frotta les yeux et crut une fraction de seconde voir la voiture de Mary tourner au coin de la rue, mais son imagination devait lui jouer des tours. Dehors, sur le trottoir, Matt montait dans sa voiture, un vieux pardessus jeté sur les épaules. Il leva la tête et l'aperçut à la fenêtre de la chambre. Tous deux levèrent la main et celle de Connie resta mollement en l'air longtemps après le départ de Matt. Ils étaient restés couchés côte à côte à écouter le vent et à feindre tous deux de dormir profondément presque toute la nuit. Tous deux faisaient comme s'il s'agissait d'une nuit ordinaire pendant que Benny rôdait en bas, faisait tinter les boules du sapin de Noël, froissait le papier des cadeaux emballés, tandis que Connie sentait pratiquement le corps de son mari s'incliner vers l'autre pièce.

Elle prit une douche, hydrata sa peau, envisagea de se maquiller et y renonça. L'expression d'horreur sur le visage de Mary la veille suffisait à la dégoûter de l'ombre à paupières pour le restant de ses jours. Elle descendit, encore en robe de chambre. La vie de famille normale, non ? Odeur du café, porridge au micro-ondes. Légère odeur de sueur rance émanant des tennis alignées dans l'entrée. Rangée de bouteilles de lait rentrées plus tôt par Matt. Relents épicés des plats préparés indiens planant dans toute la maison : étrangers, piquants, infiniment plus exotiques que l'odeur de viande et de légumes. Et quelque chose de nouveau, l'émanation persistante du parfum d'une autre femme et du tabac froid.

Elle essaya d'avaler quelques bouchées de porridge sucré mais n'y parvint pas. Elle préféra boire son mug de café à petites gorgées en le tenant à deux mains, les coudes sur la table. C'était habituellement son moment préféré, avant que la journée n'entame une course si rapide qu'elle avait du mal à suivre et s'accrochait comme si sa vie en dépendait. Une tête passa timidement par la porte entrouverte.

« Entre, Greta. Tu as bien dormi ?

— Très bien, merci. » Elle était tout habillée et le manque de sommeil creusait des cernes sombres sous ses yeux gris. « C'est une chambre très agréable.

— Café ?

— Oui, s'il te plaît. Non, non, ne te lève pas. Je peux... »

Mais Connie était déjà debout, tirait une chaise, versait du café dans un autre mug.

« Tiens.

— Merci. » Greta ajouta une goutte de lait et se mit à boire. « Un bon café.

— Je l'achète à Sainsbury. Du café italien, tu te rends compte ? » Elles sourirent toutes les deux et se turent un long moment.

« Je me disais que nous pourrions aller faire des courses aujourd'hui, commença Connie d'une voix hésitante. Tu sais, les cadeaux de dernière minute ? J'ai bien peur que ce ne soit presque toujours à la dernière minute avec moi. » *Bon sang, Connie, à qui va-t-elle acheter des cadeaux ? Où as-tu la tête ?* « Pour Rita peut-être ? ajouta-t-elle en hâte.

— Je suis nulle pour choisir des cadeaux, dit Greta. Même si j'ai toujours beaucoup aimé en recevoir. » Un autre long silence s'installa durant lequel, tour à tour, elles soufflèrent sur leur café et le burent lentement.

« Je vais monter dans le Nord cet après-midi, si ça ne te fait rien. » Greta replaça une mèche de cheveux derrière son oreille. Un geste très simple mais qui transporta instantanément Connie en un autre lieu, en un autre temps. Elle avait presque l'impression d'être de nouveau préadolescente, plus rien n'existait, ni sa maison ni sa famille, les années fondaient devant ses yeux. Elle faillit s'étouffer. « Ça m'a fait plaisir d'être ici », poursuivit Greta. Elle lui adressa un regard qui en disait long. « De te voir, toi, ta famille et… tout. Tu as bien réussi, Connie. Tu peux être fière de toi.

— Merci mais, je t'en prie, reste encore au moins deux jours.

— C'est Noël. Une fête familiale, je ne veux pas m'imposer.

— Tu ne t'imposes pas. Je t'ai invitée. » Ces mots sonnèrent comme une punition. La voix de Connie s'adoucit : « Je t'ai invitée, Greta.

— S'il te plaît, je…

— Tu ne peux pas partir sans parler à Matt. Il veut savoir ce qui s'est passé dans ta vie depuis son départ.

— Il n'y a pas grand-chose à raconter, pour être franche.

— Tout de même.

— Il y a un train pour Durham à trois heures et quart.

— Il m'a parlé du port antique. Tu pourrais peut-être me le montrer si nous retournons à Rome un de ces jours.

— Ostie. Tu n'as pas vraiment besoin que je te fasse la visite. Il parle pour lui-même.

— Tu y es allée récemment ?

— Au port ? Oui, en fait oui. Presque tous les week-ends depuis…

— Depuis ?

— Depuis l'été. Je peux sans doute prendre un train plus tôt.

— Ce n'est pas un bon jour pour voyager.

— Ça m'est égal. Je vais lire, dormir, tu sais, ça passe vite.

— Tu as complètement chamboulé nos vies, tu sais cela ?

— Je suis désolée. Je ne l'ai pas fait exprès. Il vaut mieux que je parte aujourd'hui.

— Peu importe que tu sois ici, là ou nulle part. Ça n'a pas d'importance apparemment. Nous sommes tous dans le même bateau. J'ai eu des pensées terribles à ton propos, j'ai souhaité des choses qui me font honte. Tu ne vas pas redevenir la Greta d'avant et je ne vais pas redevenir… » Elle s'interrompit et poussa un soupir. Des doigts pâles glissaient sur la table : Greta, prête à se retirer. Elle tremblait.

Connie serra les lèvres, son visage était brûlant. Elle respira un grand coup, tendit le bras et saisit une des mains qui glissaient. Elle la serra et plongea son regard dans les yeux gris comme si sa vie en dépendait.

« Écoute, tu peux le faire. Si je peux, tu peux. Tu me le dois et tu le sais pertinemment. Ça nous a rendus malades, lui de se souvenir, moi de l'imaginer allongé à côté de toi. De l'imaginer sur toi. Bon sang ! » Elle eut un instant la nausée et porta la main à sa bouche. Elle fit signe de l'autre main qu'elle ne voulait pas être interrompue, qu'elle ne voulait pas des mensonges que l'autre femme penserait certainement devoir formuler. Lorsque la bile reflua dans sa gorge, elle regarda de nouveau Greta dans les yeux.

« Je suis avec lui depuis que j'ai quinze ans. Et bien, bien avant pour dire la vérité, même s'il ne le savait pas. Tu as disparu. Tu es partie. Maintenant, tu dois de nouveau partir. Mais pas comme ça, pas en le laissant se poser des questions. Tu dois dire au revoir. Le regarder dans les yeux et le dire. Lui expliquer que tu as rencontré quelqu'un. Lui expliquer que tu vas mieux, je ne sais pas, dis ce que tu veux mais il faut en finir. Je suis sincèrement désolée pour ton petit garçon, Greta. Mais je dois penser à mes fils, tu comprends cela, n'est-ce pas ? »

Greta baissa la tête. Connie desserra son étreinte. Elle essuya les larmes brûlantes qui roulaient sur ses joues. Le liquide salé s'infiltra entre ses lèvres serrées. « Voilà la façon d'être quelqu'un de bien. Pas seulement toi, mais moi aussi. C'est la meilleure façon. »

Benny s'était glissé dans la cuisine sans se faire remarquer. Connie ne savait pas trop ce qu'il avait entendu. Le visage brillant et inquiet était révélateur, même si, comme d'habitude, il ne disait rien, se contentant de s'imprégner de tout ce qui passait et qui venait s'ajouter au fouillis incompréhensible s'accumulant quotidiennement dans son esprit.

« Bunny lapin !

— Ils ramassent le verre aujourd'hui. Il faut que je le trie par couleur. »

Il tenait une pelle et une balayette et se dirigea tout de suite vers le cadre photo cassé que tout le monde avait oublié la veille au soir. Il avait dû se retenir de toutes ses forces la nuit entière pour ne pas y toucher. Une petite chose comme celle-ci pouvait perturber son équilibre pendant des jours. Cela avait dû troubler son sommeil déjà agité. Il balaya le verre dans la pelle et la leva pour leur montrer.

« Bac de verre blanc », déclara-t-il comme si elles l'ignoraient. La photo était sortie quand il avait soulevé le dos du cadre. Il la retourna avec précaution. Son front se plissa. À sa manière habituelle, il accordait à une chose insignifiante tout le poids de sa concentration, ce qui irrita immédiatement sa mère tout en lui serrant le cœur.

« Quelque chose ne va pas, mon grand ? »

Il la regarda, d'une manière un peu bizarre, se dit-elle, mais en même temps les choses étaient souvent un peu bizarres avec son plus jeune fils.

« Benny ?

— Rien. » Il haussa les épaules et posa la photo sur le buffet.

« Il est très sensibilisé par l'environnement, dit Connie en ayant encore envie de pleurer comme un veau.

— C'est... enfin, super. Louable.

— Il s'intéresse aux choses. Des trucs que le reste de la famille ne remarque pas la moitié du temps.

— Un petit garçon adorable.

— Alors, tu vas rester un peu ? »

Greta contempla Benny qui tirait des bacs en plastique au milieu de la pièce pour trier le verre. Elle hocha la tête d'un air malheureux.

M. Holden était de retour avec un air déterminé. Quelque part, Matt trouvait cela logique ; de toute façon la journée avait été complètement dingue. Un enfant avec une dent cassée qui hurlait et une dévitalisation vraiment difficile. Pas moins de trois extractions dont deux sur des enfants qui l'émouvaient encore – cette rougeur nacrée instantanée, ces yeux qui s'agrandissaient et se remplissaient de larmes, le choc de la traction profondément à l'intérieur de leur mâchoire. Ils ne ressentaient pas de douleur, même s'ils confondaient de façon compréhensible cette sensation avec la douleur, plutôt une sorte de pression, sans parler de l'horrible facteur psychologique à la vue de cet homme géant qui bouchait la lumière et maniait un instrument en acier du genre de ceux que leurs papas utilisaient pour réparer la voiture.

Ces heures trépidantes avaient cependant l'avantage de ne pas lui laisser le temps de s'inquiéter de ce qui se passait à la maison. Il ne savait pas si Greta serait là ou non le soir. Il ne savait pas comment il réagirait dans l'un ou l'autre cas. Il était sur le point de tout ranger quand M. Holden esquiva l'efficace Jennifer et entra tout droit dans la pièce.

« Je ne veux pas qu'on rétablisse ces dents !

— D'accord. Il est encore temps de stopper le processus. M. Holden, il serait préférable de prendre rendez-vous à l'avenir.

— Je ne veux pas de ces fichues dents. »

Matt siffla tout bas et commença à compter jusqu'à dix.

« Très bien, grinça-t-il. Vous les prenez, vous les laissez, comme vous voulez. Elles sont à vous, achetées et payées. Lancez-les dans la Tamise si ça vous fait plaisir.

— Je veux être remboursé et je veux que vous recommenciez tout depuis le début. Je veux une autre forme et la *bonne* couleur cette fois-ci.

— M. Holden…

— C'est ma bouche ! Je sais ce que je veux.

— Ce que vous voulez. » Matt s'approcha. Il vit Martin à la réception lui lancer un regard d'avertissement. « Ce que vous voulez… ce sont de vraies dents. Ce n'est pas possible. Ce que vous *pouvez* avoir, c'est une prothèse adaptée à vos exigences spécifiques, très spécifiques et infinies. Vous vous y habituerez avec le temps, mais cela sera un peu long. Ou bien vous pouvez continuer à porter votre vieux dentier cassé, mal ajusté, jusqu'au jour où vous…

— Je suis peut-être vieux mais j'ai servi mon pays. Je pourrais vous frapper avec cette canne ! » Il agita le bout en argent devant le visage de Matt. Ce fut la goutte d'eau qui fit déborder le vase. Matt se dirigea vers la réception. Il sauta par-dessus le bureau circulaire ; Jennifer recula d'un bond, la main sur la poitrine tant elle était horrifiée.

« Matt... » commença Martin, mais il se mordit la lèvre devant la colère noire qu'il vit dans les yeux de Matt.

Il chercha la prothèse incriminée. Les papiers, les stylos, le terminal de paiement, il envoya tout par terre d'un geste de la main. Il la tenait.

« La voilà. » M. Holden s'était avancé. Matt tendit le bras au-dessus du bureau et fourra les dents dans la poche du manteau du vieil homme. « Prenez-les. Jennifer, combien a-t-il payé ? Faites-lui un chèque. Tout de suite, tout de suite, donnez-le-lui.

— Il faut que je cherche. » Elle hésitait. Matt lui flanqua le chéquier ouvert dans les mains.

« Pensez à un chiffre. Même approximatif, ça ira. Doublez-le. Donnez-lui le chèque.

— Mais je ne veux pas de chèque, gémit M. Holden.

— Tenez. Prenez-le. Prenez-le ! Joyeux Noël. Et maintenant sortez ! »

Le vieil homme hésita un moment, chèque en main. Il parut se chiffonner sur lui-même. Avec le dentier et le double remboursement, il n'avait plus aucun motif de se plaindre. Un gros morceau de sa vie lui manquait tout à coup. Il fit demi-tour et sortit en clopinant et en marmonnant dans sa barbe. Jennifer et Martin, immobiles comme des mannequins dans une vitrine, regardaient Matt. Martin roula les yeux et émit un sifflement.

« Je vais bien », grommela Matt avant qu'ils ne

puissent dire un mot. Il saisit son manteau. Jennifer trottina vers les toilettes, peut-être en larmes.

« Qu'est-ce qui t'arrive, mon vieux ? hasarda Martin.

— Rien. Ne me... » Matt leva les deux mains en un geste de mise en garde. La sueur perlait à son front. Il réussit à atteindre la porte avant que Martin ne reprenne la parole.

« Écoute, Matt, ce sont tes affaires mais il faut le dire, depuis que tu es rentré de Rome... »

Matt se pencha en avant, tête baissée, les deux bras posés sur la porte en verre.

« Si tu finis ta phrase je te casse la figure. On travaille ensemble depuis longtemps, Martin. Aujourd'hui, boucle-la. Pigé ?

— Pigé.

— Bon. » Matt poussa un grand soupir et se redressa lentement. « Bon », répéta-t-il dans l'air du soir humide et neigeux.

Mary claquait des dents. Elle remit le contact pour faire circuler un souffle d'air chaud dans la voiture. Elle secoua la thermos dans laquelle il ne restait qu'une gorgée de soupe. Un aller et retour des essuie-glaces débarrassa le pare-brise des mouchetures de neige fondue. Elle était garée à une distance raisonnable de la maison, mais si quelqu'un la repérait par hasard, elle sortirait et ferait comme si elle venait d'arriver. Elle était là depuis déjà près de trois heures. Assise dans le noir, emmitouflée dans son manteau le plus épais, une écharpe en laine enroulée autour du cou.

Elle avait parfaitement conscience de se comporter de manière absurde, compulsive. Elle n'avait pas la moindre idée de ce qu'elle attendait. Cela n'avait aucun sens mais, si elle ne pouvait être dans la maison de Connie alors, pour une raison absolument inexplicable, elle devait l'observer. Comme si toutes les lignes de forces de son existence étaient inexorablement attirées vers ce point précis. Elle avait essayé de faire les cent pas dans son atelier, essayé l'église, allumé tous les cierges ; le père Alexander s'était approché sans bruit derrière elle et lui avait demandé si tout allait bien, s'il pouvait être utile. Va te faire foutre lui était venu à l'esprit mais elle n'avait rien dit ; elle lui avait expliqué à la place qu'elle priait pour quelque chose, très fort, pour quelqu'un d'autre qu'elle-même. Il pourrait essayer d'ajouter une prière sans savoir pour qui, plus tard dans l'intimité de sa maison. Il avait répondu avec un petit rire que, en général, il aimait savoir pour quoi il priait. N'est-ce pas pareil pour tout le monde ? avait-elle répliqué en partant.

Elle avait essayé de boire du thé, une tasse après l'autre, n'importe quoi pour cesser de céder à ce besoin obsédant de monter la garde, garde qui n'avait rien à révéler, rien du moins qu'elle pût imaginer. Elle sentait toutefois de façon confuse qu'il s'agissait d'une forme de prière étrangement apaisante. C'était cela, elle éprouvait un sentiment de soulagement après avoir monté la garde qui lui rappelait l'impression d'être lessivée, limpide, qu'elle ressentait après un long moment de prière. Un sentiment de purification.

Devant elle, à bonne distance, Greta sortit de la maison, enfila ses gants et releva le col de son manteau pour se protéger d'une rafale de vent glacial. Mary s'enfonça le plus possible dans le siège du conducteur, mais les chances qu'elle soit découverte étaient extrêmement réduites. Greta baissait la tête contre les bourrasques de vent qui ramenaient ses cheveux sur son visage. Elle traversa la rue à pas rapides. Mary tourna la tête et la suivit du regard. Au carrefour, un véhicule était arrêté, phares allumés. Elle dut plisser les yeux pour distinguer quelque chose à travers l'averse de neige fondue. Un réverbère dévoila la grande silhouette de Matt sortant de sa voiture. Il était impossible de dire si la rencontre avait été prévue ou si elle était complètement fortuite. Elle décida de risquer la tête par la vitre.

Greta parlait avec animation, ses mains voletaient comme des oiseaux affolés. Matt posa une main sur son épaule, peut-être pour la calmer. Elle s'éloigna, puis revint sur ses pas en secouant la tête et sans cesser d'agiter les mains. Un simple observateur aurait pu penser qu'ils se disputaient, mais au fond d'elle-même Mary savait que ce n'était pas le cas. Brusquement, Matt la saisit aux épaules et baissa la tête à la rencontre de la sienne. Les bras agités se levèrent et vinrent enlacer son cou. Mary les regarda durant ce qui lui parut une éternité puis le couple se sépara enfin. Greta partit en chancelant dans la nuit, Matt remonta dans sa voiture et s'approcha lentement. Il passa sans voir qu'elle était garée là, une main sur sa bouche ouverte.

Comment avaient-ils pu ? Un vrai baiser de cinéma en pleine rue, mon Dieu. Dans la rue où vivait Connie, la rue où ses fils jouaient au football, où ils descendaient bruyamment du trottoir sur leurs skateboards, où Joe écrasait ses cigarettes avant d'entrer. Comment Matt pouvait-il trahir ainsi sa femme ? Son amie qu'elle aimait tant. Et d'ailleurs, Mary aussi ? Elle pensa aux paroles de Carmel : *Ils m'ont rendue invisible. Il le fallait, vous comprenez ?* Et à Connie qui pleurait dans son portable : *Tu pourrais me faire ça, Matt ? Tu pourrais le faire ?* À toutes les femmes stupéfaites qui étaient passées dans l'atelier de Mary quand, dans son innocence, dans sa stupidité aveugle, elle croyait que le temps était tout ce qu'il leur fallait. Du temps pour refermer les blessures, pour se ressaisir, on s'époussette un peu, on met un peu d'ordre et on repart. C'était loin d'être aussi simple. Il n'y avait pas que la trahison de la chair, un corps choisi à la place d'un autre, ce qui en soi était déjà très douloureux, il y avait la trahison des secrets répandus la nuit sur l'oreiller, des peurs profondes et des espoirs fous partagés avec une personne unique dans tout le vaste monde. Il y avait les moments de désespoir, l'enfant malade, les retards de remboursement, la prise du mauvais tournant avant de revenir sur la bonne route. Les sourires intimes au petit déjeuner après l'amour, les deux têtes qui se touchaient presque, penchées sur le nouveau berceau dans la chambre d'enfants.

Ces moments traversèrent l'esprit de Mary aussi clairement que si elle les avait vécus. À la manière dont elle avait toujours cru qu'elle les vivait, par procuration, à travers Connie. Elle n'aurait guère senti plus intensément la trahison de Matt si elle avait été mariée avec lui. Une colère noire l'ébranla au plus profond de son âme. Elle abattit le poing sur le volant puis sur le tableau de bord, fit pleuvoir des coups de biais sur la vitre latérale avant de s'arrêter brusquement quand Greta passa devant elle pour rentrer dans la maison. Mary attendit que ses joues en feu se rafraîchissent. Elle respira profondément et examina son visage dans le rétroviseur. Un bon quart d'heure s'écoula avant qu'elle ne se contrôle assez pour se sentir capable d'affronter la nouvelle trahison, quelle qu'elle soit, qui l'attendait dans la maison de Connie.

Le rire aux éclats de Joe l'accueillit dans l'entrée. Cela venait de la cuisine, la porte était fermée.

« Mary ? C'est toi ? » cria Connie.

La famille, *sa* famille, était assise autour du dîner. Greta sur la chaise de Mary, à sa place habituelle. Elle était pâle et mal à l'aise. Mary se rendit compte immédiatement que Joe était si occupé à se pavaner et à flirter qu'il ne se donna même pas la peine de signaler l'arrivée de Mary comme il le faisait d'habitude par des commentaires taquins qui montraient leur intimité. Connie parcourait la table des yeux avec anxiété en tentant de s'assurer qu'elle avait de quoi nourrir une bouche supplémentaire.

« Je suis sûre qu'on peut...

— Ne t'occupe pas de moi, l'interrompit Mary. J'ai déjà mangé. Je passe juste dire bonsoir.

— Je voulais t'appeler. Te dire de venir dîner », dit Connie avec un rictus coupable en forme de sourire. Elle avait les joues en feu et les yeux brillants de l'éclat trop vif que donne la fièvre. « Tiens, prends une chaise, viens au moins parler avec nous. Pousse-toi un peu, Benny. Fais une place à Mary. »

Elle n'était pas certaine que Matt eût saisi son regard furieux et glacial quand elle avait placé ses longues jambes sous la table. Il était blême et mâchait machinalement tout en buvant de petites gorgées de vin rouge pour faire descendre la nourriture. Elle tourna son regard toujours furieux vers Greta qui baissa précipitamment les yeux. Bien.

« Tu es notre spécialiste de Rome, dit Connie. Greta était en train de nous parler de...

— J'ai terminé le travail de préparation sur la carte de Carmel, la coupa Mary sans ménagements. Connie t'a dit sur quoi elle travaillait, Matt ?

— Quoi ? Non. Elle ne m'a rien dit. » Il semblait trop égaré pour mener une conversation même anodine.

« Hum... Je crois qu'on parlait de Rome, Mary. »

Elle se rendit compte trop tard qu'elle avait oublié de dissimuler le regard noir qu'elle jetait en direction de Greta. Benny alignait les fèves sur son assiette avec une détermination que, pour une fois, sa mère choisissait d'ignorer.

« *Le baiser* de Rodin, grinça Mary en reportant son

attention sur Matt. C'est ce que nous avons choisi. Ça joue sur tellement de niveaux...

— Tu sais, si tu as encore un petit creux, je suis sûre qu'il y a assez..., tenta de placer Connie.

— La trahison, en particulier, poursuivit Mary. On croit contempler... oh, les sommets sublimes de la passion, alors que ce qu'on voit réellement c'est un petit couple sordide qui ne profite même pas des fruits de sa tromperie...

— Maman, pourquoi est-ce qu'elle parle comme...

— Ils ne méritent pas d'être heureux, poursuivit Mary. Comment le seraient-ils ? Ils sont dévorés par la peur et la culpabilité parce qu'ils savent que ce qu'ils font est...

— Mary ! » Connie hurla, puis son visage se déforma en une grimace qui voulait ressembler à un sourire. « Tu viens avec moi une seconde ? Je veux juste... Je veux te montrer quelque chose. »

Elle fila vers la porte et la tint ouverte pour Mary. Matt regarda autour de lui les yeux qui palpitaient dans sa direction, se posaient sur Greta et revenaient sur lui. « Mon Dieu, dit-il doucement. Mon Dieu.

— Mary ?

— J'arrive. »

Dans l'entrée, Connie saisit la main de Mary, enfonça ses ongles dans la chair, la tira dans le salon et claqua la porte derrière elles.

« Qu'est-ce qui te prend ?

— Je pourrais te poser la même question, siffla Mary.

— Je dois te rappeler que je suis chez *moi*. Je ne veux pas de ce genre de...

— Ce genre de quoi ? De franc-parler ?

— Il n'était pas question de franc-parler. Tu faisais exprès de ne pas comprendre et d'être extrêmement grossière. Je ne sais pas ce que vont penser les garçons.

— Non ? Tu sais très bien ce qu'ils vont penser. Et c'est la vérité. Pour l'amour du ciel, Connie… flingue la messagère si tu veux, mais ma chérie, tu ne peux pas ne pas voir la façon dont il la regarde…

— Arrête tout de suite.

— La façon dont elle le regarde.

— C'est du passé ! Tu es simplement jalouse d'elle. Personne ne comprend mieux que moi comment elle peut avoir cet effet sur…

— Il est toujours amoureux d'elle ! Au nom du ciel à quoi joues-tu ? Fais partir cette femme de chez toi tout de suite, avant qu'il ne soit trop tard. Je t'en prie, écoute-moi. » Mary voulut poser les mains sur les épaules de Connie qui les écarta avec colère.

« Je veux que tu t'en ailles, dit Connie froidement.

— Tu n'es pas sérieuse.

— Je suis sérieuse.

— Je les ai vus s'embrasser. Dehors dans la rue. Tout le monde aurait pu les voir.

— Je ne te crois pas.

— Pourquoi j'inventerais ?

— Qu'est-ce que j'en sais ? Je ne suis pas certaine de bien te connaître, en y réfléchissant.

— Elle, tu l'as connue, quoi… quelques années quand vous n'étiez toutes les deux guère plus que des enfants. Depuis combien de temps sommes-nous amies, Connie ? Presque vingt ans ? Beaucoup de mariages ne durent pas aussi longtemps. Ne fais pas ça.

— Mary, je ne veux vraiment pas continuer cette conversation.

— J'essaie d'aider, tu ne comprends pas ? »

Connie rejeta la tête en arrière. Ses yeux lançaient des éclairs.

« Aider ? Vraiment ? Comment t'y prends-tu en réalité ? Tu me donnes des informations que je refuse de croire et, même si je les croyais, qu'est-ce que j'en ferais ? Hein ?

— Ils s'embrassaient, dit Mary tristement. Comment pourrais-je ne pas te le dire ?

— Ce n'était pas un baiser. Tu t'es trompée.

— Quoi alors ? Une réanimation par bouche-à-bouche ? »

Connie se détourna. Elle se tenait la tête.

« Tu crois que tu aides mais tu ne fais que rendre les choses encore plus difficiles. » Sa voix assourdie s'estompa. « Je dois gérer tout cela à ma façon. J'ai déjà affronté ça, je peux recommencer. Maintenant, s'il te plaît, rentre chez toi. Laisse-moi.

— Connie, je…

— Rentre. »

Un gémissement sortit de la bouche de Mary malgré elle.

« Mais c'est *ici* chez moi ! »

Connie pivota sur une jambe. Ses yeux brillaient dangereusement et Mary avait envie de lever la main pour se protéger, comme si elle pouvait repousser les mots qu'elle sentait venir. *Non, non, je t'en prie, non.*

« Ce n'est *pas* chez toi. Ne m'oblige pas à être cruelle mais j'en ai assez, Mary. J'en ai assez que tu te nourrisses de ma vie. »

C'était encore pire, bien pire que ce à quoi s'attendait Mary. Un coup de pied dans le ventre qui la fit chanceler. Elle eut un haut-le-cœur. Elle attendit ce qui lui parut une éternité que Connie retire ses paroles mais cela ne se produisit pas. Son amie la mettait dehors, l'excluait, resserrait les rangs de la famille autour de Greta. Pour avoir dit la vérité, la simple vérité difficile à accepter, que Matt aimait une autre femme, que cette autre femme l'aimait. Et oui, debout là, épuisée de regret, venant de perdre tout ce qui lui était cher, Mary entrevit d'où venait Connie.

Posséder cette information ne signifiait pas forcément qu'on pouvait intervenir d'une manière décisive et changer le cours des choses. On ne pouvait tout simplement pas décider de cesser d'aimer quelqu'un d'un claquement de doigts, pas plus qu'on ne pouvait l'empêcher d'aimer quelqu'un d'autre. Il fallait prendre en considération l'investissement de toute une vie. Les enfants. L'avenir.

« Je suis désolée, dit Mary.

— Je sais. » Connie lui adressa un sourire contrit. « Moi aussi. Moi aussi.

— Ne la choisis pas à ma place. Je t'en prie », chuchota Mary. Elle baissait la tête et Connie lui toucha la joue.

« Si seulement c'était aussi simple. Il n'est pas question de choix. En tout cas pas pour moi. Mary, tout ce que je te demande c'est de rester à l'écart un petit moment. Ne crois pas que c'est la fin du monde. Je me fraie un chemin au milieu d'un champ de mines. Je ne peux simplement pas me permettre que tu mettes les pieds dans le plat pour des choses que tu ne comprends pas.

— Mais je comprends : tu fais exprès de ne pas voir.

— Quelle est l'alternative ? Faire exprès de voir ? Qu'est-ce que ça nous apporterait ? Il vaut beaucoup mieux que je les oblige, eux, à me voir, moi.

— Je t'en prie, je... »

Elle n'eut pas le temps de terminer sa phrase. Connie avait ouvert avec fermeté la porte du salon et son expression montrait qu'elle ne tolérerait pas de discussion.

« Nous en reparlerons une autre fois. Pour le moment, tu dois t'en aller.

— Est-ce que je peux venir demain ?

— Attends que je t'appelle.

— Mais tu appelleras ? » Elle était déjà dehors.

Connie avait tourné la tête d'un air éperdu vers la cuisine. Elle y était déjà alors qu'elle fermait la porte d'entrée sur le visage anxieux de Mary. En pénétrant dans la nuit glaciale, en léchant la neige fondue qui lui piquait les lèvres, Mary se demanda quand, ou si, elle franchirait de nouveau le seuil de cette maison. Elle était incroyablement seule – cette pensée la transperça avec une précision presque chirurgicale –, une étrangère, tandis qu'au plus profond du ventre de la maison un oiseau fragile et pâle déployait ses ailes et se délectait de son pouvoir. Elle pouvait tout faire, apparemment, cette Greta.

Avec une vieille cicatrice de cette taille sur le crâne… un bon coup et il s'ouvrirait comme un œuf. Étonnant que ce ne se soit pas encore produit. Mary éprouva un besoin désespéré de la pénombre de l'église, de ses cierges, de l'absolution pour des pensées qui n'auraient pas dû traverser l'esprit d'une bonne chrétienne.

L'église était fermée. Des idées bizarres s'attardaient dans son esprit pendant qu'elle rentrait chez elle. Des images séduisantes qui la faisaient gémir d'envie. Pas tant l'éclatement du crâne de Greta, même si c'était satisfaisant à sa manière, mais plutôt Connie qui se retournait, le visage rayonnant de joie. Des draps blancs qui venaient d'être lavés étaient étendus sur une corde derrière elle et claquaient dans une douce brise. Elle était la femme d'une publicité pour une lessive. « Tout est propre. Tout est de nouveau propre, Mary, articulait-elle sans bruit. Grâce à toi. »

16

Devant la porte de la chambre, Matt se tourna pour dire quelque chose mais ne put finalement s'y résoudre. Il était maigre et voûté comme un premier croissant de lune. Il était imprégné d'une vulnérabilité qu'elle ne lui avait pas vue depuis sa jeunesse et qui lui redonnait sa beauté de jeune garçon. Elle avait très envie de toucher ce visage qui lui avait toujours été si cher, cependant la barrière invisible entre eux s'élevait à présent si haut qu'ils ne pouvaient pas la franchir. Connie se rendit compte qu'elle avait en fait placé le remède dans le champ de vision de Matt tout en le mettant hors de sa portée. D'une façon bizarre, bien que n'ayant consciemment élaboré aucun plan, elle avait imposé à tout le monde des décisions qu'ils auraient très bien pu éviter indéfiniment avec le temps et l'éloignement. Les années auraient passé et affaibli à la longue le culte de Greta. Même si, au fond d'elle-même, elle n'y croyait pas une seule seconde.

De la même manière, si elle avait élaboré des plans ou fait des spéculations, elle aurait pu penser qu'en plaçant Greta dans un cadre banal, dans la routine quotidienne de la vie familiale, elle serait devenue un peu plus ordinaire à leur contact. Ce qu'elle n'avait absolument pas prévu, c'était la puissance de son chagrin qui remplissait la pièce où elle entrait, qui se glissait dans les coins à sa suite comme un brouillard. Elle avait changé, il n'y avait pas de doute. Mais Matt avait tendance à s'attacher encore davantage à cette version transformée que si elle était restée la même.

Connie voyait très clairement en observant Matt près de la porte qu'elle avait juste essayé de faire ce qu'elle avait essayé de faire toute sa vie : les prendre en main, comprimer leur histoire en quelque chose de petit et malléable alors que, en réalité, ils étaient incapables de la prendre en main eux-mêmes.

« Tu crois que les garçons vont bien ? réussit-il à articuler enfin. Ils sont allés se coucher très discrètement.

— Ils ne m'ont rien dit si c'est ta question. » Elle n'avait pas besoin d'ajouter que leurs regards silencieux allant de leur père à Greta étaient de loin plus éloquents que toutes les paroles ou les questions qu'ils auraient pu formuler. Le secret était bel et bien éventé.

« Tu avais une idée derrière la tête, non ? Quand nous sommes allés à Rome, dit Connie.

— Oui. » Il n'hésita pas. « J'avais rencontré quelqu'un qui croyait l'avoir aperçue.

— Je vois.

— Connie...

— Non. Tais-toi.

— Elle veut partir aujourd'hui. Je crois que ça vaut mieux. Nous... Nous tous... Ça va aller.

— Mary dit que tu es toujours amoureux d'elle. Et qu'elle t'aime aussi. »

Il ouvrit la bouche et la referma. Elle vit que ses yeux s'étaient remplis de larmes. Il ne pouvait toujours pas se résoudre à se montrer malhonnête ; une pointe de haine brûlante la transperça mais ne dura pas suffisamment longtemps pour lui donner la fureur qui lui aurait permis d'aller jusqu'au bout.

Il resterait avec sa famille et elle se sentait pourtant vaincue. Il resterait avec sa famille bien qu'elle l'eût perdu.

« Nous parlerons quand je rentrerai. » Il tourna la poignée de la porte. « Je ne lui dirai pas au revoir », ajouta-t-il précipitamment avant qu'elle ne puisse répondre. La porte se ferma derrière lui avec un déclic.

Il n'y aurait donc pas de scène d'adieu à Greta, en fin de compte. Pas de porte se fermant définitivement. Pas de fausses petites promesses de visites à l'avenir. Pas de Connie et Matt bras dessus bras dessous disant au revoir à leur visiteuse. Tout cela n'avait servi à rien. À présent les garçons avaient compris, ils savaient que même si Greta était partie physiquement, elle serait toujours là en esprit. Et ils ne regarderaient plus jamais ni leur père ni leur mère de la même façon.

Connie enfouit la tête sous un oreiller pour étouffer le bruit de ses sanglots.

Dehors, Mary remit le moteur en marche pour réchauffer l'intérieur de la voiture. Elle regarda Matt partir travailler, tout en fléchissant ses doigts glacés et engourdis afin de faire circuler le sang. Durant les premières heures du matin elle avait prié pour se faire pardonner et, vers six heures, elle avait roulé dans les rues sombres et silencieuses jusqu'à l'endroit habituel d'où elle surveillait la maison. Elle avait pris un chapelet mais ses doigts étaient trop raides pour égrener les grains de nacre.

Quand elle pensait aux dégâts qu'elle avait provoqués dans sa famille en détruisant gratuitement l'équilibre délicat du ménage de Connie, les rides de son cou se couvraient d'un filet de sueur malgré l'air glacial du matin. Comment avait-elle pu se montrer aussi irresponsable ? Comment avait-elle pu ne pas voir l'évidence ? Connie était tout à fait consciente de leurs sentiments mutuels, l'avait toujours été, le serait toujours. Comme eux, elle avait simplement tenté de trouver un moyen de résoudre le problème. Mary, le gros crabe, était arrivée, pinces prêtes à l'attaque pour son amie, alors que jamais aucun moment n'avait nécessité un tel degré de tact et de discrétion.

Pouvait-elle commettre cet acte pour se racheter ? Le pouvait-elle ? Cela ne semblait pas possible une seule minute et elle se mit à transpirer dès qu'elle essaya de visualiser cet ultime péché. La minute suivante, une dizaine de justifications se frayaient un chemin à coups de machette dans la jungle enchevêtrée de son esprit. Elle frissonnait et transpirait tour à tour. Hésitante et décidée en même temps. Le manque de sommeil et la peine qu'elle éprouvait au sujet de Connie, la perspective d'une vie sans elle avaient transformé ses yeux en profiteroles bouffies qui rétrécissaient sa vision du monde.

C'était faisable et ça devait être fait. Qui saurait – à part saint Antoine, saint Jude et tous les saints conduisant au pinacle ultime du triangle, l'homme lui-même ? Peut-être qu'au ciel et sur terre elle aurait une chance de se défendre un peu comme au tribunal, peut-être était-ce ainsi que les douze apôtres passaient leur temps à présent, à constituer un jury. Elle savait qu'elle se faisait des idées. Délibérément simpliste à la lumière de l'acte monumental qu'elle envisageait. Peut-être même se persuadait-elle, non, se forçait-elle à une forme de folie. J'ai vu rouge, votre honneur, un brouillard rouge est descendu. Avant de savoir ce que je faisais... Comme si je me tenais à l'extérieur de moi-même et que j'observais... Impossible de réfléchir... Toutes les scènes d'explication finale de toutes les séries policières qu'elle avait regardées lui venaient à l'esprit.

Non, non, ce que personne ne comprendrait jamais c'était le sacrifice ultime qu'elle était prête à faire (une fois encore, peut-être pas) pour Connie – son âme immortelle. Comme cette expression paraissait délicieusement exagérée ! Regarde, Connie, regarde, mon âme immortelle, pour toi !

Elle avait l'impression que la fatigue et les larmes avaient transformé son sang en eau. Si seulement elle avait fait de sa vie quelque chose d'un peu plus grand, d'un peu plus équilibré. Si elle avait pensé à ajouter ce que les autres semblaient acquérir avec une facilité achevée. Mais elle y avait pensé, elle avait désiré plus que tout un bébé à elle, peut-être un mari, mais ils n'étaient pas venus malgré ses prières ferventes. Seule Connie s'était présentée, unique ancrage dans une vie qui, oui, elle voulait bien l'admettre, était plutôt partie à la dérive. Elle était de nouveau un grand et gros crustacé qu'on peut ignorer, dont on peut se passer. Exactement comme durant toutes les années de pensionnat ou chaque os trop grand de son corps réclamait sa maman et le pouvoir apaisant d'un baiser du soir sur le front. Au moins elle m'aime, au moins c'est sûr. Et cela avait été la même chose avec Connie. Rien de charnel ni de sexuel, rien de plus que l'amour profond et éternel d'une amie, devenue avec le temps une famille.

C'était très bien de réfléchir à ce grand crime passionnel mais comment expliquerait-elle la présence évidemment préméditée du marteau enveloppé dans un vieux pull en laine qui se trouvait à ses pieds à l'instant même ? Les apôtres auraient du mal à l'avaler. Elle se moucha et se mit à rire.

Connie descendait au rez-de-chaussée quand elle aperçut Greta par une fente de la porte du salon. Elle était debout à côté du sapin de Noël et contemplait la montagne de cadeaux. Quelque chose dans ses épaules voûtées et son attitude inerte et vaincue reflétait de façon si aiguë l'état de Connie qu'elle dut s'asseoir sur une marche pour reprendre son souffle. Elle assista à une scène très étrange : Benny sortit de la cuisine, il n'avait pas vu sa mère dans l'escalier. Pour une raison inexplicable son attention fut attirée vers le salon. Il ouvrit plus grand la porte, permettant ainsi à Connie de mieux voir, et entra. Il s'approcha de Greta à petits pas hésitants. Elle ne montra en aucune façon qu'elle avait conscience de sa présence. Benny s'immobilisa tout à côté d'elle et leva la tête pour la regarder. Ils demeurèrent immobiles et silencieux tous les deux durant cinq bonnes minutes. Pas un mouvement, pas un bruit. Puis Benny déploya un bras avec la lente élégance d'un serpent hypnotisé et prit dans sa main les doigts inertes de Greta dont les épaules furent secouées de sanglots silencieux.

Connie émit sans doute un cri ou un hoquet car Benny se retourna et regarda sa mère droit dans les yeux. Elle n'avait encore jamais vu cette lueur de compréhension dans son regard. La compassion et, oui, l'accusation également vibrèrent dans la distance qui les séparait. La main de Connie vint couvrir sa bouche. *Il sait. Ça paraît impossible, mais il sait.*

« Benny », chuchota-t-elle. Le bruit de sa voix rompit le charme ; Benny se détourna de Greta et quitta la pièce. Il passa devant sa mère dans l'escalier mais ne voulut pas croiser de nouveau son regard. Elle l'entendit entrer dans sa chambre comme il le faisait souvent quand il était désorienté ou préoccupé.

Greta sembla revenir à elle en un sursaut. Elle tourna la tête.

« Connie, tu pourrais m'appeler un taxi ? Mon train part de Twickenham dans une demi-heure. J'ai déjà fait mes bagages.

— Je vais t'emmener à la gare, Greta.

— Merci. Merci pour tout. Tu as été tellement gentille.

— Alors tu vas passer Noël avec Rita ?

— Oui. Oui. C'est ça.

— Et ensuite ? »

Un sourire lent s'attarda sur leurs lèvres tandis que leurs vies distinctes passaient entre elles, fermant le cercle, les amenant à ce moment précis. Ce qui avait été, ce qui n'avait pas été, l'intuition qu'elles ne se reverraient plus.

« Je rentre à Rome, dit Greta. Je n'ai rien à faire ici. »

Connie se mit debout et retourna dans sa chambre. Benny se figea quand elle ouvrit la porte. Il venait de poser quelque chose sur le lit. Il fallut quelques secondes à Connie pour bien comprendre ce qu'elle voyait. Puis elle remarqua que l'un de ses albums de photos était ouvert par terre devant les pieds de Benny. Il montrait à Connie qu'il savait que l'objet posé sur le lit ne lui appartenait pas et ne lui avait jamais appartenu.

« Oh, Benny. »

Elle tendit la main vers lui quand il passa devant elle mais il fut plus rapide. Il courut dans sa chambre et claqua la porte. Connie s'approcha du lit. Elle tendit la main, toucha. Quand avait-il compris ? Ou n'avait-il fait le rapport que par les conversations qu'il avait entendues ? Quelle importance de toute façon, elle savait au fond d'elle-même qu'il n'en parlerait jamais, même si elle insistait de toute sa volonté. Ce serait un secret inexprimé qu'ils partageraient le reste de leurs vies. Une main frôla légèrement son épaule et la fit sursauter. Greta était là et posait sa valise. Son regard fusa de l'album ouvert qui la montrait, jeune et mince, dans les bras de Matt, vêtue du jeans américain déchiré à présent étalé sur le lit de Connie.

« Ce n'était pas Rita. C'est toi qui l'as volé », dit-elle doucement en se penchant pour ramasser l'album. Un sourire en coin se dessina sur ses lèvres tandis qu'elle feuilletait son passé parfaitement conservé.

« Je te l'aurais donné, dit Greta. Et en fait, peut-être pas. Je n'étais pas particulièrement agréable à l'époque, hein ? Est-ce que je peux dire que je suis désolée ? »

Connie respira plusieurs fois à fond. Sa vue se brouillait, elle était sûre qu'elle allait s'évanouir la seconde suivante. Le sourire nostalgique de Greta s'estompait. Elle revint quelques pages en arrière pour revoir une photo. Puis quelques pages en avant pour en vérifier une autre qui avait attiré son attention.

« Je comprends, dit-elle au bout d'un moment.

— Ah oui ?

— Et les cheveux ? C'était toi également ? »

Connie hocha la tête. Elle voulait dire que, elle aussi, elle était désolée. Beaucoup plus désolée et de loin que Greta, mais pas un mot ne s'échappa de sa gorge nouée. Manifestement Greta cherchait comme elle ses mots tandis que toutes les implications de la petite chaîne sordide d'événements défilaient sur les photos. Elle regarda Connie puis de nouveau le cliché de Matt tenant son corps inerte après l'accident de vélo. Il n'était pas nécessaire de poser la question, la réponse coupable était inscrite sur le visage de Connie.

« Oh non, dit Greta après un temps. Non, je t'en prie. » Connie ne put que répondre par un faible hochement de tête. « Tu aurais pu me tuer », poursuivit Greta d'une voix bizarrement détachée qui ne semblait pas porter d'accusation et montrait plutôt un début de prise de conscience. Certaines choses qui l'avaient intriguée dans le passé se mettaient en place. « J'ai toujours trouvé étrange le fait que le vélo marchait parfaitement bien le matin et que l'après-midi… » Elle s'interrompit puis se résolut à reprendre la parole.

« Pauvre Constance. Tu devais vraiment me détester.

— Je ne te détestais pas. Je t'aimais. C'était compliqué.

— Ça l'est toujours, dit doucement Greta. Je devrais sans doute être en colère.

— Tu ne l'es pas ? »

Greta réfléchit un moment.

« Peut-être. Un peu. Comme tu dis, c'est compliqué. Si je n'étais pas partie, la vie aurait été différente. Ou peut-être que je serais partie de toute façon. Mais, quoi qu'il en soit, tu as changé la façon dont les choses se sont passées, pour chacun de nous. »

Elle mit l'album dans les mains de Connie.

« C'est drôle, non ? Nous sommes tous capables d'à peu près n'importe quoi. » Greta souleva sa valise. « Je vais aller à pied à la gare. »

À cet instant, Connie vit l'existence qu'elle avait si soigneusement fabriquée aux dépens de Greta s'écrouler à ses pieds comme un tas de gravats. Elle vit le visage de Matt, son expression grave tandis que Greta se mettait sur la pointe des pieds pour lui murmurer quelque chose à l'oreille. Ses fils se retournaient tous ensemble et dévisageaient leur mère en une accusation muette. Le moment venu, peut-être même la police et la prison. Greta entrait en scène et comblait le vide, se glissait dans la vie de Connie comme Connie s'était jadis glissée dans la sienne. Un cri lui échappa des lèvres.

Plus tard, tandis qu'elle revivrait encore et encore les instants qui suivirent, elle ne parviendrait pas à se rappeler clairement les quelques pas qu'elle avait faits pour rejoindre Greta en haut des marches. La scène se déroulerait toujours comme si le corps mince semblable à un roseau de Greta tombait déjà au moment où la main de Connie entrait en contact avec son dos. Comme si Greta, sentant ce qui allait se produire, poussait un soupir et consentait à son destin. Il n'y eut ni cri ni protestation. Seulement ce soupir, un souffle.

La chute en elle-même, la main battant l'air et le bruit des roulettes de la valise lui revenaient avec une netteté parfaite. Tout comme la seconde transparente où elle s'aperçut que la petite silhouette de Benny se trouvait déjà au milieu de l'escalier. Il avait dû percevoir l'agitation au-dessus de lui car il tournait la tête. Son regard surpris cherchait celui de sa mère avant que Greta ne le heurte et que tous deux ne dévalent les marches en un enchevêtrement de bras et de jambes.

17

Tandis que Matt s'approchait avec deux gobelets en plastique remplis de thé, les yeux de Connie fixaient la trace des éclaboussures en pointillé dans son sillage sur le linoléum de l'hôpital. Manifestement, il n'avait même pas conscience que le thé débordait des gobelets. Il n'avait sans doute pas conscience non plus de ses doigts mouillés et ébouillantés, même s'il l'avertit que c'était très chaud en lui tendant le gobelet. Elle le posa sur l'accoudoir en bois de son fauteuil dans la salle d'attente. Une seule autre personne s'y trouvait, une vieille dame maigre qui accordait toute son attention au plafond. Ses lèvres avaient l'air de bouger, elle priait peut-être ou se parlait simplement à elle-même. Comme eux, elle semblait attendre des nouvelles.

« Tu as regardé ? demanda Connie.

— Oui. Ils sont encore avec lui. Il a l'air… il a juste l'air de dormir.

— Il dort, Matt », dit farouchement Connie. Elle lui saisit la main. « Voilà tout. Il dort. » Elle le lâcha, se pencha en avant et se prit la tête dans les mains. Il s'y passait tant de choses qu'elle avait envie d'y plonger les doigts afin d'en extraire une pensée lucide et équilibrée. Tantôt elle voyait nettement sa main étalée sur le dos de Greta, tantôt Greta tombait déjà au moment où Connie arrivait en haut des marches sur le palier.

Avait-elle vraiment pu faire une chose pareille ? Cela ne semblait pas possible. Mais une fois encore, elle avait été capable d'un acte de destruction beaucoup plus prémédité à une certaine époque.

Durant toutes les années où elle n'arrivait pas à dormir, quand la nuit l'oppressait et la jugeait, elle pouvait au moins se dire que c'était l'acte irresponsable d'une très jeune fille amoureuse. Elle n'avait pas eu l'intention d'aller jusqu'au bout. Elle avait voulu réparer ce qu'elle avait détraqué sur le vélo avant que Greta ne monte dessus. Greta qui avait dit la veille à Connie de ficher le camp et d'arrêter de les suivre comme un imbécile de chien. Greta qui dansait à reculons et qui se couronnait la tête de ronds de fumée… qui avait Matt. Connie avait quitté la ferme ce jour-là le cœur battant dans la gorge. Elle avait l'impression qu'il était monté de sa poitrine pour se loger quelque part dans sa trachée. Elle était terrifiée, accablée et euphorique en même temps. Il était très probable que Greta n'éprouverait pas le besoin de descendre le champ en roue libre dans la journée. Auquel cas, Connie réparerait rapidement les freins le matin. Il était possible qu'elle monte sur son vélo mais qu'il ne lui arrive rien. Ce qui se passerait, ce qui pouvait se passer, ce qui pourrait se passer défilait dans la tête de Connie pendant qu'elle arpentait sa chambre tapissée de papier peint fleuri. Elle imaginait Greta qui souffrait beaucoup à l'hôpital local, noble, courageuse et d'une beauté sauvage sur son oreiller blanc. Connie était aux petits soins tandis que la blessée la couvrait de louanges et de gratitude. Elle imaginait le pâle visage entouré d'une auréole de cheveux auburn dans un émouvant cercueil tout simple en bois clair ; Connie menait la procession funèbre. Elle imaginait Greta poussant un cri d'horreur quand on enlevait les bandages de son visage naguère exquis ; Connie, les larmes ruisselant sur ses joues, lui tendait le miroir argenté de sa mère, celui avec une poignée, pour que sa pauvre amie se voie. *Que pouvait-il se passer ?* Connie mourait d'envie de le savoir. Et elle voulait en même temps sauver Greta, devenir elle, se libérer d'elle, lui donner une leçon, l'aimer, lui faire du tort et la trahir, mais, plus que tout, l'obliger à renoncer au garçon de la ferme que Connie avait aimé instantanément à la seconde où il s'était penché pour ramasser un sac de courses, où il lui avait adressé un sourire timide tandis que de ses yeux marron et brillants il regardait par-dessus les épaules de Connie disparaître l'autre fille.

Quand elle n'avait pas pu supporter la tension un instant de plus, Connie était montée sur son vélo et avait foncé à la ferme afin d'empêcher l'accident dont l'idée lui avait procuré tant de plaisir délicieux et effrayant. Tout au long du chemin, elle s'était dit qu'elle n'avait pas réellement eu l'intention de faire du mal à Greta. Ce n'était qu'une sorte de rêve éveillé, une façon de prendre ses désirs pour des réalités, une farce.

« Il va aller bien. » Matt interrompit d'une voix creuse les pensées de Connie. Comme s'il n'existait pas de connexion entre ce qu'il pensait et ce qu'il se sentait obligé de dire.

« J'en suis sûre. »

Durant toute la journée et tard dans la nuit ils avaient prononcé ces mêmes mots. Benny avait le poignet cassé, mais le plus effrayant était la lente dérive provoquée par la commotion, alors même qu'ils le veillaient. Il avait eu des moments de conscience puis, apparemment incapable de lutter plus longtemps, il s'était laissé sombrer dans un profond sommeil. Les médecins ne pouvaient rien faire de plus que surveiller ses fonctions vitales pour le moment. Attendre qu'il revienne à lui quand il serait prêt. La chute avait été mauvaise et son corps se fermait temporairement pour encaisser le choc. Ils ne devaient pas se faire trop de soucis, le scanner du cerveau ne montrait rien d'inquiétant, pas d'hémorragie interne. C'est à ce moment-là que Connie avait complètement perdu les pédales. Matt et une infirmière avaient dû la faire sortir de la chambre.

Elle avait essayé d'expliquer qu'il y avait vraiment de quoi se faire du souci. Il s'agissait de Benny, c'était de Benny qu'ils parlaient. Avec lui on ne pouvait pas savoir. Il pouvait très bien choisir de rester dans un monde nébuleux à l'abri de la douleur, des choses qu'il ne comprenait pas mais dont il s'imprégnait néanmoins à sa manière instinctive. Benny était imbibé des émotions des autres comme un papier buvard ayant peut-être atteint le point de saturation. Elle avait essayé de faire comprendre sa façon de voir à l'infirmière, à Matt, mais les mots s'embrouillaient et elle semblait avoir perdu la raison. Les paroles de réconfort de Matt l'avaient relancée et il avait fini par garder le silence. Elle avait insisté pour qu'il rentre à la maison s'occuper de Fred et Joe et les mettre au courant de ce qui était arrivé à leur petit frère. À présent il était de retour avec ses gobelets de thé et il allait se poster dans la salle d'attente à côté de sa femme qui avait l'air de s'être échappée d'un asile de fous.

« Connie ?

— Tout est ma faute.

— Pourquoi dis-tu tout le temps cela ? Arrête de te reprocher…

— J'ai invité Greta et…

— Connie, ça suffit. Tu te rends malade. Si Benny était dans l'escalier quand elle a trébuché, c'était seulement une terrible malchance. »

Il se passa les mains sur le visage. Il était livide et tout un réseau de petites rides enchevêtrées apparaissait sous ses yeux. Il but une gorgée de thé en murmurant distraitement « ah », le genre de son qu'on émet quand on est accablé par une pensée. Comment pouvait-il comprendre que Connie se sentait coupable quand lui-même était submergé par sa propre culpabilité ?

« Matt…, commença-t-elle en réchauffant ses mains brusquement glacées sur le gobelet en plastique. C'est ma faute. Tout cela ne serait jamais arrivé si je n'avais pas… »

Une main effleura légèrement son épaule et la coupa au milieu de sa phrase. C'était l'infirmière à la voix douce qui s'était occupée d'eux plus tôt dans la journée. Le cœur de Connie bondit dans sa poitrine lorsqu'elle comprit le sens du grand sourire qu'elle leur adressait.

« Monsieur et madame Wilson ? Vous avez demandé qu'on vienne vous chercher si… »

Connie n'entendit pas la suite car elle se leva, courut dans le couloir et monta les marches quatre à quatre avant que l'infirmière n'ait fini sa phrase. Un médecin qui n'avait pas l'air beaucoup plus vieux que Benny marmonna quelques mots inintelligibles en quittant la chambre à quatre lits, mais sa voix avait une intonation encourageante. La tête de Benny ressemblait à une petite pomme reinette dans un océan de blanc. Ses paupières battaient rapidement, il découvrait un cadre inconnu. Le visage inquiet de sa mère.

« Bunny lapin », parvint à chuchoter Connie avant que Matt ne la rejoigne.

Un unique son haut perché fusa de sa bouche et Matt la regarda sévèrement, se disant que cette fois-ci elle avait bel et bien perdu la tête. Elle réussit cependant à juguler l'émoi qui montait en elle. Son fils allait bien ; pour le moment, rien d'autre n'avait d'importance. Ses doigts effleurèrent la joue de la pomme. Elle perçut son tressaillement et leva la main au-dessus de sa tête. Bientôt il lui faudrait expliquer à Matt que, amère ironie, Benny avait amorti la chute de Greta et lui avait sans doute sauvé la vie.

« Qu'est-ce qui s'est passé ? demanda Benny d'une voix étonnamment claire.

— Tu es tombé. » Matt se rapprocha de Connie. « Enfin, Greta est tombée dans l'escalier et t'a entraîné avec elle. Comment te sens-tu ? »

Le regard de Benny se tourna vers son bras plâtré.

« Ça va », dit-il. Il tourna de nouveau la tête et ses yeux se posèrent sur le cœur de sa mère. « Je ne me souviens de rien, ajouta-t-il.

— Tu veux vraiment te souvenir, lapin ? » Elle se pencha sur lui.

« Pourquoi ? Je suis tombé, c'est tout. » Comme d'habitude, il allait traiter les choses à sa manière. Elle s'étonna de sa force. Je suis tombé, c'est tout. Il avait peut-être raison, Greta avait peut-être trébuché sur la première marche dans sa hâte de sortir de la maison et son fils se trouvait simplement au mauvais endroit au mauvais moment. Elle était toutefois quasi certaine qu'il avait voulu lui signifier quelque chose qu'il ne comprenait pas vraiment en étalant le vieux jeans de Greta sur son lit. Toutes ces années, elle s'était tracassée et inquiétée à en perdre le sommeil parce qu'elle n'avait pas saisi que son plus jeune fils était mieux armé que la plupart des gens pour affronter les complexités troubles et indistinctes de la vie. Il acceptait simplement qu'il en soit ainsi. Que certaines choses ne puissent pas être expliquées. Tandis qu'un regard silencieux passait entre eux, elle prit conscience aussi qu'il resterait le gardien de sa conscience. Et le prix qu'elle devrait payer pour cela. Même si cela lui prenait le restant de ses jours, ce dont elle ne doutait pas un instant, elle regagnerait sa confiance. À la différence de Greta et de son fils, Connie avait obtenu une seconde chance.

Elle recula pour donner à Matt un moment avec Benny. Elle avait les yeux secs en quittant la chambre et en allant dans le service où se trouvait Greta. Celle-ci souffrait de blessures à la tête, mais Benny avait en grande partie amorti sa chute. Une grosse tumeur était apparue à la radio, inopérable selon le neurologue. Ou du moins le risque serait plus grand que d'apprendre à vivre avec. La tumeur était presque à cent pour cent le résultat d'une blessure plus ancienne, une chute de vélo due à des freins défectueux. En bref, avaient-ils expliqué, Greta avait en elle une bombe à retardement. Une fois encore, si elle prenait des précautions, suivait un traitement approprié... qui sait ? Des années peut-être, des années et des années.

Greta regarda Connie approcher, les yeux remplis d'inquiétude.

« Il va bien ? Est-ce qu'il va... ? » Elle émit un long soupir et Connie hocha la tête. Elle s'assit à côté du lit et prit la main de Greta dans les siennes. Un bandage blanc enveloppait le sommet de sa tête qui, associé à sa pâleur spectrale, donnait à ses yeux l'aspect de deux meurtrissures profondes et insondables. Elle paraissait aussi vulnérable et enfantine que Benny et tout aussi énigmatique.

« J'ai dû me tordre la cheville ou quelque chose comme ça. C'est stupide, dit Greta.

— Greta..., commença Connie, mais elle lui coupa précipitamment la parole.

— Est-ce que Benny se souvient de quelque chose ?

— Pas vraiment. Tout s'est passé si vite, c'est assez

confus pour nous tous. J'ai essayé de récapituler ce qui s'est réellement passé.

— Le principal, c'est que Benny aille bien.

— Je suis contente que tu ailles bien aussi, Greta. » En prononçant ces mots, Connie se rendit compte avec surprise qu'elle était sincère. Plus que surprise, elle fut stupéfaite de s'apercevoir qu'elle se souciait véritablement de cette femme fragile. Il y avait quelque chose entre elles, un attachement pas forcément en rapport avec Matt. Dans leur prime jeunesse, Greta avait suscité chez Connie des sentiments intenses. Envie, haine, admiration et, en s'évaluant par rapport à elle, une impression d'insuffisance qui l'avait emporté et lui avait permis de commettre ce qui aurait bien pu être un crime fatal. Rien ne pouvait excuser ses actes et pourtant elle éprouvait un étrange soulagement à l'idée que Greta savait à présent. Sans qu'un seul mot soit prononcé, elle était également certaine que cela resterait entre elles et les lierait pour toujours. Elle serra les doigts inertes dans sa main et sentit une pression réciproque en réponse. Connie réalisa à ce moment-là que ce qu'elle avait ressenti pour Greta n'était rien d'aussi simple que de la haine, et qu'elle avait éprouvé en même temps un amour torturé, inexplicable.

« Je suis sincèrement désolée de ce que je t'ai fait. Ce n'est guère une excuse de dire que j'étais une gamine. Mais c'est tout ce que j'ai trouvé, déclara Connie.

— C'est drôle, je n'ai pas vu un seul instant que tu le voulais. Matt, je veux dire.

— Je crois que tu ne me voyais pas du tout, si nous voulons être parfaitement honnêtes, répondit Connie avec un sourire contrit pour montrer qu'elle ne cherchait pas à justifier son comportement.

— Probablement pas beaucoup. » Greta sourit aussi. « Je ne pensais qu'à moi-même. À mon glorieux avenir. » Elle eut un petit claquement de langue moqueur. « Je serais sans doute partie de toute façon. J'aurais vécu la vie que j'ai vécue en ne voyant personne d'autre que moi-même. » Elle se tut brusquement et regarda par la fenêtre de sa chambre, perdue dans ses pensées. Les réverbères répandaient une brume orange sous une voûte d'un noir impénétrable. Greta ferma les yeux avant de poursuivre : « Quand on perd quelqu'un, au bout d'un moment, après le brouillard, on voit tout d'une manière nouvelle, plus *perçante* en quelque sorte. On a vraiment envie que ça cesse. Cette façon de regarder les gens, de les regarder gâcher leur vie, gâcher un moment qu'ils ne retrouveront jamais, on le sait. On s'approche en courant des mères qui grondent leurs enfants dans la rue. Des trucs dingues. Tout... fait mal. On pourrait croire qu'on souhaite à tout le monde d'être aussi malheureux qu'on l'est, mais non.

— Bien sûr que non. » Connie ne pouvait s'empêcher de se demander si elles ne patinaient pas toutes les deux précautionneusement sur la glace d'une idée cachée derrière leur conversation, chacune craignant d'être la première à y faire une fissure. Greta la regardait intensément.

« Ce qui est horrible à propos du bonheur, quand on cherche à l'atteindre... – Greta s'interrompit et passa la langue sur ses lèvres sèches –... c'est que, enfin, parfois... » Elle se tut, incapable d'exprimer sa pensée par des mots, mais toutes deux savaient parfaitement qu'elle voulait dire que le bonheur de l'un fait souvent le malheur de l'autre. Connie lâcha lentement la main de Greta. Elle avait des fourmis dans les doigts et elle les agita avec impuissance. Ses abdominaux se contractaient si fort qu'elle avait l'impression d'avoir un mur de briques dans le ventre.

« Greta, qu'est-ce que tu es en train de me dire ? »

Il y eut un long silence. Greta poussa un soupir rapide ; elle semblait réellement aussi désorientée que Connie et en même temps il y avait en elle une détermination inquiétante. Elle donnait l'impression d'avoir pris une décision capitale tout en continuant à en peser les conséquences. Une décision sur « ce qui pourrait arriver » telle celle que Connie avait prise dans un passé si ancien qu'elle semblait appartenir à une autre vie. Maintenant qu'elle était plus lucide et qu'elle ne croyait pas, en fait, avoir sérieusement tenté de faire du mal à Greta une nouvelle fois, elle sentait qu'elle pouvait poser la question sur l'accident passé.

« Est-ce que… est-ce que tu as l'intention d'en parler à Matt ? » demanda-t-elle.

Greta la regarda, surprise. « Bien sûr que non.

— Parce que je le ferai. Si tu veux que je le fasse.

— À qui ça profiterait ?

— Je ne sais pas. Tu serais en droit de… te venger, peut-être ?

— Me venger ? Connie ? » Greta fit la moue. « Nous avons dépassé cela depuis longtemps.

— J'aimerais vraiment le croire. » Connie soupira. « Alors où est-ce qu'on en est ?

— Je retourne à Rome demain. Je vais essayer de reprendre contact avec ma fille. Peut-être est-elle prête à me voir, peut-être pas.

— Greta…

— Je veux essayer de vivre de nouveau. De ne pas laisser passer d'autres moments. Tu comprends ? »

Une minute s'écoula avant que Connie ne puisse se résoudre à répondre.

« Tu veux dire… ? »

Matt était entré dans la salle et s'était posté tout de suite de l'autre côté du lit de Greta. Connie alla s'asseoir sur une chaise. Matt dévorait Greta des yeux, son regard passait de son menton au bandage de sa tête. Il s'assurait encore et encore qu'elle allait bien. Qu'il ne l'avait pas perdue une seconde fois. Le soulagement lui rendait son honnêteté et c'était douloureux à regarder pour Connie. Même en sa présence, il ne réussissait plus à masquer ses véritables sentiments ni à feindre en aucune manière par égard pour sa femme. Dans une certaine mesure, elle aurait pu ne pas être là, comme dans leur jeunesse à la ferme. Elle dut réprimer un cri en portant en hâte une main à sa bouche. Cette façon qu'avait Matt de regarder Greta, sans la moindre ambiguïté, parfaitement aimant ; durant toutes les années qu'ils avaient partagées il n'avait jamais regardé Connie ainsi. Il passait inconsciemment les doigts sur la joue de Greta. Connie resta assise un moment à les observer en ravalant ses sanglots. Ils n'avaient pas du tout conscience de sa présence. Elle se leva, sortit et jeta un coup d'œil par-dessus son épaule à la porte de la salle. Matt était assis en biais sur le lit, ses longues jambes repliées en cerceau. Il parlait à Greta à voix basse et tenait une de ses mains dans les siennes. Connie les observa encore un instant puis se détourna et les laissa à leur intimité.

Connie contemplait les flammes qui léchaient les bûches, dansaient et pirouettaient dans la cheminée. Elle était assise les coudes sur les genoux, le menton posé sur ses mains jointes. De retour de l'hôpital, elle avait préparé un repas léger pour ses deux autres fils très moroses et avait fait de son mieux pour ignorer les questions silencieuses que leurs visages pincés posaient avec éloquence. Incapable d'envisager de manger, elle s'était retirée au salon afin de tenter d'organiser les pensées qui fourmillaient dans sa tête.

Elle avait beau faire des efforts, rien n'effaçait l'expression dans les yeux de Matt quand il regardait Greta. Elle tenta d'imaginer ce que serait leur avenir ensemble en tant que couple marié, en tant que parents et, le moment venu, peut-être, en tant que grands-parents, avec le souvenir de cette expression imprimée de façon indélébile dans un coin reculé de son cerveau. Pouvait-elle affronter cela ? Le voulait-elle ?

Elle pensa à Carmel qui cherchait un moyen de dire au revoir à l'homme qu'elle aimait toujours tout en sachant qu'il l'avait trahie d'une manière détestable avec sa meilleure amie. Elle pensa à tous les gens qui avaient franchi à différents moments le seuil de la Compagnie des cartes alternatives, dépossédés, offensés, seuls, vengeurs. L'amour causait tant de tristesse dans le monde. Était-ce vraiment mieux d'avoir aimé et perdu ? Sur le point de perdre, Connie n'avait pas l'impression que la question était réellement pertinente. Pour l'instant, du moins. Cela viendrait peut-être en son temps, comme pour Carmel qui repassait sans cesse dans sa tête tous les moments où elle était peut-être en train de perdre son mari sans le savoir.

Dans son propre cas, Connie savait que Matt avait fait tout ce qui était en son pouvoir pour lutter contre ses sentiments envers Greta. Ce n'était pas comme si elle était revenue dans leurs vies à un moment de faiblesse. Un catalyseur dans un mariage plein de hargne et de tumulte. Ils étaient heureux, dévoués, installés, surtout ces dernières années. Dans l'ensemble, Connie pensait honnêtement qu'ils avaient été aussi heureux ensemble que peut le souhaiter un couple. Ils n'avaient pas eu de liaisons. Pas de rancunes prolongées et inexprimées. Ils étaient ensemble depuis si longtemps qu'ils pouvaient finir la phrase de l'autre sans même y penser. Elle ne doutait pas un instant qu'il resterait avec sa famille parce que c'était ce qu'il fallait faire. Il ne se plaindrait pas et ne se servirait pas de sa fidélité comme d'un bâton pour lui taper sur la tête dans les années à venir. Ils feraient l'amour. Se préoccuperaient des petits problèmes de la maison : fallait-il nettoyer les canalisations, augmenter la puissance de l'ordinateur ? Ils se promèneraient le dimanche après-midi au bord de la Tamise et ils riraient, un peu trop fébrilement peut-être, des singeries de Benny qui nourrissait les canards. Il demeurerait un mari honnête et fidèle, un père solide et attentif pour ses fils. Il dirait au revoir à Greta le lendemain et il tiendrait sa promesse de ne jamais la revoir. Et il resterait amoureux d'elle jusqu'à la fin de ses jours.

Connie ouvrit les mains et enfouit son visage dans ses paumes ouvertes comme un livre. Elle l'aimait de tout son cœur, elle l'avait toujours aimé. Pouvait-elle en toute conscience lui souhaiter l'existence nébuleuse, crépusculaire qui s'étendait à présent devant eux tous ? Elle sursauta et baissa précipitamment les mains tandis que Fred entrait dans la pièce. Il s'assit à l'autre bout du canapé avec précaution et, les prunelles de ses yeux palpitant follement, il lui lança un regard en coin.

« Maman ?

— Fred, mon grand.

— C'est elle, hein ? Greta. »

Devant l'absence de réponse, il serra le poing et s'en frappa l'autre main.

« Je le tuerai !

— Tu es bouleversé, mon grand. Très compréhensible. Mais ce n'est pas aussi simple...

— Comment ça ? » Il éructait presque. « Comment ose-t-il te faire ça ? Nous faire ça à tous ? S'il était là, je… je… » Il s'interrompit, au bord des larmes. Elle tendit le bras et lui serra l'épaule. Il ravala vaillamment un gros sanglot d'un coup de gosier.

« C'est quelqu'un de bien, ton père…

— Comment peux-tu seulement…

— Parce que tu sais que c'est vrai. Et je le sais. Ce n'est pas un salaud. Il ne s'agit pas de la crise d'un homme mûr en quête de sa jeunesse perdue. Si c'était le cas, nous pourrions le détester, un certain temps. Il restera avec nous, bien sûr que oui. Si c'est ce que nous voulons. Il restera et sera un bon mari et un bon père pour vous les garçons. Fred… ? » Elle se tourna pour l'obliger à la regarder. Son cœur se contractait en voyant les larmes briller dans ses yeux marron. Il serrait si fort la mâchoire qu'elle ne distinguait plus ses lèvres. « En fait, Fred, il n'a jamais cessé d'aimer Greta. Je ne dis pas que lui ou moi en avions pleinement conscience, cette pensée ne nous traversait pas l'esprit tous les jours. Elle n'a jamais affecté ce qu'il ressent pour vous, les garçons. N'en doute pas un instant. Pas un instant. Mais il n'en reste pas moins que…

— S'il te fait du mal, ne crois pas que je le lui pardonnerai. Certainement pas. Il va juste falloir qu'il se ressaisisse. Elle va partir et il va changer. Les choses vont redevenir comme avant. Il faut que tu te mettes en colère. Arrête d'être aussi… Maman, si tu te défends, tu peux le *faire*… »

Elle lui prit la main. Il avait l'air complètement perdu, hébété et un peu sonné, comme à son premier jour d'école, quand il s'était retourné et l'avait cherchée, après qu'elle avait lâché son chérubin potelé au milieu de la foule mouvante des garçons qui se bousculaient.

« Fred, mes sentiments pour ton père n'ont pas changé. Je suppose que ce que j'essaie de te dire c'est… je comprends sans doute mieux que quiconque, que rien ne sera jamais… enfin, ce qu'il ressent pour elle. J'ai vraiment essayé de changer les choses il y a longtemps. J'ai essayé de toutes mes forces. Alors, c'est peut-être moi qui dois changer. »

Elle ne comprit pas bien pourquoi mais à l'instant où elle prononçait ces derniers mots elle eut l'impression que quelque chose de tout à fait inattendu se mettait soudain en place dans sa tête. Il était possible, après tout, qu'elle prenne en main sa propre destinée, séparément et indépendamment de Matt. Au bout du compte, l'équilibre du reste de leurs vies reposait entre les mains de Connie. Il resterait si c'était ce qu'elle choisissait, et de même, il partirait si elle ouvrait les mains et le laissait s'envoler. Un calme sinistre descendit en elle. Pour la première fois depuis le jour où ils étaient « tombés » sur Greta à Rome, elle eut l'impression de retrouver son sang-froid. L'impression que toutes ses terminaisons nerveuses enchevêtrées retombaient dans le silence d'un arrière-plan. Elle comprenait tout à fait à présent ce qu'avait essayé d'exprimer Carmel. Elle n'avait pas *besoin* de détester son mari afin de ne plus l'aimer. Elle devait simplement choisir son propre niveau d'acceptation dans ce nouveau voyage sur la carte de leur mariage et si, au fond d'elle-même, elle ne trouvait pas de niveau crédible, elle devait chercher une autre solution qui, avec le temps, deviendrait acceptable. Même si cela signifiait une séparation. Elle était la seule à pouvoir décider pour elle-même. L'unique aspect sur lequel elle avait un quelconque pouvoir. Sa propre réponse : continuer à n'importe quel prix ou, par respect de ce qui restait de sa dignité, abandonner.

Un crépitement d'étincelles monta dans la cheminée. Connie se rendit compte avec étonnement qu'elle souriait et que Fred la regardait bizarrement.

« Juste des souvenirs, répondit-elle à sa question inexprimée. Des bonnes choses. »

Ils restèrent longtemps assis en silence à contempler ce qui ressemblait à une histoire en images se déroulant dans la cheminée. Fred hésitait, jeune, désarmé devant des problèmes qui le déconcertaient, innocent et désireux de réconforter un adulte alors que lui-même n'aurait pu être plus mal à l'aise. Elle s'émerveilla de sa maturité toute neuve quand il l'attira contre lui et lui fit poser la tête sur son épaule. Il sentait l'eau de Cologne curieusement bon marché. Bon, il y a ça, se dit-elle. J'ai fait cela.

Joe entra dans la pièce mais sans son arrogance tapageuse habituelle ; il s'y glissa plutôt, spectre errant et inquiet, tout en angles et en potentiel encore à réaliser. Fred posa un doigt sur ses lèvres pour qu'il se taise et il alla s'asseoir un peu plus loin en silence. Cela aussi, pensa-t-elle. Quelques minutes plus tard, bercés par le léger sifflement du feu, ils ronflaient doucement tous les trois.

Matt rejoignit Connie devant la porte de la chambre de Benny. Elle était venue dire bonsoir à son fils mais il dormait. Matt rentra de nouveau dans la pièce.

« Je vais rester assise à côté de lui un moment. Au cas où il se réveillerait. » Elle passa devant Matt sans réussir à croiser son regard ; elle savait pourtant qu'il l'observait intensément. Cette fois encore, elle avait peur d'être incapable de ne pas se coller contre lui. Un contact, un frôlement rassurant contre son grand corps mince. Cela avait toujours été ainsi. Elle ne pouvait pas être dans la même pièce sans qu'une partie de son corps ne trouve le moyen de caresser ou de heurter une partie du sien.

« Connie… ?

— Quoi, Matt ? » Elle gardait les yeux fixés sur ses

chaussures. « Qu'y a-t-il à dire ? J'ai vu la façon dont tu la regardais. Tu ne pouvais même pas t'en empêcher. Suis-je peinée ? En colère ? Non, disons pour commencer... complètement écœurée ? Qu'est-ce que tu penses ? »

Du coin de l'œil, elle le vit se passer ses mains sur son visage. Elle se força à lever la tête et à le regarder droit dans les yeux. Elle recula de quelques pas en chancelant et ses jambes entrèrent en contact avec une chaise sur laquelle elle s'effondra. Il fit un geste comme s'il voulait s'approcher d'elle mais elle le retint d'un petit signe de tête.

« Pas maintenant », dit-elle.

Matt tapota ses poches à la recherche de ses clés de voiture tout en bougeant les épaules. Il avança d'un pas, hésita, puis se tourna pour lui parler en gardant la tête baissée et penchée de côté.

« Greta m'a demandé de lui réserver un vol. Demain après-midi. Elle insiste, que l'hôpital soit ou non d'accord. Je vais faire le nécessaire pour qu'elle récupère son billet à l'aéroport.

— Demain après-midi ?

— Oui.

— Bon.

— Connie. Je ne veux surtout pas te faire de la peine. »

Elle ne put empêcher un petit sourire amer de se dessiner sur ses lèvres.

« Oh, je crois que je le sais, Matt. Les peines les pires sont celles qu'on ressent quand quelqu'un ne veut surtout pas vous en faire. »

Il fit une grimace et elle éprouva une petite satisfaction.

« Est-ce que tu lui diras au revoir ? » Il s'éclaircit la gorge et ajouta : « Moi, c'est fait.

— Je vais voir, répondit Connie au bout d'un moment. Je ne sais pas.

— Alors, à plus tard à la maison.
— Oui. Au revoir. »

Matt s'en alla et Connie resta assise à regarder la poitrine de Benny qui se soulevait en cadence dans un sommeil profond, dépourvu de douleur. On lui avait peut-être donné quelque chose. Il avait d'ordinaire le sommeil si léger. Il avait l'air si innocent, et en même temps si expérimenté à sa manière complexe et particulière, qu'elle dut résister à l'envie de le prendre dans ses bras et de s'enfuir dans la nuit pour trouver refuge là où ils seraient tous à l'abri du danger pour toujours. Mais cet endroit n'existait pas et, pour Benny, qui lui emboîtait toujours le pas dans une vie qui le déconcertait sans cesse, le seul refuge qu'il connaissait, c'était elle. Et elle venait de montrer qu'elle n'était pas non plus un refuge vraiment sûr.

« Désolée, Bunny lapin », chuchota-t-elle. Elle sourit quand il répondit à sa voix en fronçant le nez dans son sommeil. « Désolée. »

Une heure plus tard, comme il ne s'était pas réveillé, pas même une seule fois, ce qui était inhabituel, Connie sortit à pas de loup dans le couloir et se dirigea vers la salle où se trouvait Greta. Les femmes couchées dans les lits voisins ronflaient doucement mais Greta ne dormait pas. Elle avait pleuré et ses yeux gris étaient gonflés. Elle contemplait le plafond, absorbée dans ses pensées, et elle cligna rapidement des yeux quand Connie s'approcha. Elle était prise au dépourvu et, l'espace d'un instant, le cœur de Connie se serra et elle s'immobilisa. Durant une brève seconde, un rictus de frayeur indéniable figea le visage de Greta qu'elle transforma très vite en un sourire sommaire. Cette expression ne pouvait avoir qu'une seule explication, présuma Connie, et même si elle voulait connaître la vérité, elle comprit intuitivement que Greta ne la révélerait jamais. Cela serait donc leur conspiration du silence. En cet instant, elle eut la certitude, au-delà du moindre doute, qu'elle avait, d'une certaine manière, même tout à fait involontaire, eu un rôle dans la chute de Greta plus tôt dans la journée. Il se pouvait très bien que ce soit la conséquence accidentelle de son désir de la retenir afin de continuer leur conversation. Il se pouvait très bien qu'elle-même ait perdu l'équilibre dans sa hâte et son affolement, l'épaule de l'une heurtant celle de l'autre et faisant tomber l'une des deux en chute libre. La vérité sur l'enchaînement des événements resterait toujours confuse pour Connie, tout s'était passé si vite. Et pourtant, ici, devant ses yeux, pour la deuxième fois de leur vie, Greta était couchée dans un lit d'hôpital, la tête bandée.

« Je ne sais pas. » Les mots jaillirent de la bouche de Connie qui s'approchait. Elle savait que Greta comprendrait aussitôt à quoi elle faisait allusion.

« Moi non plus, répondit simplement Greta.

— Est-ce que j'ai... ?

— Connie. Comme je t'ai dit...

— Mais tu as tout de suite compris ma question. Et durant une seconde tu as eu l'air d'avoir peur. »

Greta contemplait le plafond, de nouveau perdue dans ses pensées. Au bout d'un moment, elle haussa légèrement les épaules.

« Peut-être que nous pensons toutes les deux... tu sais, parce que tu l'as fait une fois. Écoute, Connie, je suis sûre que je me suis tordu la cheville. Ou que tu te l'es tordue. J'avais hâte de partir. Laissons tomber. Laissons, enfin, peu importe. »

Connie se percha délicatement sur le bord du lit. La lassitude s'abattit sur elle comme si elle chutait d'une grande hauteur. Elle aurait presque envisagé de grimper dans le lit à côté de Greta si l'idée n'avait pas paru aussi ridicule. Franchement, au lit avec l'ennemie, il y avait de quoi rire. Sauf que ce n'était pas non plus toute la vérité. Elle frotta ses yeux fatigués et poussa un long soupir. Greta l'observait avec curiosité.

« Alors, tu as vraiment dit au revoir à Matt ?

— Oui. Je pars demain.

— Est-ce que tu lui as demandé de… de te revoir ? Est-ce qu'il te l'a demandé ?

— Non. C'est la réponse aux deux questions. Est-ce que ça t'aide ?

— Pas beaucoup.

— Ça ne m'étonne pas tellement. » Si Connie soupçonna un instant un sarcasme, elle n'en vit pas la moindre trace sur le visage de Greta. Elle avait plutôt l'air vaincue, éreintée, une femme qui retournait au néant et qui, pour l'essentiel, n'en attendait pas plus de la vie. Connie éprouva un élan de pitié. Le contraire aurait été difficile.

« Il y a quelques heures…, commença Connie et sa gorge se serra. J'ai cru que tu allais me dire que tu voulais le faire entrer dans cette… cette nouvelle vie que tu espères… » Connie se rendait compte que sa voix devenait rauque et sa gorge se serra encore plus. « Il te suffirait de claquer des doigts, Greta. Juste une fois. » Elle fit le geste. « Est-ce que tu as une idée de ce que je ressens ?

— Plus qu'une idée. Mais je ne ferais jamais ça. Et, Connie… » La main de Greta jaillit et lui saisit le poignet. « Tu te trompes. Tu te trompes complètement. Et quelque part au fond de toi, tu le sais. Matt est beaucoup trop intègre pour… Nom d'un chien, on le croirait sorti tout droit d'un vieux western. » Elles ne purent retenir un sourire. Et Connie eut le cœur brisé en comprenant que finalement, après avoir rejeté pendant des années tout ce qu'il incarnait, Greta était revenue à son point de départ et s'était mise à apprécier l'homme dans le garçon qu'elle avait autrefois dédaigné avec tant de désinvolture. Le chagrin donnait un grand nombre de leçons difficiles. La reconnaissance de la vraie bonté en était une.

Greta pleurait doucement. Elle détourna la tête. De grosses larmes roulaient sur l'oreiller et formaient une tache humide qui s'étendait contre sa joue. Connie se leva. Elle savait qu'elle ne reverrait jamais plus Greta et dans un petit coin de son cœur elle en éprouva de la tristesse. Elle se pencha et déposa un baiser sur la joue mouillée.

« Au revoir, Greta.

— Au revoir, Connie. »

« Tu te souviens du jour où tu as marché sur le pied de la petite fille ? Celle qui taquinait Benny ? » demanda Matt. Il était debout devant la fenêtre de la cuisine et regardait dehors.

« Comme si je pouvais oublier. Tu étais tellement en colère que tu pouvais à peine parler. »

Ils contemplaient leurs tasses de thé fumantes. Connie tenait la sienne à deux mains, elle avait besoin de sa chaleur. La conversation se poursuivait dans cette veine depuis plus de deux heures déjà. Fred et Joe entraient et sortaient sans but précis comme s'ils sentaient que, malgré les apparences, il se passait quelque chose d'extraordinaire. Matt but une gorgée de thé et s'éclaircit la gorge.

« J'offre à Martin sa part du cabinet.

— Ça a beaucoup de valeur pour lui.

— En échange il te prend comme commanditaire. Salaire, participation aux bénéfices, tout ça. »

Elle leva la tête et vit qu'il pleurait.

« Matt.

— Ça va aller dans une minute.

— Parlons encore des garçons. »

L'esprit de Connie se mit à vagabonder tandis qu'ils

se remémoraient des petits détails depuis longtemps oubliés de l'enfance de leurs fils. Leur existence même, elle la devait à Greta. Dans l'avenir, il y aurait bien sûr de la colère, de la fureur du fait de la trahison de Matt, du fait qu'elle se retrouvait de nouveau être un second choix, il y aurait de longues nuits d'insomnie durant lesquelles l'obscurité l'oppresserait. Mais pour le moment, en cet instant, ils devaient penser à leurs fils et à ce qu'ils allaient leur dire.

« Et le jour où Joe a mis le feu à la corbeille à papier de l'école, dit Matt. Tu crois qu'il laissera un jour tomber ces foutues cigarettes ?

— Un jour. Il faut l'espérer. » Connie haussa les épaules.

Ils parlèrent de Fred, de ses matières au bac, des options qu'elles lui ouvraient d'un point de vue professionnel. Ils parlèrent de sa naissance après un accouchement qui avait duré plus longtemps que pour les deux autres. Vingt-quatre heures durant lesquelles Connie s'étonnait des hurlements vigoureux que poussaient les femmes dans les salles de travail voisines. Elle était incapable d'émettre autre chose qu'un grognement sourd pendant les contractions, il fallait de l'énergie en réserve pour crier.

Ils parlèrent de Benny et des premières inquiétudes formulées par ses instituteurs qui essayaient d'exprimer ce qu'elle avait perçu dès l'instant où elle l'avait pris dans ses bras. Une mère sait, naturellement. On ne mettrait sans doute jamais de nom dessus, d'étiquette pratique qu'on lui attacherait pour soulager les peurs futures. Elle n'avait pas été là pour lui une fois, dans un bref moment de folie elle avait oublié la responsabilité qui lui était confiée mais plus jamais, jamais elle ne l'oublierait.

Ils parlèrent de vacances et de couchers de soleil. Des disputes âpres et des attentions qu'ils avaient eues l'un pour l'autre au fil des années. Des sombres après-midi d'hiver à Consett où le monde entier paraissait drapé dans un manteau de poussière rouge. Ils se rappelaient les sons avec tant de précision que par moments le bruit sourd sortant des cheminées rebondissait sur les murs de la cuisine. Les odeurs de la ferme : fumier douceâtre, terre retournée, légumes à maturité, lait non pasteurisé. Odeur écœurante et sucrée du chaudron à confiture de Brenda rempli de mûres et bouillonnant sur son fourneau. Tête d'Arthur penchée en avant le jour où on avait mis sa femme dans un trou rectangulaire de chaque côté duquel les monticules de terre étaient déjà recouverts de neige gelée.

Ils parlèrent de Mary, de l'amitié indéfectible qu'avait manifestée l'artiste loufoque vêtue de caftans. Toujours là quand on avait besoin d'elle. En particulier le jour de la chute de Greta. Connie avait appelé les urgences et s'était précipitée dans la rue en appelant au secours. Comme si elle veillait constamment sur eux, Mary était apparue, avait pris les choses en main et calmé une Connie hystérique. Elle s'était occupée de Benny et de Greta étalés dans l'entrée, encore dans les bras l'un de l'autre. Qui avait sauvé qui demeurerait toujours un mystère pour Connie. En attendant l'ambulance, elle regardait le couple silencieux qu'ils formaient et elle ne pouvait se sortir de la tête l'image d'une mère tenant son nouveau-né… le rendant à Connie.

Elle pensa à la confession que Mary lui avait faite après Noël. Elles avaient beaucoup ri à l'idée de Mary brandissant un marteau sur la tête de Greta, espérant en dépit de tout que personne ne la verrait et que tout le monde s'imaginerait que la pauvre femme n'était qu'une nouvelle victime de la vague récente d'agressions gratuites au marteau dans le quartier.

Elle n'aurait bien sûr jamais mis son projet à exécution. Jamais de la vie. Mais durant quelques secondes, dans sa voiture glaciale, tandis qu'elle surveillait la maison, imaginer l'horrible fantasme l'avait réconfortée et séduite. Connie n'avait pas fait de semblable confession.

Tandis que Matt plongeait plus loin dans le passé, évoquant des connaissances communes disparues depuis longtemps, Connie pensait au premier soir où elle avait posé les yeux sur un garçon aux cheveux blond-roux, à califourchon sur son vélo, qui embrassait une autre fille. Il finirait par revenir, au fond de son cœur elle en était persuadée. Elle attendrait, même si cela devait prendre longtemps, et ferait amende honorable pendant ce temps. La patience honnête et calme de Matt aurait raison de la colère batailleuse de ses fils. Seul Benny comprendrait et ne porterait pas de jugement.

Il n'existait pas une parcelle du corps de Matt qu'elle n'avait pas touchée, explorée, léchée au cours de toutes les années qu'ils avaient passées ensemble. Sang, sueur, salive, sperme, larmes, c'était réconfortant d'imaginer l'ADN de Matt s'enroulant en un collier de perles carbonisées autour de son propre squelette, de sorte que, quand on l'ouvrirait, on trouverait deux colonnes vertébrales enlacées en une étreinte passionnée. Dans la mesure où elle avait jamais été elle-même, elle devenait lui. Il reviendrait, c'était certain, il ne pourrait jamais réellement être loin.

Ils parlaient depuis des heures, se déchargeaient de tous les souvenirs importants et insignifiants, et elle se rendit compte qu'ils constituaient leur album personnel. Mais cette fois, les photos se trouvaient toutes dans leur tête. Matt s'était tu. Il la regardait.

« Je t'aime énormément, Connie, dit-il.

— Je le sais. »

Elle comprit que le temps des paroles était terminé. Il tendit les bras et elle s'y précipita. Elle écouta les battements de son cœur contre son oreille. Boum boum, faisait-il, le bruit des fonderies, le bruit de leur jeunesse. Elle prit le visage de Matt dans ses mains et ses doigts explorèrent les rides qu'elle connaissait aussi bien que les siennes. Ils s'étreignirent un long moment.

Et elle le laissa partir.

Il n'avait jamais compris comment on pouvait y arriver. Il aurait cru impossible de se détourner de ce qui faisait la vie, l'amour, les devoirs, les responsabilités. D'affronter la colère humide et froide de ses fils qui le jugeraient toujours en tant que père et le trouveraient grandement déficient. Mais il restait peut-être si peu de temps, un jour il trouverait les mots pour le leur expliquer. Pour le moment, ils allaient se rassembler autour de leur mère et il partagerait son temps entre ici et là-bas, ombre allongée qui s'étirait entre le passé et le présent comme les fantômes éthérés d'Ostie.

Une lumière pâle couleur coquille d'œuf filtrait entre les toits. Un parfum de pluie lointaine flottait dans l'air. Il ne doutait pas un seul instant qu'il se montrait égoïste et sans pitié. Il n'avait pas l'intention de s'inventer des excuses. Mais il trouvait paradoxal que ce soit l'amour qui ait trouvé le chemin de cette tendance impitoyable en lui. Il se dit que Connie ne pourrait jamais se montrer aussi dure, jamais de la vie. Il aurait voulu qu'elle lui crie dessus, qu'elle l'accuse de tous les maux, d'être un père effroyable, un mari effroyable et au fond, un homme effroyable. Au lieu de cela, elle paraissait si mollement résignée qu'il ne se sentait que plus miteux. Il ne cessait de s'émerveiller de sa générosité qui le laissait partir sans rancune et il se demandait pourquoi il n'avait pas trouvé en lui les mêmes ressources pour rester. C'était cette acceptation sereine qui donnait de la force à leurs fils. C'était Connie avec Matt à ses côtés qui leur avait expliqué ce qui allait se passer. Qui lui avait offert son pardon en leur présence afin qu'ils puissent trouver eux aussi leur manière de pardonner, le moment venu.

Matt enfonça plus profondément les mains dans les poches de son jeans et tourna dans la rue. Elle était debout sur le balcon et attendait. Il la vit tendre le bras vers lui tout en replaçant une mèche de cheveux derrière son oreille de l'autre main. Sans réfléchir, il lui répondit en levant le bras et la distance entre eux se réduisit comme si leurs doigts se touchaient. Matt voyait que Greta souriait. Il avança rapidement vers la vie qu'il n'avait jamais vécue.

DU MÊME AUTEUR

Aux Éditions Joëlle Losfeld

INTIMES CONVICTIONS, 2002.

UNE MYSTÉRIEUSE FIANCÉE, 2004.

LE GARÇON DANS LA LUNE, 2008 (Folio n° 4927).

PIERRES DE MÉMOIRE, 2009.

UN AUTRE AMOUR, 2010 (Folio n° 5380).

Composition Entrelignes
Impression Maury-Imprimeur
45330 Malesherbes
le 13 février 2012.
Dépôt légal : février 2012.
Numéro d'imprimeur : 170738.

ISBN 978-2-07-044625-4. / Imprimé en France.

238928